KB046546

겐지이야기 源氏物語 병풍도

德川家康

도쿠가와 이에야스

3부 천하통일

28 유성

야마오카 소하치 대하소설 이길진 옮김

德川家康

도쿠가와 이에야스

3부 천하통일 28 유성

솔

『도쿠가와 이에야스』를 바로 읽기 위해

1. 본문 중 °표시가 된 용어는 용어 사전에서 풀이하였다.

2. 본문 중 *표시가 된 용어는 용어 사전 외에 부록 및 지도 등에서 설명하였다(다른 권 포함).

3. 인명과 지명은 원음 표기를 원칙으로 하며, 된소리를 피하고 거센소리로 표기하였다. 단 도쿠가와와 도요토미만은 원음과 차이가 있지만 일반인에게 익숙한 이름이기에 외래어 표기법에 따랐다. 장음은 생략하였다.

4. 인명, 지명 및 고유명사는 처음 나올 때 원어를 병기함을 원칙으로 하였으며, 강과 산, 고개, 골짜기 등과 같은 지명 역시 현지 음대로 강=카와(가와), 산=야마(잔, 산), 고개=사카(자카), 골짜기=타니(다니) 등으로 표기하였다.

5. 성과 이름 중간에 나오는 것은 대부분 관직명과 서열을 나타내는 것인데, 그 당시의 관습에 따라 이름과 혼용하여 쓰이는 경우도 있다. 각 관청 및 관직에 대해서는 부록에서 설명하였다.

    ex) 히라테 나카츠카사노타유 마사히데 → 히라테 마사히데(이름) + 나카츠카사노타유 (나카츠카사의 장관), 아마노 아키노카미 카게츠라 → 아마노 카게츠라(이름) + 아키노카미(아키 지방의 장관)

6. 시간과 도량형은 에도 시대에 쓰던 것을 그대로 따랐으며, 역시 부록에서 설명하였다.

차례

《 쿄토 부근 상세도 》

오미

야 마 시 로

셋 츠

히에 신사
엔랴쿠 사
히에이잔
코야
슈가쿠인
카미가모 신사
카미야가와
니시야마
다이토쿠사
시모가모 신사
엔코 사
쇼코쿠 사
키타노 신사
미무로
오구라야마
쿄토
사가
야스이
니죠성
오츠
우즈마사
난반사
코다이인
오사카야마
카츠라가와
미부
호리카와
호코 사
아미다가미네
야마시나
카츠라사토
치사쿠인
히가시야마
카와지마
오하라노
쿠세
토바
이나리 신사
오노
니시오카
후카쿠사
키쥬지
무카이 신사
코가
오구루스
산보인
오토쿠니
다이고
코묘 사
코타리
코하타
만푸쿠 사
쇼류지 성
오구라이케 (池)
텐노잔
요도성
미무로토 사
야마자키
오야마자키
우지
코쇼 사
히로세
키즈가와
효도인

------- 지역 경계선   卍 .... 절

現재의 시가   井 .... 신사

○ ..... 주요 도시   𠂤 .... 성

성 둘레의 흙 담   ==== 강

▲ ..... 산   ——— 강의 지류

사나다 가문의 계보

1

아자부다이麻布臺의 이마이今井에 갓 신축된 사나다 이즈노카미 노부유키眞田伊豆守信之˚의 에도江戶 저택——

노부유키는 여전히 나무 향기 짙은 거실 장지문을 해질 무렵부터 닫게 한 후, 숙부 사나다 오키노카미眞田隱岐守와 벌써 2각(4시간) 가까이 밀담을 계속하고 있었다. 근시近侍들까지 모두 물러가게 한 가운데 때때로 격론하는 소리가 새나왔다. 그런가 하면 인기척조차 느낄 수 없는 조용한 정적으로 돌아가곤 했다.

케이쵸慶長 18년(1613)도 이미 저물어가고 있었다. 그러나 오쿠보 나가야스大久保長安의 병사로 야기된 소동은 아직도 불길한 여운을 남기고 있었다. 그 불길한 기운으로 사나다 가문뿐 아니라 다른 토자마外樣˚ 다이묘大名˚들에게도 음산한 구름이 덮여 있는 듯했다.

이에야스家康˚는 에도를 떠났다. 그러나 곧장 슨푸駿府로 가지 않고 무사시武藏의 나카하라中原에서 코스기小杉 찻집으로 옮겨 지금 그곳에 묵고 있다고 했다.

이 뜻하지 않은 체류로 제후들의 불안과 억측은 더욱 커졌다.

"어디 한번 세어보게."

오키노카미가 말했다.

"드러난 경우만 세어보아도 예사로운 풍파가 아닐세. 첫째, 오고쇼 大御所°가 일부러 카타기리 카츠모토片桐且元˚를 불러 도요토미豊臣 가문에 일만 석 가봉加封을 말씀하셨는가 하면 이번에는 느닷없이 처벌명령을 내리셨네. 그리고 시월 일일에는 코즈케上野의 이타하나板鼻 성주 사토미 타다요리里見忠賴가 영지이동을 명령받고…… 같은 달 십삼일에는 나카무라 타다카즈中村忠一의 유신이 갖고 있던 영토가 몰수되었어…… 또 십구일에는 시나노信濃 후카시深志 성주 이시카와 야스나가石川康長가 분고豊後 사이키佐伯에 유배…… 이십사일에는 이요伊豫의 우와지마宇和島 성주 토미타 노부타카富田信高, 휴가日向의 노베오카延岡 성주 타카하시 모토타네高橋元種가 영지를 몰수당하고…… 이어서 시나노의 치쿠마筑摩 성주 이시카와……"

"알고 있습니다."

이즈노카미 노부유키는 불쾌한 빛으로 숙부의 말을 가로막았다.

"쇼군將軍°의 결심이 예사가 아니라는 것도, 오고쇼 님의 고뇌가 크다는 것도 이 노부유키는 잘 알고 있습니다."

"허어."

오키노카미는 말을 중단당해서인지 몹시 불만스러운 얼굴이었다.

"주군은 혼다 타다카츠本多忠勝 님의 사위만이 아닐세. 부인은 혼다 님의 따님인 동시에 오고쇼 님의 양녀. 그러니 오고쇼 님은 주군의 장인 어른, 지금은 그 장인 어른의 고뇌를 생각하고 쿠도야마九度山의 겐지로源次郎(유키무라幸村˚)를 설득하시는 것이 의리나 인정상으로도 옳다고 생각되지 않나?"

"……"

10

"또 입을 다물어버리는군…… 쿠도야마의 겐지로를 내버려두면 오사카 성大坂城에 들어갈 것은 뻔한 일…… 그렇게 되면 형제가 다시 피를 흘리며 싸워야 할 텐데."

이즈노카미는 대답하지 않았다.

'……숙부는 사나다 가문의 숙명이라고도 할 아버지의 성격을 모르고 있다……'

아니, 사나다 가문의 숙명……이라기보다 그것은 죽은 아버지 아와노카미 마사유키安房守昌幸의 생애를 통해 일관된 집념과 견식이라 해도 좋았다. 그 아버지 밑에서 세키가하라關ヶ原 전투 이후 계속 교육받아온 동생 유키무라였다. 그런 유키무라에게는 형 노부유키가 움직일 수 없는 다른 '신념'이 바위처럼 뿌리내리고 있었다.

'그런 사실을 오키노카미는 모른다……'

이런 생각을 하며 노부유키는 몹시 안타까운 심정이었다.

2

이미 노부유키도 이대로는 진정되지 않을 암운이 천하에 감돌고 있다는 사실을 잘 알고 있었다.

오쿠보 나가야스의 사건에 관련된 다이묘에 대한 처리를 끝내고 에도를 떠난 이에야스가 왜 코스기의 찻집에서 떠나지 못하는지…… 그 이유도 잘 알고 있었다.

그리고 쿄토京都, 오사카 지방에 갔어야 할 오쿠보 사가미노카미 타다치카大久保相模守忠隣가 아직 오다와라 성小田原城을 출발하지 않은 원인도…… 고지식한 오쿠보 타다치카는 자기를 쿄토, 오사카 방면으로 파견하는 것은 혼다 마사노부本多正信, 마사즈미正純 부자의 음모라 믿고 있었다.

혼다 부자는 정적인 타다치카를 매장하기 위해서는 어떠한 수단도 가리지 않는 간악한 무리…… 오쿠보 타다치카는 이렇게 믿고 이에야스가 슨푸로 돌아가는 도중에 그를 오다와라 성으로 맞아, 직간直諫하여 혼다 부자를 쇼군의 측근에서 추방시키려 하고 있다…… 이러한 내용의 은밀한 고발이 실은 이에야스가 무사시의 나카하라까지 왔을 때 있었다고 한다.

고발을 한 자는 바바 하치자에몬馬場八左衛門, 노부유키는 그 이름도 이미 알고 있었다.

고발 내용대로 된다면 이에야스는 오다와라 성의 인질이 되고, 천하는 벌집을 쑤셔놓은 듯한 수라장이 될 터. 아니, 그런 불길한 기운은 벌써 세상의 표면에서는 보이지 않는 곳에서 무섭게 꿈틀거리고 있는지도 모른다.

에도에서는 도이 토시카츠土井利勝가 혈색이 변해 나카하라로 달려갔고, 그의 전언으로 이에야스는 일단 길을 멈추고 코스기 찻집으로 옮겼다……

이처럼 긴박한 사태에 노부유키의 동생 유키무라가 오사카에 입성하는 경우 도쿠가와德川 가문 내부도, 에도와 오사카의 관계도 수습할 수 없는 큰 혼란에 말려들 터. 오키노카미의 권유가 없더라도 노부유키는 쿠도야마로 달려가 유키무라의 오사카 입성을 만류해야만 하는 입장이었다.

그러나 이 일은 생각이나 말처럼 간단하지 않았다. 아버지 마사유키의 망집을 이어받은 유키무라가 순순히 형의 충고에 따를 인물이 아니라는 사실을 노부유키는 지나칠 만큼 잘 알고 있었다. 결코 성격의 차이나 이해대립의 문제가 아니었다. 굳이 말한다면 '인간'에 대한 근본적인 견해와 해석의 차이였다.

이에야스나 노부유키는 인간은 교육 여하에 따라 이성理性을 중히 여기고 법을 지키는 '평화인'이 될 수 있다고 믿었다. 이에 비해 세상을 떠난 아버지 마사유키는——

"그런 생각이 바로 이성을 잃은 망상이다. 인간이란 그처럼 단순한 것이 아니야."

한마디로 그 말을 부정하는 '힘'의 신봉자였다.

약육강식弱肉強食은 동물계, 식물계를 불문하고 지상에 있는 모든 살아 있는 것의 어쩔 수 없는 실상. 따라서 인간의 세계에서 전쟁을 없애려는…… 아니, 그 일이 가능하다고 생각하는 이에야스의 꿈은 어린 아이 장난과 같다.

또한 인간으로 태어난 자 중에 결코 절대적인 강자는 없다. 적을 쓰러뜨린 자 역시 마침내는 쓰러져, 세상에 인간이 있는 한 전쟁은 끊임없이 되풀이된다…… 이렇게 이에야스를 비웃으며, 그런 생각을 동생 유키무라에게 물려주고 죽었다……

"겐지로, 절대로 도쿠가와와 같은 어리석은 인간이 되지 마라."

이러한 사실을 알고 있는 노부유키로서는 섣불리 움직일 수도 없었다. 자신의 권유를 동생 유키무라가 거절한다면 수습할 길 없는 파란이 또 하나 늘어나는 결과를 초래할 뿐……

3

"주군은 내 말에 대답하지 않을 모양이군."

사나다 오키노카미는 체념한 듯 혀를 찼다.

"오고쇼는 우리 사나다 일족을 믿고 있어. 지금 천하를 어지럽혀서는 노부나가信長, 히데요시秀吉, 이에야스 삼 대에 걸친 육십 년의 노

력이 허사가 된다. 그러니 잘 부탁한다고 내게 말씀하셨어. 결코 천도
天道를 어기는 일이 아닐 뿐 아니라, 사나다 집안의 앞날에도 도움이
되는 일. 그런데 주군은 단 한 번의 서신만으로 혈육인 아우를 버리려
하다니. 두 번 권해 듣지 않으면 세 번, 세 번 권해서 듣지 않으면 직접
찾아갈 정도의 성의를 가져야만 돌아가신 아버님께 효도하는 길이라
생각하는데……"

"숙부님, 잠깐."

이즈노카미 노부유키는 계속 혀를 찼다.

"그렇다면 말씀 드리지요. 숙부님은 친형인 제 아버님을 너무 모르
고 계십니다."

"당치도 않은 말. 아와노카미는 주군의 부친이기도 하지만 나에게는
어릴 때부터 함께 전쟁터를 누비던 형님, 어째서 나더러 모른다고 단언
하나?"

"아니, 모르십니다…… 아버님은 아시다시피 어려서는 타케다 신겐
武田信玄 공의 여섯 코쇼小姓° 중에 으뜸가는 분이셨어요."

"말할 필요도 없는 일. 코쇼 중에서도 발군인 그야말로 기린아라고
신겐 공이 때때로 감탄하셨지."

"바로 그 점입니다. 아버님은 너무 위대했어요. 그 위대한 분이 지나
치게 전투를 많이 하셨습니다…… 우선 나가시노長篠 전투에서 겐타
사에몬 노부츠나源太左衛門信綱와 효고노죠 마사테루兵庫丞昌輝 두 형
님을 잃고, 셋째아들로서 가문을 이어받아 한 번도 전투에서 패한 적이
없으십니다."

"그래. 옛 얘기가 되어버린 카와나카지마川中島 전투에서는 무토 키
헤에武藤喜兵衛라는 이름으로 공을 세웠지. 첫 출전이었는데, 열네 살
이었다고 들었어. 그 후 오다와라 공격 때는 바바 미노노카미馬場美濃
守의 군감軍監°, 니라야마韮山 공격 때는 소네 타쿠미曾根內匠와 함께

신겐 공으로부터 자신의 두 눈이라는 칭찬을 받았어. 그 후 누마다 성沼田城을 손에 넣고 또 신슈信州의 우에다 성上田城 삼만 팔천 석을 손에 넣었지. 텐쇼天正 십년(1582) 노부나가 공의 코슈甲州 공격 때는 카츠요리勝賴 공을 구하기 위해 자기 영지인 죠슈上州의 이와비츠야마 성岩櫃山城에 입성하시도록 권유했어…… 카츠요리 공은 그 말을 듣지 않고 오야마다小山田의 이와토노 성岩殿城에 의지하려다가 끝내 텐모쿠잔天目山의 이슬로 사라졌지만……"

"숙부님."

노부유키가 그 말을 가로막았다.

"숙부님 말씀대로 아버님은 싸우면 반드시 승리하셨습니다…… 그러나 이 승리가 아버님을 그르쳤다고도 할 수 있습니다. 그러고 보면 우에스기上杉 가문의 나오에 야마시로노카미 카네츠구直江山城守兼續도 도요토미 가문의 오타니 교부大谷刑部, 이시다 지부쇼유石田治部少輔도 모두 아버님의 병학兵學에 심취했다고 할 수 있습니다. 이들 모두 전쟁을 즐기다가 몸을 망쳤습니다."

"그것이 이번 쿠도야마의 설득과 무슨 상관이 있나?"

"들어보십시오, 숙부님. 아버님은 오고쇼의 말씀에 따르면 병학의, 병법兵法의 귀재였지요. 그러나 동시에 아버님은 환자였다고도 할 수 있습니다."

"원 이런…… 형님이 환자라니……"

"예, 그렇습니다. 이런 환자가 천하에 세 사람 있었다고 합니다. 그 한 사람이 쿠로다 죠스이黑田如水, 또 한 사람은 다테 마사무네伊達政宗, 그리고 아버님 아와노카미 마사유키…… 천하는 항상 난과 더불어 있는 것, 그 주인공이 되고 싶다, 곧 천하를 쟁취하려는 병에 걸린 세 명의 환자라고. 겐지로, 다시 말해 유키무라는 그러한 아버님의 이상理想을 따르는 아들입니다. 아시겠습니까, 숙부님……?"

4

"그렇다고 해서 그대로 둔다는 것은……"

오키노카미가 안타까운 얼굴로 입을 열었다. 그 순간 노부유키는 당황하며 가로막았다.

"좀더 들어보십시오. 이렇게 말씀 드린 겁니다만, 아버님이 단지 전쟁만 즐기신 분이라고는 생각지 않습니다. 아버님은 제게는 오고쇼의 양녀를, 겐지로에게는 오타니 교부의 딸을 각각 짝지어주셨고, 세키가하라 전투 때는 서군西軍 편을 드셨습니다. 그때 말씀을 저는 지금도 잊을 수 없습니다. 이즈노카미, 이제 어느 편이 이기든 사나다 집안은 존속한다. 아비를 사나다 가문의 불효자라고는 생각지 마라…… 이런 말씀이셨어요."

"그 말은 이 오키노카미도 종종 들었지. 사려 깊은 분이라 주군은 오고쇼 님과, 겐지로 님은 타이코太閤° 님과 인연을 맺게 하여 항상 이변에 대비하셨지."

"바로 그 점입니다. 숙부님은 세키가하라 전투 때 아버님이 어째서 서군 편을 드셨는지 그 이유를 아십니까?"

"나오에 야마시로直江山城나 오타니 교부, 또 이시다 지부와도 모두 각별한 사이여서 그 의리를 다하기 위해……"

"아닙니다."

노부유키는 고개와 손을 함께 흔들었다.

"그렇지 않습니다. 아버님은, 이 세상은 전란이 일상사이고 평화는 겨우 그 틈에 점점이 끼여 있는 휴식의 장소에 불과하다는 생각을 뿌리 깊게 지니고 계셨지요. 평화로운 세상이란 결코 십 년 이상 계속되지 않는다, 따라서 인간의 일생은 전쟁에 걸어야 한다는 신념에서 세키가하라 전투를 칠 대 삼으로 보셨습니다."

"칠 대 삼이라니? 그러면 서군 쪽에 칠 할의 승산이 있다고 보았다는 말인가?"

"아닙니다. 아버님은 서군의 승산을 삼 할로 보셨습니다. 그러나 칠 할 쪽에 걸어 이기더라도 겨우 이 노부유키의 십만 석에 일, 이만 석 정도 더해질 뿐. 서군이 이겼을 때는 어떻겠습니까? 그 전투의 주모자인 이시다도 오타니도 나오에 카네츠구도 아버님에게는 모두 제자와도 같은 인물들…… 잘하면 천하를 취할 수도 있습니다. 그렇지 못하더라도 일백만 석 다이묘는 될 수 있을 것이니 서군에 걸어야 한다고 말씀하셨어요. 아버님께서는 웃으면서 말씀하셨지만, 저는 그때 찬물을 뒤집어쓴 듯 전신이 오싹했습니다…… 숙부님, 사는 방법의 차이…… 세상을 보는 견해의 차이…… 이것만은 부자지간이나 형제 사이에도 어쩔 수 없다고……"

"으음."

"이 도박은 아버님 패배로 끝났지요. 저는 오고쇼에게 생명을 걸고 아버님 구명을 탄원했습니다."

"그 일은 잘 알고 있네."

"그때도 아버님은 웃고 계셨어요. 철저하신 분이니까. 앞으로 과연 몇 년이나 더 태평세월이 계속될 것인가, 이번에는 십 년 가량 계속될지도 모른다, 그러나 이에야스는 사람이 좋아서 오사카는 남겨둔다, 나는 유배당해 키슈紀州에서 그날까지 천천히 휴양하면서 대책을 세우겠다……고 하셨어요."

"역시 평범한 분이 아니었으니까."

"그렇습니다. 평범한 분이 아니지요. 그런 분이 다음 전쟁은 에도와 오사카라고 밤낮 없이 가르치며 키운 겐지로입니다…… 아시겠습니까, 숙부님?"

이즈노카미 노부유키는 오키노카미를 응시하면서 한숨을 쉬었다.

이미 평화의 중요성을 간절히 적어 쿠도야마의 유키무라에게 보냈다가 겉봉도 뜯지 않은 채 되돌려받은 노부유키였다.

5

유키무라가 특별히 오만하거나 난폭한 인간이었다면 노부유키는 다시 사자를 보내—

"형의 서신을 뜯지도 않고 돌려보내다니 무례하기 짝이 없다."

꾸짖었을 터였다.

유키무라는 난폭한 인간의 유형과는 전혀 달랐다. 형 노부유키는 전쟁터에 나갈 때는 짐짓 어마어마하게 위엄을 갖추고 천둥 같은 소리로 사기를 돋우고는 했다. 그러나 유키무라는 소년 때부터 남을 꾸짖는 일이 없었다. 노부유키와는 비교도 되지 않을 대담성을 지니고 태어났기 때문인지도 모른다.

노부유키가 화가 머리끝까지 치밀어 펄펄 떨 때도 그는 오히려 싱글벙글 웃으며 온화한 얼굴을 잃지 않았다. 잘못이 있을 때는 깨끗이 사과했으며, 주장할 만한 이유가 있을 때는 자신의 뜻을 고집했다. 따라서 형처럼 거친 난세에서 자랐으면서도 유키무라는 거의 적을 만들지 않았다.

노부유키가 인질이 되어 이에야스 밑에서 자랐듯이 유키무라도 한동안 인질생활을 했다. 아명 오벤마루お辨丸가 겐지로로 된 지 얼마 되지 않은 때였다.

유키무라는 우에스기 가문의 인질이 되어 그곳에서 나오에 야마시로노카미 카네츠구와 알게 되었다. 카네츠구는 아버지 아와노카미 마사유키를 스승으로 섬길 만큼 심취해 있었기 때문에 그 아들 겐지로와도 깊이 친교를 맺었다. 그때는 아버지 마사유키가 도쿠가와 군을 적으로 삼아 항전하고 있었고, 어떻게 해서든지 우에스기 가문의 협력이 필요했기 때문이다.

도요토미 타이코의 중재로 화친이 성립되었다. 유키무라는 이번에는 타이코에게 인질도 코쇼도 아닌 입장으로 보내졌다. 그곳에서 이시다 지부와 알게 되고, 또 오타니 교부의 눈에도 들게 되었다.

그때 이시다 지부쇼유의 중매로 교부의 딸을 맞이하게 되었다. 이 혼담도 노부유키가 도쿠가와 가문 사천왕의 한 사람인 혼다 타다카츠의 딸을 아내로 맞이하게 된 것과 마찬가지로 아버지 마사유키의 생각에서 나온 지시였다.

아버지 마사유키는 그 무렵 장차 히데요시와 이에야스가 천하의 패권을 놓고 다투게 된다고 확신하고 있었다. 그의 생각은 히데요시 생전에는 실현되지 않았다. 사후 2년 만에 세키가하라 전투가 터졌을 때까지 아버지의 신념은 전혀 수그러들지 않았다.

서군이 패하고 마사유키는 장자 노부유키의 전공으로 구명되었다. 그 뒤 그는 다음 전쟁을 예언하고 쿠도야마에 은거하면서 그 동생 유키무라에게 철저히 자신의 사상과 신념을 주입시켰다.

"평화는 가장된 모습, 약육강식의 세상이므로 인간과 전쟁은 절대로 떼어놓을 수 없다."

은거하면서 다음 전략을 짜기에는 코야산高野山 밑 쿠도야마는 다시 없이 좋은 은거지였다. 갖가지 떠돌이무사들이 코야 참배를 가장하거나 수도자, 승려 차림으로 변장하여 출입했다. 이가伊賀의 무리°, 코카甲賀의 무리° 중에서 뜻을 이루지 못한 자들도 그에게로 모여들었다. 아버지 마사유키는 그들 중에서 뜻이 통하는 자를 유키무라와 함께 인근 마을에 살게 하여 그곳에서 14, 5년 동안 무시할 수 없는 세력으로 그 뿌리를 내렸다.

이렇게 준비를 다한 마사유키는 오쿠보 나가야스의 죽음을 전후하여 끝내 도요토미 대 도쿠가와의 전쟁을 지휘하지 못하고 세상을 떠났다. 그러나 임종 때 유키무라를 불러 자신의 인생관이 한 치의 틀림도 없었음을 누차 깨우쳤다고.

유키무라가 형의 서신을 뜯지도 않은 채 돌려보낸 의미가 얼마나 단호한지 오키노카미는 알지 못했지만, 노부유키만은 너무 잘 알았다. 그것은 슬픈 이성理性의 절연장이었다……

6

"그러면 주군은 쿠도야마를 포기했다, 동생이 오사카로 들어가도 모르는 체하겠다는 말씀인가?"

오키노카미로서는 물론 사나다 집안도 중요했다. 그렇지만 조카 유키무라를 속수무책으로 사지死地에 몰아넣는 지금의 사태도 차마 그냥 두고 보지 못할 심정이었다.

그가 보기에 이에야스의 마음은 이미 정해져 있었다. 오사카에 들어가는 떠돌이무사들의 수가 늘어나고, 그 총수로 사나다 유키무라와 타카야마 우콘노다이부高山右近大夫가 입성한다면 두말없이 대군을 동원하여 오사카 성 공격을 감행할 것이 틀림없다.

사태가 그렇게 진행된 다음이면 이미 늦다. 아무리 아버지 마사유키가 도쿠가와 군에 패한 일이 없는 명예로운 무장이라 하더라도 유키무라 역시 그렇다고는 할 수 없다.

오키노카미의 이런 염려를 없애기 위해서는, 형 노부유키가 지금 유키무라의 결심을 바꿔놓는다면, 그리고 ─

"만일의 사태가 발생했을 때는 평화를 유지하기 위해 틀림없이 칸토

關東 쪽에 가담하겠다."

이렇게 약속한다면 이에야스는 유키무라에게 다이묘의 지위를 줄지도 모른다. 그로서는 이러한 이해관계를 혈육인 형을 통해 유키무라에게 설득하고 싶었다.

"나는 주군이 좀더 인정이 두터운 사람이라 생각했네. 주군은 역시 동생의 무례에 분노하고 있군."

"그만 하시오."

이즈노카미 노부유키가 거칠게 말했다.

"그 이야기는 이제 그만 합시다! 숙부님도 사나다 일족이지만, 우리 집안의 피에는 어쩌지 못할 외고집이 있는 것 같습니다."

"그럴까?"

오키노카미는 시무룩한 낯으로 말했다.

"그런데 주군은 막상 전쟁이 벌어지면 도요토미 가문에 승산이 있다고 생각하나?"

"숙부님."

"왜 그러나?"

"그렇게까지 이 일이 걱정되신다면 어째서 직접 유키무라를 찾아가시지 않습니까?"

"원 이런! 주군의 서신조차 뜯지 않고 돌려보낸 사람 아닌가? 오고쇼 편이라고 생각되는 이 오키노카미가 찾아가면 문전에서 쫓겨날 것은 뻔한 일. 내가 이렇게 주군에게 부탁하는 심정을 이해하지 못한다면 섭섭한 일일세."

"그럼, 한 가지 지혜를 가르쳐드리지요. 아시겠소? 친서를 그대로 돌려보내서 형인 내가 화가 머리끝까지 치밀었다고……"

"나는 안 가겠네. 가도 소용없어."

"누가 숙부님더러 가시라고 했습니까? 숙부님은 만나주지도 않을 테니 유키무라와도 아버님과도 절친했던 마츠쿠라 분고松倉豊後에게 부탁하려 합니다."

"뭐, 마츠쿠라에게……?"

"그렇습니다. 마츠쿠라 님의 영지는 쿠도야마에서 멀지 않은 와슈和州에 있습니다. 제가 노발대발하여, 만일 가까이 있었다면 남의 손을 빌리지 않고 직접 공격했을 정도이다, 형제 싸움은 돌아가신 아버님도 원치 않으실 터, 그러니 화해시키고 싶다……고, 마츠쿠라 님을 통해 유키무라를 설득시키려 합니다."

"그렇게 한다고 겐지로의 마음이 움직이리라 생각하나?"

노부유키는 답답하다는 듯 혀를 찼다.

"숙부님도 좀 성급하시군요. 유키무라가 이 말을 거절하면 쿠도야마는 마츠쿠라 분고 님의 엄한 감시를 받게 될 것입니다."

그 말에 오키노카미는 비로소 무릎을 탁 쳤다.

7

"으음…… 과연 묘안이군."

오키노카미는 순순히 고개를 끄덕였다. 그와 함께 이즈노카미 노부유키도 어조를 부드럽게 했다.

"유키무라에게는 먼 시나노 땅에 있는 형보다 가까이 있는 남의 감시가 더 무서울 것입니다. 그리고 마츠쿠라 분고가 찾아가면 설마 문전축객門前逐客은 못 할 것입니다."

"그 말이 옳아."

"그래서 형의 분노, 숙부님의 심려, 오고쇼의 결단 등을 누누이 설명하면 아무리 유키무라라 해도 매정한 대답은 못 하겠지요."

"알겠네! 역시 주군은 사나다의 혈육, 예사 지혜가 아니야."

노부유키는 씁쓸히 웃었다.

"겨우 마음이 풀리신 것 같군요. 야마토大和의 고죠마치五條町에서 마츠쿠라 분고노카미 시게마사松倉豊後守重正가 사나다 유키무라의 동정을 엄하게 감시하고 있다……고 하면, 설령 유키무라에게 오사카 입성 의사가 있다고 해도 가볍게 움직일 수 없습니다. 이렇게 유키무라를 움직이지 못하도록 묶어놓는다면 숙부님이 걱정하시는 불안도 없어질 것이고, 또한……"

"또한……?"

"또 하나, 이 말도 하는 게 좋겠지요. 머지않아 오쿠보 사가미노카미가 쿄토, 오사카의 천주교 신도 진압에 나설 것이라고."

"과연 오쿠보 사가미노카미가 가려고 할까? 아직 오고쇼는 코스기에 계신데……"

"염려하지 마십시오. 오고쇼의 기질로 보아 쇼군의 결정은 어떤 일이 있어도 실행시킵니다. 오쿠보 타다치카 님의 또 한 가지 소임은 쿄토에서 카가加賀로 가서 담판케 하는 데 있다고……"

"카가에서…… 무엇을 담판한다는 말인가?"

"타카야마 우콘노다이부의 추방이나 할복."

"그……그것이 정말인가, 주군?"

"그렇게 되지 않으면 이번 일은 처리가 되지 않습니다. 동시에 같은 위험이 쿠도야마의 사나다 유키무라의 신상에도 있을 수 있다고 은연중에 풍기게 합니다."

"유키무라의 신상에도…… 말이지?"

"그렇습니다. 그때는 마츠쿠라 분고에게 검시檢屍하라는 명이 내린다…… 마츠쿠라에게 이렇게 말하는 게 좋습니다. 그러면 분고의 설득도 진지해지고, 분고가 진지해지면 유키무라도 생각을 바꾸게 될지도 모릅니다. 그 이상은 저로서도 지혜가 없습니다. 하늘에 맡기는 수밖에 없습니다."

노부유키는 내뱉듯이 말하고서 손뼉을 쳤다.

어느새 밤이 되어 주위는 완전히 어두워져 있었다.

"불을 밝혀라. 용건은 끝났다."

사나다 오키노카미는 새삼스럽게 감탄한 듯 어둠 속에서 다시 한 번 무릎을 쳤다.

"주군, 이건 결코 이면공격이 아니군."

"그렇습니다. 정면공격이지요. 유키무라는 이면공격으로 항복할 사내가 아닙니다. 나름대로 자신만만한 자, 실은 아버님을 가장 많이 닮았는지도 모릅니다."

"벌레조차 죽이지 못할 만큼 온화한 얼굴인데도 말이군."

이때 불을 밝혀든 젊은 무사가 들어왔다.

오키노카미는 얼른 자리에서 일어났다.

"참, 마츠쿠라 님은 이미 성에서 나왔을 테지. 사태는 일각을 다투는 일. 밤중이지만 이 길로 찾아가겠네."

8

사나다 오키노카미가 마츠쿠라 분고노카미 시게마사를 어떻게 설득했는지는 알 수 없다. 그렇지만 마츠쿠라는 그로부터 얼마 후 다시 에도 서쪽 성으로 돌아와 체류하고 있는 이에야스를 만났다. 그리고 그대로 에도를 떠나 토카이도東海道를 서쪽으로 지나 자기 영지인 야마토에서 키슈로 하여 사나다 유키무라가 은거하고 있는 쿠도야마를 찾아갔다.

쿠도야마는 코야산 북쪽 계곡에 있었다. 키노가와紀ノ川 남쪽 기슭, 큰 다리를 남쪽으로 건너 완만한 언덕을 오른쪽으로 올라가면 햇빛 좋은 경사지에 유배인의 거처라고는 생각할 수 없는 큰 건물이 서 있고, 마구간이 즐비하게 늘어서 있었다. 아버지 마사유키가 그 거센 기질에 맞게끔 지은, 웬만한 성곽을 연상케 할 정도의 건물이었다.

이미 케이쵸 18년(1613)도 지나고, 19년 정월 중순이 되었다.

여행 중 마츠쿠라 시게마사는 두 가지 커다란 소식을 들었다.

그 하나는 현재 쿄토에서 천주교 교회당을 부수고 선교사들을 추방하고 있는 오쿠보 타다치카에 대한 처벌. 도쿠가와 가문을 3대에 걸쳐 섬긴 오쿠보 일족의 기둥이 하찮은 잘못 때문에 오다와라 성주의 지위에서 쫓겨났다…… 타다치카는 이미 그 처벌을 짐작하고 오다와라 성을 출발했다. 이에야스를 성내에 감금하고 직접 담판하려 했던 것이 그 원인. 이미 주종이 미카와三河에서 고락을 함께하던 때와 같은 그런 외곬의 고집은 용납될 수 없었다……

이에야스는 선대의 충성을 생각해서라도 죽이지는 않겠지만, 호인인 타다치카가 이 처분을 쇼시다이所司代°로부터 들었을 때 얼마나 심한 분노를 터뜨렸을지…… 그 일을 생각만 해도 마츠쿠라 시게마사의 가슴은 터질 것 같았다.

이에 비해 또 하나의 다른 소식, 타카야마 우콘노다이부와 나이토 죠안內藤如安 등이 카가에서 체포되었다는 소식은 그다지 대수로운 것이 아니었다. 그들도 아마 죽이지는 않을 터. 타카야마도 나이토도 몇 번이나 오사카 성에서 맞이하려는 사자가 찾아왔는데도—

"싸워서는 안 된다."

오히려 밀사를 설득하여 돌려보냈고, 신앙이 명하는 대로 평화의 소중함을 역설했다는 소문이 나 있었다.

"문제는 이 저택의 주인이다……"

마츠쿠라 분고노카미 시게마사는 무거운 마음으로 조용한 현관 앞에 이르러 크게 기침을 했다. 그리고는——

"마츠쿠라 분고가 영지로 돌아가는 길에 오랜만에 대면하고 싶어 찾아왔다고 사에몬노스케左衛門佐 님에게 전하라."

현관으로 나온 젊은이에게 말했다.

젊은이는 아직 앞머리를 깎지 않은 미소년이었다. 유키무라의 아들인 듯싶었으나 일부러 묻지 않았다.

"알겠습니다. 잠시 기다려주십시오."

소년은 좀처럼 되돌아오지 않았다.

이윽고 모습을 나타낸 것은 유키무라 자신이었다.

"오오, 사에몬노스케 님, 오랜만에 영지로 돌아가는 길에 오늘 코야산 참배를 마치고 갑자기 폐를 끼칠 생각이 들었소."

유키무라는 들어오라는 말을 하지 않았다. 세상을 떠난 아버지보다 젊고 자기보다 나이가 많은 내방자를 부드러운 눈으로 바라보며——

"용건은 여기서 말씀해주신다면 고맙겠습니다."

웃지도 않는, 그러나 냉정해 보이지도 않는 온화한 얼굴로 말했다.

9

마츠쿠라 분고노카미 시게마사는 눈을 빛내면서 입가에 엷은 미소를 떠올렸다.

"듣던 바대로 강경하시군. 그 고집으로 형님의 친서를 되돌려보낸 모양이군요."

유키무라는 표정을 허물지 않았다.

"그럼, 귀하도 형님과 같은 용건으로 오셨습니까?"

"같은 용건……이라기보다 이즈노카미 님의 뜻으로 왔다고 하는 편이 좋겠지요. 물론 그것만은 아니오. 키슈의 아사노淺野 가문이나, 그이상인 분의 뜻도 확실히 할 겸 한번 찾아와야 한다……고 생각하고, 돌아가신 아버님 아와노카미 님 영전에 향이라도 피워올리고 싶어 찾아왔소…… 그래도 문전축객하시겠소?"

유키무라도 그만 이 말에는 뺨을 붉혔다. 노한 것은 아닌 듯. 무언가를 부끄럽게 생각하고 있는지도 모른다.

"아버님 명복을 비시겠다면 자식으로서 거절할 수 없습니다. 자, 들어오십시오……"

"하하하……"

마츠쿠라 분고노카미 시게마사는 호탕하게 웃으며 신을 벗었다.

"아와노카미 님은 돌아가셨지만 쿠도야마의 정신은 건재하군요. 축하 드립니다."

"죄송합니다. 실은 이런 곳에도 각지에서 여러 층의 방문객이 찾아와 한결같이 거절하고 있었습니다."

"허어…… 그러면 오사카 입성을 결정하셨다…… 그래서 도쿠가와 가문과 인연이 있는 자는 만나지 않을 각오라는 세상 소문은 잘못된 것이었군요?"

"그렇습니다. 세상 입이란 정말 막을 도리가 없는 모양입니다. 아버님도 저도 형 이즈노카미의 지극한 노력으로 겨우 용서받고 은거하여 세상을 버린 자…… 근신 중인 입장이기 때문입니다."

일단 맞아들인 뒤에는 유키무라도 격의 없는 태도로 마츠쿠라 분고노카미를 방으로 안내했다.

방안으로 들어간 분고노카미는 먼저 불단 앞에 앉았다. 마치 그 일이 첫째 목적이었던 것처럼 향을 피우고 합장했다.

"아버님도 여간 기뻐하지 않으시리라 믿습니다."

"사에몬노스케 님, 오사카의 사자들이 이 쿠도야마에 찾아왔다는 말을 들으신 오고쇼 님은 안색을 바꾸고 한동안 주먹을 부르르 떠셨다고 합니다."

"그건 또 어째서일까요?"

"귀하가 두려워서 그런 것은 아닙니다. 아버님은 아직 건재…… 그렇게 생각하고 계셨기 때문에 아와노카미가 적으로 돌아섰구나 싶어 자신도 모르게 몸을 떠셨다고 합니다."

"하하하……"

유키무라가 비로소 웃었다.

"설마 그렇게 소심하신 오고쇼 님은 아니겠지요. 실은 오사카에서 온 사자도 아버님이 돌아가셨다는 것을 알고 낙담한 모양입니다."

"그렇겠지요. 그런데, 오사카에서는 누가 왔었나요?"

"오노 슈리大野修理*의 밀명을 받았다고 와타나베 쿠라노스케渡邊內藏助*가 왔습니다."

유키무라는 밝은 표정으로 담담하게 대답했다.

그 어조나 표정에서는 아무런 격의도 괴로워하는 기색도 느낄 수 없었다. 어디까지나 폭 넓고 우정에 찬 응대였다.

10

"그런데 사에몬노스케 님, 귀하는 따님을 다테 가문의 카타쿠라 코쥬로片倉小十郎*의 후처로 출가시켰다고요?"

마츠쿠라 분고는 용건과는 전혀 다른 화제를 꺼냈다.

"그렇습니다. 중신하신 분이 계셔서."

유키무라는 부드럽게 대답했다.

"그 말씀을 들으니 생각납니다마는, 혼다 사도노카미 마사노부 님의 막내아드님…… 그러니까 코즈케노스케 마사즈미上野介正純 님의 막내동생이 우에스기 가문의 나오에 야마시로 님의 양자로 들어가셨다는 말을 들었는데……"

"바로 그것입니다. 오고쇼 님은 어떻게든 이번 일을 원만히 해결하시려는 생각이지만 주위에서는 그와 반대로 당장 절연하실 것 같다는 소문을 퍼뜨리고 있습니다…… 곧 귀하의 따님이 카타쿠라 집안으로 출가했다……뿐인데도 소문이 상당히 크게 번져……"

"허어, 처음 듣는 말입니다. 어떠한 소문이 돌고 있습니까?"

"그러니까…… 사나다 사에몬노스케眞田左衛門佐가 드디어 아버지 아와노카미의 뜻을 이어 오사카에 입성, 칸토 세력과 대항할 결심을 했다, 이번 혼인이 그 증거…… 이런 소문입니다."

"당치도 않은…… 도대체 카타쿠라 집안과 오사카가 무슨 관계가 있단 말씀입니까?"

"그 점입니다. 이번 소동의 규모는 크다, 단순히 천주교 신자들의 지레짐작만이 아니라, 이 일에는 도쿠가와 가문 내부의 집안 소동도 얽혀 있다, 한편은 마츠다이라 카즈사노스케 타다테루松平上總介忠輝 님, 한편은 쇼군 님……이라는 소문이지요."

"하하하……"

유키무라는 일소에 부쳤다.

"인간이란 이야깃거리로도 파란을 좋아하는군요…… 어떻게 그런 소문이 다 퍼집니까……"

"카즈사노스케 타다테루 님을 편들어온 사람은 세상을 떠난 오쿠보 나가야스, 지금 쿄토에 있는 오쿠보 사가미노카미, 그리고 장인인 다테 마사무네…… 이러한 분들이 오사카에 가담할지 모른다는 소문이 나돌고 있지요. 오사카 군 지휘를 맡을 사람인 사에몬노스케 님으로서는 우선 다테 가문과 긴밀히 손을 잡아야 할 것이라고……"

"으음…… 그래서 다테 가문의 초석인 카타쿠라 님에게 딸을 출가시
켰단 말이로군요."

"그렇지요. 혼다 님 부자도 가만히 있을 수 없어 우에스기 집안에 손
을 써 코즈케 님 막내아우를 나오에 야마시로의 양자로 보냈다고."

"우에스기 가문을 오사카와 접근시키면 큰일이라는 말씀인가요?"

"사에몬노스케 님."

"예, 말씀하십시오."

"여기까지 말이 나왔으니, 짐작하시겠지요. 단도직입적으로, 오사
카 쪽에는 가담하지 않겠다, 천하의 평화를 흔들어선 안 되므로 오사카
편은 되지 않겠다고…… 결심해주시지 않겠소?"

마츠쿠라 분고는 드디어 핵심을 털어놓고, 내놓은 담배합을 담뱃대
끝으로 끌어당겼다. 이때도 유키무라는 별로 안색을 바꾸지 않았다. 처
음부터 예상하고 있었는지도 모른다.

잠시 조용히 생각하다가 전혀 방향이 다른 말을 꺼냈다.

"형 이즈노카미는 내가 친서를 뜯지도 않고 돌려보낸 뜻을 오해하고
있는 모양입니다."

"아니, 무어라고요?"

마츠쿠라 분고는 저도 모르게 담뱃대를 입에서 떼고 물었다.

11

"형님이 귀하를 오해하셨다고……?"

거듭 묻는 마츠쿠라에게 유키무라는 희미하게 미소지어 보였다.

"세상에서는 전쟁이 없어지지 않는다고 믿는 아버님 영향을 받은 내

가 오사카에 가담해 큰 도박을 한다……고 말하지 않던가요?"

"으음."

마츠쿠라 분고는 신경질적으로 담뱃대를 두드렸다.

"그럼, 귀하의 생각은 그렇지 않다는 말이오?"

"예. 아버님 생각이 잘못되었다고는 생각지 않습니다. 아버님이 세키가하라 전투 때 우리와 같이 우에다 성에 있으면서 현 쇼군의 상경을 가로막았다…… 그때의 도박과는 좀 생각이 다릅니다."

"허어, 그러면 오사카 쪽에 가담할 생각은 처음부터 하지 않았다는 말이오……? 그렇다면 안도했습니다. 실은 나도 사나다 오키노카미의 부탁을 받고 서쪽 성에 계시는 오고쇼 님의 의견도 여쭈어보고 왔습니다. 사에몬노스케 님을 오사카 성으로 들여보내서는 안 된다, 이에 대해서는 키슈의 아사노에게 엄히 감시하도록 명했으니 염려 없다고 생각하지만, 만일 그대가 가는 길이 있으면 이 뜻을 사에몬노스케에게 전해달라……고 하셨습니다. 오사카에 입성하지 않는 대신 시나노에 일만 석을 주겠다, 이렇게 해서 형제가 정답게 태평성세의 치적을 올려주지 않겠느냐고."

마츠쿠라가 단숨에 말했다. 다시 유키무라의 얼굴이 붉어졌다.

"잠깐, 귀하는 제가 한 말의 뜻을 오해하고 계신 것 같군요."

"아니, 오해라고?"

"예. 저는 아버님처럼 승패에 도박을 걸지는 않습니다. 그러나 오사카에 편들지 않겠다고……는 말하지 않았습니다."

"무……무……무슨 말씀이오? 그럼, 오사카에 입성하겠다고 이미 약속이라도 하셨다는 말이오?"

유키무라는 천천히 고개를 저었다.

"아직 승낙은 하지 않았어요. 그렇다고 입성을 거절한다고도……"

"사에몬노스케 님, 이즈노카미나 오키노카미의 체면을 생각해……

아니, 이렇게 권하는 나를 위해서라도 지금 칸토의 편이 되겠다고 결심해주실 수 없겠소?"

마츠쿠라 분고가 말을 마친 것과 유키무라가 반문한 것은 거의 동시의 일이었다.

"분고 님, 귀하는 유키무라가 오사카 성에 들어가지 않으면 전쟁이 일어나지 않는다는 확증을 갖고 계십니까?"

"확증……이라면?"

"바로 그 일입니다. 사에몬노스케는 아직 입성을 결심하지는 않았습니다. 그러나 입성하지 않을 수 없다……는 내심의 근심도 버리지 못했습니다."

"이상한 말씀이군요…… 오사카 쪽에 가담하더라도 패할 것은 분명한 일. 알면서도 계속 도요토미 가문을 위해 희생해야 할 의리가 있다……는 말처럼 들립니다."

"그렇게 보셔도 좋습니다. 그렇게 하지 않으면 아버님은 이 세상에서 전쟁이 사라질 수 없다는 신념을 위해 이 쿠도야마에 은거한 전쟁 청부인으로 전락하게 됩니다. 그러면 아버님 아와노카미의 면목은 도둑의 무리들과 다름이 없게 됩니다…… 유키무라로서는 그런 일은 할 수 없습니다."

마츠쿠라 분고는 흠칫 놀랐다.

12

'유키무라는 무엇을 생각하고 있다는 말인가…… 그리고 내게 무슨 말을 하려는 것일까……?'

마츠쿠라 분고는 당장에는 그 속을 알 수 없었다.

"그러면…… 그러면…… 귀하는 오사카 쪽이 패한다고 알면서도 그쪽에 가담하지 않을 수 없다고……?"

유키무라는 고개를 끄덕이는 대신 가볍게 한숨을 쉬고는 미소를 떠올렸다.

"이해가 되시지 않습니까?"

"이해하기 어렵군요. 형님인 이즈노카미가 귀하를 걱정하시는 것…… 이것은 혈육의 정으로서 당연한 일이지만 오고쇼 님의 말씀에는 예사롭지 않은 함축성이 있을 텐데요……"

이번에는 유키무라도 대답하지 않았다.

유키무라 자신도 스스로의 생각에 모순이 있음을 알고 있었다. 그는 결코 이에야스를 미워하지 않았다. 아니, 오히려 보기 드문 도량이라고 존경까지 하고 있었다.

아무리 형 노부유키가 혼다 타다카츠의 사위로 도쿠가와 편에서 싸웠다 해도 세키가하라 전투 때의 강적 사나다 마사유키 부자를 오늘날 이렇듯 살려둔다는 자체가 센고쿠戰國 시대를 산 무장의 상식으로는 보기 드문 일이 아닐 수 없었다.

'타이코라면……?'

'노부나가라면……?'

이런 생각을 할 때마다 유키무라는 이에야스의 행위에서 헤아릴 길 없는 신앙의 깊이를 느끼면서, 바로 그 깊은 이에야스의 신앙에 대결의 식을 느끼곤 했다.

그 이에야스가 오사카 쪽에 가담하지만 않으면 유키무라를 다이묘로 삼겠다고 한다. 그 생각은 세상의 일반적인 계산을 초월한 이에야스의, 인간은 모두 신불의 아들이라는 '인생관'에서 출발했음이 틀림없다.

그러한 이에야스의 마음을 알면 알수록 유키무라로서는 구애받지 않으면 안 될 또 하나의 입장에 놓일 수밖에 없었다.

"그렇소? 유키무라 님에게는 ……지극한 오고쇼의 마음이 전혀 통하지 않는군요."

"분고 님."

"귀하의 마음에 어떤 말도 통하지 않는다면 나의 방문은 무의미한 것. 그럼, 이만 실례하겠소."

"마츠쿠라 님, 한 가지만 말씀 드릴 일이 있습니다."

"이제 와서 새삼스럽게…… 무슨 말씀이오?"

"오고쇼 님과 형님에게도 이 말만은 전해주시기 바랍니다. 유키무라가 어느 편에 가담한다는 것과는 상관없이 전쟁은 절대로 막을 길이 없다고."

"아니, 전쟁을……?"

"귀하도 마음속 어딘가에서는 아마 느끼고 계실 것입니다. 이 세상에서 전쟁을 없애겠다, 이 세상을 그대로 정토로 만들어야 한다……이것이 오고쇼의 꿈이라면, 이 세상에서 전쟁은 그치지 않는다……고 단언한 아버님의 말씀에도 진실은 있습니다."

"그것과 이 일이 무슨 관계가 있다는 말이오?"

"아니, 전쟁은 불가피하다……고 볼 때 도요토미 가문의 애처로움이 뼈저리게 느껴집니다…… 유키무라는 그것이…… 그것이 견딜 수 없습니다."

"더욱 이상한 말씀을 하시는군요."

"그렇겠지요…… 세상을 정상적인 시각으로 바라보시는 분으로서는 당연히 납득되지 않겠지요. 그런 점을 생각해서 지난번 형님의 친서를 뜯지도 않고 돌려보냈습니다…… 마츠쿠라 님, 이 사람은 어차피 이 세상에서 전쟁이 사라지지 않을 바에는 전쟁에 이겨 출세하기보다 고독한 유자遺子에게 사나다 가문의 문장紋章 하나를 선사하고 죽고 싶습니다……"

13

마츠쿠라 분고는 숨이 막히는 것 같았다.

유키무라는 은연중에 자기 각오를 털어놓았다. 자신의 영달도 자손의 번영도 뿌리치고 오사카를 편들겠다……는 고백으로 마츠쿠라 분고노카미에게는 들렸다.

이 또한 인간의 슬픈 측면인지도 모른다. 인간은 각각 다른 용모를 지니고 태어나듯 스스로의 생각에도 남을 받아들이지 않는 각자의 밀실이 존재한다. 그런 의미에서 마츠쿠라 분고는 유키무라의 사상이란 방에는 들어갈 수 없는 인간이었다.

'정情이 대단한 사람이구나!'

마츠쿠라 분고는 이렇게 해석했다. 아니, 그렇게 해석하지 않으면 유키무라 또한 아버지 마사유키와 마찬가지로 백에 하나나 둘밖에 기대할 수 없는 오사카 쪽에 승리를 거는 큰 도박꾼이라는 대답이 나올 뿐이었다.

"그렇게 되면 나는 다시 한 번 사에몬노스케 님을 설득하지 않으면 안 되겠군요."

마츠쿠라 분고는 분고대로 진실이란 점에서 유키무라에게 뒤질 생각이 없었다. 그는 무릎 앞의 담배합을 밀어놓았다.

"귀하의 생각에는 처음부터 한 가지 큰 것이 빠져 있다고 생각되는데 어떻습니까?"

"빠져 있다고요……?"

"그렇습니다. 귀하의 각오는 알겠어요! 전쟁은 불가피하다고 생각하고, 그리고 틀림없이 패할 줄 알면서도 오사카 성의 미망인과 유자가 불쌍하여 편들 각오라고 하셨소."

"……"

"그렇다면…… 귀하는 어떻게 오사카에 입성하실 작정이오? 사에몬노스케 님, 알고 있겠지만, 키슈의 아사노 가문에서는 이미 귀하를 엄히 감시하고 있소."

"잘 알고 있습니다……"

"아니, 키슈의 감시뿐이라면 어쩌면 탈출도 가능하겠지요. 원래부터 아사노 가문은 도요토미 가문과는 인척, 그러니까 귀하의 탈출을 모른 체할지도 모릅니다…… 그러나 귀하는 지금 오고쇼의 밀령을 띠고 온 나의 충고까지도 물리쳤소."

"죄송합니다……"

"아니, 나는 괜찮소이다. 나는 사에몬노스케 님은 역시 아와노카미 님의 아들답다……고 생각하면 그뿐이오. 그러나 이것으로 끝나지 않을 일이 하나 있소."

"물론 있겠지요."

"그렇소. 나는 이제부터 칸토로 돌아가 이 일을 오고쇼에게 보고하지 않으면 안 됩니다. 문제는 바로 여기에 있어요…… 오고쇼는 귀하도 말씀하신 대로 어떻게든 이 세상에서 전쟁을 없애고 싶다, 이 세상을 정토로 만들고 싶다는 생각으로 가득한 분이시오. 그런 오고쇼이므로 귀하가 오사카에 입성한다……는 것을 아시고 그냥 둘 리가 만무합니다. 비록 전쟁은 피할 수 없다고 해도 전화戰禍는 최소한으로 줄이고 싶다…… 귀하가 입성함으로써 전쟁의 희생이 커진다고 생각한다면 귀하를 순순히 쿠도야마에서 나가도록 하실 것 같습니까? 오고쇼께서는 야마토의 고조五條에서 별로 멀지 않고 또 귀하의 은거지에 대해 잘 아는 나에게 감시나 토벌의 하명을 내리실지 모릅니다. 그러면 이 분고도 한 번 사자의 역할을 했던 만큼 거부하기 힘들 것이고…… 아니, 형님이신 이즈노카미도 우리에게 의리를 지키기 위해 군사를 동원하지 않을 수 없게 될지도 모르오. 사에몬노스케 님, 어떻게 생각하시오. 그

래도 도요토미 가문을 위해 순사殉死하시겠소? 우리나 형님은 어떻게
되어도 좋다는 말씀이오?"

마츠쿠라 분고의 눈은 어느 틈에 눈물로 가득 차 있었다.

14

유키무라도 울고 싶은 심정이었다.

마츠쿠라 분고는 감정을 이기지 못하여 논의하던 말꼬리가 흐려지
고 있었다. 그가 해야 할 말은——

"그래도 도요토미 가문을 위해 순사하시겠소?"

이러한 물음이 아니었다.

"우리가 사나다 이즈노카미의 협력을 얻어 야마토의 고죠에서 감시
해도 귀하는 무사히 오사카로 입성할 수 있다고 생각하시오?"

이렇게 힐문해야 했다.

자신의 논리가 이상하게 흐트러질수록 마츠쿠라 분고는 사나다 집
안을 염려하고 유키무라의 신상을 걱정하게 되는…… 생각과 자기 마
음의 사소한 모순이 견딜 수 없었다.

"분고 님, 아버님에게도 완고한 면이 있었습니다만, 이 유키무라도
아버님 못지않은 성격을 가지고 태어난 모양입니다."

"그, 그것이 귀하의 대답이오?"

"……이 유키무라는 절대로 오고쇼 님의 은혜를 모르는 자가 아닙니
다. 분고 님, 이 한 가지만은 기회가 닿는 대로 오고쇼 님에게 말씀 드
려주십시오."

"이상한 말씀이군요. 아버님의 죄를 용서하셨을 뿐 아니라, 그 아들
인 형에게는 크게 상을 주시고 아우인 귀하까지 다이묘로 봉하시겠다

고 하십니다…… 그런데 은혜를 알고 있는 귀하가 어째서 오사카 성에 들어가 적이 되어야 한다는 말이오?"

유키무라는 그 말에는 대답하지 않았다.

"나는 오고쇼 님을 더할 나위 없이 존경하고 있습니다. 후세 역사가도 불세출의 위인이라고 극찬할 것입니다. 그런데도 나는 단 한 가지 동의할 수 없는 점이 있습니다."

"세상에서 전쟁은 사라지지 않는다……고 말씀하시고 싶겠지요, 귀하는…… 그리고 그러한 아버님의 유지를 잇지 않으면 불효라고 생각한다는 것이겠죠."

"나의 눈에는……"

유키무라는 다시 한 번 자기 자신에게 말하듯 한마디 한마디 끊어가며 말했다.

"앞으로의 전쟁이 확실히 보입니다. 과연 오고쇼 님의 집념은 옳으십니다. 더 없이 높은 이상이라 해도 과언이 아닙니다."

"으음."

"어쩌면 오고쇼야말로 모든 중생을 정토로 인도하시려는 부처의 화신인지도 모릅니다…… 바로 여기에 제가 동의할 수 없는 점이 있습니다. 아무리 큰 자비를 마음속에 품었다 해도 현실의 세계를 그대로 구할 길은 없습니다…… 떠돌이무사들의 불평, 두 파로 갈린 기독교의 충돌, 개개인의 증오와 욕망과 야심과 지혜가 뒤얽히면 그때는 이미 신불도 다스릴 수 없는 혼란이 일어나 전쟁으로 되돌아간다…… 사에몬노스케가 이렇게 말하더라고 기회가 있으면 오고쇼 님에게 말씀해주십시오. 이 유키무라 한 사람이 몸을 뺌으로써 히데요리 모자가 편안하실 수만 있다면 두말없이 그렇게 하겠습니다. 그러나 그렇지 못합니다. 이미 인간의 업인業因이 오사카 성을 몇 겹으로 얽어가고 있습니다. 아니, 풀 수 없게 되었다……고 보여 이렇게 말씀 드립니다. 이 사나다 사에몬노스케 유키무라眞田左衛門佐幸村는 그 업화業火가 적어지기를 바라기 때문에 도요토미 가문의 편을 들려고 하는지도 모릅니다…… 마치 세키가하라 때 장인 오타니 교부가 품었던 것과 비슷한 심정으로……"

그때 마츠쿠라 분고는 가만히 자리에서 일어났다.

"실례하오. 더 이상 할말이 없군요."

15

유키무라가 당황하여 마츠쿠라 분고의 옷소매를 붙잡았다.

"이대로 헤어질 수는 없습니다. 변변치는 않으나 식사를 준비했으니 드시고 돌아가십시오."

그리고 얼른 손뼉을 쳐서 아들 다이스케大助를 불렀다. 그리고는 다이스케의 시중으로 술을 한잔 대접했다. 대접을 받는 동안 마츠쿠라 분고는 마음을 놓지 못하는 표정이었다. 보기에 따라서는 술을 대접하고 죽일 생각이 아닌가 하는 경계의 빛조차 느낄 수 있었다.

'무리가 아니다……'

문까지 마츠쿠라 분고를 배웅하고 나서 유키무라는 새삼스럽게 사방의 산을 둘러보았다.

봄이 찾아올 기색은 아직 어디에도 보이지 않았다. 앙상한 나목裸木의 숲도 거무스레한 피나무와 삼나무에서도 가혹한 생명의 굴절을 느끼게 했다. 그러나 이상하게도 고독감은 없었다.

'역시 아버님은 뛰어난 견식에 원대한 계획을 지닌 분……'

도요토미 가문의 편을 들어 오사카 성에 들어가면 그것은 바로 죽음을 의미한다. 그러나 시나노 한구석에서는 아버지의 자손이 끈질기게 뿌리를 내리고 살아가고 있지 않은가……

인생이란 원래 남은 말할 것도 없고 혈육의 희생 위에서 이룩되는 번영에 지나지 않는다. 형제자매 중에서 누가 번영하고 누가 그 밑거름이 되는가는 도저히 예측할 수 없는 '운명'.

"분고 님, 귀하의 후의는 이 유키무라가 평생 잊지 않겠습니다."

문득 입안에서 중얼거렸을 때, 마을 어귀까지 마츠쿠라 분고를 배웅하고 돌아온 15세의 다이스케가 걱정스러운 듯 말했다.

"아버님, 마츠쿠라 님은 절대로 아버님을 이대로 오사카에 보내지 않겠다고 하셨습니다. 반드시 자기가 군사들을 동원하여 제지해 보이겠다, 그렇게 하지 않으면 무사의 명분이 서지 않는다…… 웃으면서, 그러나 진지하게 말했습니다."

"그렇겠지. 나도 그렇게 보았어."

"그럼 아버님은 너무 솔직하게 말씀하신 것은……?"

"걱정하지 마라. 사나다 가문에는 유감스럽게도 마츠쿠라 님으로서는 감당할 수 없는 전략의 지혜가 있다. 조상으로부터 내려오는 우리의 핏속에는."

이렇게 말하고 유키무라는 그만 후회했다. 일단 유사시에는 마츠쿠라 분고 같은 존재는 상대가 되지 않는다…… 그러나 이와 같은 긍지는 그의 성의에 비해 그야말로 천하고 추한 것……

하늘에는 구름이 낮게 깔려 당장에라도 눈이 내릴 것 같았다.

"그만 안으로 들어가자."

유키무라는 다이스케를 재촉하여 문안으로 들어갔다.

"아버님, 오고쇼는 역시 세상에 흔히 있는 그런 미끼로 아버님을 낚으려는 것이군요?"

"너에겐 그렇게 보이느냐?"

"시나노 땅에 영지를 주어 다이묘로…… 마츠쿠라 님이 그렇게 말하지 않았습니까?"

유키무라는 미소를 떠올렸다. 그것은 씁쓸한 웃음이었다.

'다이스케까지도 미닫이 밖에서 엿들은 모양이로군.'

당연한 조심성이라 할 수 있었으나 왠지 모르게 서글픈 패배자의 심경인 것만 같아 마음이 아팠다.

'아버님이 살아 계시면 이번 일에 어떻게 대처하셨을까?'

자기와는 전연 다르게 오사카 성을 손에 넣을 절호의 기회라 생각하고 적극적으로 정열을 불태웠을 터. 그에 비해 역시 자신은 허무주의에 가깝다…… 이렇게 반성하면서 집으로 들어갔다.

반쪽만 남은 오동잎

1

카타기리 이치노카미 카츠모토片桐市正且元는 오사카 성 자기 집에
틀어박혀 아침부터 열심히 무언가를 쓰고 있었다. 서한도 아니고 일기
도 아니었다. 그렇다고 해서 곧 완성될 호코 사方廣寺 대불전의 기록도
아닌 듯했다.

카츠모토는 이따금 붓을 놓고 탄식하다가 다시 생각을 바꾸어 먹을
갈고 붓끝을 깨물면서 써내려갔다. 그는 만일 오사카와 칸토 사이에 불
행하게도 전쟁이 일어났을 때를 대비해 자기가 슨푸에서 이에야스와
나눈 대화를 그대로 기록해놓아야겠다고 생각했다.

실제로 지난해 가을 일부러 슨푸로 초대를 받아 ——

"히데요리 님에게 카와치河內 땅에서 일만 석을 더 드리고 싶네."

이 말을 들었을 때 카츠모토는 저도 모르게 오싹 소름이 끼쳤다.

"이상하게 생각할 것 없네. 저번 대불전 수리 때는 한푼도 기증하지
못했는데, 그 보상이라고 생각하면 돼."

이렇게 덧붙였을 때 오싹한 기분은 갑절로 늘어났다. 그 무렵 오사카

에서는 이미 —

"드디어 오고쇼는 오사카를 멸할 작정인 것 같다."

이런 소문이 아녀자들 사이에까지 퍼져 있었다.

그렇게 될 경우 성안에서 가장 직접적으로 강한 바람을 맞게 되는 것은 센히메千姫였다. 센히메는 아직까지 그런 바람이 어디서 무슨 원인으로 불어오는지 모르고 있었다. 오쿠보 나가야스의 죽음 같은 것은 그녀와는 아무 관계도 없고, 천주교 신자들의 의심 같은 것은 더더구나 그랬다. 따라서 오미츠於みつ가 낳아놓고 떠난 어린 딸의 어머니이기도 하고 언니이기도 하며 소꿉동무이기도 한 입장에서 그 아이를 대하고 있었다.

여기에 또 한 사람, 다른 여자에게서 히데요리의 아이가 태어났다. 그 아이는 사내아이여서 쿠니마츠國松라는 이름이 지어졌다. 센히메는 그 쿠니마츠를 낳은 생모의 신분조차 묻지 않았다. 이세伊勢에서 온 시녀를 건드려서 낳았는데, 이러한 일은 히데요리 같은 신분의 다이묘 가문에서는 있을 수 있는 일……이라기보다 당연한 일이라 생각하고 의혹도 질투심도 품지 않는 것 같았다. 그래서 오히려 히데요리 쪽이 부끄럽게 여겨 —

"이 아이는 여기서 키우지 않는 게 좋을지 몰라, 죠코인常高院과 상의해보도록."

이렇게 말하고 쿄고쿠京極 집안의 가신 타나카 로쿠자에몬田中六左衛門의 아내를 유모로 삼고 앞으로 그 집에 맡길 생각이었다. 그런데 여자들은 이러한 센히메에게 심한 적의를 품기 시작했다.

그런 때 이에야스가 카타기리 카스모토를 일부러 슨푸로 불러 영지를 늘려주겠다고 했다. 카스모토가 바늘방석에 앉은 듯한 생각이 드는 것도 무리가 아니었다.

"실은 세상에 엉뚱한 소문이 돌고 있어. 물론 자네 귀에도 들어갔을 테지만……"

일단 이야기가 끝나고 술상을 받은 후 이에야스가 다시 입을 열었을 때는 이미 그의 마음도 정해져 있었다.

무슨 말이 나와도 도리가 없다. 도요토미 가문의 존속을 위해 일부 사람들의 책동을 자신이 대신 사과할 뿐……이라고 결심했다.

그런데 이에야스는 그를 힐문하는 대신 뜻하지 않은 일을 상의했다. 마치 카타기리 카츠모토가 도쿠가와 가문의 후다이譜代° 충신이기라 도 한 듯한 어조로……

2

"나는 이번에야말로 히데요리 님에게 오사카를 비우라고 할 수밖에 없게 되었다고 생각하는데, 자네 생각은 어떤가?"

이에야스는 자연스럽게 말을 꺼냈다. 순간 카츠모토는 당황함 이상 의 전율을 느꼈다.

"오고쇼 님, 저는…… 저는…… 도요토미 가문의 은혜를 입은 우다 이진右大臣° 님의 가신입니다."

"그렇기 때문에 이렇게 사리를 밝히고 상의하는 것일세. 이러한 일 로 나와 자네가 쓸데없는 흥정을 할 필요도 없는 일이야."

"그러나…… 오사카에는 그렇지 않아도 이치노카미가 도쿠가와 쪽 과 내통하고 있지 않나 하고……"

"이치노카미."

"예."

"이 일은 도요토미 가문 하나만의 문제가 아니야. 천하의 안위에 관 계되는 일일세."

"그러므로 이러한 상의는 오고쇼 님에게 받고 싶지 않습니다."

"그게 무슨 말인가? 자네는 공과 사를 구별하지 못하는 것 같군. 물론 자네는 도요토미 가문의 중신…… 그러나 동시에 쇼군의 지배 아래 있는 다이묘이기도 해."

"그것은 사실입니다마는……"

"그럼, 자네는 도요토미 가문의 영지에서 녹봉을 분배받고 나라가 내린 영지는 반납하겠다는 말인가? ……아니, 농담일세. 그러나 지금 천하에 소요가 일어나면 얼마나 큰 손실이 생길지 생각해보았나?"

"그 일에 대해서는 충분히……"

"자네는 도요토미 가문의 가신인 동시에 다이묘로서 천하에 소요가 일어나지 않도록 늘 걱정해야 하는 책임이 있어…… 그 이치를 잘 생각해서 내 물음에 대답해주기 바라네. 히데요리 님은 지금 이대로 놓아두면 묘한 거머리들에게 빨려 싫든 좋든 전쟁의 소용돌이에 휩쓸릴 것이라고 나는 생각하는데 어떤가?"

"그렇기는 하지만……"

"막을 수 있는 방법이 있는가? 나는 히데요리 님이 오사카 성에 있는 한 막을 길이 없다고 생각하네. 물론 히데요리 님에게 역심이나 적의가 있다는 게 아닐세. 말하자면 그 성 자체가 가진 죄업일세."

"그 점은 안심하셔도 좋으리라 생각합니다. 전쟁에 무엇보다 중요한 것은 군자금…… 군자금이 아직 막대하다고 생각하기 때문에 야심을 가진 무리들이 노리고 있습니다마는 한계에 달했습니다. 이번 호코 사 개축과 대불전의 큰 종이 완성되면 거의 바닥이 납니다."

"그것만으로는 안심이 되지 않아. 나는 잘 생각해보았네. 역시 천하 안정과 도요토미 가문의 존속을 위해서는 히데요리 님에게 오사카 성을 비워달라고 할 수밖에 없다고 생각해. 갈 곳은 코리야마 성郡山城일세. 자네도 사사로운 감정을 버리고 생각해보게. 모두에게 떠밀려 칸토와 칸사이關西가 적대시한다…… 이렇게 되면 나도 사사로운 정을 버리고 도요토미 가문을 부수지 않을 수 없네. 아니, 그렇게까지는 되지 않더라도 지금처럼 천주교 신자와 떠돌이무사들을 불러들여 화살 하나라도 쏘는 날이면 사정은 완전히 달라질 것일세. 이렇게 된 후 영지가 바뀐다면 녹봉이 반감되는 정도로는 끝나지 않아. 알겠나? 이런 사정을 잘 생각해 지금 영지에 오늘 더해준 것까지 육십육만 칠천사백석…… 그냥 그대로 자손에게 전할 길을 생각해주기 바라네. 노신들을 설득하고 사리를 따져 이야기하면 히데요리 님 모자도 납득할 것일세. 부탁하네, 이치노카미……"

3

"부탁……이라고는 하시지만……"

카츠모토는 당황하여 입을 열었다.

"이미 제 개인의 생각으로는 어떻게도 할 수 없는 상황입니다."

말하고 나서 카츠모토는 후회했다. 이에야스는 이런 말을 듣기 위해 탐색하고 있는지도 모른다…… 그렇다면 카츠모토는 멋지게 그물에 걸려든 셈이 된다.

"그래? 자네로선 어쩔 수 없는 지경에까지 이르렀다는 말이지?"

"아니…… 전혀 손을 쓸 수 없는 지경이라는 게 아니라……"

카츠모토는 당황하여 말끝을 흐렸다.

"그럴 테지. 아직 버려서는 안 돼. 체념해서는 안 돼. 이런 일은 남다른 인내가 필요한 거야. 지금 오사카에서 큰 힘으로 생각하는 것은 천주교의 타카야마 우콘, 군사軍師로는 사나다의 아들이겠지?"

"예, 그 밖에……"

카츠모토는 결심한 듯이 ――

"마츠다이라 카즈사노스케 님입니다."

일단 역습할 생각으로 말했다.

"착각인지도 모릅니다. 그러나 일단 기치를 들면 카즈사노스케 님도 다테 무츠노카미伊達陸奥守도 모두 호응하여 궐기하리라 믿고 있는 것 같습니다."

이에야스는 진지하게 고개를 끄덕였다. 그다지 강하게 부인하지 않은 것은, 지금 생각해보니 카츠모토를 믿었기 때문인지도 모른다.

"으음, 그런 소문이 돌고 있는가?"

"그뿐 아닙니다. 모두 힘을 합쳐 오사카 성에서 농성하면 그동안에 펠리페 삼세의 대함대가 오사카 앞바다에 들어온다, 적어도 대포 일백 문 이상을 실은 전함이 최소한 세 척은 온다, 수많은 신식 총포도 싣고 올 것이므로 혼간 사本願寺를 구원한 옛날의 모리毛利 군과는 비교도 안 된다……"

"누가 그런 말을 퍼뜨리고 있는가?"

"저도 모르겠습니다. 신부 혹은 다테 가문의 어떤 자가 퍼뜨리고 있는지도 모릅니다. 소텔, 비스카이노 등을 태우고 하세쿠라 츠네나가支倉常長가 벌써 츠키우라月浦에서 에스파냐에 원군을 청하기 위해 출항했다고 하고, 이 일은 나가야스가 살아 있을 때부터 치밀하게 준비한 일이라 만에 하나도 어긋나지 않는다……고 믿고 있는 것 같기 때문에 말입니다."

이런 말까지 털어놓은 것은 카타기리 카츠모토 자신이 얼마나 무력한지를 이해시키고 싶었기 때문이다. 아니, 그뿐만 아니라 어떻게든 이에야스에게 영지 이전을 단념시키려는 생각이 있었기 때문인지도 모른다. 그런데 결과는 반대로 되었다.

"으음, 그런 말까지 나돌게 되었다는 말이군. 그럼, 오사카 쪽이 군사를 성안으로 불러들이는 것은 호코 사 낙성식 날이 되겠군."

이에야스가 중얼거렸을 때 카츠모토는 숨이 막히는 것 같았다. 조심스럽게 상대방을 견제한다는 것이 그만 엉뚱하게도 사실을 털어놓고 말았다.

오노 슈리 등은 분명히 그럴 생각으로 있었다. 대불전 낙성식을 성대하게 치르고, 그 행사를 구경한다는 구실로 각지의 떠돌이무사들을 상경시켜 모조리 입성시킬 속셈이었다……

4

카타기리 카츠모토는 전율했다. 과연 이에야스는 천군만마 사이를 질주해온 명장답게 호코 사 대불전의 낙성식이 그대로 떠돌이무사 소집에 이용되리라는 것쯤 대번에 꿰뚫어보고 있었다.

"오고쇼 님, 부탁 드립니다. 영지 이전에 대해서는 잠시 연기해주실 수 없습니까?"

"으음, 달리 전란이 일어나지 않도록 막을 방법만 있다면."

"제게 한 가지 생각이 있습니다."

카츠모토는 사실 한 생각을 그의 마지막 방패로 알고 몇 번이나 마음속으로 되풀이하고 있었다.

"호코 사 낙성식 때 이 카타기리 카츠모토가 오사카에는 이미 타이코의 유산이 탕진되었다는 사실을 발표하려 합니다."

"허어."

"육십오만 석…… 센고쿠 시대처럼 일만 석에 이백오십 명 비율로 군사를 양성한다 해도 일만 육천여 명…… 현재로서는 그 많은 군사를 양성할 수 없다. 각자의 가신이나 하인들까지 합쳐 일만 명 이하로 감소시켜달라, 그렇지 않으면 도요토미 가문의 살림은 지탱하지 못한다……고 일일이 비용을 열거하면서 설명하겠습니다. 그러면 떠돌이 무사의 고용은 물론, 이 소문이 번져 그 성에서 일전을 벌일 수 있다는 꿈은 군자금 면으로 보아서도 사라지리라고 봅니다."

"으음."

이에야스도 이 생각에는 상당히 마음이 움직이는 모양이었다.

"겨우 일만 미만으로는 설마 쇼군에게 반기를 들 수 없겠지."

"그러므로 영지 이전에 대한 깃은 이 이치노카미를 보시고 잠시 동안만 늦추어주시면……"

"시기를 기다리라는 말인가? 이치노카미, 자네도 잘 알고 있듯이 센고쿠 시대를 살아온 자들에게는 일기당천—騎當千이라는 무서운 자부심이 있어. 우리도 실은 그런 자부심을 가지고 싸워왔지……"

"분명히 그렇기는 합니다마는……"

"일만의 군사가 일기당천의 기풍에 지배되면 마치 일천 만 대군이라도 되는 듯이 자기도취에 빠지는 것일세. 일만은 역시 많다……고 생각되지만…… 그래도 괜찮겠지. 나는 자기도취에 빠진 떠돌이무사들 중에서 오사카에 들어갈 만한 자들을 밖에서 포섭하여 화근을 끊도록 하겠네. 그러니 자네도 영지 이전에 반대만 하지 말고 히데요리 님과 생모님을 차분하게 설득하여 파멸의 구렁텅이에 스스로 뛰어들지 않도록 힘써주게."

그때에야 카타기리 카스모토는 조심스럽게 물었다.

"그러시면…… 일만 석을 더 주시겠다는 것은?"

"무슨 소리를 하는가. 그것은…… 이미 쇼군의 재가가 내린 일일세. 인간은 아무리 냉정한 자라도 감정이 육 할이고 생각이 사 할이야. 내가 진심으로 도요토미 가문의 장래를 걱정하는 이 마음…… 모자에게 잘 전해지도록 부탁하네."

이런 부탁을 받고 돌아온 카츠모토는 과연 이에야스가 바라는 대로 오사카 성에서 활동을 할 수 있었을까?

요도淀 부인은 괜찮았다. 그녀는 카츠모토가 이에야스의 뜻을 전하자 눈물을 흘리며 기뻐했다. 그러나 측근과 일곱 장수의 반발은 이미 걷잡을 수 없는 기괴한 불길이 되어 있었다. 철저하게 감정에 사로잡혀 말을 붙일 수조차 없었다.

5

평소 그렇게까지 이치를 모르는 인간이라 생각지 않았던 오노 슈리가 이미 지난날의 이시다 미츠나리石田三成처럼 되어 있었다.

카타기리 카츠모토는 세키가하라 때 미츠나리가 내린 결심을—

"자기 고집에 죽은 자포자기……"

이렇게 보고 있었다.

타이코가 죽은 후 미츠나리의 지위는 완전히 허수아비가 되었다. 행정상으로는 이에야스가 실력자로 군림하기 시작했고 무장들은 한결같이 그에게 적의를 나타냈다. 그것도 보통 적의가 아니라, 그를 잡아 목을 베지 않고는 그냥 두지 않을 듯한 기세였다.

그런 가운데 유일하게 의지하던 거목 마에다 토시이에前田利家가 쓰러졌다. 이렇게 되었을 때 그는 순순히 은퇴하거나 아니면 도요토미 가문을 위해서라 주장하며 자아를 고집하면서 자폭하거나 둘 중의 하나를 택할 수밖에 없었다……

미츠나리는 자기의 기질대로 후자를 선택했는데, 그때와 마찬가지로 이번에는 오노 슈리노스케 하루나가大野修理亮治長가 기묘한 자폭自爆의 망상을 그리기 시작하고 말았다……

오노 하루나가는 이미 성안에서 생모의 '정부情夫'라는 처지에 대한 경멸과 무시가 차차 자신의 존재를 무의미하게 만들고 있는 데 초조함을 느끼고 있었다. 적어도 세키가하라 전투 이후 이에야스로부터 다시 오사카로 송환되었을 때는 그렇지 않았다. 그는——

"생모님과 히데요리 님에게는 잘못이 없다. 모든 것은 지부쇼유와 오타니 교부의 책임……"

이러한 이에야스의 전갈을 가지고 나타난 오사카 성의 구세주였다…… 물론 여기에도 인간의 서글픈 착각이 있었다고 카츠모토는 생각하고 있다.

오사카를 구한 것은 말할 나위 없이 이에야스의 신앙에서 나온 의지이며 자비였다. 그런데 이 의지를 전하려고 나타난 그는 요도淀 부인*의 감사를 받는 동안 자신이 생명을 던지고 활약한 결과이기나 한 것처럼 착각에 빠지고 말았다.

그 착각이 히데요리의 니죠 성二條城 참배 때 조금은 밝혀졌다. 그는 결코 카토加藤나 후쿠시마福島, 아사노 등과 비견될 만한 도요토미 가문의 공신도 아니었고, 카타기리나 코이데小出처럼 실권을 위임받고 있는 정치 책임자도 아니라는 사실을 뼈저리게 자각했다.

'역시 나는 생모의 총신에 불과했다……'

이런 깨달음은 이전에 미츠나리가 타이코 사후에 느낀 공허감 이상이었을지도 모른다.

그럴 때 오쿠보 나가야스의 죽음으로 전혀 뜻하지 않았던 또 하나의 바람이 불어닥쳤다. 천주교의 존망이 걸린 바람이었다.

더구나 그 바람은 아카시 카몬明石掃部이나 신부 토를레스, 포를로를 거쳐 즉시 하야미 카이速水甲斐, 와타나베 쿠라노스케, 이바라키 단죠茨木彈正, 요네다 키하치로米田喜八郎 등으로 옮겨붙었다. 아니, 이 성을 순교자들의 본거지로 삼으려 하는 그들의 불길이 고민 많은 오노 하루나가의 몸에 옮겨붙지 않을 리 없었다.

더구나 안타깝게도 오노 하루나가는 이시다 미츠나리보다 훨씬 그릇이 작았다. 그래도 미츠나리는 전국에 격문을 돌려 대의大義가 어디에 있느냐 외치며 선동할 만한 기량이 있었다. 그러나 하루나가에게는 그런 것이 없었다.

다만 미츠나리의 경우는 더 이상 의지할 타이코가 세상에 없었던 것에 비해 하루나가에게는 의지할 상대가 있었다. 생모인 요도 부인의 잠자리였다.

카츠모토는 실망했다. 잠자리에서의 설득만은 그로서도 어쩔 수가 없었다……

6

오사카의 발언권은 히데요리가 20세가 되면서 급격히 요도 부인으로부터 히데요리의 측근으로 옮겨지고 있었다. 그런데 여기에도 하루나가의 초조감이 나타났다. 그는 자기가 발언하는 대신 잇따라 요도 부인에게 발언할 기회를 갖도록 했다.

"제발 모두에게 이렇게 말씀하십시오."

이렇게 말하지는 않았다. 생모가 몹시 관심을 가질 듯한 풍문을 말함으로써 그녀가 자신의 흥미와 관심 때문에 싫어도 발언하지 않고는 견디지 못하도록 꾀했다.

한 예로, 사나다 마사유키의 생사를 확인하기 위해 쿠라노스케를 키슈의 쿠도야마로 보내고 난 뒤 —

"에도에서 큰 소요가 벌어질 모양이라고 합니다."

"큰 소요라니?"

"집안 싸움입니다. 오고쇼의 여섯째아들 카즈사노스케 님이 오고쇼의 죽음을 기다렸다가 쇼군을 폐하려 하고 있다 합니다."

그런 말이라면 지금까지도 없지 않았다. 그러므로 당연히 요도 부인의 관심은 그쪽으로 쏠린다.

"설마 그럴 리가……?"

"그 때문에 오쿠보 나가야스의 유족은 이미 모두 처형당하고 장인 다테 마사무네는 일이 탄로난 것을 알고 서둘러 자기 영지로 돌아갔습니다. 그보다 우리로서 소홀히 들어넘길 수 없는 것은 그 카즈사노스케 님이 실은 우다이진 님과 은밀히 제휴하여 그 음모를 꾸몄다는 소문이 나돈다는 사실입니다."

이렇게 되면 요도 부인이 우선 히데요리에게 추궁하고 카츠모토를 불러 물어볼 것은 당연한 일이었다.

"소문에는 그것을 구실로 영지 이전을 위해 곧 에도에서 사자가 오사카에 온다는데 사실이오?"

카타기리 카츠모토가 요도 부인으로부터 처음 받은 질문이었다.

물론 카츠모토는 웃으면서 부인했다. 그런 일이 있다면 사자를 보내기 전에 반드시 나를 불렀을 터, 소문 같은 것에 너무 구애받지 마십시오…… 이렇게.

뒤이어 이번에는 타카야마 미나미보高山南坊가 카가에서 추방당한다는 소문을 듣고 카츠모토에게 질문했다.

"이에 대한 소문에는 두 가지가 있는 모양이에요. 그 하나는 사카이堺의 모즈야萬代屋 집안에 출가했다가 미망인이 된 리큐利休 거사의 양녀 오긴ぉ吟과 미나미보가 쿄토에서 줄곧 불의의 밀회를 계속한 모양인데…… 탄로나 추방된다는 소문이고, 또 하나는 좀더 무서운 소문이에요. 미나미보도 실은 카즈사노스케와 한편, 이 오사카 성에 입성하여 우다이진 님을 받들고 함께 거사할 작정이었다. 그 일이 발각되어 마에

다 토시나가 님은 도쿠가와 가문에 대한 의리로 미나미보를 카가에 있게 할 수 없게 됐다는 거예요. 사실이라면 당연히 우리에게도 무슨 말이 있을 거예요."

그 말을 들었을 때 카츠모토는 정말로 지긋지긋했다. 사실인지 아닌지도 모르는 오긴과 타카야마 우콘의 정사를 구실로 교묘히 생모의 관심을 끌려는 수법은 아무리 규방이라 해도 얼마나 야비한 일인가.

이때만은 카츠모토도 진지하게 반문했다.

"그런 소문은 누가 말씀 드렸습니까?"

생모는 별로 수치스러워하지도 않고──

"슈리예요. 슈리가 조심하라고 일러주더군요."

딱 잘라 말했다.

7

이렇게 카즈사노스케 타다테루와 쇼군 히데타다와의 불화가 도요토미 가문과도 불가피한 관계가 있는 것처럼 비치기 시작했을 때 슨푸에서 카츠모토를 호출했다. 요도 부인이 카츠모토가 돌아오기를 기다렸다가 질문의 화살을 퍼부은 것은 당연한 일이었다.

"무슨 일이었지요, 이치노카미? 영지 이전 이야기가 아니었나요?"

옆에 로죠老女°들이 있는데도 몸을 앞으로 내밀고 물었다.

"예. 호코 사 공사도 곧 끝난다, 지난번에는 서쪽 성에서 슨푸로 옮긴 지 얼마 되지 않은 때여서 아무것도 기증하지 못했는데, 이번에 쇼군에게 청해 일만 석을 기증하기로 허락받았다고 하셨습니다."

이때는 곁에 오노 하루나가가 없었다.

"아니, 일만 석을 기증…… 호코 사에 말인가요?"

"아닙니다. 이 가문의 영지를 늘려주시겠다고 합니다. 비용이 많이 소요되는 것을 생각하셔서겠지요."

요도 부인의 눈 가장자리가 곧 빨갛게 되었다.

"그래요?"

"고마운 일이라 생각되어 경건히 승낙서를 드리고 왔습니다."

"암, 그래야지요. 역시 오고쇼는 오사카를 잊지 않고 있었군요…… 그랬군요."

그러나 이틀 후 요도 부인의 태도는 완전히 달라졌다.

"저번의 그 영지 이야기 말이에요, 이치노카미."

"예, 무슨?"

"드디어 오사카 공격의 준비를 시작했다는 증거라고 하는 자가 있는데, 어떻게 생각하세요?"

"무슨 말씀이십니까? 어찌 그런 말이……"

"아녀자라 얕보고 달콤한 미끼로 안심시킨 뒤 하타모토旗本˚들에게 출진준비를 명할 속셈이다, 우리도 떠돌이무사들을 조금씩 입성시켜 만일의 사태에 대비하는 것이 좋다고 말하는 사람이 있는데……"

"누가 그런 말을 했습니까?"

"슈리가 몹시 걱정하고 있어요."

요도 부인이 대답했다.

지금 생각하면 그때 카츠모토는 하루나가의 말 같은 것은 믿지 말라고 강력하게 반발했어야 했다. 그런데 카츠모토는 하루나가의 이름이 나오자 씁쓸한 얼굴로 전과 마찬가지로 입을 다물고 말았다.

'정부를 사랑하는 거야 좋다. 하지만 그런 잠자리의 속삭임으로 정치에 참견하는 일은 당치도 않아……'

그런 불쾌감이 앞서 무시를 가장해왔는데, 이것이 돌이킬 수 없는 불찰이 되고 말았다. 카츠모토의 침묵을 요도 부인은 한번 생각해볼 만한 가치가 있다고 동의하는 것으로 받아들였는지도 모른다.

이럴 때 타카야마 우콘과 나이토 죠안의 추방이 현실화되었다. 그들은 가족과 함께 루손(필리핀)으로 유배당하게 되어 우박이 내리는 가운데 여행 중이라는 소문이 성내에 퍼졌다.

'이들을 받아들일 것인가 아니면……'

그때 하루나가가 무슨 말로 요도 부인을 움직여 어떻게 히데요리에게 말하게 했는지 ─

"앞으로 하루나가에게 일곱 장수를 지배하게 하여 그대의 수고를 덜어주려고 생각한다. 그대는 호코 사 공사에 전념하도록."

히데요리의 비정한 명령을 듣게 되었다……

8

카츠모토는 깜짝 놀랐다. 그러나 자기 신상에 관한 일인 만큼 낯을 붉히며 간언할 수도 없었다.

'이럴 때 키시와다岸和田 성주 코이데 히데마사小出秀政가 살아 있었더라면……'

아쉬움을 뼈저리게 느꼈다. 그러나 히데마사는 이미 이 세상에 없었다. 오다 우라쿠사이織田有樂齋에게 말하여 재고를 촉구하게 했다. 우라쿠는 평소의 그 빈정대는 어조로 상당히 강경하게 말했지만, 이미 움직일 수 없는 일 같다고 알려왔다.

"차라리 잘됐지 않은가, 이치노카미. 생모님의 어리석은 말로 이것저것 간섭받기보다 하루나가가 직책을 가지고 발언한다면 자네도 직책으로 반대하면 그만이야. 이제 와서 이러쿵저러쿵 말하면 오히려 이쪽의 가치만 떨어져."

듣고 보니 옳은 말인 것도 같았다. 더구나 당시는 대불전의 큰 종 주조에 필요한 주물사 39명을 뽑는 중이기도 하여 상당히 바빴기 때문에 카츠모토는 마음에 걸렸지만 그대로 넘겨버리고 말았다.

그동안 이에야스 쪽에서는 소요를 막을 조치를 진행하고 있었다.

쿄토로 나와 천주교 교회당을 부수고 신부 추방과 여러 다이묘들에게 금교禁教를 포고했던 오쿠보 타다치카가 정월 19일 영지를 몰수당했다. 그 명을 받았을 때 이미 타다치카는 꼼짝없이 쇼시다이의 감시 아래 있었다.

이에야스는 쇼시다이를 통해 영지몰수를 명하는 동시에 다시 에도를 떠나 직접 오다와라 성에 입성했다. 그리고 쇼군 히데타다를 그곳으로 불러 즉시 오다와라 성 파괴를 명했다. 후다이 중신 대신 오다와라 성에 차마 오쿠보 씨가 아닌 자를 들여보낼 수 없었기 때문.

동시에 잠시도 지체하지 않고 여섯째아들 타다테루의 후쿠시마 성을 같은 지방의 타카다高田로 옮겨쌓도록 지시했다. 그 책임자는 다테 마사무네였다. 말할 나위 없이 오사카 성이 탐난다고 거침없이 말한 타다테루의 요구에 대한 거절이었다.

1월 26일에는 체포된 카가의 타카야마 우콘과 나이토가 곧장 나가사키長崎로 호송되었다.

이러한 조치는 그야말로 한 치의 틈도 없이 취해졌다. 쿄토에서 체포된 오쿠보 타다치카는 2월 2일에 오미近江로 유배되고, 같은 날 오쿠보 타다스케大久保忠佐의 거성이었던 누마즈 성沼津城 역시 혼다 마사즈미와 안도 나오츠구安藤直次의 손으로 철거되었다. 타다치카를 적어도 누마즈 성으로…… 이러한 움직임이 후다이 사이에서 일어났기 때문이다.

당연한 조처로 2월 14일에는, 이 처사에 아무런 이의도 없고 쇼군에게 더욱 충성하겠다는 서약서를 후다이의 노신과 부교奉行°들에게 제

출토록 했다. 그뿐만이 아니었다.

바쿠후幕府°쪽……이라기보다 도쿠가와 가문 내부의 소요를 깨끗이 처리했을 때, 쿄토에서 칙사로 히로하시 카네카츠廣橋兼勝, 산죠니시 사네에다三條西實條 두 공경이 슨푸를 향해 출발했다. 이 절차도 물론 이타쿠라 카츠시게板倉勝重가 이에야스의 뜻을 받아 꾸민 것으로, 칙사의 용건은 이에야스의 손녀, 곧 쇼군 히데타다의 딸 카즈코和子에게 입궐명령을 전하기 위해서였다.

이로써 쇼군 히데타다의 지위는 조정과의 관계에서도 확고부동하게 되었는데, 이는 빈틈없는 초석 다지기이며, 마무리였다.

그 무렵 카타기리 카츠모토는 과연 이에 대응할 만한 준비를 할 수 있었을까……?

9

평화를 위한 물샐 틈 없는 이에야스의 준비에 비해 오사카 쪽 카타기리 카츠모토의 그것은 어른과 아이 같은 차이가 있었다.

두 사람은 천하에 소요를 일으키지 않고 도요토미 가문을 무사히 존속시키자는 원칙만은 지난해 가을 슨푸 성 회견에서 서로 속을 털어놓고 합의점에 도달했다. 이에야스는 가문에 뿌리내리고 있던 파벌마저 단호히 잘라버렸다.

오사카 성을 원하는 아들 타다테루의 무모에 가까운 착각에 대해서도 후쿠시마 성의 타카다 이전으로 대답했다. 천주교 신자의 소요에서 중심인물인 듯한 타카야마 우콘은 포박하여 책형磔刑에 처하는 히데요시식인 극형을 피해—

"자기 나라보다 다른 나라의 신이 좋다면 그 나라에서 마음대로 사는 것이 좋다."

가족을 동반한 국외추방의 수단을 택했다. 이는 오늘날에도 그대로 '망명'이란 형태로 이어지고 있다. 그 수단은 이미 마음대로 살상을 감행하던 '센고쿠 시대'가 아니라는, 종교의 자유와 국내 질서의 충돌을 교묘히 접목시킨 참으로 합리적인 조치였다.

이에야스와 카츠모토의 약속은, 이에야스 쪽에서는 아무 차질 없이 이행되었다. 나머지는 카츠모토의 실행력 여하에 달려 있었다.

카츠모토는 그 첫째 조건인, '오사카 성의 영지 이동'에 대해서조차 아직 아무런 수단도 강구하지 못하고 있었다.

그때 히데요리로부터 타이코의 유산인 금괴 1,000개를, 무게 넉 돈 여덟 푼의 한 냥짜리 금화로 개조하고 싶다는 상의를 받았다.

"세상 소문이 심상치 않아. 만일의 경우에 대비하여 그렇게 하는 것이니 그리 알고 진행하도록."

이 말을 들었을 때 카츠모토는 그만 눈앞이 캄캄해졌다.

이미 오노 하루나가 등은 사방의 떠돌이무사들에게 오사카 성 개축 명목으로 입성을 위한 연락을 취하기 시작했다. 한 냥짜리 금화는 그 군자금임이 틀림없었다.

"재고해주시기 바랍니다…… 지금 그런 일을 하면 오사카가 반심을 품은 듯한 오해를 받습니다……"

그러나 요도 부인을 비롯하여 오다 우라쿠마저 승인한 일이었다.

"군자금……이라고 생각하면 문제가 까다로워지겠지. 그러나 지금 성안에 들어와 있는 신부나 신자들을 추방하려면 돈이 필요해. 이제 와서 새삼스럽게 여분의 황금을 썩여둘 필요는 없지 않은가?"

그 말을 듣고 보니 역시 거부하기 어려운 사정이 있었다. 그리고 이미 대불전 공사비로 내전의 재정이 압박을 당해 가끔 회계관으로부터 불평불만이 나오고 있었다.

카타기리 카츠모토는 이를 계기로 '영지 이동'에 대한 말을 꺼낼 작정으로 그 말을 받아들였다. 물론 군자금에 충당한다는 소문이 나돌면 큰일. 어디까지나 대불전의 비용을 위해서라고 하면서——

"드디어 도요토미 가문의 황금도 깨끗이 바닥이 드러났습니다."

이러한 인상을 주려고 노력했다.

이러한 카타기리 카츠모토의 고심이 그가 생각하는 방향으로 조금이라도 움직여주었던 것일까? 완전히 그 반대였다. 이에야스가 엄하게 도쿠가와 가문 쪽을 다루면 다룰수록 오사카 쪽의 피해의식은 괴상한 망상의 불길을 더할 뿐이었다……

10

인간의 기량 차이란 참으로 무서운 것. 카타기리 카츠모토가 바쿠후 쪽 책임자였다면 도쿠가와 가문도 바쿠후도 엉망이 되었을 터.

카츠모토도 자각하지 않을 수 없었다. 오사카 성에는 오쿠보 타다치카와 혼다 부자 사이의 대립 같은 것도 없었고, 히데타다 대 타다테루와 같은 집안 소요의 원인이 될 만한 것도 없었다. 물론 다테 마사무네나 마에다 토시나가 같은 거물의 개입도 없었다.

그럼에도 불구하고 천주교 문제나 떠돌이무사 문제, 영지 이동 문제나 그것을 둘러싼 피해망상적인 준동 무엇 하나 처리하지 못한 채 그대로 남아 있었다.

'내 부덕의 소치이기는 하나……'

자신의 괴로운 처지를 터놓고 상의할 만한 인물도 지금은 거의 죽고 없었다. 카토 키요마사加藤淸正도 아사노 나가마사淺野長政와 요시나가幸長 부자도 지금은 없었다. 요시나가는 지난해 8월 25일에 서른여

덟이라는 젊은 나이로 죽었다. 원인은 지나친 방탕으로 인한 남만창南 蠻瘡(성병) 때문.

후쿠시마 마사노리福島正則는 지금 거의 에도에서 살다시피 하고, 섣불리 코다이인高臺院에게 상의하면 요도 부인이 발끈하고…… 그냥 내버려두면 언젠가 이에야스 쪽에서 힐문하는 사자를 보내올 터.

"무엇을 하고 있는가? 나는 과감하게 약속을 이행했다."

이렇게 힐문하면 뭐라고 대답해야 한단 말인가……

유일하게 고통을 털어놓으면 이해해줄 수 있는 인물은 쇼시다이 이타쿠라 카츠시게였다. 그러나 그 카츠시게는 지금 쿄토 방면에서 이에야스가 한 약속을 집행하고 있지 않은가……

카츠모토는 생각다못해 지금까지의 경위를 글로 써서 남기기로 마음먹었다. 그 마음속에는 이에야스가 노하여 도요토미 가문을 적으로 돌리겠다고 할 때는 '할복'을 해서라도 도요토미 가문의 존속만은 탄원하려는 비장한 최후의 각오가 있었다.

'내 기량으로는 도저히 감당 못할 일이었는지도 모른다……'

물론 아직 절망하지는 않았다. 우선 호코 사 대불전을 완성시켜 요도 부인과 히데요리를 안심시킨 뒤 직접 모자에게 부딪쳐보는 단 하나의 방법이 남아 있다고 생각했다.

'과연 그때까지 이에야스가 잠자코 나를 믿어줄 것인가……?'

카츠모토는 지친 나머지 붓을 놓고 잠시 멍하니 서원書院의 창을 노려보며 꼼짝도 하지 않았다.

왠지 모르게 불안했다. 자신의 무력함이 서글펐다……

'그렇다. 역시 다시 한 번 우라쿠와 상의해볼까……?'

같은 성안에 있으나 죠신 뉴도常眞入道와는 이야기가 되지 않는다. 우라쿠도 최근에는 부쩍 늙어 점점 더 허무의 그림자가 짙어지고 있었다. 그러나 아직 날카로운 두뇌회전만은 남아 있었다. 비꼬는 듯한 투로, 혹은 돌파구의 암시만이라도 해줄지 모른다.

'그렇다, 우라쿠를 만나야겠다.'

카츠모토는 손뼉을 쳐서 근시를 불렀다. 그리고는 우라쿠의 사정을 알아보게 했다.

"이제부터 잠시 폐를 끼치고 싶은데…… 하고 말씀 드려보게. 혹시 봄 감기에 걸려 누워 계실지도 모르지만 중요한 용건이라고."

11

우라쿠로부터는 자못 그다운 대답이 돌아왔다.

"사실 감기로 누워 있다. 다만 좋은 것을 가지고 문병 온다면 일어나서 만나지 못할 정도로 중태는 아니다."

카츠모토는 그의 말대로 포도주 한 병을 들고 우라쿠의 처소를 방문했다. 찾아가 보니 어디에도 병색은 없이 혼자 바둑판을 놓고 앉아 연신 고개를 끄덕이고 있었다.

"이치노카미, 역시 전쟁이란 이 세상에서 없어지지 않아."

"아니, 왜 그런 불길한 말씀을 하십니까?"

"이렇게 무료하다 보면 혼자라도 흑과 백을 붙여보고 싶어지거든. 인간이란 정말 어리석게도 승부를 좋아하는 것 같아."

카츠모토는 쓴웃음을 지으며 가져온 병을 내놓았다.

"자, 한숨 돌리십시오. 포도주입니다."

"술은 마시겠네. 그러나 어떻게 해야 도요토미 가문이 만만세일까 하는 따위의 이야기는 질색이야."

"허어…… 그러면 우다이진 님이 귀엽지 않다는 말씀입니까?"

"그래, 밉다……고 할 정도는 아니지만."

그러면서 바둑돌을 치웠다.

"타이코는 별로 오다 가문의 충신……이 아니었어. 의리상으로 보면 도쿠가와 가문이나 도요토미 가문이나 나에게는 똑같아. 한쪽에 치우치면 신불의 웃음거리가 돼."

카츠모토는 묵묵히 주머니에서 유리잔을 꺼내 호박琥珀 빛 액체를 따랐다. 지금의 브랜디였다. 그리고 잠깐 코끝에 갖다댔다가 자기부터 먼저 마셔 보였다.

"독은 안 들어 있는 모양이군. 물론 나는 독살을 당할 만큼 유능한 인물도 아니지. 언제 죽어도 누구 하나 아까워하지 않을 늙은이야."

"우라쿠 님, 그 공평한 눈으로 판단해주실 일이 있습니다."

"허어…… 뭔가, 그것이?"

"에도에서는 대불전 준공식이 끝날 때까지 오사카 영지 이전 문제를 꺼낼 것인지 어떤지……"

우라쿠는 날카롭게 눈을 치떴다가 잠자코 잔을 입으로 가져갔다.

"저로서는 판단할 수가 없습니다. 아무 말도 없으리라 짐작되면 잠시 이 문제는 덮어두고 싶습니다. 그러나……"

"잠깐, 이치노카미. 그 문제라면 이미 늦었다고 나는 생각하네."

"그것은…… 그것은 어째서입니까?"

"내가 듣기에는 사나다 마사유키의 아들이……"

"사에몬노스케 유키무라 말씀입니까?"

"그래. 그 유키무라가 아무래도 오고쇼의 설득에 응하지 않고 이 오사카 성에 들어올 모양이야. 아니, 묘한 표정을 짓는군. 내가 어떻게 그것을 알겠는가? 실은 키무라 히타치노스케木村常陸介의 아들이 놀러와 있어."

"시게나리重成 말입니까?"

"그래. 요즘 젊은이답지 않게 아주 똑똑해. 물론 어머니 우쿄노다이

부右京太夫가 현명한 여자니까 그럴 테지…… 그도 나와 마찬가지로 도요토미 가문에 은혜가 있다면 있고 없다면 없고…… 그의 아버지 시게코레重玆는 자네도 알다시피 타이코에 의해 세이간 사靑嚴寺에서 할복한 칸파쿠 히데츠구關白秀次°의 가신이니까."

그러고 나서 무슨 생각을 했는지 싱글벙글 웃기 시작했다.

12

언제나 남의 의표를 찌르고 기뻐하는 우라쿠였으나, 이 경우의 웃음은 카츠모토에게 꽤나 불쾌했다.

사나다 유키무라의 입성 결정……이 사실이라면 그야말로 도요토미 가문의 흥망에 관계되는 중대한 일이 아닌가.

"우라쿠 님, 웃을 일이 아닙니다. 시게나리는 확실히 결정되었다…… 고는 말하지 않았겠지요?"

"아니, 나는 이미 움직일 수 없는 사실이라 확신하고 있네."

우라쿠는 여전히 싱글벙글 웃었다.

"이치노카미, 나도 보기 좋게 허수아비가 되고 말았어. 군사적인 면에서는 이미 깨끗이 밀려나버린 거야."

"설마, 그럴 리가……?"

"우선 자네부터 아무런 상의도 받지 못하지 않았나? 아무래도 도요토미 가문의 전투 담당자는 오노 슈리인지 아카시 카몬인지 모르게 되고 만 모양일세. 그리고 사나다 유키무라, 쵸소카베 모리치카長曾我部盛親, 모리 부젠毛利豊前, 고토 마타베에後藤又兵衛…… 아니, 세키가하라 때와 이번의 면모를 비교해보는 것도 좋겠지. 너무 그릇이 작아 제대로 의견을 말해볼 마음도 들지 않아. 이런 정도로는 싸움이 안 된다……고 나는 웃어넘겼어."

"우라쿠 님답지 않은 말씀을 하시는군요."

"그럼, 이런 자들로도 싸움이 된다고 생각하나?"

"이쪽에서 싸움을 걸 힘은 없더라도 저쪽이 그것을 구실로 공격해오면? 싸움에는 항상 상대가 있는 법입니다."

이번에는 우라쿠가 껄껄 소리내어 웃었다.

"하하하…… 오고쇼를 아주 우습게 보는군. 그만한 분이 아이들을 상대로 정말 싸움을 할 것 같나?"

"저는 반드시 그렇게만 생각하지 않습니다. 일에는 계기라는 것이 있습니다."

우라쿠는 손을 저으며 도무지 상대하려 하지 않았다.

"걱정하지 말게, 이치노카미. 현재로서는 에도와 오사카는 상대가 되지 않아. 분명히 그렇다는 것을 알면 눈에 거슬릴 때 일갈하면 끝나는 일이야."

"그 일갈로 아이가 반드시 입을 다물라는 법은 없습니다."

"그러면 두 번 호령하면 돼. 설마 슈리도 사나다도 진정으로 에도와 싸울 생각은 없을 것일세. 고작 멀리서 으르렁거려볼 뿐일 거야. 좀더 잠자코 지켜보는 것이 좋아. 그러다가 일갈을 당할 만한 짓을 저지르려고 할 때 충고하면 되는 거야."

우라쿠는 마시다 만 잔을 높이 쳐들었다.

"그런데 포도주라는 것은 꽤 좋은 술이군. 이 향기에는 달인의 기품을 연상케 하는 것이 있어."

"우라쿠 님."

"왜 그러나, 아직도 걱정인가?"

"우라쿠 님이 생모님에게 한번 주의를 주시지 않겠습니까? 군사에 대한 것도 카타기리와 의논하시라고."

"소용없으니 내버려두게. 한번 혼이 나지 않으면 어리석은 인간들은 좀처럼 눈을 뜨지 못해."

"그러나 혼이 난 다음에 영지가 반으로…… 삭감되면……"

"그게 좋은 거야. 육십여만 석은 너무 많아. 타이코가 말일세, 주군의 가문인 오다織田에게 가장 많이 주었을 때가 십이만 석 남짓이었어. 자기한테서 나온 것은 자기에게로 돌아오게 마련. 인간의 기량이란 신불의 뜻을 적으로 돌리지 못해. 하하하하……"

13

카타기리 카츠모토는 실망했다.

오다 우라쿠는 이미 그의 의논 상대가 되지 못했다. 묘한 야유가 습관이 되어, 하는 말은 옳으나 푸념 섞인 모성본능 같은 애정과는 인연이 없는 사람이 되고 말았다.

'이것이 진실인지도 모른다……'

노부나가의 동생으로 태어났으면서도 결국은 오사카 성의 식객…… 이상의 신분은 되지 못했고, 쇼신 뉴도도 도요토미 가문에서 별로 후한 대우를 받은 일이 없었다.

'어쩌면 마음속으로 히데요리를 저주하고 있는 건 아닐까……?'

이런 의심마저 생길 것 같았다.

'아니, 그렇지 않다! 그처럼 우매하고 야비한 사람은 아니다.'

이렇게 다시 생각해보았을 때 카츠모토는 우라쿠의 말이 옳음을 인정하지 않을 수 없었다.

기량이 뒤떨어지는 자가 앞서는 자에게 먹혀 멸망한다…… 그런 예는 무수하게 많았다. 이마가와今川도 타케다武田도 사이토齋藤도 아사쿠라朝倉도 그 아들의 기량이 아버지를 따르지 못했기 때문에 지금은 흔적도 없어지고 말았다.

도요토미 가문 역시 타이코만한 기량을 가진 자식이 태어나지 않는 한 쇠운이 닥쳐오는 것은 하늘의 섭리, 아무리 몸부림쳐도 어쩔 수 없는 일인지 모른다. 그 점을 우라쿠는 달관하여 될 대로 되라고 체념하고 있는지도 모른다.

그렇게 되면 카타기리 카츠모토의 입장은 어떻게 된다는 말인가.

그로서는 도저히 우라쿠와 같은 생각을 가질 수 없었다. 그것이 아무리 부자연스러운 희망이라 해도 도요토미 가문에 타이코의 후광을 남기고 싶었다……

"자, 다시 한 잔……"

카타기리 카츠모토는 우라쿠의 잔에 술을 따라주고 잠시 사이를 두었다가 다시 불쑥 말했다.

"우라쿠 님, 인간에게는 타고날 때부터의 행운, 불운이 있습니다마는 노력에 따라 개척……될 수도 있겠지요?"

"물론."

우라쿠는 딱 잘라 대답했다.

"바보는 부지런히 움직이다가 자기 운의 문을 자기 손으로 닫아버리는 거야."

"이 카타기리 카츠모토가 바로 그러한 바보입니다마는, 도저히 현재의 도요토미 가문을 그냥 두고 볼 수 없어서……"

"하하하…… 그렇다면 더욱 철저하게 바보가 되어 슈리의 심부름이나 하게. 금괴를 더 많이 녹여 그 돈으로 보다 많은 어리석은 떠돌이무사들을 사들이라는 말일세."

"으음."

"그러면 빨리 결판이 나는 거야, 이치노카미. 꾸짖는 일갈도, 영지 이전이나 녹봉의 삭감도…… 그래도 오고쇼는 삼만 석이나 오만 석의 다이묘로는 남겨주겠지. 인간의 생활이란 말일세, 분수에 맞아야 안정이 있는 법이야. 물론 그 전에 죽어 없어지면 더 큰 안정이지만."

카타기리 카츠모토는 쓸쓸한 표정으로 입을 다물었다.

'참으로 진실한 말씀만 하시는 분이야, 우라쿠 님은……'

그러나 이 진실이나 안정에 이르기까지 자기는 과연 가만히 있을 수 있을까……?

'이거 정말 우습게 되었군……'

카츠모토는 이렇게 생각했다. 그 순간 '카타기리'라는 자기 성까지 마음에 걸렸다.

도요토미 가문의 문장은 오동나무였는데 그 문장과 인연이 깊은 카타기리(片桐: 반쪽 오동나무)는 이제 누구 하나 의논할 상대조차 없는 정말 반쪽만 남은 오동잎으로 전락한 느낌.

카츠모토는 잠자코 술잔을 입으로 가져갔다……

키이미토게紀伊見峠

1

카타기리 카츠모토가 오다 우라쿠사이를 방문하고 있을 때 내전에 있는 요도 부인의 거실에서는 때아닌 논쟁이 술자리의 목소리들을 높이고 있었다.

처음에는 별다른 일이 아니었다. 오노 하루나가가 아카시 카몬을 데리고 와서 카몬과 요도 부인이 잠시 타이코가 살아 있을 때의 이야기를 나누고 있었다. 그러다가 나가사키로 호송된 타카야마 우콘 일행의 이야기로 바뀌었다.

우콘의 이야기가 나오자 그만 카몬의 어조는 날카로워지고 화제는 어느 틈에 이에야스에게로 옮겨갔다.

"오고쇼는 우콘노다이부를 두려워하고 있습니다. 마에다 가문을 보아 죽일 수도 없고, 그렇다고 오사카 성에 입성하면 큰일. 그래서 오고쇼 나름대로의 고육책…… 곧 도중에 누군가를 시켜 죽이게 하려 한 것입니다. 그러나 우콘노다이부도 만만치 않아 여행하면서 한 치의 틈도 보이지 않고……"

그때 갑자기 요도 부인은 양미간을 찌푸리고 거칠게 잔을 내려놓았다. 하루나가 깜짝 놀라 카몬을 가볍게 꾸짖었다.

"그 이야기는 하지 마시오."

이야기는 잠시 중단되었다. 그러나 키슈의 쿠도야마까지 심부름을 다녀온 와타나베 쿠라노스케가 돌아왔기 때문에 얘기는 한층 더 복잡해졌다.

쿠라노스케는 일부러 요도 부인에게 들려주려고 ——

"드디어 에도는 싸우기로 결정했다……는 증거를 이번 여행을 통해 확실히 포착했습니다."

표면적으로는 오노 하루나가에게 보고하는 형식을 취하면서 심상치 않다는 듯 단언했다.

하루나가는 요도 부인을 흘끗 바라보고 나서 ——

"그 이야기는 나중에……"

제지했다. 그러나 쿠라노스케는 듣지 않았다.

"아닙니다…… 이 자리에 계신 것은 생모님과 아카시 님, 무엇을 꺼리겠습니까. 드디어 발등에 불이 떨어졌어요. 이제 촌각도 지체할 수 없습니다."

아카시 카몬이 말했다.

"내가 있어서는 안 될 이야기라면 물러나겠습니다……"

"아니, 반드시 들으셔야 합니다."

쿠라노스케뿐만 아니라 하루나가나 카몬도 요즘 요도 부인이 이에야스나 히데타다의 이름이 나오는 것을 몹시 싫어한다는 사실을 알고 있었다. 아마도 그들은 ——

'딱한 일. 생모님은 친동생인 히데타다 부인에게 기만당하고 있어.'

이렇게 안타깝게 생각하고 있을 터.

"생모님, 쿠라노스케가 이렇게 말하니 함께 보고를 들으시지요."

하루나가의 말에 요도 부인은 불쾌한 표정을 지었으나 거절은 하지 않았다.

"그대들 모두 그처럼 시급한 일이라면……"

"그럼, 말씀 드리겠습니다. 사나다 유키무라가 은거하고 있는 키슈의 쿠도야마에서 이 오사카에 이르는 통로, 곧 키이미토게에서 야마토의 고죠까지 마츠쿠라 분고노카미가 육, 칠백 명의 군사를 보내 경비하고 있습니다."

"어째서 그것이 촌각을 다투는 전쟁준비라고 보나요?"

요도 부인은 틈을 주지 않고 날카롭게 반문했다.

쿠라노스케는 새삼스럽게 요도 부인 쪽을 향했다.

"그동안 두 가지 교섭이 진행되었습니다. 첫째는 오고쇼가 마츠쿠라를 시켜, 유키무라가 오사카 입성을 거절하고 에도 쪽을 따르면 일만 석을 주겠다고 유혹했습니다. 물론 유키무라는 거절했지요. 또 하나는 시나노 지방을 줄 테니 에도에 가담하라…… 마츠쿠라가 야마토의 고죠로 군사를 모은 것은 이 유혹마저 거부되었기 때문입니다. 생모님! 이쪽에서 원치 않아도 전쟁은 이미 시작되고 있습니다."

2

"전쟁이 이미 시작되었다고요?"

요도 부인은 쿠라노스케의 말을 날카롭게 추궁했다.

쿠라노스케는 그 말을 기다리고 있었던 듯 바로 답했다.

"물론 시작되고 있습니다. 사나다 님의 통행을 저지하려고 야마토 고죠 부근에 엄하게 경계를 펴고 있습니다. 고개를 넘는 통행인은 모조리 철저히 심문을 받고 있습니다. 전쟁을 결의하지 않았다면 통행인을 조사할 필요가 있겠습니까?"

"닥쳐요, 쿠라노스케."

요도 부인은 몸을 부르르 떨면서 말을 가로막았다.

"나를 여자라고 얕볼 작정이오? 나에게도 귀가 있고 생각이 있어요. 오고쇼도 쇼군도 오사카를 공격할 생각은 전혀 가지고 있지 않아요. 쓸데없는 말을 하면 용서치 않겠어요."

"그렇지 않습니다."

쿠라노스케는 실망한 표정으로 하루나가와 카몬을 돌아보았다.

"죄송합니다만 생모님 정보는 쇼군 부인으로부터 얻으신 것."

"그렇소. 그것도 쿄고쿠 집안의 죠코인의 의견도 포함된 정보요. 그래도 믿지 못하겠단 말이오?"

쿠라노스케는 천천히 고개를 저었다. 짐짓 입가에 웃음을 띠고 —

"이런 말을 해서 죄송합니다마는, 쇼군 부인도 죠코인도 생모님의 혈육이기는 하나 지금은 에도 편입니다. 에도 쪽에서 보내는 정보를 믿고 아무런 준비도 하지 않고 있다가 만약에 대군을 맞게 되면 어떻게 하시겠습니까?"

"호호호…… 그대들은 말끝마다 에도 쪽, 에도 쪽이라고 하는군요. 그러나 쿠라노스케, 오고쇼나 쇼군의 마음속에는 에도와 오사카의 구별이 없어요. 모두가 나의 손자, 나의 사위, 나의 양자라는 겹치고 겹친 인연으로 맺어진 같은 집안…… 그러므로 소요를 부채질해서는 안 된다는 것을 모르겠어요?"

"더더구나 당치 않으신 말씀입니다. 소요를 밖에서 부채질하고 있는 것은 다름 아닌 오고쇼…… 오고쇼는 쿠도야마의 사나다 유키무라에게 시나노 땅을 줄 터이니 오사카를 돕지 말라는 등……"

오노 하루나가가 견디다못해 쿠라노스케를 제지했다.

"생모님의 말씀은 모두 옳소…… 삼가도록 하시오."

그리고 요도 부인을 향해 말했다.

"쿠라노스케는 오로지 주군의 가문을 생각하는 우려에서 나온 말입니다. 우선 잔을 내리십시오."

요도 부인은 아직 입술을 바르르 떨면서도 생각을 바꾼 듯 잔을 들어 옆에 있는 시녀에게 건넸다.

"참, 그렇군요. 쿠라노스케, 잔을 받으세요. 수고가 많았어요."

"황송합니다."

쿠라노스케는 일단 정중하게 고개를 숙이기는 했으나 자기 주장을 굽힐 생각은 전혀 없었다.

"생모님께 드릴 말씀이 있습니다."

"무언가요?"

"생모님의 정보가 옳으신가, 아니면 사나다 사에몬노스케가 저에게 말한 견해가 옳은가 이 자리에서 한번 검토해주시기 바랍니다. 이것은 결코 제 의견이 아닙니다……"

이 말에 요도 부인은 다시 고개를 꼿꼿이 세우고 심하게 노기를 띤 채 대꾸했다.

"말해보세요! 어디 들어봅시다."

3

"쿠라노스케, 그대는 아까 오고쇼가 사나다에게 시나노의 땅을 줄 터이니 오사카 편이 되지 말라는 말을 했다……고 했지요?"

요도 부인은 우선 날카로운 어조로 질문하기 시작했다.

"물론 그렇게 말씀 드렸습니다. 바로 여기에 오고쇼의 방심할 수 없는 노련한 수법이 숨어 있다……고 생각합니다."

"나는 그렇게 생각하지 않아요. 그것은 말이에요, 사나다가 입성하여 그대들과 같이 혈기왕성한 자들과 합류하면 당장 소요가 일어난다, 소요가 일어나면 세이이타이쇼군征夷大將軍°으로서 가만히 있을 수 없다, 그렇게 되면 도요토미 가문의 존망이 달린 중대사가 되므로 우선 사나다를 오사카에 가지 못하게 하겠다……는 깊은 뜻이 있기 때문이라고 그대는 생각하지 않나요?"

"으음……"

이번에는 쿠라노스케가 깜짝 놀랐다. 이처럼 사리에 맞는 반발은 예기치 못했기 때문.

"그러면 생모님은 오고쇼 님을 믿고 계십니까?"

"믿어서 안 될 이유라도 있나요, 쿠라노스케? 나는 한때의 감정으로 오고쇼를 원망한 일이 없지는 않아요…… 그러나 지난 일을 돌이켜볼 때 오고쇼가 우리를 궁지에 빠뜨리려 한 적이 있었던가요? 어떻게 생각하나요, 슈리……?"

갑자기 자기 이름이 불려 하루나가는 당황했다.

"예…… 예?"

"생각해보세요. 나와 도련님이 생지옥에 떨어진 듯한 심정으로 서로 껴안고 벌벌 떤 것은 그 잊지 못할 세키가하라 전투가 끝난 뒤…… 그때는 분명히 나와 도련님에게 잘못이 있었어요. 나는 이시다 지부가 도련님의 이름으로 서군을 소집하는 일에 동의했어요…… 그런데 오고쇼는 오츠大津에서 여기 있는 슈리를 급히 보냈어요…… 그리고 모자에게는 아무런 잘못이 없으니 안심하라고 했을 때의 그 기쁨…… 슈리, 그대도 잘 기억하고 있을 거예요."

"예…… 예……"

하루나가는 더욱 당황했으나 쿠라노스케는 그 말에 희미한 웃음으로 응하고 있었다.

"생모님, 그러나 당시 이백만 석에 가까웠던 가문의 직할지가 육십여만 석으로 줄었습니다. 그것도 사실 아닙니까?"

"그래서 오고쇼는 처음부터 적이었다……고 그대는 보고 있나요?"

"아닙니다. 적이 되기도 하고 같은 편이 되기도 하고…… 인간의 생애에는 항상 이해가 일치한다고는 할 수 없습니다. 아니, 실은 사나다 사에몬노스케의 의견입니다. 그러므로 그때그때의 이해관계에 따라 화목하기도 하고 다투기도 합니다. 비록 오고쇼가 내심으로는 아무리 도련님을 사랑한다 해도 그것과 이것은 별개…… 지금은 분명히 양가의 이해가 대립하고 있습니다. 언제 전쟁이 벌어져도 좋을 준비만은 해두어야 한다……고."

"그러면, 그러면, 사나다는 무슨 이유로 시나노를 버리면서까지 이 오사카 편을 들려는 것이지요?"

"부친 마사유키 이래의 도요토미 가문에 대한 의리 때문에 그런 결심을 한 것이지요……"

"입을 다무세요. 그런 일에 의리를 내세우는 자가 어째서 우리 가문에 대한 오고쇼의 의리나 애정은 인정하지 않나요? 그대의 말은 앞뒤가 맞지 않아요."

4

"이 세상을 움직이는 것은 의리와 인정이에요. 의리란 감정을 떠난 도리…… 그런 의리가 따뜻한 인정의 뒷받침을 받았을 때 비로소 남을 움직이고 자신도 납득하게 되는 거예요. 오고쇼의 인정은 인정하지 않는다는 그대가 사나다의 의리는 인정한다는 말인가요?"

날카롭게 내뱉고 요도 부인은 큰 소리로 웃었다.

"호호호…… 슈리도 들었겠지요? 쿠라노스케는 나를 여자라고 깔보아 세 살짜리 아이에게도 통하지 않을 말을 늘어놓고 있어요. 그 사나다라는 자는 이 오사카에 와서 어떻게든 야심을 이루려는 속셈일 거예요, 호호호……"

이런 웃음이 나오면 마지막이다. 하루나가는 잘 알고 있기 때문에 다시 쿠라노스케를 나무랐다.

"쿠라노스케 님, 말을 삼가시오."

쿠라노스케는 입술을 깨물고 침묵했다.

"생모님, 이 문제는 없었던 것으로 해주십시오…… 쿠라노스케는 도중에 매복해 있는 마츠쿠라의 군사를 직접 자기 눈으로 똑똑히 보고 왔기 때문에 좀 흥분한 모양입니다."

하루나가는 가볍게 말하고는 직접 술병을 들고 요도 부인 곁으로 다가갔다.

"우선 한 잔 더 드시고 기분을 푸십시오."

하루나가는 요즘 내전에서 더 이상 남의 눈을 꺼리지 않게 되었다. 어쩌면 요도 부인의 잠정적인 남편으로서, 또 히데요리의 후견인으로서의 자부심과 자신감을 굳혀가고 있기 때문인지도 모른다.

"쿠라노스케 님도 걱정할 것은 없소. 생모님도 에도의 마님이나 쵸코인의 의견을 액면 그대로 받아들여 조종당하고 계시는 것이 아니라 충분히 생각이 계시기 때문이오."

쿠라노스케는 아직도 어깨를 거칠게 들먹거리며 앉아 있었다.

"자, 귀하도 한 잔 드시오."

"슈리 님."

"왜 그러시오?"

"내 말이 좀 과격했는지 모릅니다. 그 점 깊이 사과 드립니다."

"하하하…… 사과하실 것까지는 없습니다. 생모님이 다 꿰뚫어보고 계시니까."

"사나다 님을 나의 실언으로 야심가라고 오해받게 한 채로 끝난다면 내 마음이 용서치 않습니다. 한마디만 더 말씀 드리겠습니다."

"참 고지식하기는…… 다음 기회로 미루어도 충분할 텐데요."

"아닙니다. 사나다 님은 그야말로 당대에 보기 드문 고결한 분. 물론 그분이 말한 의리에는 생모님이 말씀하셨듯이, 돌아가신 타이코 전하에게는 물론 히데요리 님에 대한 간절한 애정이 숨어 있습니다."

"허어, 그러니까 생모님의 말씀이 옳다……는 것입니까?"

"예. 그 마음을 이 쿠라노스케가 잘못 전했다면 죄송하기 짝이 없는 일입니다."

"허어, 그렇다면 더욱 걱정할 것 없어요. 생모님께는 나중에 내가 잘 말씀 드리지요."

"슈리 님! 그 사나다 님이 이것만은 생모님께 꼭 말씀 드려달라는 부탁이 있었습니다."

"부탁이……?"

"그렇습니다. 그것 역시 나중에 말씀 드려도 될까요? 귀하가 마님께 여쭈어보시면 고맙겠습니다."

강력한 반격이었다. 이렇게 되면 요도 부인도 노한 채로 끝낼 수는 없다. 요도 부인은 다시 시선을 쿠라노스케에게로 옮겼다.

5

결심하면 쿠라노스케도 간단히 집념을 버리는 사나이가 아니었다. 그리고 어머니 쇼에이니가 요도 부인의 측근으로 깊은 신뢰를 받고 있다는 점도 있었다.

쿠라노스케는 일단 자기 잘못을 인정한 듯이 보이면서 다시 한 번 반박할 구실을 찾고 있었음이 틀림없다.

"생모님, 쿠라노스케가 그처럼 말하니 사나다 님이 전하는 말씀을 들어보십시오."

하루나가는 쿠라노스케가 이미 움직일 수 없는 주전론자가 되어 있음을 잘 알고 있었다. 물론 자기 자신은 쿠라노스케와 상당한 거리를 두고 있다고 생각하지만……

"좋아요, 들으라면 듣기로 하겠어요."

"감사합니다."

쿠라노스케는 얼른 목례를 했다. 그리고는 무릎걸음으로 한발 다가 앉았다.

"사나다 님은 전쟁이 일어날지 안 일어날지는 대불전 준공식 전에 결정될 것이라고 했습니다."

요도 부인은 새침하게 시선을 옆으로 돌리고 대답하지 않았다.

"준공 축하를 구실로 각지에서 올라오는 떠돌이무사들을 모두 오사카에 입성시키면 큰일, 에도에서는 반드시 그 전에 어떤 수단을 강구할 것이다, 그런 만큼 하루라도 빨리 준공 축하의 토요쿠니豊國 신사 행사 날짜와 시간을 정해 에도의 허가를 청하는 게 좋다, 귀신이 나오느냐 뱀이 나오느냐…… 확실해지리라고 했습니다."

"……"

"이대로 말씀 드렸으면 좋았을 텐데, 그만 저는 사나다 님의 말과 제 의견을 혼동해 공연히 심려를 끼쳤습니다. 이 점 용서해주십시오."

쿠라노스케의 의도적인 이 한마디는 역시 그가 예기한 대로 상대의 가슴을 찔렀다.

"쿠라노스케."

"예."

"그럼 대불전이 완성되어도 에도에서는 토요쿠니 신사의 행사를 화려하게 지내지 못하게 할 것이란 말인가요?"

"예. 축제를 구경한다는 핑계로 아마 십수만의 떠돌이무사가 모인다. 그러한 사태를 경계하는 것은 병가兵家의 상식, 이것이 판단의 기준이 된다고 합니다."

"그러면 그 축제 날짜를 알려도 아무런 방해가 없으면 전쟁이 일어나지 않는다는 말인가요?"

"황송하오나, 그 전에 반드시 영지 이전 이야기가 나올 것이다. 영지이전 이야기도 없고 준공식도 무사히 치르게 되리라고는 이 사나다 사에몬노스케는 생각지 않는다. 따라서 충분한 대비가 필요하다……는 말을 전하라고 했습니다."

"으음, 이제는 알아듣겠소."

카몬이 그의 말을 받았다.

"그러니까 사나다 님 의견으로는 에도에서 전쟁을 할 의사가 있으면 각지에서 떠돌이무사들이 모여들 기회를 주지 않을 것이다…… 그 전에 이 오사카 성을 건네도록 요구할 것이다……"

"그렇소, 그러므로 늦지 않도록 충분히……"

쿠라노스케는 지체 없이 대답하고, 이번에는 상대의 반응도 기다리지 않고 잔을 들었다.

"그럼, 한 잔 더 받고 저는 물러가겠습니다. 아직 집에도 얼굴을 내밀지 않았기 때문에."

"알겠소. 수고가 많았소."

그 무렵부터 오노 하루나가의 얼굴이 갑자기 흐려졌다. 와타나베 쿠라노스케의 반발은 요도 부인보다 그의 가슴에 날카로운 불안의 못을 박아준 모양이었다.

'아무래도 전쟁이 벌어지게 되지 않을까?'

6

오노 하루나가의 심정은 착잡했다. 그는 결코 단순한 주전론자는 아니었다. 에도의 무력이 얼마나 강대한지 뼈저리게 알고 있었다.

세키가하라 전투 때도 이에야스 편을 들었던 하루나가. 그런데도 하루나가는 히데요리 모자가 에도와 친해지도록 노력하지는 않았다. 코이데 히데마사나 카타기리 형제가 이를 위해 열심히 노력하면 할수록 오히려 화가 나고 질투하는 마음까지 일었다. 이 감정에는 열등감뿐만 아니라 자기 존재에 대한 주장도 포함되어 있었다.

그 감정은 지난번 이에야스와 히데요리가 니죠 성에서 대면했을 때부터 표면화된 형태를 취했다. 적어도 그때까지는 반성적이고 소극적이었으나 그 후부터는 이상할 정도로 적극성을 띠었다. 무슨 일을 저질러 자기 존재를 드러내려는 짓궂은 갱년기의 과부와도 같은 면이 있었다. 하루나가는 에도의 잘못을 호소하러 오는 자를 크게 환영했다. 천주교 신부도, 불평에 찬 떠돌이무사도……

그들이 지금은 말해서는 안 될 도요토미 가문 전성시대의 말을 늘어놓을 때는 특히 유심히 귀를 기울이며 동감하는 듯이 가장했다. 그렇게 함으로써 어느 정도 평지풍파를 일으키며 요도 부인이나 히데요리의 마음에 기쁨과 걱정을 번갈아 일으키는 것이 즐거웠다. 아니, 그렇게 하는 것이 보다 밀접하게 잠자리의 음란한 말과 연계되는 하나의 자극이 되기 때문인지도……

"슈리, 이 일을 어떻게 하면 좋을까?"

요도 부인이 난처한 지경에 빠져 남자로서의 그에게 진심으로 매달려오기라도 한다면 그의 인생은 멋진 것으로 바뀌게 될 터……

그런데 현실은 그와 반대였다.

오쿠보 나가야스가 죽은 후 오사카에 불어닥친 여러 가지 풍파는 전보다 더욱 요도 부인을 남자처럼 바꾸어놓았다. 그에 따라 하루나가 또한 더욱 음지에서 풍파를 즐기지 않을 수 없게 되었다. 그러나 지금과 같은 오사카의 무력으로는 결코 정면에서 에도와 대항하려 하거나 대항할 수 있다고는 생각지 않았다.

다만 소요가 더욱 커지면 카타기리 카츠모토 형제는 책임을 지고 물러날 수밖에 없게 되고, 그러면 그의 입장은 지금보다 훨씬 더 중요해지리라는 생각은 하고 있었다.

'나는 오고쇼에게도 인정을 받고, 생모의 사랑도 받고 있다……'

만약의 경우 쌍방을 설득시킬 수 있을 터. 그런데 쿠라노스케가 한 말은 이러한 그의 생각 이상으로 무서운 것을 내포하고 있었다.

'사에몬노스케가 정말 오사카 편을 들 결심을 했다면……?'

자신의 기고만장한 계산을 송두리째 뒤집는 큰일로 변하게 될지도 모른다……

'세키가하라 때조차 오사카 쪽은 꼼짝도 못했다. 그런데 십사 년 후인 오늘에 와서야……'

쿠라노스케가 물러간 뒤 하루나가는 갑자기 초조감을 느꼈다.

'정말 마츠쿠라는 군사를 보내 키이미토게를 경계하고 있을까?'

"죄송하지만, 쿠라노스케의 말에는 마음에 걸리는 점이 한두 가지 있습니다. 그것을 알아보고 오겠습니다……"

7

요도 부인은 뜻밖에도 선뜻 하루나가의 청을 허락했다. 요즘 그녀는 가끔 어린애처럼 떼를 썼다. 특별한 일이 없을 때도 아침까지 곁에 누워 있도록 명하고 희롱하는 일조차 있었다. 순순히 쿠라노스케에게 가도록 허락한 것은 그녀도 오늘밤에는 몹시 지쳤기 때문이다.

'이런 상태에서는 무슨 질문을 받아도 대답할 수 없다.'

쿠라노스케는 요도 부인의 내전에서 주연이 있은 날에는 반드시 자기 집에 돌아가서 다시 마시는 버릇이 있었다. 내전에서는 대개 어머니 쇼에이니가 동석하게 마련이어서 취하는 것을 용서하지 않았기 때문이다.

"쿠라노스케 님에게 미처 못한 말이 있어 왔습니다. 아직 주무시지 않겠지요?"

하루나가가 본성 정원 끝에 있는 쿠라노스케 집 앞에 이르렀을 때, 누군가 먼저 와 있는 것 같았다.

"예…… 잠깐 기다리십시오."

맞이하러 나온 부인은 일단 안으로 들어갔다가 다시 나타났다.

"도련님 명으로 키무라 나가토노카미木村長門守 님이 오셨습니다마는 어서 안내하라고……"

"허어, 시게나리 님이 오셨나요?"

"예. 도련님도 키슈의 일을 걱정하고 계신 것 같습니다."

그 말에 하루나가는 다시 흠칫 놀랐다.

'나를 제쳐놓고 시게나리와 쿠라노스케가 히데요리에게 직접 주전론을 내세우고 있는 것은 아닐까……?'

부인의 뒤를 따라 쿠라노스케의 거실로 들어갔는데, 거기에는 뜻밖의 여자 손님이 동석해 있었다. 마노 분고노카미 요리카네眞野豊後守賴包의 딸 오키쿠阿菊가 술병을 들고 시중들고 있었다.

'아아, 중매를 서고 있었군……'

하루나가는 겨우 안심했다.

키무라 시게나리는 칸파쿠 히데츠구의 집사를 지낸 아버지 히타치노스케 시게코레가 히데요시에 의해 묘신 사妙心寺에서 할복명령을 받고 죽은 후 오미에 있는 아버지의 친구인 재상宰相 롯카쿠 요시사토六角義鄕의 오미에 있는 은거지에서 자랐는데 아직 독신이었다.

그 시게나리에게 좋은 아내를 짝지어주려는 것이 일곱 장수의 희망이었는데, 쿠라노스케는 그 상대로 마노 요리카네의 딸을 점찍고 선을 보이는 중인 것 같았다.

"실은 도련님과 센히메 님으로부터 나가토 님에게 아내를 갖게 하라, 가능하면 요리카네의 딸을…… 하는 말씀을 들어서요."

"허어, 그렇군요."

"예. 슈리 님이 급한 용무가 계시다고 하니 오키쿠는 잠시 자리를 피해주지 않겠나?"

쿠라노스케는 오키쿠를 내보낸 뒤 무언가 의미 있는 듯이 눈을 깜박거렸다.

"지금 나가토 님에게 도련님 명을 전했으나 이 혼담을 승낙하지 않는군요. 이유는 머지않아 칸토와 손을 끊고…… 그때 아내가 있으면 깨끗이 전사할 수도 없다고 생각하기 때문인 것 같습니다."

쿠라노스케는 한쪽 눈을 살짝 감고 눈짓을 했다. 하루나가는 그 의미를 당장에는 알 수 없었다. 다음 순간 온몸에 소름이 끼쳤다.

8

'쿠라노스케는 혼담을 핑계로 무언가 꾀하고 있는 것이 아닐까?'

이런 생각을 하는 하루나가. 도저히 웃을 일이 아니었다. 시게나리에 대한 히데요리의 신뢰는 요즘 부쩍 깊어지고 있었다. 히데요리를 철저한 주전론자로 만들 작정이라면 우선 시게나리를 포섭한다…… 누가 생각해도 전쟁을 도발하는 가장 효과적인 지름길이었다……

"허어, 금시초문입니다. 도련님도 센히메 님도 오키쿠를 천거하시다니…… 그러나 이야기를 듣고 보니 지당한 일입니다. 그야말로 천하에서 가장 어울리는 젊은 한 쌍이 될 것이오."

하루나가가 애써 태연한 체하고 시게나리의 상좌에 앉았다. 쿠라노스케가 얼른 뒤를 이었다.

"누가 보든 그럴 것입니다. 그런데 나가토 님은 사양하시겠다고 하는군요. 머지않아 전쟁이 있을 것이라면서……"

"전쟁…… 이야기만은 다음에……"

"아니, 그렇지 않습니다. 나가토 님은 장차 도련님의 싯세이執政°로 물망에 오른 충성스러운 무사. 전쟁 이야기를 도외시한다면 생각을 돌릴 길이 없어요. 그래서 내가 지금 설득하고 있는 중이오."

"아니, 설득이라니……?"

"전쟁이 멀지 않았다! 나만의 생각이 아니다. 사나다 사에몬노스케도 쵸소카베도 모리 부젠도 역시 같은 생각이다. 아니, 우리 쪽만 그런 것이 아니다. 이미 적인 마츠쿠라 분고 등은 전쟁이 시작된 것으로 알고 키이미토게를 경계하고 있다. 지금 혼인을 하는 것도 하나의 충성이 아니겠느냐……고 얘기하고 있던 중입니다."

"혼인이 충성의 하나……?"

"하하하……"

쿠라노스케는 자못 즐겁다는 듯이 웃었다.

"슈리 님답지 않으신 말씀. 전쟁이 결정되면 어쨌든 군사력을 증강시켜야 합니다. 그렇게 되면 쇼시다이가 눈을 빛내며 주시합니다. 그 눈길을 다른 데로 돌리기 위해서는 혼례야말로 좀처럼 얻기 힘든 기회라고 생각지 않으십니까?"

"으음……"

"더구나 요즘 유행하는 사랑 이야기로 하는 것이 좋다고 이야기하고 있었지요. 하하하…… 오키쿠 님이 나가토 님의 무사다운 늠름한 모습을 보고 첫눈에 반해서…… 상사병이 들어 말라죽을 지경…… 보다못해 내가 중매를 섰다면 이것은 류타츠부시隆達節°나 온나가부키女歌舞伎°의 줄거리가 되지 않겠소? 슈리 님도 좀 권해주시오."

쿠라노스케는 취기가 돌기 시작한 모양이었다.

키무라 시게나리는 단정한 얼굴을 빨갛게 물들인 채 약간의 노기마저 띠고 있었다.

"그럼, 저는 이만 실례하겠습니다."

"아니, 좀더 계시지요."

"오늘밤에는 숙직을 해야 하니 일찍 돌아가 보고도 드려야 합니다. 그럼, 실례하겠습니다."

시게나리가 정중하게 인사했다. 쿠라노스케는 다시 큰 소리로 웃었으나 억지로 만류하지는 않았다.

"그러면 배웅을 해야지…… 도련님의 사자시니까."

"아니, 이대로 계십시오."

서로 부축하듯 밖으로 나갔다가 이윽고 쿠라노스케는 혼자 돌아왔다. 갑자기 소리를 낮추고 하루나가에게 말했다.

"슈리 님, 도련님도 결심하신 것 같습니다. 귀하도 안심하시고……"

히죽 웃고 술냄새를 풍기며 숨을 내쉬었다.

9

오노 하루나가는 대답할 말이 없었다. 사태는 그가 예기했던 것 이상으로 빨리 진행되고 있었다

히데요리가 싸울 결심을 했다……면 머지않아 요도 부인의 마음도

움직일 것이 틀림없다.

요도 부인을 섬기는 로죠들은 쇼에이니가 와타나베 쿠라노스케의 어머니인 것처럼 오쿠라 부인은 자기의 어머니이고 우쿄右京 부인은 키무라 시게나리의 어머니였다. 그 밖에 아에바饗庭 부인도 쿠니國 부인도, 또 토시모토壽元 부인도 모두 감정적으로 에도에 대해 일종의 선망과 질시를 버리지 못하고 있었다. 그러므로 전쟁의 승패는 생각해보지도 않고 외곬으로 감정에만 치우칠 터.

현재 에도 성의 히데타다 부인과 연락을 취하고 있는 것은 시게나리의 어머니 우쿄 부인, 그녀 역시 자기 아들 시게나리가 주전론으로 기울면 아무 도움도 되지 않는다.

"쿠라노스케 님, 내가 찾아온 것은 바로 그 전쟁 일 때문이오."

"전쟁 일……이라면 안심하셔도 좋아요."

쿠라노스케는 직접 하루나가에게 술을 따르면서──

"아군은 강합니다. 절대로 세키가하라 때와 같은 일은 없어요."

반은 농담처럼 큰소리를 쳤다. 그 역시 도쿠가와 군을 두려워하고 있는 하루나가의 속마음을 알고 있기 때문이다.

"그럼, 사나다 사에몬노스케는 분명 우리 쪽이 되겠다고 했군요?"

"그렇소."

쿠라노스케는 일부러 잔을 놓고 자기 가슴을 툭툭 두드려 보였다.

"이렇게 된 이상 물러설 수 없다. 그것이 아버님 마사유키 님의 집념이라고 말씀하셨소. 키이미토게가 바로 그 결의를 하게 만든 묘한 고개지요……"

"고개……?"

"그렇소. 마츠쿠라 시게마사가 그 고개를 경계할 정도라면 에도도 싸우기로 결의했다…… 사에몬노스케는 이렇게 보고 있어요. 이미 그 누구의 힘으로도 막을 수 없다. 전쟁에는 전마戰魔라는 눈에 보이지 않는 움직임이 있다…… 그러므로 조상의 집념에 따르겠다고 하셨소. 오사카 입성에 대한 연구는 따로 해놓은 듯하더군요."

"잠깐! 잠깐만, 쿠라노스케 님. 아까 귀하는 그런 말씀을 안 하셨소. 속히 준공식을 집행하라고만……"

"그것이 계략이오. 저쪽만 준비를 시키고 이쪽이 안 한다면 때가 늦을 것 아니겠소? 슈리 님 앞이라 말씀 드립니다마는 카타기리 카츠모토는 믿을 수 없어요. 이미 도쿠가와 가문의 개가 됐다……고 보아야만 합니다. 그래서 서서히 군사軍事에서는 손을 떼도록 한 것입니다. 아시겠지요, 군량미와 군사를 갖추어야 합니다."

"만약 수십만 칸토 세력이 몰려온다면?"

"하하하…… 농성, 농성이죠. 그것만으로도 이 성은 꼼짝도 하지 않습니다. 그동안에 천주님의 도움이 있을 것입니다. 펠리페 삼 세의 대함대가 오기만 하면 말입니다, 우선 오슈奧州의 다테가 배반하게 됩니다. 이어 다테의 사위 카즈사노스케 타다테루가…… 그렇게 되면 죠슈의 모리나 사츠마의 시마즈도 잠자코 있지 않아요. 하하하…… 세키가하라 때와는 차원이 다른 필승의 전쟁이 됩니다. 그렇지 않다면 사나다 사에몬노카미 님이 왜 움직이겠소? 시나노 땅이라는 좋은 미끼를 버리고 말입니다……"

10

쿠라노스케는 의기양양하게 말하다가 문득 표정을 굳혔다. 취한 그의 눈에 이때 비로소 하루나가의 불안스러워하며 자신이 없는 듯한 표정이 비쳤기 때문이다.

"슈리 님."

음성을 낮추고 굳은 표정으로 하루나가 쪽을 보았다.

"키이미토게를 계기로 사에몬노스케 님까지 결심을 했다…… 이런 마당에 귀하가 이 전쟁에 자신을 잃었다고는 하시지 않겠지요?"

"아니, 그렇지는 않지만……"

"그럴 것입니다! 원래 에도에는 도요토미 가문을 존속시킬 성의가 절대로 없다고 단언하여 사태를 여기까지 이르게 한 장본인은 바로 귀하. 모두가 그렇게 여기고 귀하 주위에서 결속한 것…… 일곱 장수는 모두 귀하만큼 에도의 본심을 모르고 있소."

"그 일은 결코 잊지 않아요."

"물론 그 말을 믿겠소. 그렇지 않다면 나는 생모님에 대한 귀하와 오고쇼의 지난날의 감정, 과거의 까닭 없는 질투에 말려들어 사태를 그르친 것이 됩니다."

"그런…… 말도 안 되는……"

"물론입니다. 그런 말도 안 되는 일은 있을 수 없지요. 에도는 계속 우리들을 증오하고 멸망시키려고 교활하게 그 기회를 노리고 있는 데 불과하오…… 많은 사원과 신사 재건으로 군자금을 소비하게 해…… 기회가 있을 때마다 팔을 자르고 다리를 꺾어 도저히 재기가 불가능하다고 보였을 때 도전하겠지요…… 이렇게 말씀한 장본인은 바로 귀하입니다. 오다 우라쿠사이는 믿을 수 없고 카타기리, 코이데도 이미 에도의 수중에 들어갔다고 충고한 것도 귀하였소…… 그러한 귀하가 오늘 밤 마님 앞에서는 오히려 나를 제지하려는 것 같은 인상을 받았소…… 설마 귀하는 우리에게 불을 지르게 하고 불길이 올랐을 때 도망치거나 하지는 않겠지요, 슈리 님?"

술에 취한 탓이기도 하지만 사태는 완전히 역전되었다. 너무 지나친 행동은 삼가라고 주의시킬 생각으로 찾아왔는데 자기가 오히려 강한 추궁을 받는 결과가 되고 말았다.

하루나가는 낯을 찌푸리고 손을 흔들었다.

"무슨 말씀을 하시오! 이 슈리의 어디에 그런 미덥지 못한 점이 있기에 그런 말씀을 하시오?"

"아니, 없지도 않습니다. 이미 도련님까지도 칠, 팔 할까지는 결심하고 계신 듯한 지금인데, 생모님은 분명히 우리를 꾸짖으셨소…… 이게 어찌 된 일이란 말이오! 설마 귀하에게 아무 책임이 없다고는 할 수 없겠지요?"

"알았소. 사나다 사에몬노스케 님이 우리편이 된다는 확증이 있어 말씀한 것…… 그렇다면 좋습니다. 자, 다시 한 잔……"

"하하하…… 슈리 님, 이미 전쟁의 화살은 시위를 떠났소. 지난 구월 십오일 오지카 만牡鹿灣 츠키우라에서 출발한 다테 가문의 큰 배가 그 첫 화살이오. 하늘의 어느 곳을 울리면서 날아가고 있는지. 듣자하니 타카야마 우콘도 마카오인지 루손(필리핀)인지로 호송되어가고 있는 모양. 하하하…… 그 화살이 펠리페 삼 세의 대함대를 불러올 때는 타카야마 님도 당당히 선두에 서서 물길을 안내할 것이오."

듣고 있는 동안 하루나가도 차차 그 말에 휩쓸려들어갔다.

11

인간 가운데는 언제나 행동을 통해 주동적 역할을 하는 자가 있고, 이따금 흥분해 묘한 선동의 화살을 쏘아놓고는 그 선동이 현실로 나타나면 슬쩍 뒤로 물러나는 자가 있다. 와타나베 쿠라노스케는 전자에 속하고, 오노 하루나가는 후자에 속했다. 전자는 언제나 앞으로 나가지만 후자는 끊임없이 왔다갔다한다. 양자의 거리가 벌어지면 이번에는 전자가 심하게 후자의 엉덩이를 때리는 결과가 된다.

오노 하루나가는 쿠라노스케의 채찍질을 당하고야 다시 앞을 향한 자세를 취했다. 쿠라노스케가 하는 말은 사실 하루나가 자신이 그의 머리에 주입시킨 것에 지나지 않았다. 그런데 지금 타카야마 우콘이 순순히 추방당한 것은 머지않아 펠리페 3세 군함에 편승하여 귀국할 수 있는 확신이 있기 때문……이라는 쿠라노스케의 말을 듣는 순간 자신의 입에서 나온 그 말들이 모두 사실처럼 여겨졌다.

"쿠라노스케 님, 이쪽에서 또 하나 손을 써야 할 일이 있는지도 모르겠소."

"손을 쓰다니요……?"

"오고쇼에게 말이오. 오고쇼에게 우콘노다이부의 속셈을 이쪽에서 알리자는 것이오."

"뭐라고요……? 그래서 무슨 이익이 있단 말이오?"

"오고쇼는 깜짝 놀라 쇼군의 부인을 통해 생모님에게 어떤 교섭을 해올 것이라 생각되는데 어떻소?"

"으음."

"그때 우리는 이런 말이 올 것이라고 미리 생모님에게 알려드립시다…… 그대로 된다면 생모님도 결심하시리라 생각합니다. 지금은 생모님이 마음을 결정하는 일이 첫째……라고 생각하는데 어떻소?"

이야기는 점점 더 우스워졌다. 하루나가가 쏜 감정적인 선동의 화살은 점점 더 그를 물러설 수 없는 실행자의 위치로 몰아넣으려 하고 있었다.

"과연, 그것도 한 방법이군요. 분명한 다테 마사무네의 속셈, 타카야마 우콘의 속셈……이라는 말을 잇따라 들으면 늙은 너구리 같은 오고쇼도 동요할 것이 틀림없소. 동요하면 꼬리를 내밀겠지요. 그 꼬리를 이것 보십시오 하고 생모님에게 보여드린다…… 과연 역수逆手의 역수가 되겠군요. 그래, 무슨 좋은 안이라도 있소?"

"없는 것도 아니지요."

어느 틈에 하루나가도 잔을 거듭하며, 자기가 무엇 때문에 쿠라노스케를 찾아왔는지 당초의 목적은 완전히 잊어버리고 말았다.

"무엇보다 오고쇼의 마음에 크게 울릴 사람은 센히메 님. 센히메 님이 구박을 받으며 괴로워한다는 소식이 전해지면 어떻게 되겠소?"

"으음, 슨푸에는 누구를 보낼 생각이오?"

"물론 여자라야만 합니다. 아 참, 좋은 생각이 있소."

하루나가는 진지한 표정으로 허공을 노려보았다. 그 또한 쿠라노스케가—

"이번 전쟁은 세키가하라 때와 같은 작은 규모가 아니오."

이렇게 제시한 꿈속으로 저도 모르게 발을 들여놓고 있었다.

토코노마床の間°에서 이 집의 자랑거리인 남만南蠻° 시계가—

"땡 땡 땡……."

넉 점(오후 10시)을 알리고 있었다.

종鍾의 전주前奏

1

케이쿄 19년(1614)도 초여름에 접어들어 슨푸 성 정원에는 올해도 샘 가에 아름답게 창포꽃이 만발해 있었다.

그날도 이에야스는 정원에 내려서서 무심코 그 꽃을 들여다보고 있었다. 아니, 무심코……란 겉으로만 그럴 뿐 실은 일흔세 살이 되어 꽃을 바라보니 감개가 무량했다.

'타이코보다 십 년이나 더 살았군……'

그러나 아직도 이에야스의 앞에는 수많은 문제가 산적하여 그의 결단을 기다리고 있었다.

'이 나이가 되어 설마 오쿠보 타다치카를 벌하게 되리라고는 꿈에도 생각지 못했는데……'

큐슈九州로 쫓겨난 타다치카도 가여웠지만, 이에야스 자신도 역시 한때는 객지의 외로움을 맛보았다. 슨푸 성으로 돌아갈 수 없을 뿐만 아니라, 일단 떠나온 에도 서쪽 성으로 돌아갈 수도 없었다. 그래서 잠시 나카하라中原, 코스기小杉 등지에 머물렀던 일을 생각하면 지금도 가슴이 싸늘해졌다.

'지금이 중요하다. 지금은 인생의 결말을 지어야 할 때······'

이에야스는 코스기에서 타다치카의 추방을 결심하고, 에도로 돌아와 천주교에 관한 일은 콘치인 스덴金地院崇傳에게, 자기가 죽은 뒤의 준비에 관한 일은 키타인喜多院의 텐카이天海를 불러 상의했다.

지금 생각하면 스스로도 우스운 생각이 들었다.

'이 일을 처리하기 전에 죽는 것이 아닐까······?'

그때 이에야스는 이런 불안이 깊어져 갑자기 와카和歌°를 읊고 싶어졌다. '지세이辭世° 준비'라는 뚜렷한 의식은 없었으나, 무언가 호소하여 남기고 싶은 절실한 본능의 몸부림은 있었다.

그뒤 슨푸로 돌아온 이에야스는 조동종曹洞宗° 설법을 들으면서 일부러 레이제이 타메미츠冷泉爲滿를 쿄토에서 초빙하여 『코킨슈古今集』를 전수받았다. 와카를 집대성한 이 책은 17세기 중엽에 이루어졌다.

또 하야시 도슌林道春에게 『논어論語』를 처음부터 다시 강의하게 하기도 하고, 불교의 5대 본산에 명해 『군서치요群書治要』°『정관정요貞觀政要』°『쇼쿠니혼기續日本紀』°『엔기시키延喜式』° 등 여러 책에서 영원히 법제의 기틀이 될 만한 사항을 발췌시키기도 했다.

이런 일들도 이에야스의 마음에 기대했던 만큼 '안도'의 초석을 놓아주지는 못했다.

전쟁이 사라진 지 14년······ 벌써 난세를 모르는 젊은이들이 세상에 넘쳐 이에야스가 주장하는 '평화'의 고마움은 그들의 마음에 아무런 영향도 주지 못했다······ 무엇보다 사나다 마사유키眞田昌幸의 아들 유키무라까지 끝내 이에야스의 우려를 이해하려 하지 않았다······ 이러한 상황에 대한 안타까움으로 이에야스의 마음은 에이는 듯했다.

"다시 그 비참한 센고쿠의 난세로 돌아가도 좋다는 말인가!"

이에야스의 이러한 부르짖음은 지금 세상의 젊은이들 머리 위에서는 봄바람과 같은 영향력밖에는 갖지 못했다. 타다테루도 그랬지만 히데요리 역시 예외는 아니었다. 자신은 평화 속에 몸을 담고 편히 살면서도 어느 한 구석에서는 파란波瀾을 동경하고 있었다. 더구나 그 파란이 정말 닥친다면 꼼짝없이 궤멸되어버릴 터였다.

'실력은 전혀 없으면서도……'

이런 생각을 하며 정원에 서서 창포꽃을 보고 있는 이에야스는 갑자기 큰 소리로 울고 싶어졌다.

'칠십삼 년 동안의 내 생애도 한낱 악몽이었다는 말인가……?'

2

그 무렵 이에야스는 스덴, 텐카이, 하야시 도슌 등의 승려와 유학자들에게 명해 널리 고전을 수집하여 베끼게 하고 있었다.

'이 모두는 인간의 참다운 유산……'

이에야스는 스스로도 그 고전들에 씌어 있는 내용을 읽으면서 태연한 듯 가장하고 있었다. 그러나 내심으로는 점점 더 심각하게 세태와의 대결을, 격투를 심화시키고 있었다.

타다테루에게는 타카다 성을 지어주는 것으로──

"오사카 성을 원합니다."

이렇게 외쳐대는 철없는 욕망은 억눌렀다.

생각이 모자라는 욕망의 귀신은 결코 타다테루 한 사람만이 아니었다. 조금만 고삐를 늦추면 다테 마사무네와 시마즈 이에히사島津家久도, 모리와 우에스기와 마에다도 손을 댈 수 없는 사나운 말로 변할 것이 틀림없다.

그들은 평화로운 시대에 자라 무방비상태가 된 젊은이들의 약점만은 잘 알고 있었다. 센고쿠 시대에서 살아남은 이들 무리에게는 14년에 걸친 완숙한 태평천하는 그야말로 군침을 흘리게 하는 좋은 먹이로밖에 보이지 않는 모양이었다.

이에야스는 꽃밭 가득 피어 있는 창포꽃을 4반각(30분) 가량이나 바라보고 있었다. 그는 문득 이 꽃밭에 한 마리 난폭한 소를 풀어놓는 상상을 해보았다. 그때——

"아룁니다."

코쇼의 소리에 이에야스는 깜짝 놀라 무참하게 짓밟힌 창포꽃의 환상에서 깨어났다.

"오사카의 사자 카타기리 이치노카미 님이 마리코鞠子의 토쿠간 사德願寺에 도착했다고 합니다."

"그래, 이치노카미가 도착했느냐? 기다리고 있었다. 곧 만나고 싶다고 전하도록 하라."

"알겠습니다. 이치노카미 님과 전후하여 우쿄 부인도 오셔서 역시 뵙기를 청하고 있습니다마는……"

"뭐, 우쿄 부인이……? 내가 만날 필요는 없겠지. 챠아茶阿 마님에게 정중히 대접하라고 일러라."

"알겠습니다."

코쇼가 물러간 뒤 이에야스는 비로소 창포꽃 곁을 떠났다.

'이치노카미가 무슨 말을 하려고 왔을까……?'

물론 어렴풋이 짐작은 하고 있었다.

이에야스에게는 혼아미 코에츠本阿彌光悅 외에 그를 마음으로부터 존경하며 정보를 모아주는 자가 오사카 주변에 세 사람 있었다. 그 가운데 한 사람은 후시미伏見의 코보리 엔슈小堀遠州, 다른 한 사람은 야마자키山崎의 이시카와 죠잔石川丈山, 그리고 나머지 한 사람은 사카이의 소쿤宗薰이었다.

이들의 정보에 따르면 쿄토와 오사카 주변에서는 대불전의 준공식을 기해서 반기를 든다……고 보는 견해가 지배적이었다.

이미 여러 지방의 떠돌이무사들은 속속 쿄토, 오사카로 모여들고 있었다. 가장 불길한 상상은 대불전 앞에 모인 군중이 그대로 무기를 들고 봉기하는 상황이었다. 봉기한 군중들은 일거에 니죠 성을 시작으로 하여 쇼시다이 저택을 습격하고, 궁전으로 몰려가지 않을까……

'그렇게 하도록 내버려둘 수는 없다.'

카타기리 카츠모토가 온 것도 그 일과 무관하지 않았다. 과연 히데요리가 오사카 성을 나갈 마음이 생겼을지…… 그에 대해서만은 어느 정도 확실하게 알아가지고 왔을 것이다.

이에야스는 이마에 내리쬐는 햇살을 한 손으로 가리면서 천천히 거실로 돌아왔다.

안뜰을 사이에 둔 별채에서는 오늘도 승려와 학자들이 책상을 늘어놓고 열심히 고전을 정서하고 있었다.

3

카타기리 카츠모토가 이에야스 앞에 나온 것은 그로부터 다시 반 각(1시간)이 지나고 여덟 점(오후 2시)이 다 된 무렵이었다.

이에야스는 마사즈미와 나오츠구를 멀리하고 아직 열여섯밖에 되지 않은 소실 오로쿠ぉ六 부인만을 남겼다. 그리고 카츠모토를 자기 방으로 불렀다.

오로쿠 부인은 쿠로다 고자에몬 나오노부黑田五左衛門直陳의 딸로 이에야스가 죽은 뒤 유언에 따라 키츠레가와 요리우지喜連川賴氏에게 재가한, 소실 중에서는 가장 어린 여자였다. 열세 살 때부터 곁에 있으면서 소실이라기보다 심부름꾼 겸 간호사 같은 존재였다……

오로쿠가 소실이 되었을 때 젊은 무사와 시녀들 사이에 두 가지 소문이 퍼졌다.

젊은 무사들의 소문은 다분히 선망을 숨기고 이에야스의 건재를 찬양하는 것이었다. 그러나 시녀들의 해석은 그 반대였다. 오로쿠가 이에야스에게 접근했다는 비판이었다. 끝까지 시녀로 지내기보다는 소실로 있다가 미망인이 되는 편이 훨씬 더 신분이 높은 다이묘에게 재가할 수 있다는 계산 아래 코타츠炬燵°대신 자진하여 이에야스의 잠자리에 들어갔다고.

이에야스도 그런 기분으로 오로쿠를 가까이했는지 모른다. 때때로 눈을 가늘게 뜨고—

"참으로 영리한 여자야. 나도 오래 살지는 못할 것이니 네 장래를 생각해놓아야겠어."

오로쿠에게 다리를 주무르게 하면서 이런 말을 시녀들 앞에서 한 적이 있었다.

같은 이에야스의 소실로 아오키 키이노카미 카즈노리青木紀伊守—矩의 딸인 오우메お梅 부인은 이에야스의 명으로 현재 혼다 코즈케노스케 마사즈미의 정실이 되어 있었다. 여기에도 뒷이야기가 있었다. 오우메 부인은 매일같이 이에야스를 만나는 마사즈미를 황홀한 듯 바라보았다. 그냥 내버려두면 두 사람 사이에 무슨 일이 벌어질 것이라고 생각한 이에야스가 선수를 쳐서 두 사람을 맺어주었다는 소문이 있었고, 오로쿠가 이에야스의 사랑을 받으려고 꾸민 계획이 아니었는가 하는 소문이 있었다.

그러한 오로쿠 부인만 남기고 카타기리 카츠모토를 만나는 것은 이에야스가 상대방을 필요 이상 긴장하지 않게 하기 위한 배려였다.

"이 여자 외에는 아무도 가까이 오지 못하게 했네. 이 아이로부터는 이야기가 새나갈 염려는 없어."

카츠모토가 들어왔을 때 이에야스는 어깨를 주무르게 하던 오로쿠에게 차를 준비하도록 명하고 사방침에 몸을 기대었다.

"어떤가, 히데요리는 성에서 나올 것 같던가?"

카츠모토는 얼굴이 굳어졌다.

"그 일에 대해서는 저희에게도 생각이 있으니 조금만 시간을……"

메마른 소리로 말하고 다다미畳°에 이마를 조아렸다.

"이치노카미."

"예."

"그 이후 조금도 이야기가 진척되지 않았다는 말인가?"

"예. 그때 말씀 드린 대로 대불전 준공식 날에……"

"너무 늦어."

"예."

"준공식 날에 봉기하는 자가 있으면 어떻게 하겠나? 이들이 히데요리의 명으로 궐기했다……고 외치면……? 자네는 아직 노망들 나이는 아니지 않은가?"

4

카타기리 카츠모토는 이에야스의 심한 질책에 온몸이 굳어졌다.

그는 히데요리의 명령에 따라 대불전의 큰 종과 종루鐘樓의 제작을 서둘렀다. 종명鐘銘은 난젠 사南禪寺의 세이칸淸韓 대사에게 짓게 하고, 유명한 장인 산죠三條의 나고야 산쇼名護屋三昌에게 39명의 주물 공들을 딸려 밤낮을 가리지 않고 서둘러 제작하게 했다. 금동金銅 대불은 이미 케이쵸 17년(1612) 3월에 훌륭하게 완성되었기 때문에 종만 이루어지면 이 대공사도 마침내 끝나게 된다.

카타기리 카즈모토는 대불전과 거대한 본존불本尊佛, 그리고 거대한 종의 소리를 들려줌으로써 그 비용이 얼마나 막대한 것이었는가를 세상에 철저하게 알릴 생각이었다. 이 막대한 비용에 비하면 황금 훈도分銅° 28개를 녹여 4만 개에 가까운 금화를 만들게 한 것쯤은 문제가 안 되었다.

"이것이 전부다. 도요토미 가문의 재정은 바닥이 드러났다."

아무리 견고한 성이라 해도 지금 상태로는 싸울 수 없다. 군자금으로 쓰려 해도 돈이 없다……고 확실히 알면 야심을 가진 자들도 모여들지 않는다는 카즈모토의 계산, 그 계산을 이에야스도 잘 알고 있으리라 믿고 있었다. 그런데 이에야스의 계산과 이러한 그의 생각은 커다란 차이가 있는 듯.

카즈모토가 이번에 온 것은 종이 완성될 시기가 대강 드러났으므로 새로운 종 타종식打鐘式을 6월 28일에 거행하고, 이어 7월 안에 대불개안大佛開眼 공양°을 하고 싶다, 그때 도사導師로는 누가 좋은가……? 이러한 상의를 표면적인 용건으로 삼고, 실은 영지 이전에 대한 이야기는 언제쯤 꺼내는 것이 좋을지 그 시기에 대해 이에야스의 의견을 알아볼 생각으로 왔다. 그러므로——

"너무 늦다!"

이에야스의 일갈은 그를 당황하게 만들기에 충분했다.

"나는 여기서 졸고만 있는 게 아니야, 이치노카미."

"예."

"훈도를 녹여 만든 돈이 어디로 흘러가고 있는지도 알고, 누가 어떤 권유를 받았는지도 다 조사해두었어. 자네는 아무래도 대불전 공사 책임자라는 이름으로 허수아비가 된 것 같아."

"황송합니다."

순간 보다 날카로운 일갈이 날아왔다.

"황송해할 것 없어! 황송해하고 있을 때가 아니야. 자네로선 주군의 가문이 존속하느냐 쓰러지느냐 하는 중요한 고비. 알겠나, 이치노카미? 자네도 전쟁을 모르는 자는 아니야. 전쟁이란 이해득실만으로 일어나지는 않아. 가장 두려운 것은 전쟁의 계기. 대불개안 공양을 하는 날 모여든 많은 군중이 봉기하면 어떻게 하겠나? 봉기할 징조는 충분히 있어. 그것을 세이이타이쇼군으로서 내버려둘 수 있다고 생각하나? 질서유지가 에도의 임무야. 쇼시다이가 만일의 경우에 대비할 수단을 강구하지 않는다면 큰 실책이 될 것이야. 그런데 수단을 강구하면 오사카 성 공격의 신호로 알고 큰일을 저지를 것이 틀림없어…… 문제의 시기는 대불개안 공양 이전에 있어. 그전에 히데요리 님 모자에게 분명히 영지 이전에 대한 승낙을 받아놓아야 해. 그렇게 하지 않고 사태가 수습될 것 같은가?"

카타기리 카츠모토는 부들부들 떨기 시작했다. 그러고 보니 케이쵸 9년(1604) 토요쿠니 신사의 행사 때는 쿄토와 오사카에 30만이나 되는 인파가 모였었다.

5

"그러면 개안 공양 이전에……"

카츠모토는 입을 열었으나 말을 잇지 못했다.

이에야스의 말을 듣고 보니 사실이 그러했다. 만약 30만 군중이 소요를 일으킨다면 그야말로 수습할 길 없는 큰 혼란이 벌어질 터. 그런 사태를 방지하기 위해서는 2,000이나 3,000명에 불과한 쇼시다이 휘하의 병력으로는 어림도 없었다.

'막다른 골목으로 몰렸다……'

카츠모토는 뱃속까지 얼어붙었다.

그렇다고 해서 경비를 위해 새로 인원을 증원한다면 이에야스가 지적한 대로 오사카 쪽에서는 분명히 에도의 오사카 공격을 위한 출병으로 오해한다.

"어떤가, 이해할 수 있겠지, 이치노카미?"

"예…… 예. 취지는 알겠습니다."

"알았다면 그 이상 할말이 없을 게야. 개안 공양 이전에 군중의 폭동은 절대로 일어나지 않는다는 보증이 없는 한 천하의 질서유지를 담당한 자로서 그냥 있을 수 없지 않겠나?"

"지당하신 말씀입니다."

카츠모토는 자신의 여윈 나신을 그대로 드러낸 것만 같은 기분에 몸둘 바를 몰랐다.

"분명히 이 이치노카미의 잘못, 드릴 말씀이 없습니다."

이렇게 솔직하게 사과할 수밖에.

이에야스는 이번에는 서글픈 표정으로 침묵하고 말았다. 이 자리에서 아무리 카츠모토를 꾸짖어본들 무슨 소용이 있을 것인가.

"이치노카미, 나도 나이가 들어서 그런지 성질이 급해졌어."

"아닙니다. 이 이치노카미가 나잇값도 못하고…… 사태를 너무 낙관했습니다."

"어쨌거나……"

이에야스는 시선을 허공에 던진 채 불쑥 물었다.

"자네와 내가 여기서 푸념을 한다고 해결될 일이 아닐세. 자네와 전후하여 우쿄 부인이 왔다는데, 그 용건은 알고 있나?"

"예…… 예, 그것도 실은 제 불찰…… 부인은 요도 부인의 사자로 내전에 문안을 드리러 온 줄로만 생각하고 있습니다마는……"

"으음…… 그런데 일부러 슨푸에 들렀단 말이지?"

"저는 두 가문의 화합을 돕기 위한 일이라 믿고 있었습니다."

"그런가…… 하지만 그렇지만도 않을지 몰라."

"저도 지금 문득 한 가지 불안에 부딪쳤습니다."

"좋아, 그럼 이렇게 하세. 자네는 오늘 인사만 하고 토쿠간 사에 돌아가 쉬는 것으로 하게. 그게 좋겠어. 우쿄 부인은 여자들에게 접대하라고 했으니 곧 무슨 용건으로 왔는지 알게 되겠지. 그 후에 다시 생각하기로 하세."

"예…… 예."

"이치노카미, 내 말을 납득했겠지? 개안 공양보다 폭동이 일어날 우려가 없다는 보증 쪽이 급선무임을…… 그렇지 않으면 이 이에야스는 후세에까지 웃음거리가 될 것일세. 자네도 어떻게 하면 무사히 대불공양을 끝낼 수 있을지 깊이 생각해보게."

이에야스는 문득 오로쿠의 존재를 깨닫고 엄하게 다짐을 주었다.

"그대는 아무 말도 듣지 못한 것으로 해, 알겠나?"

6

카츠모토가 물러간 뒤 이에야스는 사방침에 얹은 주먹으로 이마를 받치고 한참 동안 지친 듯이 침묵을 지키고 있었다.

"어깨를 좀더 주물러드릴까요?"

오로쿠가 얼른 어리광을 부리듯이 말하고 등뒤로 돌아가 어깨를 주무르기 시작했다. 그래도 이에야스는 대답하지 않았다. 카츠모토가 좀더 반가운 소식을 가지고 왔으리라 생각했다. 적어도 난공불락이라 여겨지는 오사카 성에 히데요리 모자를 그대로 있게 해서는 타이코에 대한 공양이 될 수 없었다.

"그 성은 천하를 다스릴 실력을 가진 자가 있어야 할 성, 기량이 부족한 자가 있으면 야심을 유발하는 저주의 성이 된다……"

이를 알고 있기 때문에 코다이인은 재빨리 성에서 나와 다음 실력자가 될 이에야스를 자기 대신 들여놓으려 했다…… 카츠모토가 이런 이치를 상세히 설명해 히데요리 모자를 설득했으리라 믿고 있었다. 그런데 카츠모토는 그 가장 중요한 근본의미를 깨닫지 못한 채 어떻게든지 해결할 수 있으리라 여겨 대책을 게을리 한 모양이었다.

'처음부터 그에게 이런 기대를 한 게 무리였을까……?'

그런 생각과 함께 밀려오는 실망감은 73세가 된 이에야스의 여생을 숨막히게 압박해왔다.

'평화가 얼마나 고마운지 모두 잊어버렸다는 말인가……?'

이때 우쿄 부인을 접대한 챠아 부인이 돌아왔다.

챠아 부인은 완전히 내전을 총괄하는 지위에서 잠자리 시중은 하지 않으려 했다. 그러므로 젊은 소실들은 한층 더 그녀를 경외하고 있는 듯했다.

"말씀 드리겠어요. 우쿄 부인은 요도 부인의 사자로 에도 마님에게 가는 도중인 것 같아요."

"그래? 그렇다면 단순한 문안을 위한 사자인가?"

"예…… 그런데 좀 마음에 걸리는 말을 했어요."

"으음, 틀림없이 그럴 줄 알았지. 뭐라고 하던가?"

이에야스는 눈을 감고 오로쿠에게 어깨를 맡긴 채 반문했다.

"오사카에서는 요즘 에도와 손을 끊을 것……이라는 소문이 파다하다고 합니다."

"으음, 그 일은 우쿄 부인의 말을 듣지 않아도 잘 알고 있어."

"그래서 요도 부인을 비롯하여 히데요리 님과 소실들도 센히메 님을 냉대하게 되었다…… 무슨 좋은 방법이 없겠느냐고 같은 여자로서 푸념을 했습니다."

"흥."

이에야스는 코웃음으로 가볍게 반응했을 뿐 다시 얼마 동안 아무 말도 없었다.

"이런 일은 말씀 드리지 않는 편이 좋겠다……고 생각하는데 우쿄 부인이 오고쇼 님 귀에는 들어가지 않게 해달라고 덧붙였어요."

"귀에 들어가지 않도록 해달라…… 그러면 도리어 귀에 들어오게 되지…… 여자들까지 움직이기 시작한 모양이군."

내뱉듯이 말하고 이에야스는 끄덕끄덕 졸기 시작했다.

챠아 부인은 물끄러미 그 모습을 바라보았다.

7

잠시 어색한 침묵이 흘렀다.

오로쿠는 아무 말도 없이 어깨만 주무르고 있고, 이에야스도 반은 잠든 듯이 보였다.

챠아 부인은 긴장을 풀지 않고 이에야스를 지켜보았다. 자못 지친 듯이 졸고 있을 때가 때로는 어떤 결단을 내리려고 할 때……임을 잘 알고 있었기 때문이다. 아니나 다를까 이에야스가 갑자기 고개를 들고 눈을 떴다.

"오로쿠, 이제 됐어."

"예. 좀더……"

"다음에 하도록 해. 나중에 부탁하겠어."

이에야스는 눈앞에 앉아 있는 챠아 부인을 충분히 의식한 듯 오로쿠에게 나직이 말했다.

"챠아, 달콤한 것이 먹고 싶구나."

사실 챠아 부인은 무릎 위에 작은 사기접시를 올려놓고 있었다. 그 접시 위에는 하얀 과자 하나가 있었다.

"예, 드십시오."

"알겠어. 나고야名古屋에서 보낸 것인가?"

"아닙니다. 에도에서 보내왔습니다."

"그래? 챠아, 그대는 우쿄 부인이 무슨 일로 에도에 가는지 생각해보 았겠지?"

"예."

"말해보도록. 무엇 때문에 왔을까, 우쿄 부인이?"

"에도와 슨푸의 공기를 알아보러 오지 않았을까 하고……"

"흥."

이에야스는 퉁기듯이 웃고 입 언저리에 묻은 과자가루를 손바닥으 로 닦았다. 그 동작이 어린애와 같은 데가 있어 저절로 웃음이 나왔다.

"나는 역시 겁쟁이였어."

"예, 무슨 말씀이신지……?"

"나는 겁쟁이였고, 또 게으른 자였단 말이야."

"어머! 오고쇼 님이 겁쟁이고 게으르시다면 대관절 누가 용감한 사 람입니까?"

"여기 있는 오로쿠가 용감해."

이에야스는 웃지도 않고 말했다.

"나는 일이 벌어질까 두려워 그 뿌리에 흙을 덮으려고 했어. 흙을 덮 으면 뿌리는 더욱 뻗어갈 뿐인데도."

"예……?"

챠아 부인은 이에야스가 무슨 말을 하려는지 몰라 고개를 갸웃하고 물었다.

이에야스는 다시 입을 다물었다. 이번엔 분명히 눈이 빛나고 주름진 이마에는 젊은이 못지않은 투지가 떠올라 있었다.

'무언가 결심하려 하고 있다……'

"오로쿠, 정원에 나가 붓꽃이든 창포꽃이든 그대가 가장 아름답다고 생각되는 꽃을 한 송이만 꺾어오도록."

"예…… 예."

오로쿠는 깜짝 놀라 시키는 대로 자리에서 일어섰다. 그 뒷모습을 바라보면서 이에야스는 음성을 낮추었다.

"챠아, 나는 히데요리도 또 타다테루도 앞으로는 한 사람의 어른으로 대하겠어."

"그……그것이 무슨 말씀인가요?"

"어버이는 언제까지나 살아남아 자식을 감싸줄 수 없어. 머지않아 나는 죽을 것이야. 내가 죽은 후에 홀로 설 수 있도록 앞으로는 어떤 일에나 어른으로 대하겠어. 나는 그 일을 두려워하고 게을리 했는지도 몰라. 그래서는 안 되었는데……"

8

챠아 부인은 이에야스가 마음속으로 무언가 크게 결심하고 있음을 깨달았다.

"어른으로 대하겠다!"

그러나 이에야스의 이 말만으로는 실제로 무엇을 의미하는지 챠아 부인은 알 수 없었다. 사실 이때 이에야스는 챠아 부인에게 그 이상의 말은 하지 않았다.

"지금까지 어린아이처럼 응석을 받아주셨다······는 말씀인가요?"

"그래, 내 수명을 생각지 않고 말이야. 무엇이든 할 수 있다······고 망령든 생각을 했어."

그 망령이 무엇을 말하는지 이에야스는 확실히 설명하지 않았다. 이에 대해 챠아 부인이 무언가를 깨닫게 된 것은 토쿠간 사에 있던 카츠모토가 급히 오사카로 돌아갔다가 다시 슨푸에 왔을 때였다.

두번째 방문 때 이에야스는 카츠모토를 만나지 않았다. 카츠모토의 용건은 대불개안 공양의 도사로 닌나지노미야 가쿠신호 친왕仁和寺宮覺深法親王°을 추대해 칙허를 받는 데 대한 의견을 묻는 것이었다.

이에야스는 선뜻 허락했다. 카츠모토가 바친, 그날 참석할 칸파쿠 이하 여러 버슬아치들의 좌석배치와 종명鐘銘의 사본을 보고도 아무 말 하지 않았다. 대불의 개안 공양은 8월 3일, 불당 공양은 18일에 행하고 싶다는 제안에 대해서도—

"좋겠지."

순순히 응했다.

7월 21일에 이르러 갑자기 손바닥을 뒤집은 듯 노하기 시작했다.

"종명에 불길한 글귀가 있어. 상량일도 길일이 아냐. 당치도 않아."

챠아 부인은 이에야스가 노하는 모습을 보고 비로소 그가 앞서 결심한 일이 무엇이었는지 알 수 있을 것 같았다······

이에야스는 히데요리가 영지 이전을 승낙할 때까지 대불공양을 해서는 안 된다······는 결심을 한 것이 아닐까······?

만약에 그렇다면—

"앞으로는 어른으로 대하겠다."

이 말의 의미는—

"공양을 하고 싶다면 나의 난제를 대등한 사나이로서 풀어보라."

그런 의미의 수수께끼가 아니었을까.

그러나 이러한 생각은 나중의 일…… 이때 챠아 부인은 모르는 체 입을 다물었다.

그날은 마리코의 토쿠간 사에 머물고 있는 카타기리 카츠모토와 우쿄 부인에게 각각 주효를 보내고, 이에야스도 또한 마사즈미, 나오츠구 등을 불러 함께 식사를 했다.

식사를 하는 동안에는 다른 날과 다름없이 회고담을 섞은 세상 이야기를 주고받았다. 그날 밤 이에야스는 거의 잠을 이루지 못했다…… 이는 오로쿠가 챠아 부인에게 알려준 말이었다. 챠아 부인의 마음에 몹시 걸리는 것은 역시 낮에 주고받은 이야기, 히데요리와 함께 자기가 낳은 타다테루의 이름이 나온 일이었다.

'도대체 두 사람을 어른으로 대하겠다는 것은 어떤 의미일까?'

타다테루는 요즘 완전히 기분이 풀려 타카다 축성에 몰두하고 있었다. 때때로 전해오는 서신의 내용으로 그 마음을 분명하게 알 수 있었다. 그런데 이러한 타다테루와 오사카의 히데요리를……?

이를 알기 위해 챠아 부인은 그 후 더욱 부지런히 이에야스의 시중을 들었다. 이에야스 또한 잠자리 시중 이외의 일은 모두 그녀에게 맡기고 안심하고 있었다……

불살不殺의 칼

1

이에야스와 두번째로 찾아온 카츠모토 사이에 어떤 이야기가 오고
갔는지는 거의 아는 사람이 없었다. 마사즈미도 나오츠구도 나오카츠
도 부인들도⋯⋯

그러나 바로 그 직후 에도에서 일부러 불려온 야규 마타에몬 무네노
리柳生又右衛門宗矩°만은 그 내용을 알았다.

마타에몬 무네노리가 거실로 들어갔을 때 그날도 이에야스는 측근
을 물리쳤다. 이미 방안까지 푹푹 찌는 듯한 더위였으나 부채질을 해주
는 도보同朋°와 시녀까지 물리치고 이에야스가 맨 먼저 물은 것은 에도
의 공기에 대해서였다.

"쇼군은 어떤 일에도 눈썹 하나 까딱하지 않는 사람일세. 도이 토시
카츠와 사카이 타다요酒井忠世는 어떻던가?"

마타에몬은 웃으면서 대답했다.

"두 분 모두 제가 보기에는 태연 그 자체였습니다."

"그래⋯⋯? 그럴 테지. 내전의 소식은 듣지 못했나? 오사카에서 요

도 부인의 사자가 갔을 텐데……"

그 일에 대해 마타에몬은 잘 알고 있었다. 사자로 온 여자의 어리석은 말 때문에 쇼군 부인이 몹시 걱정하고 있다는 사실을…… 에도와 오사카가 전쟁을 벌이면 제일 먼저 죽일 사람은 센히메…… 아니, 전쟁까지 이르지는 않는다 해도 불가피하다고 여겨졌을 때는 누군가가 위해를 가할지 모르는 상황……이라는 걱정이었다.

마타에몬은 이 질문에 대해 조심스럽게 대답했다.

"전혀 듣지 못한 것은 아닙니다마는, 역시 내전의 일이라 연줄도 없고 해서……"

"그렇군. 내전의 일까지는 자네 힘이 미치지 못하겠지…… 그 후 다테에 대해서는 무슨 말을 듣지 못했나?"

"무츠노카미 님이 직접 타카다로 가셔서 열심히 축성공사 지휘를 하고 계신 듯합니다……"

"카타쿠라 코쥬로에게 사나다의 손녀가 출가한 모양인데, 가끔 출입하고 있나?"

"전혀 그렇지 않습니다. 만일의 경우 죽이기가 불쌍하여 맺은 인연이 아닌가 생각합니다."

"쿄토와 오사카 상황은 어떨까? 무사히 대불개안 행사를 치를 수 있다고들 생각하고 있나?"

"예. 이번 큰 행사를 통해 후세에까지 불과佛果를 얻으려고 사람들이 속속 모여들어 물가가 눈에 띄게 폭등하고 있다고 합니다."

"자네도 혼아미 노인과 연락을 취하고 있나?"

"예. 계속…… 쿄토에 있는 사카자키 데와坂崎出羽를 통해 칼에 관한 일을 부탁하고 있습니다."

"노인은 이번 일을 어떻게 보고 있을까?"

"소요가 불가피하다고 보고 있는 듯합니다."

"으음……"

이에야스는 별로 놀라는 기색도 없었다. 잠시 사이를 두었다가 탄식하듯 말했다.

"그렇게 되면 나는 천하에 극악무도한 인간이 되겠군."

"예……? 오고쇼 님이 천하의……"

"그래. 전쟁이 벌어지면 오사카 쪽에서는 맨 먼저 센히메를 죽이겠다고들 하겠지. 이 늙은이는 자진하여 그 센히메의 동생을 궁정에 바쳤어…… 궁정의 힘을 빌려 센히메를 살리겠다…… 그런 계획까지 짠 큰 악인이라고 말일세. 하하하……"

이렇게 말하고 나서 이에야스는 비로소 본론으로 들어갔다.

2

"그런데 마타에몬, 나는 이번에 마음을 정했어. 지금까지 히데요리 님 체면을 세워주려다가 오히려 망치게 된 것만 같아."

마타에몬 무네노리는 고개를 갸웃하고 반문했다.

"체면을 세워주려다가 오히려 망치시다니?"

"어린아이로만 취급했던 거야. 인간은 단련되기 전에 천부天賦의 기량, 천부의 운도 있는 법일세. 그런데 내 뜻대로 되리라 착각하고…… 그랬던 게 오히려 하늘의 뜻에 어긋나는 일이었어. 그래서 앞으로는 어른으로 대하려고 하네."

"으음."

"지금 에도와 오사카에는 양자의 의사를 초월한 곳에서 심상치 않은 풍운이 움직이기 시작했어. 대불의 개안을 이대로 허락하면 경천동지驚天動地할 큰 소요가 벌어질지도 몰라. 그래서 히데요리를 어른으로 생각하고 어려운 문제를 제기하겠어."

"어려운 문제를?"

"그래, 대불의 개안은 안 된다고."

이에야스는 말을 끊고 타는 듯한 눈길로 마타에몬을 쏘아보았다.

마타에몬는 가만히 고개를 끄덕였다.

대불개안은 허락할 수 없다……는 것은 오사카 쪽에서도 허락받을 수 있을 정도로 치안을 책임지라는, 대등한 무장으로서의 수수께끼임이 틀림없다.

그 수수께끼를 히데요리가 어떻게 풀 것인가……?

그것은 오사카 성에서 나와 야마토의 코리야마로의 이전을 승낙하라는 의미가 되겠지만……

이에야스는 고개를 끄덕이는 마타에몬을 바라보면서 엷은 웃음을 떠올렸다.

"이 수수께끼를 히데요리가 풀 수 있을 것인지…… 그건 내 손이 미치지 않는 하늘의 뜻이라고 보아야만 해. 그래서 카타기리 카츠모토에게도 그 뜻을 잘 말해주었어."

"대불의 개안은 안 된다고……?"

이에야스는 고개를 끄덕였다.

더 이상 깊은 이야기는 하지 않고, 만약 오사카를 공격하지 않을 수 없게 되었을 경우의 준비로 화제가 바뀌었다.

"히데요리 님의 기량이 이 어려움을 무사히 넘길 수 있을 정도라면 아무런 문제도 없어. 그러나 전처럼 오사카 성은 난공불락……이라는 미신을 버리지 못하고 소동을 일으킨다면 어리석은 꿈에서 깨어나게 해주어야겠지."

"당연한 일이라 생각합니다."

"그때는 말일세, 하늘의 뜻에 따라서 일단 교섭은 해보겠네만, 어쩔 수 없이 전쟁이 벌어진다면 승부는 뻔한 일. 이에야스와 히데요리는 어른과 아이와도 같아. 틀림없이 이길 전쟁…… 약간의 사사로운 정은 허용해도 되겠지."

"사사로운 정……?"

"그래."

이에야스는 조용히 고개를 끄덕였다.

"나는 히데요리를 죽이고 싶지 않아! 죽인다면 노망하여 평범한 인간으로 돌아간 타이코와 한 약속을 어기는 것이 되니까…… 아니, 요도 부인 생각만 해도 가슴이 아파 견딜 수 없어. 마타에몬…… 전쟁이 벌어졌을 경우에도 요도 부인과 히데요리는 구하겠어…… 그 방법을 연구해주지 않겠나? 야규의 병법은 살생을 않는 것을 최선으로 삼고 있지 않은가……"

야규 마타에몬은 눈을 크게 뜬 채 한참 동안 마치 흰 칼날을 입에 문 것처럼 움직일 수 없었다.

3

이에야스는 '오사카 공격'은 불가피하다고 여기고 있었다. 아니, 상대가 야마토 코리야마로의 이전을 승낙하고 그곳으로 옮기겠다는 확실한 보증을 하지 않는 한 대불의 개안 공양은 허락하지 않겠다……고 결심을 굳힌 모양이었다.

'히데요리를 대등한 어른으로 대하여 수수께끼를……'

야규 마타에몬 무네노리는 새삼스럽게 이에야스의 말을 온몸으로 되새겨보았다.

'어려운 문제를 수수께끼로 낸다……'

그 수수께끼를 히데요리가 풀지 못하면 전쟁이 벌어진다. 전쟁이 벌어지면 승패는 뻔한 일.

당연히 이에야스가 승리하여 전란은 가라앉을 터. 그 진압까지가 세이이타이쇼군 부자의 공무公務이고, 그 다음 일은 사사로운 정에 속한다. 그 사사로운 정으로 이에야스는 히데요리 모자를 살려주겠다……고 하고 있다.

'그렇게 하여 과연 천하의 난이 다스려질까……?'

마티에몬이 신중하게 이에야스의 뜻을 헤아리며 생각에 잠겨 있는 모습을 흘끗 보고─

"자네에게는 굳이 숨길 필요가 없겠지."

이에야스는 음성을 낮추고 중얼거렸다.

"내가 구하고 싶은 것은 물론 히데요리 님 모자만이 아니야. 센히메도 구하고 싶고, 센히메가 자기 자식처럼 귀여워한다는 어린 딸도 구해주고 싶어."

"당연한 일이라고 생각합니다."

"세상에서는 센히메를 살리기 위해 그 늙은이가 히데요리 모자도 살렸다……고 험담할지도 모르네만, 그래도 상관없어. 나는 이 일을 처음에는 카타기리 이치노카미 형제에게 부탁할 생각이었네. 그런데 아무래도 카타기리로는 어려울 것 같아. 카타기리는 아직도 나와는 생각을 달리하고 있어."

마타에몬은 잠자코 이에야스를 쳐다보았다.

"이치노카미는 순순히 대불의 개안을 허가해달라는 거야…… 그러면 히데요리나 요도 부인도 에도의 호의를 이해하고 반드시 영지 이전을 승낙한다…… 그때까지 군비가 여의치 않다는 사실을 야심가들에게 철저히 이해시켜 절대로 성으로 들이지 않겠다고 고집을 부리는 거야…… 이번 소요의 뿌리를 모르는 자의 말이야. 제방에 구멍이 뚫려 있는데 그대로 두고 어떻게 야심의 홍수를 막을 수 있다는 말인가. 그래서 내가 자네를 불렀어."

이에야스는 다시 눈을 빛내면서 마타에몬을 똑바로 바라보았다.

"내 의견에 이의가 있으면 사양할 것 없네. 나는 이렇게 생각한다고 분명하게 말하게."

마타에몬은 아직도 대답할 수 없었다.

이에야스가 말하는 의미는 잘 알고 있었다.

히데요리가 대불개안 공양 전에 오사카 성에서 나온다면 문제는 없다…… 그러나 마타에몬이 생각해도 실현이 불가능한 일이었다.

그러면 당연히 전쟁은 일어난다…… 전쟁의 결과는…… 뻔한 일.

상대는 이 성이 아니면 갈 곳이 없는 떠돌이무사들과 신앙을 위해서라면 죽음도 두려워하지 않는 결사적인 광신도들이다. 그 신도와 떠돌이무사들이 과연 히데요리 모자를 구할 수 있는 틈을 만들어놓을 것인가…… 성안에서 농성하는 자들에게는 히데요리도 요도 부인도 센히메도 똑같이 중요한 인질이다……

"마타에몬, 왜 대답이 없나, 이의가 있다는 말인가?"

4

"아니, 이의가 있을 리 없습니다. 오고쇼 님의 말씀, 모두가 무서울 정도로 이치에 맞습니다."

마타에몬은 자신이 느낀 그대로를 솔직하게 말했다. 이에야스의 생각이나 감정이 논리정연하여 겁이 날 정도였다.

센히메를 구하기 위해 히데요리 모자를 살린다…… 세상에서는 이렇게 말하겠지만 그래도 좋다……고 했을 때는 저도 모르게 등줄기가 오싹할 정도였다.

'이처럼 깊이 인간을 꿰뚫어보는 사람이 또 있을까?'

이러한 생각은 세상이 그처럼 이치대로 움직여주는 것일까 하는 불안과 직결되기도 했다……

"마타에몬."

"예."

"자네가 의견을 말하지 않으니, 내가 내 생각을 보충하겠네. 나는 귀여운 손녀 센히메를 살리고 싶어! 가능하면 센히메를 구해내고 센히메의 탄원에 따라 히데요리 모자의 구명을 결정했다……는 형식이 되어도 좋다고 생각하네."

"죄송합니다마는……"

마타에몬은 지금 확실한 대답을 하지 않으면 꼼짝없이 그의 이론에 말려들 것 같아 입을 열었다.

"말씀은 모두 지당합니다. 그러나 일단 동서東西가 손을 끊으면 경계가 엄한 오사카 성에 누구를 들여보내 구출하시겠습니까……? 그 방법이 떠오르지 않아서……"

"옳은 말일세. 이가나 코카의 닌쟈忍者°로는 불가능한 일. 그래서 자네를 오라고 했네."

"제가 과연 그런 일에 적합할지……"

"마타에몬."

"예."

"물론 오사카에는 각지의 떠돌이무사들이 들어갈 테지. 엉뚱한 욕심에 눈이 어두워서."

"그렇습니다."

"그때 자네 심복 중에서 누구라도 좋으니 미리 한 무리를 입성시켜둘 순 없겠나?"

마타에몬의 어깨가 꿈틀 움직였다. 그도 물론 그런 일을 생각하지 않은 것은 아니었다. 성이 함락될 때 히데요리 모자와 센히메를 보호할 수 있을 정도로 신뢰하는 친위대를 미리 성안에 들여놓으면 가능할지도 모른다……고.

'그러나 과연 그런 인물이 이 세상에 있을까……?'

자기의 출세를 꿈꾸면서 오사카 성에 입성하는 자는 있을 테지만, 자기 몸뿐만 아니라 일족의 생명을 전혀 표면에 나타나지 않는 그늘 속의 희생물로 바치려고 입성할 만한 인물이……

'있을 리가 없다! 그 정도로 도요토미 가문의 정치는 은덕隱德을 쌓지 못했다……'

이런 생각으로 말하지 않았는데 이에야스가 먼저 꺼냈다.

"후다이 하타모토 중에서 그럴 사람이 있는지 생각해보았네. 유감스럽게도 함께 고초를 겪으면 반드시 자손이 번영을 누린다…… 생각하고 나를 따른 자들뿐. 이렇게 되면 사태는 전혀 달라지지. 자네는 그렇지 않아. 자네는 어떻게 하면 살생을 하지 않는 검법을 보급할 수 있을까, 어떻게 하면 천하의 평화를 유지할 수 있을까…… 이 한 염원으로 살아온 가문의 사람. 나는 세키슈사이石舟齋의 제자, 쇼군은 자네 제자…… 그래서 자네에게 의논할 생각을 했네."

5

마타에몬은 목이 바싹 죄어드는 느낌이었다.

'얼마나 냉정하고 무참한 이치인가?'

극히 현실적으로 일을 처리하는 이에야스의 이면에는 언제나 이와 같은 싸늘한 합리성이 숨어 있었다……

118

야규 마타에몬은 지금까지 쇼군이나 이에야스로부터 녹봉을 늘려주 겠다는 어떠한 제의도 사양했다. 자기 집안의 검법이 당대의 지배자에 게 봉사하는 이기적인 검법으로 타락하는 것을 막으려 하는 아버지 세 키슈사이의 뜻을 계승하기 위해서였다.

이에야스는 지금 그러한 야규의 긍지를 교묘하게 찔러왔다. 야규 검 법이 천하의 검법이라면 일편단심 천하의 태평을 바라는 자기를 당연 히 도와야 한다는 이론.

"어떤가, 마타에몬? 나는 자네에게 부탁하면 반드시 좋은 생각이 있 을 거라 알고 있는데."

순간 마타에몬은 자신이 이에야스의 주술에 걸려 꼼짝도 못할 궁지 에 몰렸음을 깨달았다. 지금 자신이 어떻게도 할 수 없다고 한다면, 아 버지가 닦아온 무사도의 명예를 욕되게 하는 결과. 물론 이에야스는 그 러한 사실을 환히 꿰뚫어보고 있다.

'이것 참…… 히데요리보다 이 야규 무네노리가 먼저 커다란 난제를 끌어안게 되었구나……'

마타에몬은 희미하게 웃었다. 그와 함께 얼마간 마음이 풀리는 것 같 았다.

"놀랍습니다. 이 마타에몬, 오고쇼 님에게 보기 좋게 일격을 당했습 니다."

"그럼, 승낙하겠다는 말인가?"

"제가 먼저 말씀 드렸어야 했던 일……이라고 뒤늦게나마 깨달았습 니다. 이번 일은 전쟁으로 이어지더라도 오고쇼 님 뜻이 아니었다…… 는 것을 후세에 증명하기 위해서라도 히데요리 님을 비롯하여 요도 부 인과 센히메 님을 반드시 구출해야 합니다."

"그렇다고 이해해주겠나, 마타에몬?"

"물론 이해하지 않을 수 없습니다…… 그러나 여간 어려운 일이 아닙니다."

"그래, 어려운 일임에는 틀림없어."

"교묘하게 성안에 잠입할 수 있다 해도 측근의 경호를 맡게 되어야
만…… 그럴 만한 기량이 없다면 무의미합니다."

"옳은 말일세."

"측근의 경호를 명령받고, 성이 함락되었을 때는 세 분을 무사히 구
출한 후 자신은 그대로 사라지지 않으면 안 되는…… 결과까지도 각오
해야 할지 모릅니다."

"그래…… 그렇게 될지도 몰라. 다행히 내가 살아남는다면 절대로
그 고마움을 잊지 않을 테지만."

"죄송합니다마는, 그 말씀에 기대를 걸 자라면 이런 큰 임무는 감당
하지 못합니다."

"으음…… 과연 그렇기는 하네."

"그러므로…… 깊이 생각해볼 수 있게 이삼 일 후에 대답하도록 허
락해주십시오."

"좋아, 마타에몬. 그러나 오늘 이야기는 그대와 나만 아는 일, 쇼군
에게도 말하지 말게."

"잘 알겠습니다."

그런 뒤 마타에몬은 숙소로 하고 있는 혼다 코즈케노스케 마사즈미
의 저택으로 돌아왔다. 숙소에 돌아와서도 마타에몬은 안색이 창백해
진 채 생각에 잠겨 있을 뿐, 마사즈미가 무슨 말을 물어도 대답도 하지
않았다.

'아아, 오고쇼에게 꾸중을 듣고 왔구나.'

마사즈미에게까지 이런 생각을 품게 하고, 그 이튿날 아침 그의 모습
은 홀연히 슨푸에서 사라졌다.

6

야마토의 야규柳生 마을——

이미 이삭이 패기 시작한 푸른 논 위로 여름 햇빛이 쨍쨍하게 내리쬐고 있었고, 높지도 낮지도 않은 양쪽 산비탈에는 나무들이 강한 바람에 흔들리고 있었다.

예로부터 전쟁에 몇 번이나 성채로 사용한 산을 등지고, 마을사람들이 세키슈사이 님 집이라 부르는 다섯 모퉁이 중의 한 모퉁이, 세키슈사이가 은거한 후에 살던 외딴집 마당에서 머리가 하얗게 센 노파 한 사람이 아까부터 열심히 벌레 먹은 팥을 골라내고 있었다.

그 앞에서 좀 아래로 내려오면 희게 빛나는 길이 있고, 개천과 길 건너 마사키正木 언덕 역시 푸른 녹음 속으로 빨려들고 있었다.

"할머니, 이제 일은 그만 하시고 집에 들어가 쉬세요."

젊은 여자가 말했다. 노파는 흘끗 바라보기만 했을 뿐 멍석 위에서 계속 벌레 먹은 팥을 고르고 있었다.

머리가 너무 회어 피부가 빨갛게 보였다. 빨갛게 보이는 그 얼굴은 이상할 만큼 야규 마타에몬과 꼭 닮았다. 마타에몬의 생모……라기보다 야규 세키슈사이의 정실로 이웃 오쿠가하라奧ヶ原에서 출가해온 슌토春桃 마님이었다.

이미 70이 넘은 노파를 '슌토 마님'이라 부르는 것은 좀 이상하지만 마을사람들은 지금도 그렇게 부르고 있었고, 자신도 그렇게 불리는 것을 좋아했다.

그녀의 아버지는 오쿠하라 토토우미노카미 스케토요奧原遠江守助豊로서, 이 부근에서는 야규 집안과 나란히 난보쿠쵸南北朝°시대부터 큰 동란이 있을 때마다 뜻을 합해서 싸워온 토호였다.

그 오쿠하라 집안에서 출가한 여자를 왜 '슌토 마님'이라고 부르는

지 이 마을의 젊은이들은 거의 알지 못했다. 그러나 나이가 든 사람들은 누구나——

"그야 아름답고 심성이 고와서 봄철의 복숭아를 보는 것 같은 분이기 때문이지."

즐겁게 옛날을 술회하고는 했다.

이 부근의 토호 정도로는 '마님'이란 칭호를 붙이는 경우가 드물었다. 그러나 그녀의 생모가 실은 쿄토에서 온 공경의 딸…… 그러므로 그녀도 어려서부터 '히메姬'라는 존칭으로 불렸고, 출가한 후에도 '마님'이라는 존칭으로 불렸다.

이 슌토 마님은 아름답기도 했지만 자식도 많이 낳았다.

장남 요시카츠嚴勝, 둘째아들 큐사이久齋, 셋째아들 토쿠사이德齋, 넷째아들 고로에몬 무네아키五郎右衛門宗章, 다섯째아들 마타에몬 무네노리 외에 딸도 넷이나 낳았다. 뿐만 아니라 소실의 아이들까지 맡아 길러 각각 적당한 사람을 골라 출가시켰다.

남편 세키슈사이가 죽은 뒤에는 혼자 이 마을에 남아 그의 명복을 빌면서 조용히 여생을 보내고 있었다.

"벌레 먹은 팥을 다 골라내고 나서 흙을 만질 테니 찰흙을 물에 개어 놓아라."

노파가 곁에 하녀가 있는 줄 알고 이렇게 말했을 때 그녀의 앞에 그늘이 졌다. 누군가 온 모양이었다.

노파는 천천히 고개를 들었다.

"아니, 손님이 계셨군요. 누구신지……? 그래 아이들이 안내도 하지 않다니……"

노파 앞에 서 있는 사람은 삿갓의 가장자리를 쥐고 그리운 듯 뒷산을 쳐다보고 있었다.

"여전히 박새가 많이 모여드는군요. 어머님."

7

"아니, 이게 누구야……"

백발의 노파는 깜짝 놀라 소리질렀다.

"어머님, 오랫동안 문안 드리지 못했습니다. 여전하시니 무엇보다도 다행입니다."

마타에몬은 비로소 삿갓을 벗어 인사하고 다시 주위의 풍경을 바라보았다.

"역시 너구나! 실은 지금 이렇게 팥을 고르면서 문득 며늘아기와 시치로七郞(뒷날의 쥬베에 미츠요시十兵衛三嚴) 생각을 떠올리고 있던 참이었다."

"그랬습니까?"

"며늘아기는 여전하겠지? 그러고 보니 시치로도 이미 여덟 살, 소중한 너의 후계자야. 꽤 컸겠구나?"

"예. 시치로 녀석…… 몹시 장난이 심하지만, 요즘에는 글씨 공부에 열중하고 있습니다."

"시치로에게는 내가 보지 못한 아우가 둘 있을 텐데?"

"예. 둘을 한꺼번에……"

마타에몬은 옆머리를 긁으며 웃었다.

"어쨌든지 부지런하십니다. 안에 들어가시지 않겠습니까, 어머님?"

"그래, 들어가자. 그런데 아무도 없이 혼자 왔느냐?"

마타에몬은——

"쉿."

손을 입에 대면서 익살스러운 표정을 지었다.

"바람 쐬러 길을 떠났다가 그냥 들렀습니다. 이웃에는 알리지 마십시오…… 그러나저러나 어머니, 자랄 때 저는 자주 아버님에게 꾸중을 들었지요?"

노파는 고개를 끄덕이면서 그때서야 일어났다. 나이는 역시 속이지 못하는 것이어서 노파가 일어섰을 때 그 키가 마타에몬의 어깨에도 미치지 못했다.

"어머님은 요즘 도기陶器를 만드신다지요?"

"아니, 심심해서 때때로 흙으로 부처님 모습을 빚어보고 있지. 그러나 보통 토우土偶는 아니다. 집안에 재앙이 닥치지 않도록 염원하면서 부처님을 만드는 거야."

어머니와 아들은 햇볕이 잘 드는 마루를 돌아 봉당으로 들어섰다.

"물 좀 떠오너라."

노파는 허리를 펴면서 이렇게 말하고서야 비로소 오랜만에 아들을 만난 기쁨을 얼굴에 떠올렸다.

마타에몬은 어머니와 마주앉아 불도 없는 화로를 끼고 먼저 아내와 아이들의 소식을 전한 뒤, 여행의 목적을 말했다.

마타에몬의 아내는 도요토미 타이코가 처음 섬겼다는 엔슈遠州(토토우미)의 무사 마츠시타 카헤이지松下嘉平次의 딸이었다. 어머니는 이 며느리를 여간 마음에 들어하지 않았다. 그래서 한동안 곁에 두고 같이 지낸 일이 있었다. 마츠시타 집안의 주인은 도쿠가와 가문의 부하로 지금 에도에 살고 있는데, 그녀가 시어머니에게 지난해에 태어난 둘째, 셋째아들에 대해 알린 모양이었다.

"시치로에게 내가 보지 못한 두 아우가 있을 텐데……"

어머니가 이렇게 말한 것은 둘째아들 토모노리友矩와 셋째아들 마타쥬로 무네후유又十郎宗冬 이야기. 노파는 그들을 쌍둥이……라 생각하고 있었지만 실은 그렇지 않다. 셋째 마타쥬로又十郎는 정실 소생이었고, 둘째는 소실 태생으로 한 해에 두 아이가 태어났을 뿐이다.

마타에몬은 쑥스러워서 그 말은 피하고 자연스럽게 여행의 목적에

124

대해 말을 꺼냈다.

"그런데 어머님, 어머님이 보시기에 우리 집안……에서 누가 가장 기량이 뛰어나다고 생각하십니까?"

8

"느닷없이 이상한 것을 묻는구나."

노파는 약간 놀라는 듯했으나 곧 가볍게 고개를 끄덕였다.

아버지 세키슈사이가 감탄했을 만큼 날카로운 안목과, 그보다 다부진 기질로 평판이 높았던 슌토 마님이었다. 시치로의 동생들을 대번에 쌍둥이로 생각할 만큼 선의를 지닌 어머니, 자기 아들이 무엇 때문에 나타났는가에 대해 이미 나름대로 생각하고 있었던 듯.

"그래, 그런 일 때문에 왔구나."

"저는 아직 아무 말씀도 드리지 않았습니다, 어머님."

"그렇지만 설마 이 어미에게 집안에서 가장 기량이 있는 자는 마타에몬……이라는 대답을 들으려는 것은 아니겠지?"

"하하하…… 그러면 어머님은 제가 사람을 찾기 위해서 왔다는 사실을 아셨습니까?"

노파는 이 말에 미소로 응했다.

"인간에게는 각자 특성이 있게 마련이야. 칼을 쥐게 하는 것이 좋은 자와 불경을 읽게 하는 것이 좋은 자…… 그러므로 한마디로는 대답할 수 없어."

"으음……"

마타에몬은 아버지와 곧잘 마주앉아 이야기하던 큰 화로의 가장자리를 그리운 듯 쓰다듬으며 까맣게 된 굵은 기둥을 처다보았다.

"그러니까 마타에몬, 너는 이 어미에게도 말 못할 사정으로 누군가를 찾고 있구나?"

"예…… 아, 아닙니다."

"너의 아버님이 자주 말씀하셨지. 같은 형제라도 칼을 잘 쓰는 신지로 요시카츠新次郎嚴勝, 싸움에 강한 자는 고로에몬 무네아키, 지혜에는 역시 마타에몬이라고…… 그런 지혜를 가진 네가 말을 못하는 것을 보면 상당히 큰일…… 이 어미가 맞춰볼까?"

"손을 들었습니다, 어머님. 그러나 설마 어머님도…… 아니, 맞춰보십시오."

그러면서 마타에몬도 일이 일인 만큼 가만히 방안을 둘러보았다.

"아무도 듣는 사람은 없어."

어머니는 가볍게 웃었다.

"너는 이미 쇼군 가문의 사범…… 그렇다면 나고야 성주의 사범을 구하라는 명이라도 받고……"

마타에몬은 진지한 얼굴로 고개를 저었다.

"실은 그런 일을 겸하기도 했습니다. 정식으로 말이 나오면 저는 우리 집안의 효스케兵助를 추천할 생각입니다. 그러나 지금은 그 일이 아닙니다."

"허어…… 어긋났다는 말이냐, 내 추측이?"

"예. 우리 형제……에게만 국한된 일이 아닙니다."

"아니, 그렇다면 오쿠가하라의 사촌들……?"

이렇게 말하고 어머니는 심각한 표정으로 입을 다물었다.

"어머님, 오쿠가하라에서는 누가 가장 믿음직스러울까요? 어머님으로서는 모두 어렸을 때부터 유심히 보아온 조카들입니다마는……"

어머니는 이 말에는 대답하지 않았다.

"마타에몬."

"예."

"결국 오사카와 전쟁을 벌이게 된 모양이구나?"

마타에몬은 흠칫 놀랐다.

"아니, 그것은……"

당황하면서 부인했다. 이미 그때 슌토 마님은 눈을 똑바로 뜨고 마타에몬을 바라보고 있었다.

"그렇구나…… 그래서 혼자 길을 떠나왔구나."

9

마타에몬 무네노리는 순간 가슴에 시퍼런 칼날이 와닿는 듯한 느낌을 받았다. 이에야스에게 그 말을 들었을 때처럼.

아버지도 무서웠으나 어머니 또한 무서울 정도로 날카로운 직관력을 가지고 있었다. 아니, 절대로 직관력이 아니었다. 몇 번이나 남편이나 아들을 사지死地로 내보냈던 여자의 몸에 밴 불안이었다.

야규 마타에몬 정도나 되는 사나이의 가슴속에 숨겨진 비밀을 그렇게도 쉽게 꿰뚫어보다니……

'인간의 자식이란 자신의 어머니 앞에서는 허점투성이가 되는지도 모른다.'

"그래, 이제 알겠다."

다시 한 번 어머니가 말했다.

"그러면 나도 더 이상 깊이 묻지 않고 대답하겠다. 오쿠가하라에서는 역시 그 주인이야. 주인의 뜻에 따라서……"

말하다 말고 —

"이제 그만두자. 이 늙은이가 나설 마당이 아니다. 나는 이미 듣지도 보지도 말하지도 못하는 나이…… 그렇지만 설마 형에게 얼굴도 보이지 않고 그대로 돌아갈 생각은 아니겠지?"

"글쎄요, 그것은……"

"지금 형에게 손님이 와 계시다. 야규 마타에몬이 일부러 집에 왔으면서도 형을 만나지도 않고 떠났다면 어떻게 되겠느냐?"

"그 손님…… 누군지 모르십니까?"

"세키슈石州라고 하던가…… 응 그래, 너의 형이 젊을 때 모시던 우키타浮田 가문의 친척으로 우키타 우쿄노스케浮田右京亮 님이라고 하는 것 같아."

"우키타 우쿄노스케라면 지금은 사카자키 데와노카미 시게마사坂崎出羽守成正 님이지요."

"그분을 아느냐?"

"잘 알고 있습니다. 지금은 세키슈 츠와노津和野에 삼만 석을 가진 다이묘입니다."

"그럼 더욱 잘됐어. 만나보고 가도록 해라."

"그런데, 사카자키가 무슨 일로 형에게……"

말하다 말고 마타에몬은 크게 고개를 흔들었다.

"제가 돌아온 일은 비밀로 해주세요. 저는 형과 사이가 좋지 않아요. 원래부터 사이가 좋지 않았어요…… 만나서 쓸데없는 다툼이라도 벌일까봐 그냥 돌아갔다……고 해두는 게 후일을 위해……"

채 말이 끝나기도 전에 어머니는 고개를 끄덕였다.

"알겠다. 그럼 이야기는 그만 하자."

말을 끝내고는 하녀를 불러 아까 골라놓은 팥을 물에 담가놓으라고 일렀다.

"어쨌든 네가 좋아하는 보타모치牡丹餅°를 만들어주겠어."

즐겁게 말하는 어머니, 마타에몬은 그날 밤 안으로 그곳을 떠날 수는 없게 되었다.

형 요시카츠는 앞서 우키타 가문을 섬길 때 전쟁터에서 부상당했다. 마타에몬이 태어난 겐키元龜 2년(1571)에 다시 마츠나가 히사히데松永久秀의 부장으로 출전하여 츠츠이筒井 군과 싸우다 다리에 총상을 입었다. 그 후에는 보행조차 자유롭지 못해 폐인의 몸으로 이곳에 틀어박혀 있었다.

그 아들 효스케 토시요시兵助利嚴(뒷날 비슈尾州 야규 가문의 시조)는 무예가 아주 뛰어났다. 그래서 세키슈사이는 이 손자에게 인증서를 주었다. 사카자키 데와노카미는 그 효스케를 누구에게 추천하려고 왔는지도 모른다.

마타에몬은 그날 밤 어머니와 베개를 나란히 하고 잤다. 그리고 이튿날 아침에는 여기서도 안개처럼 사라지고 말았다.

10

야규 마을에서 이가伊賀 우에노上野로 통하는 가도의 동쪽 5리쯤 되는 곳에 오쿠가하라 마을이 있다. 그 도중에 있는 쥬즈구치자카珠數口坂로 올라가는 중턱에 오래된 도소진道祖神° 석상石像 하나가 반쯤 이끼가 낀 채로 서 있었다.

야규 마타에몬 무네노리는 그 뒤 삼나무 그루터기에 걸터앉아 아까부터 팔짱을 끼고 생각에 잠겨 있었다.

야규와 오쿠가하라를 잇는 쥬즈구치자카 또한 그 조상의 역사와 인연이 있는 추억의 장소였다.

난보쿠쵸 시대의 카사기笠置 공격 때의 일. 야규 가문의 조상인 하리마노카미 나가하루播磨守永珍는 카사기의 행재소行在所에 가기 위해

부하 270기騎를 거느리고 여기까지 달려와서 적의 습격을 받았다. 그때 야규의 군사 중에는 오쿠하라 일족도 다수 섞여 있었다. 이 언덕의 격전에서 13명이 전사하고 30여 명이 부상을 당하면서도 적을 무찌르고 카사기에 이르렀다.

그 무렵부터 야규 가문과 오쿠하라 가문은 친척일 뿐만 아니라, 난쵸南朝 쪽 동지로서 굳게 맺어져왔다. 물론 혈연도 1대나 2대에 걸친 것만은 아니었다. 서로가 딸이 있으면 시집보내고 아들이 있으면 사위로 삼아왔다.

지금 이렇게 길가 나무 그루터기에 걸터앉아 울창한 삼나무 숲 향기를 맡고 있는 마타에몬, 어디선가 말발굽소리가 들려오는 것 같은 착각에 빠져든다……

'카사기 공격 때보다 훨씬 더 어려운 문제인지도 모른다……'

당시의 결속은 고다이고後醍醐 천황을 도와 나라奈良의 카스가春日 신사 영지의 무사였던 야규도 오쿠하라도 모두 출세하려는 데 목적이 있었는지 모른다. 그러나 이번에 마타에몬이 해내야 하는 일은 그런 영달이나 출세와는 전연 상관이 없는 부탁이 될 터였다.

"평화를 유지하기 위해서야. 일족을 거느리고 오사카 성에 들어가주지 않겠나?"

이런 부탁을 하면 당사자인 신쥬로 토요마사信十郎豊政는 어떤 표정을 지을까……?

그들이 쿄토나 오사카에 살고 있다면 또 모른다. 그러나 이곳에 살고 있으면 영고성쇠榮枯盛衰의 풍진을 외면한 채 지금까지처럼 조용히 신사의 영지를 지키며 살아갈 수 있다.

평화라 해도 이 이상의 평화는 없을 터. 그런데 평화를 위해서……라는 이유로 군이 전쟁에 가담해달라는 설득은 진정 납득하기 어려운, 여간 이상한 부탁이 아니다. 그러나 이런 큰일을 털어놓고 부탁할 만한 인물은 달리 있을 것 같지 않았다. 아니, 그보다 마타에몬의 마음에 더욱 크게 걸리는 일이 있어 그 이상 발길을 재촉하지 못하고 있었다. 다름이 아니다. 토요마사에게 사정을 털어놓고 부탁했다가 사정없이 거절당했을 때의 일 때문.

'그렇게 되면 토요마사를 죽이고 가야 한다……'

어머니 슌토 마님이 훌륭한 기량을 가진 사람이라고 한 토요마사, 그러나 마타에몬은 자기보다 4, 5년이나 연상인 토요마사와 흉금을 터놓고 이야기한 적이 없었다.

'정말…… 전무후무한 큰 문제……'

일단 걷혔던 안개가 다시 엷게 끼고 새 지저귀는 소리가 쏟아지듯 들려왔다.

11

세상을 떠난 아버지 세키슈사이는 다섯 아들 중에서 세 명에게는 병법을 가르치고 두 명은 불문에 귀의시켰다. 병법은 큰형 신쥬로 요시카츠와, 바로 위의 형 고로에몬 무네아키, 그리고 마타에몬 세 사람이 배웠고, 불문에는 큐사이와 토쿠사이 형이 귀의했다.

물론 세키슈사이가 병법과 불도를 3 대 2의 비중으로 생각했던 것은 아니었다. 장남 요시카츠가 20세가 될까말까 했을 때 폐인이나 다름없는 부상을 당했기 때문에 그 외의 아들을 반으로 나누어 살생과 불살생 不殺生의 세계로 보내려 했던 것.

이에 대해서는 마타에몬도 어머니로부터 들어 알고 있었다.

세상은 아직까지 무기나 병법을 아주 버려도 좋을 만큼 도의가 확립되지는 않았다. 그뿐 아니라 무력의 도발을 그대로 내버려두면 수습할

길 없는 난세로 타락해간다…… 따라서 반은 병법을 배우게 하고 반은
불문에 귀의시켜 학덕學德을 닦게 한다. 다시 말하면 문무文武 일체의
조화와 균형을 자식에게 남기고 싶은 것이 아버지 세키슈사이의 간절
한 소망이었다.

그것만이 아니었다. 야규의 병법에 야규의 학덕을 더함으로써 평화
의 수호신인 '칼을 쓰지 않은' 정신을 완성하려는 꿈을 위해 자식들에
게 두 길로 들어서게 했다.

이러한 의미를 이제부터 찾아가려는 오쿠하라 신쥬로 토요마사가
이해할 수 있을까……?

원래 남자는 자손을 계승하는 역할보다 종족보존을 위해 일하는 일
벌과도 같은 의미를 보다 많이 가지고 있다. 따라서 여자들의 혼처를
정하는 일에 무척 엄격한 세키슈사이였다. 그래서인지 마타에몬의 모
계母系 인척은 이 부근에 많았다.

신지로 요시카츠 바로 다음의 누이는 사가와狹川의 호족 후쿠오카
마고에몬福岡孫右衛門과 혼인했다. 그는 바쿠후 말기 유신維新 때 5개
조항의 서약서와 왕정복고 건의서 초안을 작성했다는 후쿠오카 타카치
카福岡孝弟 자작子爵의 조상인 후쿠오카 집안의 대들보였다. 그 다음
누이는 오비라오大平尾의 오시오 큐자에몬大鹽九左衛門에게, 셋째누
이는 니유丹生 마을의 니유 헤이조丹生平藏에게 출가하여 각각 자식을
낳았다.

마타에몬과 같은 배에서 태어난 여동생은 카모加茂 신관인 카모 시
게하루加茂茂春에게 출가했고, 배가 다른 여동생 두 사람도 무라지邑地
의 요시오카 니에몬吉岡仁右衛門과 미카노하라甁原의 야스이 키에몬安
井喜右衛門에게 시집갔다.

그들은 모두 각각의 지방에 뿌리를 내리고 살아온 명문이었고, 또한
세키슈사이의 뛰어난 제자들이었다.

아버지의 사상을 잘 설명하고 ——

"우리는 모두 평화로운 세상의 밑거름이 될 일벌의 역할을 해야 한다고 생각한다."

이렇게 설득하면 오쿠하라 신쥬로 토요마사는 마타에몬의 어려운 부탁을 이해해줄까……?

토요마사가 일족을 거느리고 입성한다. 물론 오사카 쪽이 이길 가능성은 천에 하나도 없다. 누가 생각해도 오사카의 패배는 확실하다…… 더구나 성이 함락될 때 토요마사는 히데요리와 센히메, 요도 부인을 구출한 후 전사할 수밖에 없다. 아니, 비록 그렇게 되지 않고 구출한 후 항복받을 수 있다 하더라도 전쟁터에서 자신의 신분을 밝힐 수는 없고, 고향에도 돌아가지 못하게 될 것이 분명하다……

마타에몬은 그루터기에서 일어설 용기가 나지 않았다……

12

오쿠가하라의 신쥬로 토요마사의 집 역시 산을 등진 언덕 중턱에 있었다. 이미 아침 안개는 완전히 걷히고 입구 한쪽은 대밭이었으며, 다른 쪽에는 층층이 개간한 보리밭이 있었다.

대밭 속에서 참새 떼가 요란하게 지저귀고 있었다. 그 참새를 쫓을 작정에서인지 오쿠하라 토요마사는 반소매 반바지 차림으로 하늘을 향해 총을 겨누고 있었다.

"탕!"

토요마사가 한 번 방아쇠를 당겼을 때 마타에몬은 웃으면서 대숲에서 그 앞에 모습을 나타냈다.

"이 평화로운 마을에도 역시 총포가 필요한 모양이군요."

삿갓을 벗어 옆구리에 낀 나그네 차림의 마타에몬, 토요마사는 그가 누군지 당장에는 알아보지 못했다.

"오오, 마타에몬이 아닌가?"

"알아보겠습니까? 오랫동안 소식을 전하지 못했습니다."

"이거, 귀한 손님이로군…… 그런데 시종도 동반하지 않고……"

이렇게 말하는 신쥬로의 미간이 문득 흐려졌다. 그러나 마타에몬은 이때는 아직 깨닫지 못했다.

"하여간 들어가세. 참, 정원으로 가야겠어. 봉당에는 보릿단이 잔뜩 쌓였거든."

앞장서서 걷는 신쥬로를 따라가며 정원에 만발한 작약꽃을 보면서 마타에몬은 다시 가슴이 아프기 시작했다.

모든 것이 평화롭기만 했다.

"마타에몬, 자네와 나는 아주 많이 닮은 모양이야."

"허어…… 닮았다고 해서 이상할 것은 없지요. 종형제 사이니까."

"자네 얼굴에서는 언제나 웃음이 사라지지 않고 있어. 나는 무뚝뚝하고 더구나 얼빠진 것처럼 보이는 모양이야. 웃는 것은 마타에몬, 멍청한 것이 나라고들 하더군."

"하하하……"

꽃밭 사이를 빠져나와 안마당 쪽으로 걸어갔다.

"도대체 누가 그런 말을 합디까?"

"요즘, 진귀한 손님들이 많이 오지. 실은 어제 쿄토에서 우키타 우쿄노스케…… 아니, 지금은 사카자키 님이지. 사카자키 데와노카미 님이 와서 하룻밤 묵고 가셨어. 그 사카자키 님이 그렇게 평하더군."

신쥬로는 툇마루를 돌아 먼저 댓돌 위로 올라갔다.

"씻을 필요는 없을 테니…… 자, 올라오게."

"그럼 실례합니다. 그런데 사카자키 님이 무슨 일로……?"

현재 야규에 있는 형의 집에 있다는 사실을 모른 체하고 물었다.

"알아맞혀보게."

신쥬로는 웃으면서 마타에몬이 앉을 방석을 상좌에 놓았다.

"그동안 별고가 없어 다행이네…… 그런데 들리는 말로는 근간에 쇼군뿐만 아니라 삼 대 쇼군이 되실 분까지 지도하게 되었다고?"

"잠깐, 누가 그런 말까지?"

"물론 사카자키 님으로부터 들었지. 나까지 어깨가 올라가더군. 어쨌든 축하하네."

토요마사는 두 손을 공손히 짚으면서 머리를 숙였다.

13

"사카자키 님은 호탕하고 재미있는 분이더군. 자네와는 서로 속을 터놓는 사이라고 하던데? 이 세상은 아무리 생각해도 한곳에 안주할 수 없는 수라장인 만큼 이번에 성명뿐 아니라 가문家紋까지 바꿨다고 하더군. 두 겹으로 된 갓의 문장이 있는 옷에 역시 두 겹으로 된 삿갓을 쓰고 있었어."

신쥬로 토요마사는 인사가 끝나고 마주앉았다. 그리고는 우선 담배를 권하고 가볍게 말했다.

"허어…… 그러면 평생 여행이라도 할 모양인가요?"

"그래. 하지만 그 여행은 자기 혼자만의 여행이 아니어서 삿갓도 하나만으로는 부족한 모양이더군."

"으음, 삿갓이 여행의 반려가 되는 셈인가요?"

"말하자면 그렇지. 그 반려가 재미있어. 고집에 씌우는 것이라고 하더군. 그 고집과 반려의 일로 부탁이 있어서 왔다는 거야. 꼭 들어달라……는 재미있는 말이었지."

마타에몬은 섬뜩했다.

'사카자키 데와가 오쿠하라에게 부탁……했다니 무엇일까?'

"다름이 아니라……"

신쥬로 토요마사는 마타에몬의 마음을 꿰뚫어보기라도 한 듯이 말을 이었다.

"드디어 도요토미 가문의 숙원인 대불전도 완성되어 머지않아 개안 공양이 거행된다. 그러므로 나에게도 일족을 거느리고 구경하러 오라는 것이었어."

"사카자키 데와가…… 말입니까?"

"그래. 이 개안 공양을 기화로 여러 지방에서 수많은 떠돌이무사들이 모여 불온한 일을 저지르려 하고 있다는 풍문이 온 쿄토에 쫙 퍼진 모양이야."

"확실히 그렇기는 합니다만……"

"그 일로 상황上皇°과 천황도 다시 쿄토가 불바다로 변하는 것이나 아닌가 걱정하신다고. ……물론 사카자키 님으로부터 직접 그 말을 듣지는 않았지. 그분은 타이코가 살아 있을 때부터 궁중에 근무하여 많은 공경들과 친숙하게 교우하고 있어. 그래서 이름을 밝힐 수 없지만 어떤 측근으로부터 은밀히 부탁을 받고 왔다더군."

마타에몬은 비로소 무릎을 탁 쳤다.

"알았습니다. 그래서 야마토를 순례하고 있군요."

"이미 추측을 했군. 쇼시다이 이타쿠라 님의 부탁이라면 들을 사람이 아니지. 폐하 측근이 부탁했다면 칙명과도 같은 것. 그래서 부탁하러 왔다고 말이야. 나에게도 일족을 거느리고 구경을 이유로 상경하였다가 소요가 일어나면 즉시 쇼시다이의 군사와 합세하여 진압해달라는 부탁이었어."

"그, 그래서⋯⋯"

마타에몬은──

'그래서 승낙했습니까?'

당황하여 이렇게 물으려다 겨우 자신을 억제했다.

'그렇구나. 공경 사이에도 그런 움직임이 있었구나⋯⋯'

"그 말에 당장 승낙할 수는 없었어. 그래서 우선 생각할 여유를 달라고 돌려보냈어. 어떨까 마타에몬, 역시 승낙해야 할까?"

14

마타에몬은 신쥬로 토요마사의 물음에 직접 대답하지는 않고 이번에는 자기가 공세를 취했다.

"역시 사카자키 데와는 고집스러운 외곬의 인간, 두 겹 삿갓에는 어울리지 않는 사나이가 아닐까요?"

"무슨 말인가⋯⋯?"

"이번 일은 사카자키가 생각하듯이 그렇게 간단치가 않아요. 쇼시다이의 소요 진압⋯⋯ 정도로 끝날 일이라면 실은 이 마타에몬도 이렇게 여행을 떠나지는 않았다⋯⋯는 말을 하고 싶군요."

"으음."

신쥬로 토요마사는 다시 이마에 깊이 근심스러운 빛을 띠고 눈을 크게 떴다.

"자네도 역시 그 일로 찾아왔나?"

마타에몬은 상대의 말을 무시하고──

"전쟁이 일어나지 않는다면 그 이상 좋은 일이 없지요. 그러나 일어나지 않으리란 징조는 전혀 없어요."

딱 잘라 말했다.

"그런데 형님, 실은 형님에게 어려운 청이 있어 찾아왔습니다."

"그런 줄 알고 처음부터 마음속으로 두려워하고 있었어."

"무리하기 짝이 없는 청입니다. 따라서 거절하더라도 이 마타에몬은
조금도 원망하지 않겠어요."

"으음."

"아시다시피 나는 돌아가신 아버님 세키슈사이의 유지를 계승할 마
음으로 지금까지 녹봉의 증액이나 그 밖에 개인적인 혜택은 굳게 사양
해왔습니다."

"야규는 도쿠가와의 가신이 아니다, 쇼군의 초빙을 받아 가르치는
병법의 스승……이라는 자부심이로군."

"그렇습니다. 그리고 이 자부심은 자손 대에는 몰라도 내 일생에서
만은 관철시킬 각오입니다."

"그러한 마타에몬이 이번에는 전쟁이 벌어진다……고 보았다, 전쟁
에도 크고 작은 것이 있다, 큰 전쟁이 벌어져 천하만민이 고통을 겪는
다면 돌아가신 아버님의 유지에 어긋난다…… 그러므로 나도 도쿠가
와 편을 들라는 것인가?"

신쥬로 토요마사는 부드러운 표정으로 이렇게 말하면서 정면으로
마타에몬를 응시했다.

순간 두 사람의 시선이 허공에서 부딪쳐 불꽃을 튀겼다.

"형님."

"그래, 말해보게."

"이 마타에몬은 돌아가신 아버님과 마찬가지로 마음속으로부터 오
고쇼에게 심취해 있습니다."

"그럴 가치가 있는 분이지, 오고쇼는……"

"그러므로 가능하다면 이번 전쟁에 오고쇼가 히데요리 님을 치는 일

이 없도록 하고 싶습니다."

"으음……"

"지금 히데요리 님을 친다면 오고쇼의 이상과 생애에 금이 갑니다…… 오고쇼도 다른 자들처럼 천하를 훔치려는 도둑에 지나지 않았다, 마지막에는 아무 저항도 않는 타이코의 유아까지 멸망시켰다…… 유감스럽게도 이렇게 해석할 사람들이 지금의 다이묘들입니다. 모두 나라를 훔치는 일밖에 모르고 자란 살생주의자들이기 때문에 그렇게 생각하는 것도 무리가 아니지요. 그래서 실은 형님을 목표로 삼고 여기까지 왔습니다. 어떻습니까, 지금 이 오쿠가하라를 떠나 일족을 거느리고 오사카에 들어가시면?"

일부러 담담하게 말하고 신쥬로의 반응을 기다렸다.

15

신쥬로 토요마사는 짐짓 시선을 정원의 작약꽃으로 보냈다.

어디서 날아왔는지 일벌 두 마리가 붕붕거리며 시들기 시작한 꽃 사이로 부지런히 날아다니고 있었다.

틀림없이 신쥬로는 놀란 모양이었다. 그는 도쿠가와 편을 들어 쿄토와 오사카 일대에 잠입하라는 부탁으로 이해한 듯했다.

"으음."

다시 한 번 신음인지 탄식인지 모를 소리를 내고 정원의 작약꽃에서 시선을 되돌렸다.

"마타에몬."

"예."

"내가 그 적임이 아니라고 거절하면…… 어떻게 하겠나?"

"그때는 쿠마노熊野에라도 갈까 하고……"

"마음에 떠오르는 사람이 또 있다……면 사양하고 싶네."

"그럼, 중요한 비밀을 털어놓고는 그냥 돌아갈 수 없다…… 따라서 베고 돌아가겠다고 하면 어떻게 하겠습니까?"

"베겠다……고 하면 이 오쿠하라 신쥬로도 역시 야규 세키슈사이의 제자, 그대로 죽는다면 후세에까지 스승의 이름을 더럽히겠지. 역부족이기는 하겠으나 복병을 배치하고라도 자네 목숨을 빼앗겠다…… 이렇게 되겠지."

"허어, 쇼군의 사범을 말이군요. 그러면 오쿠하라 가문도 깨끗이 멸망하고 맙니다…… 아니, 이거 참 이야기가 험악해졌군, 하하하……"

"마타에몬."

"예."

"나는 자네의 뜻을 받아들이지 못하겠어."

"으음……"

"우리 집안은 알다시피 야규 집안처럼 도요토미 가문을 원망하고 있지는 않아."

마타에몬 무네노리의 시선은 신쥬로의 이마로 돌아와 있었다.

"야규 집안은 타이코 전하의 아우 야마토노카미 히데나가大和守秀長가 이 부근의 영주가 되었을 때 선조 때부터 내려오는 영지 삼천 석을 숨긴 재산이라 하여 압수당하고…… 그 원한을 가지고 있겠지만 오쿠하라 집안은 그때도 무사히 옛 영지를 가질 수 있었지. 의리를 지켜 오사카 쪽에 가담하라면 혹 생각해볼 수도 있으나, 위험을 무릅쓰고 강자의 편을 들어 약자를 친다…… 그런 전쟁은 거절하는 것이 무사함을 위한 길 아니겠나?"

이번에는 마타에몬이 크게 탄식했다.

"그럼 역시 안 되겠습니까?"

"그래."

"그러면 야규 집안과 오쿠하라 가문은 이 일로 서로 적이 될지도 모르겠군요…… 그렇게 되면 전쟁이 벌어졌을 때 쇼군을 따라 출전하여 내통하는 자와 힘을 합쳐 센히메 님, 히데요리 님, 요도 부인……의 순으로 구출하고 싶다……고 염원해왔는데, 그 마음이 형님에게는 통하지 않겠군요?"

"암, 통하지 않아."

오쿠하라 토요마사는 딱 잘라 대답했다.

"그러나 오랜만에 찾아온 사촌을 그대로 돌려보낼 수는 없지. 별로 차릴 것은 없지만 식사를 같이하고 싶으니, 좀 기다려주게."

이렇게 말하고 파랗게 질린 얼굴로 얼른 방에서 나갔다.

마타에몬은 다시 시선을 정원으로 던지고 가만히 귀를 기울이는 표정이 되었다……

16

부엌과 그 방은 네 개의 방을 사이에 두고 12, 3간 정도 떨어져 있었다. 그 부엌에서 음식을 마련하는 소리가 확실히 들려왔다. 그러나 소리는 그것만이 아니었다. 살기殺氣……라고는 할 수 없으나 몇몇 사람이 봉당으로 불려오는 것 같았다.

신쥬로는 이미 상처喪妻를 한 몸이었다. 그러나 세 동생과 아들 두 명은 이미 성장했을 터. 그들을 불러 새삼 마타에몬에게 소개하려는 것일까……?

이런 생각을 하고 마타에몬은 흠칫했다. 놀라는 것과 동시에 대담한 미소가 그 얼굴에 새겨졌다.

'그렇구나, 그랬었구나……'

마타에몬은 조용히 일어나 마루로 나갔다. 그리고 오늘 아침 야규를 떠날 때 신고 온 새 짚신을 집어들고 묻어 있는 흙을 조용히 털어낸 뒤 태연한 표정으로 전에 앉았던 자리로 돌아왔다.

그는 다시 귀를 기울이며 앉은 채로 짚신을 신고, 하카마袴°자락으로 다리를 감싼 후 가부좌를 틀었다. 그리고 옆에 놓았던 칼을 왼손으로 끌어당겨 뽑고는 휴지를 꺼내 닦기 시작했다. 표정은 조용했다. 기다리는 동안 아끼는 칼을 손질하는 것으로밖에 보이지 않았다.

그 칼은 빗츄備中의 아오에青江가 만든 츠구요시次吉로, 역시 아버지의 제자였던 쿠로다 나가마사黑田長政가 선물한 것이었다. 정성들여 닦고 나서는 공중으로 쳐들고 때때로 응시하면서 마타에몬은 다시 가만히 귀를 기울였다.

그 마타에몬이 칼을 공중으로 쳐든 채 —

"들어와도 좋소, 신쥬로."

아까와는 다른 굵은 목소리로 미닫이 밖을 향해 말한 것은 그로부터 4반각(30분) 정도 지나서였다.

"과연 세키슈사이의 제자, 내 마음을 잘도 꿰뚫어보았군. 내가 형을 베고 돌아갈 줄 알고 준비하다니 놀랍소…… 그러나 그 후에 형은 방심했소. 나는 쇼군의 사범, 그렇게 쉽게 암살당할 만큼 마음이 잠자고 있었던 것은 아니오."

그 소리에 응답하듯 옆방의 미닫이가 휙 열렸다.

신쥬로 혼자만이 아니었다. 그의 좌우에 창을 꼬나든 자가 두 명, 그리고 다시 복도 쪽에서 세 명이 모두 칼을 뽑아들고 서서히 다가오고 있었다.

"역시 내 대접이 어떤 것인지 눈치챘군."

신쥬로는 칼끝을 늘어뜨린 채 창백하게 웃었다.

"병법도 동문이지만 어릴 때부터 사이가 좋았던 사촌형제, 가능하면 이런 대접은 하고 싶지 않았어."

"그럴 테지. 나도 형이 오사카 편을 들 생각임을 알아채기까지는 벨 생각이 없었소. 그러나 천하대란에 동조할 생각……을 안 이상 베지 않을 수 없소. 자칫 놓아버리면 사나다 이상의 강적이 될지도 모르니까. 신쥬로, 이것이 바로 병법가의 괴로움이오. 용서하시오."

마타에몬은 아끼는 칼을 한 번 휘두르고 천천히 칼끝을 쳐들었다.

17

마타에몬의 칼이 세이간靑眼˚ 자세를 취했는데도 오쿠하라 토요마사의 칼끝은 위로 올라가지 않았다.

"마타에몬."

"왜, 겁이 나시오?"

"그렇지는 않아. 무슨 일이 있어도 꼭 나를 베어야겠나?"

"허어, 그럼 벨 생각만 버리면 무사히 돌려보내겠다는 말이오?"

"그래."

신쥬로는 희미하게 고개를 끄덕였다.

"병법은 그대가 약간 나보다 앞설지도 몰라. 그렇지 않으면 세키슈사이가 그대를 오고쇼에게 추천했을 리 없지."

"하하하…… 어디 병법뿐일까요? 병법만이 아니라, 바로 이것이 문제지요……"

마타에몬도 일단 쳐들었던 칼을 내리고, 다른 손으로 자신의 가슴을 가리켰다.

"자, 투지가 생기지 않나요? 생기지 않는다면 이야기는 끝났소."

신쥬로는 창백한 얼굴로 고개를 저었다.

"내가 먼저 공격하지는 않는다, 가슴속 문제……라면 더더구나 그래. 세키슈사이 님 검법의 극치는 불살도不殺刀에 있어."

"뭣이?"

"자진해서 베는 것은 도의가 분명치 못했던 센고쿠 시대의 살인도殺人刀…… 그것을 범하면 나는 저승에서 파문을 당한다. 마타에몬, 먼저 공격해라, 그대가……"

"허어."

마타에몬은 크게 숨을 내쉬었다.

"그럴 듯한 지혜를 짜냈군, 신쥬로."

"그래, 나는 수세守勢를 취하겠어. 검법의 극치에는 이르지 못했으나 아직 그대의 검법을 당해낼…… 정도의 기력은 남아 있어."

"하하하……"

마타에몬은 다시 한 번 소리내어 웃었다.

"나는 중대한 의논을 털어놓았소. 형은 대번에 거절했소. 따라서 나는 부득이 베려고 했소. 그런데 형은 여섯 명으로 나를 포위하고도 먼저 공격하지는 않겠다……는 말이오?"

"세키슈사이 님의 가르침이라고 생각하기 때문이야. 그러나 먼저 베겠다고 한 것은 그대야. 사정은 볼 필요 없다."

그 순간이었다. 오른쪽에 있던 젊은이의 창 자루를 홱 튀겨내면서 마타에몬의 몸이 정원으로 날았다.

"쫓지 마라."

신쥬로가 일갈했다.

그때 마타에몬의 몸은 이미 작약꽃을 등지고 똑바로 방 쪽으로 칼을 돌리고 있었다.

"……바보 같은 형이 아버님의 이름을 들먹거려 내 투지를 둔하게

144

만드는군."

"무슨 소리! 오쿠하라 신쥬로 토요마사는 당연한 도리를 말했을 뿐이야."

"듣기 싫소! 나의 약점을 알고 있었던 거요. 비겁한 자 같으니! 불살不殺이 아버님 이상이라니…… 좋소, 오늘은 용서하겠소. 그러나 이런 교활한 태도로 넓은 세상을 속이진 못해요. 잘 계시오."

"쫓지 마라."

신쥬로가 다시 모두를 제지했다.

"바람처럼 찾아온 손님은 바람처럼 돌려보내는 것이 좋아."

18

오쿠하라의 집에서 눈 깜짝할 사이에 달려나온 야규 마타에몬 무네노리는 우에노 가도로 방향을 잡았다.

이대로 그냥 걸어갈 생각일까……?

아니면 어디서 말을 구할 생각일까……?

야규 마을로 돌아갈 마음은 없는 모양이었다. 잠시 걷다가 약간 높은 언덕길에 접어들어 그는 비로소 뒤를 돌아보았다. 산길은 꼬불꼬불하고 무성하고 짙은 녹음으로 몇 겹이나 둘러싸여 이미 오쿠하라 마을은 보이지 않았다.

"미안하오, 신쥬로……"

마타에몬은 불쑥 중얼거리고, 그로서는 보기 드물게 두려운 표정으로 주위를 둘러보았다.

삿갓을 가지고 올 여유가 없었는지…… 여름 햇빛을 받은 귀밑머리 언저리에서 등에가 한 마리 귀찮게 맴돌고 있었다. 무심히 그것을 뿌리친 마타에몬의 눈에서 문득 눈물 한 방울이 떨어졌다.

'고마운 일이야……'

아버지 세키슈사이의 긍지에 순사殉死하겠다고 신쥬로는 분명히 말했다. 그것을 마타에몬은——

"입성을 승낙한다."

이러한 대답으로 받아들이고 있었다.

물론 드러내놓고 승낙하지 않은 것은 신쥬로의 입장 때문.

야규 마타에몬이 오쿠가하라 마을에 모습을 나타냈다는 소문은 며칠 안으로 이 부근 사람들의 입에 오르내리게 된다. 무엇 때문에 찾아왔는지는 말할 나위도 없다.

신쥬로는 그때의 소문에 대비하기 위해 밥상 대신 칼날과 창으로 대접했다. 그래서 야규 마타에몬도 자기 머리에 썼던 삿갓을 남기고 훌쩍 그 자리에서 사라졌던 것.

이러한 두 사람의 암묵적인 양해는 신쥬로의 동생이나 아들도 깨닫지 못했을 터. 그렇게 하지 않으면 오사카 입성은 생각지도 못할 일이고, 입성한다 해도 경원되어 히데요리 측근에서는 일하지 못한다.

'나중에 충분히…… 그러나……'

전쟁이 끝난 뒤 신쥬로는 고향에 돌아가지 못한다.

뜻밖에 사카자키 데와노카미인 우키타 우쿄노스케가 나타났기 때문에 이 슬픈 타협을 크게 빛내주었다.

'사카자키도 권하고 야규도 권했다. 그런데도 불구하고 오쿠하라 토요마사는 단호히 그 유혹을 물리치고 천하의 병법 사범을 칼로 쫓기까지 하면서 도요토미 가문의 편을 들었다……'

"용서하시오, 신쥬로……"

다시 한 번 입속으로 중얼거리고 마타에몬은 겹겹이 녹음에 가려 보이지 않는 곳을 향해 조용히 합장했다.

"평화의 신 앞에는 아직도 공양이 더 필요한 것 같소. 나도 결코 형에게만 희생을 강요하지는 않겠소."

마타에몬은 문득 또 하나의 불안에 부딪쳤다.

사카자키 데와가 나중에 이 말을 듣고 일의 진상을 꿰뚫어보지나 않을까 하는 불안이었다. 그러나 다시 돌아가 그를 죽일 수는 없었다.

'그건 나중의 일……'

마타에몬은 몸을 돌리고 다시는 뒤돌아보려 하지 않았다. 푸른 녹음 사이를 뚫고 곧바로 우에노를 향해 걸음을 재촉했다.

센고쿠戰國의 유품

1

쿄토에서는 어느새 대불전의 개안 공양 날이 '타이코 님의 17주기周
忌'라고 수군거리고 있었다. 그해 8월 18일이 바로 17주기에 해당하기
때문……이기보다 7주기 토요쿠니 신사의 성대한 행사를 상기한 시민
들이 기대를 모으고 있었기 때문이다. 토요쿠니 신사의 7주기 행사 때
도 그토록 성대했는데, 이번 17주기는 몇 배나 더 큰 규모의 축제가 될
것……이라고.

아니, 그 기대의 밑바닥에는 사실 하나의 큰 불안이 도사리고 있었
다. 그러나 이 불안도 대범종大梵鐘이 완성될 무렵에는 오히려 누그러
졌다. 큰 소동의 가능성을 풍겼던 천주교 문제가 요즘 시민들의 기억에
서 멀어져가고 있었기 때문이다.

오쿠보 사가미노카미 타다치카가 와서 여러 곳의 교회당을 부수고
개종을 강요하기도 하고, 이를 거절한 자를 체포할 무렵에는 당장 천하
에 대란이 일어난 것만 같아 모두들 두려워했다. 그런데 이 일이 무사
히 수습되고 큰 종루의 건축도 끝나 문제의 대범종이 그 옆으로 운반되

어왔다.

이 공사를 경비하기 위해 오사카에서 파견한 무사들은 무려 3,000여 명…… 그들은 운반해온 대범종을 보여줄 듯 또는 보여주어서는 안 될 듯이…… 구경하기 위해 모여든 군중을 꾸짖기도 하고 혹은 가까이 접근시키기도 했다.

엄청난 규모의 대불전.

금동불金銅佛의 당당한 거구, 그리고 토다이 사東大寺의 종에 못지 않은 대범종이 곁들여진다……

금동불은 그 후 칸분寬文 2년(1662)의 지진으로 파손되어 당시 바쿠후가 이것을 녹여 칸분 통보寬文通寶라는 돈으로 주조하여 민간에 유통시켰다. 그래서 공사과정에 미비점이 있었는지는 모르지만, 범종만은 지금까지 그 위용을 남기고 있다.

도쿠가와 가문을 저주했다고 하는 문제의 범종이 어째서 녹여지지 않고 계속 남아 있는가……? 여기에는 깊은 사연이 있으나 그것은 나중의 일……

이 대범종의 높이는 열녁 자(약 4.2미터)에, 지름은 아홉 자 두 치(약 2.8미터)나 되고, 무게는 1만 7,000관(약 64톤)이라 한다. 쿄토 시민들이 17주기까지 기다리지 못하고 구경하려는 것도 당연한 일이었다. 구경꾼들 중에는 일하는 사람들에게 돈 몇 푼 주고 가까이 가서 보고 왔다고 자랑하는 자가 있을 만큼 소문이 굉장했다.

쇼시다이 이타쿠라 카츠시게는 새로 주조한 종을 혈안이 되어 공사를 서두른 카타기리 카츠모토의 안내를 받아 구경하러 왔다. 수행한 사람은 혼아미 코에츠와 챠야茶屋의 아내 오미츠뿐이었는데, 물론 공식적인 점검은 아니었다.

이때 이미 카츠시게는 그 종이 앞으로 어떤 난제를 불러일으킬 종이 될지 알고 있었다.

카츠시게는 카츠모토가 새 포장을 풀고 세이칸 대사가 지은 종명鐘
銘의 문자를 보였을 때 당황하여 얼굴을 돌리듯이 하고 ——

"과연 훌륭하군."

코에츠 쪽으로 시선을 돌리며 동의를 강요했다. 그리고는 범종 구경
이 끝나고 쇼시다이 관저로 돌아올 때까지 몹시 난처한 표정으로 거의
입을 열지 않았다.

2

혼아미 코에츠도 이미 사태를 짐작하고 있었다.

쿄토, 오사카의 인구는 나날이 증가하고 있었다. 쇼시다이의 뛰어난
역량으로 물가의 폭등만은 겨우 억제되고 있었으나, 당시 민가로는 수
용하지 못할 정도로 인구는 늘어나 있었다.

대부분의 사원에는 참배자와 신도 이외에 정체 모를 떠돌이무사들
이 묵으면서 뒹굴고 있었다. 이런 현상은 오사카가 더욱 심했고, 사카
이도 이에 못지않았다.

"삼십만 명은 모인 것 같군요."

쇼시다이 관저로 돌아와 카츠시게의 거실로 안내되었을 때 코에츠
는 그 무렵에 쓰기 시작한 뒷날의 소쇼宗匠 두건°을 벗고 이마의 땀을
닦았다. 그러는 코에츠에게 오미츠는 아무 말도 않고 품안에서 작은 장
부를 꺼내 건네주었다. 코에츠는 어떤 조사를 챠야에게 부탁해두었던
모양이다.

이타쿠라 카츠시게는 흘끗 곁눈질로 보고 역시 잠자코 땀을 닦기 시
작했다.

"으음……"

작은 장부를 들추면서 코에츠는 누구에게랄 것 없이 말했다.

"쿄토, 오사카 방면에 모여든 떠돌이무사는 대략 십육, 칠만 명……
훈도分銅를 녹여 만든 황금으로 비용을 쓰는 자는 칠 대 삼의 비율인 것
같군요."

이타쿠라 카츠시게는 고개를 끄덕이는 것도 안 끄덕이는 것도 아닌
모습으로 담배합을 끌어당겼다.

"사카자키 데와와 같은 사람도 있으니까."

"그 사람은 만약 전쟁이 벌어지면 도쿠가와 편에 가담할 것을 권하
려는 자이지요."

"그런 사람이 삼 할……이라는 노인장의 견해는 지나치게 낙관적인
것 같습니다."

카츠시게는 일부러 한숨을 쉬었다.

"나는 팔 대 이로 봅니다."

코에츠는 진지한 표정으로 고개를 저었다.

"인간은 좀더 앞을 내다보고 약삭빠른 계산을 하지요…… 패할 것이
분명한 편에는 쉽게 가담하지 않아요."

"그렇지도 않습니다."

카츠시게가 부인했다.

"노인장의 견해는 너무 낙관적입니다. 인간이란 의외로 분수도 모르
고 엉뚱한 도박을 좋아하게 마련. 얻을 것이 많다……고 생각할수록
분별 없이 움직입니다."

그러면서 이번에는 작은 종이쪽지를 꺼내 코에츠에게 건넸다.

코에츠는 잠자코 오미츠와 자기 사이에 펼쳐놓았다. 보이지 않는 체
하면서…… 오미츠에게 보여줄 생각인 모양이었다. 그러나 카츠시게
는 말리려 하지 않았다.

그 종이쪽지 맨 처음에는 '사나다 사에몬노스케 유키무라'라고 씌어

있고, 그 위에 '50만 석'이라 기록되어 있었다.

다음에는 쵸소카베 모리치카, 고토 마타베에, 반 단에몬堀團右衛門, 모리 카츠나가毛利勝永 등의 이름이 이어져 있었다. 그리고 쵸소카베 위에는 '토사土佐 한 지방'이라 씌어 있고, 고토 위에는 '30만 석', 반 위에는 '20만 석'이라고 씌어 있었다.

혼아미 코에츠는 입술을 일그러뜨리고 고개를 가로저었다.

"사나다는 고작 십만 석, 나머지는 일만 석도 많을 인물 같군."

카츠시게는 그 말에는 대답하지 않았다.

"무장들 중에는 오와리尾張의 멍청이로 끝나느냐, 천하를 손에 넣느냐……고 소리치고 싸우던 소켄總見 공 이래의 도박근성이 깊이 뿌리박혀 있지요. 말하자면 소켄 공의 유품이라 할 수 있는데, 노인장은 그렇게 생각지 않습니까……?"

3

코에츠는 엄한 표정으로 고개를 끄덕였다.

"나도 진작부터 그런 생각을 했지요. 세상을 떠난 노부나가 공이 살아 있는 오고쇼에게 이를 악물고 대결하려 한다…… 웃을 일이 아니지요. 창을 들고 약탈하든지 칼로 베어 차지하라든지 하면서, 많은 무장들에게 영지도 백성도 재물도 명예도 모두 힘으로 강탈해야 한다고 굳게 믿도록 한 것은 노부나가 공이었어요."

"바로 그것입니다."

카츠시게는 코에츠와 오미츠 사이에 펼쳐놓은 종이쪽지를 부채 끝으로 가리켰다.

"그런 버릇이 아직도 남아 이처럼 오십만 석이니, 삼십만 석, 이십만 석 하는 유혹의 미끼가 가치를 판단하는 기준이 되었습니다. 그렇다면 위험한 자일수록, 난폭한 자일수록 출세하게 되는데, 아무도 이 점을 이상하게 여기지 않습니다."

"아니, 이 사실에 의아심을 품고 평화로운 세상에 맞는 인간을 만들기 시작한 것이 오고쇼입니다. 그래서 나는 세상을 떠난 노부나가 공이 살아 계신 오고쇼의 적이 되었다고 했습니다."

"으음……"

카츠시게도 이번에는 크게 고개를 끄덕였다.

"과연 그렇군요. 노부나가 공 시대를 횡행하던 난세의 기질이 평화시대가 되어 큰 적으로 변했다고 할 수 있겠어요…… 인간의 생각이란 일단 머리에 틀어박히면 어쩔 수가 없어요……"

"옳습니다…… 이 코에츠는 노부나가 공 시대로 대표되는 강탈제일 주의적 사고방식의 가장 큰 희생자가 실은 돌아가신 타이코 님이었다……는 사실을 요즘에야 깨달았습니다."

"아니, 도요토미 타이코가 첫 희생자였다고요?"

"예. 타이코 님은 노부나가 공으로부터 강탈밖에는 배우지 못했지요. 그것만 배워 그 길의 달인이 되었습니다. 일본의 통일이라는 노부나가 공의 목적은 달성했지만, 그 밖에는 아무것도 배우지 못했지요…… 단 하나 배운 침략이라는 손길을 이번에는 조선과 명나라에 뻗치려다 그와 같은 큰 실패를 범하고 신세를 망쳤지요. 타이코 님의 죄가 아니라, 노부나가 공의 수법, 싸워서 뺏는 것밖에는 배우지 못한 데 원인이 있음을 알았습니다."

"으음…… 역시 노인장의 생각은 깊으십니다."

"아니, 지금까지 깨닫지 못한 것은 원래가 어리석은 천성 때문입니다. 입으로는 큰소리를 치면서도 새로운 것 역시 낡게 된다……는 간단한 이치를 깨닫지 못했지요."

"새로운 것도 역시 낡게 된다……?"

"예. 나날이 새롭고, 나날이 앞으로 나간다…… 같은 곳에는 잠시도 머물지 않는 것이 천지의 모습 같습니다."

"으음……"

최근에 이르러 감탄하는 버릇이 더욱 심해진 카츠시게는 크게 고개를 끄덕였다.

"그러면 이번 개안 공양 말씀입니다마는, 지금 중지시키면 제일 먼저 불어닥칠 바람은 어떤 것일까요?"

"그 일에 대해 이 코에츠는 어렴풋이 추측할 수 있습니다."

"그렇습니까? 그 말을 듣고 싶습니다. 어떻습니까, 소요가 일어나지 않게 하는 속전속결의 수단은 없을까요?"

코에츠는 분명히 입가에 조소를 떠올리고 힘있게 고개를 저었다.

4

"속전속결은 안 된다는 말씀입니까?"

카츠시게가 놀라면서 물었다.

혼아미 코에츠는 고개를 끄덕이고 빈정거리듯 웃음을 띠었다.

"노부나가 공의 망령과 오고쇼 님의 싸움입니다. 속전속결로는 노부나가 공이 이깁니다."

"허어…… 묘한 말씀을 하시는군요. 과연 싸워서 뺏는 것을 첫째로 삼는 노부나가 공과 태평 만만세를 뿌리내리려는 오고쇼의 싸움…… 그건 틀림없습니다."

"그러므로 우선 개안 공양을 중지시키고 나서 얼마 동안 느긋이 기다려야 할 것입니다."

"으음……"

"그렇게 하면 오사카 쪽에 군비를 갖출 여유를 준다……고 보는 것이 세상의 일반적인 견해겠지요. 그러나 이 코에츠는 그렇게 생각하지 않습니다."

코에츠는 다시 지나칠 정도로 진지한 평소의 표정으로 돌아가 음성을 낮추었다.

"우선 중지명령을 내리고 잠시 기다리면 기세가 올라 오사카 입성을 뜻하고 온 자들도 맥이 빠져 생각을 다시 하게 됩니다…… 생각을 다시 하면 입성자의 수는 늘지 않습니다. 이번 전쟁은 어느 쪽이 이길지…… 를 생각할 여유를 줍니다…… 중요한 전략이 될 뿐만 아니라 인애仁愛 와도 통하는 마음이 될 것입니다."

이타쿠라 카츠시게는 숨소리까지 죽인 채 코에츠의 얼굴을 응시하고 있었다.

"나는 도요토미 가문의 은혜나 의리를 생각하고 모여든 자는 모래에서 금을 찾는 정도밖에 안 된다고 생각합니다. 아마도 그 태반은 전연 다른 계산…… 천주교나 자신의 출세 때문이겠지요. 그러므로 성급히 일을 서두르면 일부러 고양이를 굶주린 이리로 만드는 결과가 될지 모릅니다."

"으음."

"그리고 입성하는 자가 줄면…… 오사카 성 주전론자들도 내세울 논거가 없어 스스로 궤멸할지도 모릅니다. 아니, 그렇게는 안 된다 해도 모여든 떠돌이무사들의 거취를 살피는 것만으로도 절대로 손해가 될리 없습니다. 상대가 노부나가 공이므로 한층 더 느긋한 자세를 취하는 것이 상책이라고……"

이타쿠라 카츠시게가 비로소 가볍게 무릎을 쳤다.

"역시 방법이란 있게 마련이군요."

"예. 시일을 끌어도 전쟁은 벌어진다…… 전쟁이 벌어지더라도 이 코에츠라면 절대로 공을 서두르지 않겠습니다. 단단히 포위해놓고 다시 생각할 여유를 줍니다. 생각만 하게 한다면, 결코 손해가 없는 전쟁이 됩니다…… 전쟁이 좋은가 평화가 좋은가를 계산하게 하면 말입니다…… 대부분의 서민은 절대로 전쟁을 좋아하지 않습니다. 따라서 오고쇼 님 뒤에는 무수한 백성의 편이 모이고, 오사카 성은 시대의 흐름에 뒤떨어진 채 고립하게 됩니다…… 이것이 내가 말씀 드리고 싶었던 계획입니다."

"알겠습니다."

카츠시게는 목소리를 떨었다.

"그 말씀을 잘 간직했다가 오고쇼 님에게 말씀 드리지요. 과연 무리가 없는 전쟁, 시대의 흐름에 거역하지 않는 전쟁이라면 굳이 서두를 필요가 없겠지요. 지금까지 나는 그 반대의 것만 생각했습니다. 이렇게 많이 모인 사람을 어떻게 하면 단숨에 처리할 수 있을까 하고…… 그렇군요, 서두를 것 없겠습니다. 정세는 우리편이니까……"

5

이때까지 잠자코 두 사람의 대화에 귀를 기울이던 오미츠가 비로소 입을 열었다.

"오사카에서는 이미 전쟁은 피할 수 없는 것……이라 판단하고 은밀히 떠날 곳을 물색하고 있는 호상豪商이 많습니다."

"그렇겠지. 아직 전쟁의 재화를 깨끗이 잊지는 않았을 테니까요."

카츠시게의 맞장구에 오미츠는 다시 뜻하지 않은 말을 했다.

"그런데 그것은 오사카 쪽의 계략……이라는 말을 퍼뜨리는 자도 있습니다."

"뭐, 오사카 쪽의 계략?"

"예. 성 가까운 곳이나 요충지의 나루터는 위험하겠으나 어느 쪽도 사카이까지는 불사르지 않을 것이라고, 사카이에 집을 장만하는 사람이 많아졌어요. 이렇게 해놓고 오사카 쪽에서 사카이 항구를 제압한다고 하는 자가 있습니다."

"허어…… 그러면 어떤 이득이 있다는 것인가?"

"예…… 사카이 항구를 제압해두지 않으면 에스파냐나 포르투갈에서 원군이 왔을 때 상륙하기가 어렵기 때문이다, 아니, 그보다 호상들을 집결시켜놓고 그들에게서 군비를 갹출할 작정이라고……"

혼아미 코에츠는 씁쓸한 표정을 지었다.

"그건 이득을 노린 유언비어, 귀담아 들을 것 없지."

"전쟁이 일어나지 않도록 하는 방법은……? 저는 센히메 님과 요도 부인이 불쌍해서 견딜 수 없습니다."

그 말에는 코에츠도 카츠시게도 대답할 말이 없었다.

센히메나 요도 부인만이 아니다. 오미츠는 자기가 낳은 딸과 그 아버지 히데요리를 성에 남겨두고 떠나왔다…… 물론 지금은 챠야의 아내이지만 마음속에는 씻지 못할 상처가 남아 있었다.

"저는 언제나 아저씨에게 솔직하게 말씀 드렸어요. 전쟁만 막을 수 있다면 어떤 일이라도 하고 싶어요. 그러나 전쟁이 시작되면 뒤로 물러나서 혼자 조용히 기도밖에는 할 일이 없어요."

"그것은 잘 알고 있어."

코에츠가 달랬다.

"그래서 이렇게 이타쿠라 님 앞에까지 데려온 거야. 아직 전쟁이 결정된 것은 아니야. 상대방이 어떻게 나오는가에 따라…… 전쟁이 결정되었다면 너를 데리고 다니지는 않아."

"그렇지만……"

오미츠는 약간 어리광을 부리듯 고개를 갸웃했다.

"이렇게까지 진척된 개안 공양을 어떻게 중지시키실 수 있겠어요?"

"글쎄, 그것은……"

코에츠는 당황하여 카츠시게 쪽으로 시선을 보냈다. 그러나 카츠시게는 아무 대답도 하지 않았다. 그 자신도 반드시 중지시켜야 한다는 것은 알고 있었다. 그러나 어떤 이유로 중지시킬지는 아직 전혀 모르는 상태였다.

'오고쇼가 어떠한 지혜를 짜낼 것인가?'

믿고는 있었다. 그러나 상당히 어려운 일. 중지명령은 전투개시의 화살이 아니라, 히데요리 모자에게 반성의 수수께끼를 던지는 일이 되리라는 점만은 상상할 수 있었다.

6

"아무도 알 수 없는 일, 어째서 너는 그런 일을 걱정하고 있지?"

코에츠는 카츠시게가 오미츠에게 아무런 대답도 하지 않기 때문에 이렇게 말하지 않을 수 없었다.

"저어, 그것은……"

"네게 말하고 싶은 것은 어쨌거나 개안 공양은 중지된다, 그 후 전쟁이 일어날지도 모른다는 사실뿐이야."

"예…… 예."

"전쟁이 일어나면 챠야의 집을 지켜야 할 너, 생각해두지 않으면 안될 일이 있겠지…… 그 이상은 지금 아무도 알 수 없어."

오미츠는 다시 무슨 말을 하려다가 문득 입을 다물었다. 그 표정은 크게 마음에 걸리는 일이 있어 고민하는 것처럼 보였다.

"오미츠, 아직 무언가 생각하는 게 있는 모양이구나?"

"예…… 아니, 아니에요……"

"이제 와서 새삼 나에게 숨길 필요는 없어. 있거든 서슴없이 말하도록 해. 되고 안 되고 가슴속에 있는 말을 해버리면 속이 시원해지는 것이 인간이야.

"예…… 그러나……"

"말해보아라. 그 후 잊어달라면 듣지 않은 것으로 하고 잊겠어."

"그럼…… 말하겠어요. 실은 전쟁이 벌어졌을 때 저는 구하고 싶은 사람이 있어요."

"네가 낳은 딸…… 그렇지 않은가?"

"아닙니다. 제 손이 미치지 않는 분이십니다."

"뭐? 다른 분이라고……?"

"예. 우다이진 히데요리 님의 혈육으로, 쿠니마츠 님이라는 분."

"아, 그분 말이냐?"

"예…… 그분은 센히메 님을 꺼리어 쿄고쿠 가문과 인연이 있는 사람에게 맡겨져 있어요. 머지않아 성으로 불러들이실 것이라고…… 그렇게 되면 역시 제 손이 미치지 못합니다. 가능하면 그분을 도와드리고 싶은 것이 제 마음이에요."

오미츠는 겁먹은 듯이 카츠시게의 안색을 살폈다.

오미츠가 낳은 아이는 딸이었으나 이세에서 온 시녀가 낳은 아이는 아들이었다. 히데요리도 센히메에게 미안해서인지, 아이가 태어나자마자 성별조차 밝히지 않고 쿄고쿠 가문의 가신 타나카 로쿠자에몬에게 맡겼다. 그렇게 되면 물론 당사자도 자기가 도요토미 타이코의 손자인 줄도 우다이진의 아들인 줄도 모르는 채 개구쟁이로 자랄 터이다. 그런데 요즘 히데요리에게 그 아이를 성안으로 불러들이라고 강력하게 권하는 자가 있다고.

"허어…… 그러니까 전쟁이 불가피하다면 너는 그 아이를 성안에 들어가지 않게 하고 싶다……는 말이로구나?"

이번에도 카츠시게가 가만히 있었기 때문에 코에츠가 물었다.

"예."

오미츠는 조심스럽게 고개를 끄덕였다.

"제가 도련님을 위해 할 수 있는 일이 있다면 그것뿐이라고……"

7

"챠야 부인……"

그때까지 잠자코 있던 카츠시게가 비로소 두 사람의 이야기에 끼여들었다.

"사람은 해서 좋은 말이 있고 해서는 안 될 말이 있는 법. 도요토미 우다이진에게 성 밖에 숨겨놓은 아들이 있다…… 근거 없는 뜬소문이라 해도 함부로 입에 올리면 안 되오."

오미츠는 당황했다.

"그것은…… 그것은 어쩌면 근거 없는 소문일지도 몰라요."

"낭설일 것이오. 나는 그렇게 생각하고 있소. 쿄고쿠 집안의 타나카 아무개라는 자에게 맡기려던 아기는 내가 들은 바로는 사산死産이었소…… 아무도 확실히 보고하지 않았기 때문에 아버지 우다이진은 아직 살아 있다……고 생각하는지도 몰라요. 챠야 부인도 그런 소문에는 귀를 기울이지 마시오."

"예…… 잘……잘 알겠습니다."

그때였다. 안내를 맡은 젊은 무사가 나타났다.

"슨푸에서 안도 나오츠구 님이 오셨습니다."

코에츠와 카츠시게는 깜짝 놀라 저도 모르게 날카롭게 서로의 시선을 교환했다.

'슨푸에서 나오츠구가 왔다……'

이에야스가 개안 공양을 중지시키기 위해 보낸 사자. 다행히 오미츠는 아직 자기가 말한 쿠니마츠의 일에 정신이 쏠려 깨닫지 못하고 있었다.

"그래, 나오츠구 님이 오셨나는 말이지. 역시 대범종을 구경하러 왔는지도 모르겠군. 부인은 곧 돌아가야 하겠지만 노인장은 친근한 사이, 나오츠구 님을 위해 차를 끓여주시지 않겠소?"

"기꺼이 그렇게 하리다."

"그럼 부인, 가마를 준비시킬 테니 먼저 돌아가도록 하시오."

카츠시게의 말에, 오미츠는 그제야 정신이 든 듯했다.

"예. 그럼 저는 이만 물러가겠습니다."

작은 장부를 받아들고 공손히 절을 하고 나갔다.

"노인장, 드디어 때가 온 모양이오."

카츠시게가 숨을 가다듬듯이 하고 중얼거렸다.

"그렇습니다."

코에츠의 얼굴은 상기된 채 굳어 있었다.

"드디어 화살이 시위를 떠났군요."

"아니, 지나친 속단이오. 걱정스러운 그 난제를 어떻게 대할지, 수수께끼를 어떻게 넘길지가 문제이지요."

"히데요리 님은 그 수수께끼를 풀 수 있을 만큼 훈련이 되지 않았다고 생각하는데요?"

"기다리게 하는 건 미안하니, 나오츠구 님을 만나도록 합시다. 참, 내가 먼저 나가겠으니 노인장은 차 준비를 하고 뒤에 오시도록……"

아무리 중요한 비밀이라도 거의 예외 없이 코에츠를 동석시키는 카츠시게였다. 어떤 의미에서 카츠시게는 코에츠를 자기 처자보다 더 신뢰하고 있는지도 모른다.

카츠시게가 한발 먼저 거실을 나간 뒤 코에츠는 눈을 감고 염불을 외웠다.

"나무묘법연화경南無妙法蓮華經, 나무묘법……"

8

쇼시다이의 객실에는 안도 나오츠구가 나그네 차림으로 무표정하게 앉아 있었다. 나오츠구도 지난 몇 년 동안 관록이 붙어 사카이 부교 때보다는 몸에 한층 더 살이 붙어 있었다.

"오오, 안도 님, 먼길에 수고가 많으십니다."

객실을 들어서며 반갑게 맞는 카츠시게에게 나오츠구는 무뚝뚝하게 인사를 되돌렸다.

"무척 많이 모인 모양이군요, 떠돌이무사들이. 오합지졸……은 썩은 냄새에는 특히 민감한 모양입니다."

카츠시게는 부드럽게 웃었다.

"그러시면 안도 님은 도요토미 가문의 내부는 이미 썩었다……고 보십니까?"

"썩지 않을 수 없겠지요. 우리와는 상관없는 일이지만 화가 나기도 하고 울고 싶어지기도 합니다. 오고쇼의 호의도 밑 빠진 독에 물 붓기…… 그 호의를 받아들일 만한 기량을 가진 자가 없습니다."

카츠시게는 그 말에는 별 반응을 보이지 않았다.

"그런데 사자로 오신 용무는? 물론 개안 공양의 중지겠지요?"

그 말에 나오츠구는 무슨 생각을 했는지 갑자기 얼굴을 일그러뜨리고 뚝뚝 눈물을 흘렸다.

"세상에 어리석은 자만큼 죄 많은 것도 없습니다. 누구나 이미 참다 못해 중지하라는 엄명을 내리셨다고 생각하겠지요."

"그럼, 중지명령이 아닌가요?"

"그렇습니다. 중지가 아니라 연기입니다. 팔월 삼일의 공양 시작……을 잠시 연기시키라고 하십니다."

"연기……?"

"예. 중지가 아닙니다. 거행해서는 안 된다는 게 아니지요."

"으음…… 상대방이 어떻게 나오는가에 따라 공양을 올려도 괜찮다는 뜻이군요? 십팔일의 기일까지 사태가 진정되면 말입니다."

"그렇습니다. 과연 그런 점을 깨달을 분이 오사카에 있을지……"

"공양을 연기시키는 이유는?"

"종명이 마음에 들지 않는다! 도쿠가와 가문을 저주하는 문장……이라고 격노하고 계십니다."

"아니, 종명이……?"

"그렇습니다. 종명에 '국가안강 군신풍락國家安康君臣豊樂'이란 구절이 있습니다. 이 국가안강은 말할 나위도 없이 이에야스家康란 이름을 쪼개어 멸망하도록 저주하는 것, 군신풍락은 글자 그대로 도요토미豊臣의 신하가 되는 것을 즐기는 것…… 도요토미 휘하에서 번창을 기원하는 것임을 지금 슨푸에 모여 있는 학자들이 발견하고 말씀 드렸기 때문에, 근래 특히 건강이 좋지 않으신 오고쇼가 발칙하기 짝이 없는 일이라고 격노하고 계십니다."

이타쿠라 카츠시게는 사방침 위에 가만히 그 글자를 써보고 아연실색하여 나오츠구를 바라보았다.

나오츠구는 당황하여 시선을 떨구었다.

"으음…… 과연……"

"대불의 건립을 빙자하여 도쿠가와 가문을…… 그것도 큰 은혜를 베푼 오고쇼를 저주하다니…… 용서할 수 없는 일이라고……"

"으음, 난제難題란…… 역시 어려운 것이군요."

"그렇다면 격노하신 오고쇼가 무리라는 말씀입니까?"

"아니, 그런 게 아니라, 국가안강……은 과연 이에야스란 이름을 쪼개놓은 것, 노할 수밖에 없는 일…… 격노하심이 당연합니다."

카츠시게는 앞뒤가 맞지 않은 말로 얼빠진 듯이 동의했다.

9

이타쿠라 카츠시게가 맞장구를 치는 말에 안도 나오츠구는 다시 울상이 되었다.

"정말 어리석은 자처럼 처리하기 곤란한 것도 없습니다. 이런…… 묘한 문자를 쓰지 않더라도…… 아니, 다행히 슨푸에는 지금 학식이 깊은 사람들이 많이 모여 고서를 정리하던 중에 예로부터 있었다는 이런 위험한 저주의 방법을 발견했으니 망정이지…… 이, 이것이 도대체 그 얼마나 맹랑한 짓인지 모릅니다."

카츠시게는 대답 대신 다시 한 번 입속에서 종명을 되풀이했다.

"국가안강 군신풍락……"

카츠시게 역시 슬픔이 치밀어 저도 모르게 눈물이 쏟아질 것 같았다. 이 글을 지은 난젠 사의 세이칸 대사는 그도 잘 알고 있었다. 선승禪僧으로 통하기도 하고 학자로도 이름이 알려진 그는 특히 시문詩文을 지을 때 장난기를 발휘하는 버릇이 있었다. 쌍방에 아첨하고 쌍방으로부터 칭찬을 받고 싶은 마음에서 이에야스의 이름과 도요토미의 성을 넣어 문장을 지었을 것이다.

이에야스 정도나 되는 인물이 이런 종명에 수수께끼를 내어 난제를 제기해야 하다니 이 얼마나 비참한 일인가. 더구나 이 수수께끼는 상대방의 태도 여하에 따라 이에야스의 만년을 새까맣게 먹칠하는 원인이 될지도 모른다……

"알았소. 그래서 중지가 아니라 연기를 명하란 말씀이군요?"

"그렇습니다. 다른 사람에게 명할 것이 아니라, 처음부터 일을 추진해온 관계도 있고 하니 카타기리 이치노카미에게 쇼시다이의 이름으로 말씀하시라고 합니다."

"카타기리 이치노카미에게?"

"이치노카미 정도라면 이것이 수수께끼라는 것은 알 수 있을 터…… 그걸 깨닫는다면 이대로는……"

말하다 말고 나오츠구는 혀를 찼다.

"화가 나서 오는 도중 만나는 사람과 말도 하기 싫었습니다."

이타쿠라 카츠시게는 고개를 갸웃하고 신중하게 생각했다.

"실은 말입니다, 안도 님."

"왜 그러십니까?"

"마침 혼아미 코에츠 노인이 여기 와 있습니다. 귀하에게 차를 대접하겠다고…… 불러도 좋을까요?"

"코에츠 님이라면 저도 별로 이의가 없습니다."

"좋습니다. 그러면 우선 노인의 솜씨로 뱃속을 씻기로 합시다. 가볍게 생각할 일이 아닙니다. 몹시 화가 치미는 일이지요. 그러나 그 이상 참고 계시는 분도 계시니까요."

그리고는 크게 손뼉을 쳤다. 코에츠는 이미 차 준비를 끝마치고 부르기를 기다리고 있었던 듯. 두 시동에게 풍로와 도구들을 나르게 하고, 평소와 다름없는 담담한 표정으로 들어왔다.

"오오, 안도 님, 오랜만입니다. 여전하시니 무엇보다 반갑습니다."

"노인장도 건강하니 반갑군요."

눈 가장자리가 붉어진 나오츠구가 당황하여 얼굴을 돌리는 것을 곁눈으로 흘끗 보고 고개를 들었다.

"안도 님도 원하시니, 한 잔 끓여 대접해주시오."

카츠시게는 이미 평소의 침착한 태도로 돌아와 코에츠에게 말했다.

"예, 알겠습니다."

10

코에츠는 고요한 마음으로 차를 끓였다.

두 사람이 침통한 표정으로 차를 마시는 동안 그 역시 아무 말도 하지 않았다. 먼저 나오츠구, 이어서 카츠시게.

카츠시게는 마지막 한 모금을 소리내어 마시고 나서——

"혼아미 노인장, 오고쇼 님이 개안 공양을 연기하라는 명령을 내리셨소이다."

찻잔을 내려놓고 입을 열었다.

혼아미 코에츠는 가만히 고개를 끄덕이며 물었다.

"어째서입니까?"

"종명 가운데 도쿠가와 가문을 저주하는 발칙하기 짝이 없는 문자가 씌어 있었기 때문이오."

카츠시게는 담담한 어조로 말했다.

"문제의 구절은 국가안강 군신풍락의 여덟 글자요. 그 속에 오고쇼의 이름을 쪼개고 옛날과 같이 도요토미 가문을 번창케 하려는 저주의 뜻이 숨어 있어요."

"국가안강 군신풍락……"

코에츠도 또한 아까 카츠시게가 그랬듯이 우선 그 구절을 입속으로 복창했다. 허공을 쳐다보는 그의 눈은 날카롭게 빛나고 있었다.

"으음."

"이해되십니까, 노인장도……?"

카츠시게가 거듭 묻고, 코에츠는 갑자기 고개를 꼬았다. 그의 눈 가장자리도 빨갛게 되어 있었다.

"세이칸 대사는…… 그 역시 우리처럼 진정으로 평화를……"

말하다 말고 더 참을 수 없다는 듯 눈물을 씻었다.

코에츠는 문제의 글귀를 세이칸의 아부라고는 생각지 않는 모양이었다. 저도 모르는 사이에 그의 염원이 한 구절 한 구절 스며든 것…… 이라 해석했다. 말이 막히자 어린아이처럼 얼굴을 찌푸리고 입을 다물고 말았다.

"그렇군, 세이칸 대사는…… 그럴지도 모르지요."

"예…… 세이칸이…… 평화의 초석을 저주하다니…… 아무리 미워해도…… 미워해도…… 모자라는 가짜 승려입니다."

"바로 그렇소."

"그렇더라도 오고쇼 님은…… 아니, 생각하기에 따라서는 세이칸 대사가…… 큰 충신인지도 모릅니다."

"으음."

"이것으로 사건을 미연에 방지할 수 있다……면 문구의 표면적인 효과는 매우 큽니다."

"그렇게 생각할 수도 있겠지요."

"어쨌든 세이칸은 도마 위의 생선이 되겠지요. 그렇더라도……"

"그렇더라도……?"

"부처님을 섬기는 승려, 생명만은 무사하도록 해주셨으면……"

그 말은 카츠시게가 미처 생각하지 못한 한마디였다.

"으음…… 승려의 신분이기 때문에……"

"그리고 또 하나, 이 종명은 후세에 이번 사건을 알리는 중대한 증거가 될 것이므로 절대로 없애지 않도록 해주셨으면 합니다."

천만 뜻밖의 말이었다. 카츠시게는 저도 모르게 눈이 휘둥그레져 나오츠구를 바라보았다.

나오츠구가 몸을 앞으로 내밀고 코에츠에게 물었다.

"그게 무슨 말씀이오, 혼아미 노인장은 종을 소중하게 후세에 남겨야 한다는 것이오?"

11

나오츠구의 말에 이어 카츠시게도 힐문하듯 물었다.

"내 생각에는 도쿠가와 가문을 저주한 불길한 종은 하루 속히 녹여 없애야 한다고 생각하는데, 어떻습니까?"

코에츠는 잠자코 찻잔을 닦으면서 말했다.

"그렇게 하면 오고쇼도 세이칸 대사도 너무 불쌍합니다. 아니, 우다이진 님도 마찬가지……"

"아니, 모두가 불쌍하다는 말씀이오?"

"예…… 이번 사건은 애달픈 인간의 어리석음 때문에 일어난 일…… 문제의 종까지 없앤다면 역시 그 어리석은 인간의 입에서 입으로만 전해지게 될 것입니다……"

"으음."

"그러나 종이 남는다면 언젠가 서글픈 난세의 유품이 전하는 소리를 마음의 귀로 듣는 자가 나타나리라 생각합니다."

"그러나……"

다시 나오츠구가 가로막았다.

"오고쇼를 오해하게 하는 증거가 될 수도 있어요, 이 종은……"

코에츠가 이번에는 강하게 고개를 가로저었다.

"『법화경法華經』도 어느 시대에는 다른 경문經文보다 훨씬 가볍게 여겨진 일이 있습니다마는, 역시 훌륭하게 살아남았지요. 그런 의미에서도 하찮은 지혜로 일을 처리하는 것은 어리석은 자에게 가담하는 일과 같습니다. 종도 종명도 그대로 남긴다…… 그래서 후세사람들이 치는 대로 맡기고 듣는 대로 맡긴다…… 술책을 초월한 참다운 겸허가 아닌가 생각합니다."

나오츠구와 카츠시게는 다시 얼굴을 마주보았다.

이 문제에 관한 한 코에츠와 두 사람의 생각은 전혀 다른 관점에 입각해 있었다.

"노인장의 생각에도 일리는 있습니다. 그러나 이 종명을 방패로 삼아 싸웠다……고 하면 오고쇼 님이 너무."

"그렇지 않아요."

이번에는 코에츠가 꾸짖는 어조로 말했다.

"이 한 사건이 어찌 오고쇼 님의 생애를 결정짓겠습니까? 그토록 신불을 두려워하시고 그토록 인정仁政을 베푸시고 그토록 평화를 사랑하시는 분이 어째서 그런 일 따위로…… 하는 의문이 일어났을 때 비로소 이 종은 크게 울리게 됩니다."

"으음."

"난세의 종말을 알리는 종이었다…… 아니, 사람의 마음속에 남아있던 난세의 유품을 일소하기 위한…… 아니, 그보다 인간의 어리석은 아집이 얼마나 슬픈 소요를 초래하는가……를 경고하면서 울리게 되겠지요. 인간이란 아무리 슬프다 해도…… 인간이 어리석은 만큼 슬픈 일은 없습니다."

"으음."

두 사람은 서로 약속이나 한 듯이 팔짱을 끼고 생각에 잠겼다.

과연 코에츠의 생각은 보통사람의 생각을 초월해 있었다. 그가 말한 대로 정말 그 종이 울리기 시작하는 것은 언제일까?

'백 년…… 이백 년…… 동안에도 울리지 않는다면……'

카츠시게는 숨을 죽인 채 시선을 정원의 연못으로 돌렸다. 순간 못 가장자리의 돌 하나가 웃고 있는 것 같았다.

그 돌은 앞서 오다 노부나가가 아시카가 요시아키足利義昭를 위해 니죠二條에 저택을 지을 때 전국에서 모아들인 명석名石 중의 하나였다. 그때 사람들은 모두 죽고 한 사람도 없다. 그러나 돌은 전과 똑같은 모습으로 외롭게 서 있다……

격류의 말뚝

1

카타기리 이치노카미는 7월 26일부터 8월 1일까지 바늘방석에 앉은 듯한 심정으로 오사카 성에 머물러 있었다. 초하루가 되어 카츠모토는 오사카 성을 떠나 쿄토로 향했다.

'아직 슨푸에서는 아무런 소식도 없다……'

이에야스가 그의 주장을 받아들여 영지 이전에 대한 것은 17주기 이후까지 기다려줄 뜻이라고 생각했다.

개안 공양이 시작되는 것은 8월 3일. 앞으로 이틀밖에 남지 않았다. 쿄토의 동향은 모두 쇼시다이가 이에야스에게 보고하고 있다. 그런데도 슨푸에서는 아직까지 아무 말도 없다. 8월 1일 챠야의 배를 타고 쿄토로 향하면서 카타기리 카츠모토가 자기 희망이 받아들여졌다고 믿고 안도한 것도 당연한 일이었다.

카츠모토는 일곱 장수와 오노 하루나가 형제에게 떠돌이무사의 입성을 자제하도록 은근히 견제해왔다.

"우리가 무슨 일을 시도한다는 눈치를 보이면 십칠 주기는 무사히 거행할 수 없소. 부디 조심하도록 부탁하겠소."

그리고 이에야스 앞에서 약속한 대로, 막대한 타이코의 유산도 이미 바닥이 드러났다는 말을 덧붙였다.

카츠모토는 자기의 말이 과연 어떤 반향을 불러일으키고 있는지 확인할 여유도 없었다.

'어쨌든 한숨 돌리게 되었다……'

이렇게 생각하고 오늘 상경하고 있었다.

배가 후시미에 닿았을 때 카츠모토는 눈이 휘둥그레졌다.

지난번 이타쿠라 카츠시게와 혼아미 코에츠에게 새 범종을 보여준 것은 7월 25일. 그때도 히가시야마東山 일대에 제법 사람들이 많았다. 그러나 지금은 그의 상상을 초월할 정도로 후시미에서 쿄토에 걸쳐 대혼잡을 이루고 있었다. 이미 히가시야마로 가는 길 양쪽에는 집집마다 평상을 높게 만들고 저마다 휘장을 둘렀으며 눈부신 주홍색 나사와 융단이 깔려 있었다.

히가시야마에 이르러 보니 인파는 더욱 놀라웠다. 특히 잘 차려입은 여자들이 많아──

"이봐, 아직 공양은 시작되지도 않았는데 왜 이리 법석인가?"

통행인에게 물었다.

"지금 같아서는 초사흗날엔 사람이 구름처럼 모여들어 여자들은 구경을 못할 것입니다. 그래서 초하룻날인 오늘부터 모두 참례하러 왔답니다."

말을 듣고 보니 이 인파는 당일의 혼잡을 예상하고 전전야제前前夜祭를 즐기고 있는 셈이었다.

'으음, 그래서 여자들이 많구나……'

그 혼잡한 인파 사이로 악기를 든 승려의 행렬이 뒤를 이어 지나갔다. 모두 초사흗날 이후의 식전에 참석하기 위해 쿄토에 모여든 지방의 승려들이었다. 군중들은 그 행렬을 향해 술을 뿌린 종이 연꽃을 던지면서 떠들어댔다.

카타기리 카츠모토는 그러한 인파를 헤치고 지나가면서 몇 번이나 눈시울을 붉혔다.

'이 사람들도 전쟁은 없다……고 알고, 그 반동으로 기쁨을 더욱 폭발시키고 있는 것이야……'

카츠모토는 이 감동이 이미 부서져버렸음을 전혀 모르고 있었다. 그는 그날 밤 호코 사 대불전에 찬란하게 모닥불을 피우게 하여 이 전전 야제에 참석한 시민의 기쁨에 보답하게 했다.

그리고 쇼시다이 이타쿠라 카츠시게로부터 뜻밖의 '연기' 명령을 받은 것은 그 이튿날, 곧 8월 2일이었다.

2

8월 2일의 인파는 전날보다 몇 배 더한 혼잡을 보였다. 이른 아침부터 성장한 여자들의 참례가 이어져 그 화려한 색채는 바로 얼마 전인 난세에는 상상조차 못한 극락정토를 연상시켰다.

일찍이 타이코 생존시에는 다이고醍醐 꽃놀이가 당시 사람들을 놀라게 했는데, 그때 화려한 의상을 입었던 것은 모두 타이코의 소실들이나 다이묘의 부인들뿐이었다. 그런데 17년 후인 오늘은 그 화려한 색채가 시중에서 몰려나온 일반 여자들의 것이 되어 있었다.

'평화란 얼마나 고마운 것인가.'

카츠모토는 이 광경을 본다면 도요토미 타이코가 얼마나 기뻐할 것인가 하고 생각했다. 그리고는 저도 모르게 절에서 나와 북새통을 이룬 길거리를 바라보았다. 절 앞의 길에는 수없이 많은 노점과 가건물이 늘어서 있었고…… 각지에서 올라온 상인들뿐만 아니라 어릿광대까지 크게 소리지르면서 손님들을 부르고 있었다.

'슬픔에 대해서도 의리가 섰다…… 중생이 이처럼 바라는 십칠 주기도 무사히 치르게 되었다……'

이런 경우의 기쁨은 애써 노력한 그 보답이다.

따지고 보면 이 대불전과 도요토미 가문의 인연은 정말 깊었다.

타이코가 처음 호코 사 건립을 생각한 것은 텐쇼 14년(1587) 5월. 그때는 대불이 목상木像이었다. 10년 후 케이쵸 원년(1596) 윤7월의 대지진으로 대불은 목이 떨어지고 법당만 남았다. 히데요시는 이를 재건하려 했으나 뜻을 이루기 전에 세상을 떠나고 말았다.

히데요리 모자가 타이코의 명복을 빌기 위해 재건에 착수한 것이 타이코가 죽은 후 4년째 되던 해인 케이쵸 7년(1602).

이번에는 본존 대불을 목상이 아닌 금동불로 하기로 했다. 그 주조에 모든 지혜를 다해 만든 대불이 주물사의 부주의로 인한 화재 때문에 보기 흉하게 녹아버렸다. 물론 지난번 지진에도 남아 있던 법당까지 불타, 그토록 염원하던 재건도 좌절되는 것으로 보였다.

케이쵸 15년(1610) 6월 다시 건립에 착수했다. 그리고 17년 봄 겨우 그 염원이 이루어져 대불전과 대불의 완성을 보았다. 그 후 부수적인 법당을 세우고 다시 대범종大梵鐘을 만들어 위용을 갖추었는데, 이 때문에 소비한 막대한 비용은 오사카 성 건축비에 못지않았다.

'아버지와 아들 이 대에 걸친 도요토미 가문의 집념……'

이 모두가 훌륭하게 완성되었으므로 틀림없이 히데요리도 요도 부인도 무한한 감개에 젖어 있을 터.

카츠모토가 길 양쪽의 노점들을 두서너 정町 가량 구경하며 걸어가고 있을 때였다. 그는 쿄토로 데려온 둘째아들 타메모토爲元가 부르는 바람에 멈추어섰다.

"아버님, 쇼시다이로부터 급한 사자가 왔습니다."

카츠모토는 깜짝 놀라 돌아보았다.

"내일 초사흗날 식순에 대한 협의를 위해서겠지. 누가 왔느냐?"

"그런데……"

타메모토는 말을 더듬었다.

"공양의 연기……를 알리러 온 사자인 듯합니다."

3

"뭐, 연기……? 그런 당치도 않은……"

내뱉듯이 말했을 때 이미 카츠모토의 몸은 정신없이 인파를 헤치고 있었다. 머리가 확 달아오르고 현기증이 일어 눈앞이 아찔했다.

'이제 와서 연기라니…… 이미 시작되고 있지 않은가.'

새로 지은 불당 곁 객실로 어떻게 신을 벗고 올라갔는지 돌아볼 여유조차 없었다.

"오오, 나카노보 사콘 님이시군."

목소리가 떨렸다. 나카노보 사콘 히데마사中坊左近秀政가 무슨 일로 쇼시다이 이타쿠라 카츠시게의 사자로 왔단 말인가?

나카노보 사콘 히데마사는 지금 나라의 부교로 등용되어 있다. 따라서 그가 온 것은 이에야스가 바라는 도요토미 가문의 이전지인 야마토와 결코 무관하지 않을 터……

"아무튼."

나카노보는 자세를 바로 하고 흰 부채를 무릎 위에 세웠다.

"쇼시다이의 명령을 전달하겠소. 이번에 주조한 범종 종명에 도쿠가와 가문을 저주하는 문구가 있고, 상량문 서식書式도 옳지 않다고 말하는 자가 있어 오고쇼 님은 여간 불쾌히 여기지 않으시오…… 그러므로 내일 공양은 중지하고 다른 날로 연기하라는 말씀이시오."

"말씀……?"

카츠모토는 되쏘듯이 물었다.

"말씀이지 명령은 아니지 않소?"

"아니."

나카노보 히데마사는 시선을 돌리면서 고개를 저었다.

"명령의 말씀이오."

"나카노보 님."

카츠모토는 대들듯한 표정으로 무릎을 내밀며 다가앉았다.

"그, 그것은 어려운 문제요! 이미 준비도 완전히 갖추어지고, 내일의 공양을 위해 먼 곳에서 일부러 많은 고승과 학자들이 상경했소. 그런데 공양을 중지하라니…… 생각해보시오. 막대한 비용의 손실도 그렇고, 이 카츠모토의 체면이 땅에 떨어집니다…… 내일의 공양은 거행하기로 하고, 나중에 오고쇼 님이나 쇼군 님으로부터 추궁을 당할 때는 이 카츠모토가 할복으로써 사죄하겠소. 내일은 예정대로 공양을 올리고 싶소. 아니, 이미 중지할 수 없게 됐소. 이 뜻을 이타쿠라 님에게 귀하가 잘 전해주기 바라오."

평소의 카츠모토와는 다른 격앙된 대답이었다.

"으음."

나카노보 사콘 히데마사는 고개를 갸웃했다.

"그러면 이치노카미 님의 책임 아래 내일의 공양을 집행하겠다는 말씀이오?"

"그렇소! 나중에 추궁당하면 이 카츠모토가 할복해 사죄하리다."

히데마사는 뜻밖에도 순순히 고개를 끄덕였다.

"그럼, 다시 한 번 그 뜻을 쇼시다이 님에게 말씀 드리지요. 분명히 생명을 걸고 집행하시겠다는 말이지요?"

"그렇소."

"그러면 기다려주시오."

나카노보 히데마사는 순순히 자리에서 일어나 번잡한 절 앞 길을 피해 쇼시다이에게로 말을 달렸다.

4

사자가 돌아간 뒤 카츠모토의 입술에서는 차츰 핏기가 가셨다. 그때까지는 당황한 나머지 연기하라는 의미의 중대성을 깨닫지 못했다.

'잠깐…… 간단한 문제가 아닌 것 같다……'

종명에 도쿠가와 가문을 저주하는 문구가 있다고 했다. 그리고 상량문의 서식도 옳지 않다고 했다…… 이야기를 듣고 보니 신사나 사찰의 경우, 상량문에는 시주자의 이름과 공사를 감독한 부교의 이름, 그리고 반드시 도편수의 이름 셋을 나란히 쓰게 되어 있었다.

이번 경우에는 시주자로 히데요리, 부교로 카츠모토, 도편수로 나카이 마사츠구中井正次의 이름을 써야 했다. 그런데 카츠모토는 '나카이 마사츠구'의 이름만은 병기하게 하지 않았다. 이에 대해 나카이 마사츠구가 내심 불만을 품고 쇼시다이에게 호소했는지 모른다.

'종명 가운데 저주의 문구가 있다는데, 무엇을 말하나……?'

상량문에 도편수 이름을 쓰지 않은 것을…… 이 법당을 절이 아니라 도요토미 가문이 도쿠가와 가문을 저주하는 사사로운 계단戒壇으로 생각한 탓이라고 해석했는지도 모른다……

'하루 전에 중지라니 이 무슨 짓궂은 조치란 말인가……?'

그렇다, 처음부터 어려운 문제를 내놓기 위해 일부러 오늘까지 잠자코 있었던 것이 틀림없다……

카츠모토는 손뼉을 쳐서 우선 아들 타메모토를 불러 경호를 위해 동반한 아오키 민부노쇼 카즈시게青木民部少輔一重를 부르게 했다. 카즈시게는 일곱 장수 중 한 사람이었다.

두 사람 모두 종명은 말할 것 없고 상량문에 대해서도 아무런 의견도 가지고 있을 리 없었다.

"무슨 오해겠지요. 이타쿠라는 이치노카미 님과는 각별한 사이, 반드시 잘 주선해줄 것입니다."

카츠모토는 이렇게 말하는 카즈시게의 말을 제지했다.

"그보다 지금 곧 난젠 사에 사람을 보내 세이칸 대사를 불러오게. 이야기가 나온 김에 설명을 들어야겠어. 우리로서는 종명에 대해 아는 바가 없으니까."

"알겠습니다."

타메모토가 나간 지 얼마 안 되어 쇼시다이의 사자 나카노보 사콘 히데마사가 다시 말을 타고 돌아왔다. 그는 이마의 땀을 닦으려고도 않고 카츠모토의 얼굴을 보는 순간 크게 고개를 저었다.

"내일은 절대로 공양을 할 수 없다는 엄명이오."

"뭐, 절대로 안 된다고?"

"그렇소. 카타기리 님은 오고쇼나 쇼군 님 추궁이 있을 때는 할복하겠다고 하시는데, 그렇게 하면 카타기리 님 한 분 체면은 설 것이다, 그러나 이 이타쿠라 카츠시게의 입장은 난처해진다, 나는 불초하지만 쿄토 수비를 맡고 있는 자…… 그런 카츠시게가 있으면서 천하를 저주하는 무례한 공양을 그냥 집행하게 한다면 임무상 큰 실책, 할복 정도로 끝날 일이 아니다, 이 이타쿠라 카츠시게는 목숨을 걸고라도 내일 의식은 중지시키겠다……는 말씀이었소."

이 말에 카츠모토는 망연자실했다.

'왜, 무엇 때문에?'

순간 카츠모토의 귓속에서 ─

'댕……'

불길한 종소리가 꼬리를 끌며 울리기 시작했다.

5

"절대로 안 된다……고 이타쿠라 님이 말씀하셨다는 것이오?"

카츠모토는 부들부들 떨면서 겨우 이 말만 했다.

"그렇소."

사자는 몸을 앞으로 내밀었다.

"그 일은 카타기리 님이 잘 아실 것……이라고 쇼시다이 님은 혀를 찼습니다마는."

"뭐, 내가 알고 있을 것이라고?"

"그렇소. 몇 번이나 슨푸로 가서 오고쇼 님을 직접 만나셨다, 그래서 우리 이상으로 카츠모토 님은 잘 아실 터. 속히 중지하라는 포고를 내리고 그 뜻을 히데요리 님에게 보고하도록…… 불온한 움직임이 있으면 이 이타쿠라 카츠시게가 즉시 군사를 동원하여 진압해야 하니, 사태를 잘 파악하고 오라는 내명이었소."

카츠모토는 다음 말을 잇지 못했다.

'내가 잘 알고 있을 것……이라니 도대체 무슨 의미일까……?'

오고쇼의 뜻은 분명히 알고 있다. 히데요리에게 영지 이전을 승낙시키라는 것. 사실 카츠모토도 결코 그 일을 잊고 있지는 않았다. 이 공양만 끝나면 진지하게 그 문제를 해결할 작정이었다.

"카타기리 님……"

잠자코 떨기만 하는 카츠모토를 보고 나카노보 히데마사가 안타까운 듯이 불렀다.

"나는 잘 모릅니다만, 귀하와 오고쇼 님 사이에 무슨 이야기가 있지 않았습니까?"

"그야…… 전혀 없지는 않으나……"

"……실은 종명이 불길하다고 슨푸에서 처음 알려온 것은 이십오일이었소."

"뭐! 이십오일…… 그것을 어째서 이타쿠라 님은 지금까지……"

"바로 그 일이오. 맨 처음에 오신 것은 오고쇼 님의 측근인 안도 나오츠구 님, 이어서 그 다음 날에는 이타쿠라 카츠시게 님의 아드님인 시게마사重昌 님이 정사正使로 오셨소. 그분은 오 대 종단 승려를 모두 불러 세이칸 대사가 쓴 종명이 과연 저주인지 아닌지 조사시키고, 저주라면 즉각 공양을 중지하라는 밀령을 받고 오셨소."

"그러면 이미 오 대 종단의 원로들을 불러……"

"그렇소. 이십칠일에 토후쿠 사東福寺의 슈쿄守教, 난젠 사의 소사이코쵸宗最洪長, 텐류 사天龍寺의 료쇼令彰, 쇼코쿠 사相國寺의 즈이호瑞保, 켄닌 사建仁寺 다이토 암大統菴의 지케이慈稽, 쇼린 암勝林菴의 세이쇼聖証, 묘신 사의 카이잔海山 등 일곱 원로가 모여 각각 의견을 말했는데 대부분이 저주……라 대답했소."

"나카노보 님."

"예, 말씀하시오."

"그, 그것이 이십칠일이었다는 말이오?"

"그렇소, 이십칠일이었소."

"그것을…… 어째서 오늘까지 우리에게 알려주지 않았소?"

"바로 그 일이오, 우리도 납득할 수 없는 것은…… 이타쿠라 님은, 이 일에 대해서는 생각하는 바가 있다, 우선 기다려보자, 카츠모토 님이 무슨 의견을 말해올지도 모른다……고 무언가를 기다리시며 오늘까지 미루어왔소."

"오늘까지……?"

카타기리 카츠모토는 자신도 모르게 관자놀이를 누르며 반문했다.

6

이타쿠라 카츠시게는 공양 준비가 끝날 무렵에 이르러 카타기리 카츠모토로부터——

"히데요리 님이 영지 이전에 대해 승낙하셨습니다."

이렇게 연락해올 것으로 생각하고 있지 않았을까? 카츠모토가 그럴 생각이라면 아이들의 속임수 같은 종명 문제는 표면화하지 않고 처리하고 싶다……는 깊은 생각에서 오늘까지 참을성 있게 기다린 게 아닐까…… 이렇게 나카노보 히데마사는 생각하고 있었다.

그런데 와서 보니 그렇지 않다. 허를 찔린 것처럼 카츠모토는 새파랗게 질려 있다. 그래서 참다못해 다시 질문의 화살을 던졌는데, 카츠모토는 단지 놀라기만 할 뿐 별다른 생각이 없는 모양이었다.

히데마사도 언짢은 생각이 들었다.

'그러면 일부러 이렇게 놀라게 하기 위해 오늘까지 알리지 않고 미루어온 것일까?'

이렇게 생각할 이유도 어느 정도는 있었다.

미리 알려 소요를 일으킬 준비라도 한다면 큰 일…… 끝까지 알리지 않고 있다가 상대방이 방심한 틈에 찌른다……는 수단도 결코 없지는 않을 터.

'아무래도 후자의 경우였던 모양이다……'

그렇다면 여기서 오래 머물러 있는 것은 위험한 일이었다.

"카츠모토 님, 여담입니다마는 곧 연기절차를 밟고 그 뜻을 오사카에 알리는 것이 좋지 않겠습니까?"

"그렇다고 이제 와서 새삼스럽게……"

"평소의 우의를 생각해서 알립니다마는, 쇼시다이는 이미 시내에 군사의 배치를 끝냈어요."

"뭐, 배치까지?"

"그렇소. 일이 밝혀진 것은 이십칠일, 그 후 충분히 배치할 시일은 있었지요."

"으음."

"다시 한 번 말하겠소. 내일은 어떤 일이 있어도 공양하지 못한다는 엄명이오."

"……"

"귀하는 우다이진 님의 중신, 이런 큰일을 독단적으로는 처리할 수 없을 것이오. 이 뜻을 즉시 우다이진 님께 말씀 드려 지시를 받는 것이 순서겠지요."

"그러나……"

"나는 이 이상 더 조언도 조력도 할 수 없소. 그럴 힘이 없어요. 그럼, 실례."

"잠깐 기다리시오! 잠깐만, 나카노보 님."

나카노보 히데마사는 돌아보려고도 하지 않았다. 카타기리 카츠모토가 이렇게 혼란에 빠져 있으니 다른 무사들이 어떤 일을 저지를지 모른다……고 경계했기 때문이다.

"아버님! 사자를 그냥 돌려보내도 괜찮겠습니까?"

타메모토가 당황하며 돌아왔을 때 카타기리 카츠모토는 허탈상태에 빠진 듯 허공을 쳐다보며 주저앉아 있었다.

카츠모토는 아직 이에야스의 수수께끼를 풀지 못한 모양이었다. 고지식하게 자기의 입장만 생각하고 노력해온 자의 슬픈 모습이 완연하게 드러나 있었다.

'정말 세이칸 대사는 히데요리나 요도 부인의 뜻을 받아 도쿠가와 이에야스를 저주한 것일까……?'

"아버님! 어떻게 하시렵니까? 사자를 살려 보내도 되겠습니까."

7

"기다려! 성급해서는 안 돼. 사자를 베어서 어쩌겠다는 거냐?"

격한 소리로 아들 타메모토를 꾸짖었다. 그렇다고 어떻게 하면 좋을지 생각을 정리할 수 없었다. 카츠모토의 머릿속은 말 그대로 혼란상태에 빠져 있었다.

카츠모토가 나카노보 히데마사가 말한 대로—

'이 일은 주군이나 생모님에게 말씀 드려야 한다.'

이렇게 분명히 깨달은 것은 타메모토와 마찬가지로 흥분한 경비병들이 그의 주위에 몰려들고 난 후였다.

거의 3,000명에 이르는 도요토미 가문의 경비병은 일곱 장수의 우두머리인 아오키 카즈시게와 노노무라 마사하루野野村雅春, 마노 요리카네眞野賴包 등이 인솔하고 있었다. 그 세 사람이 한결같이 창백하게 질린 얼굴로—

"공양의 연기를 승낙하셨습니까?"

혈색을 바꾸고 추궁했을 때—

'이제 마지막이구나……'

카츠모토는 죽음을 결심했다.

그러나 지금 이 일은 쇼시다이의 말처럼 그의 죽음으로 해결될 일이 아니었다. 격분한 사람들은 그의 피로 한층 더 이성이 마비되어 미쳐 날뛰게 되고, 그렇게 되면 쇼시다이의 부하들도 진압이라는 구실로 이 혼잡을 뚫고 몰려올 터. 그러면 공양은커녕 히가시야마 일대는 순식간에 아수라장으로 변할 터였다.

"다들 잠깐만 기다리게. 실은 이 지시는 오고쇼의 의견도 쇼시다이의 의견도 아닌 것 같아."

카츠모토는 겨우 이들에게 사태를 설명하지 않으면 수습할 길이 없음을 깨달았다.

"슨푸에 모인 학자들의 어이없는 억측과 아첨 때문에 일어난 오해라고 나는 생각하네."

그 자신도 반드시 그렇다고 생각한 것은 아니었다. 그렇지만 이렇게 말하지 않으면 사태가 진정될 것 같지 않았다.

"종명 가운데 오고쇼를 저주하는 용납할 수 없는 문구가 있다는 거야. 지금 소요를 일으키면 그 문구가 정말이라고 여겨질 것이야. 소요를 일으켜서는 안 돼……"

카츠모토는 자신의 말에 의해 스스로도 차츰 냉정을 되찾았다.

"모두 알겠지만 세이칸 대사는 현재 천하 제일의 학자일세. 그런 대사가 지었으니, 반드시 그 자신이 오해를 풀어줄 것이야. 크게 소란을 피워 대사의 입장을 악화시켜서는 안 돼."

"이치노카미 님은 이대로 공양을 중지시킬 생각이십니까?"

"달리 방법이 없지 않은가……? 오고쇼가 격노하고 계시니 연기하라는 쇼시다이의 엄명이 있었어. 이를 거역하면 싸움이 벌어진다…… 아니, 싸움이 벌어질지도 모르는 큰 일을 우리 뜻만으로 가볍게 처리할 수는 없다. 안 그런가? 우선 그대들은 연기 사실을 각 방면에 알리도록…… 그 뒤 일은 이 카츠모토가 오사카에 달려가 우다이진 님께 말씀 드려 지시를 받겠다. 알겠지…… 우다이진 님의 지시가 내릴 때까지 절대로 경솔한 행동을 해서는 안 돼."

카타기리 카츠모토는 자신의 설득력이 차차 모두의 격분을 진정시켜가는 힘이 있음을 깨달았다.

'그렇다…… 그렇게 해야만 한다.'

오히려 자기 말에 자신이 설득되어 그렇게 하겠다는 마음을 먹게 되었다. 그러나 그렇게 함으로써 이에야스가 던진 고통스러운 수수께끼라는 자각으로부터 멀어져가는 사실은 깨닫지 못했다……

8

"내일 삼일의 개안 공양은 연기한다."

이러한 방을 보고도 참배자들은 어째서 행사가 연기되는지 그 까닭을 알지 못했다. 어떤 자는 도사導師가 병이 들었기 때문이라고도 하고, 어떤 자는 시주施主인 도요토미 우다이진에게 무슨 일이 생긴 것이 틀림없다고도 했다.

떠돌이무사 중에는 칸토에서 중지시켰다는 사실을 재빨리 눈치채고 소문을 퍼뜨리는 자도 없지는 않았다. 그러나 설마 그 이유가 종명에 있음을 추측하는 자는 거의 없었다.

그런데 이 일이 시중에 새나갔을 때 뜻밖에도 서민들을 승복시키는 이상한 힘을 발휘했다.

"아니, 국가안강이 오고쇼의 이름을 저주하는 것이란 말인가?"

따지고 보면 그 문자는 확실히 이에야스의 이름을 쪼개놓은 것. 이 사실은 겨우 문자를 해독할 정도인 서민들에게 가장 알기 쉬운 연기의 이유로 납득되었다. 그만큼 서민들은 때로는 현명하기도 하고 때로는 다루기 힘들 만큼 어리석기도 했다.

"그래? 그렇다면 안 되지. 아무리 그렇다 해도 남을 저주하면서 대자대비한 대불을 재건하다니…… 그런 마음을 부처님께서 기꺼이 받아들이실 리가 없지."

물론 그 반대 의견을 피력하는 자도 있었다.

"역시 그렇구나. 아니, 저주하는 것도 무리가 아니야. 원래 타이코 님의 천하, 칸토에서 가로채고 돌려주지 않았지."

"그럼, 이번 십칠 주기는 어떻게 될까?"

"쇼시다이가 별로 군사를 동원하는 것 같지도 않아. 결국 그 범종은 버려지겠지?"

"그럴지도 모르지. 전쟁을 할 생각이라면 벌써 시작했을 거야. 그렇지 않은 것을 보면 그 문자를 삭제하는 선에서 문제를 수습한다…… 이렇게 되지 않을까?"

"전쟁을 하지 않고 수습되면 다행이겠는데."

여러 가지 설이 난무하는 가운데 카타기리 카즈모토는 급히 배를 마련해 오사카로 떠났다. 일단 그의 설득으로 진정은 되었으나 3,000명에 달하는 경비병들이 격분하여 곧바로 쇼시다이 관저를 습격하자는 의견이 태반을 차지하는 험악하기 짝이 없는 공기였다.

이러한 분위기를 진정시킬 수 있었던 것은 히데요리의 명령을 기다리라는 한마디와, 이미 그 무렵 쇼시다이 관저 주변에는 5,000명이 넘는 병력이 동원되어 대기하고 있다는 사실 때문이었다.

카즈모토는 뒷일을 아오키 카즈시게와 마노 요리카네에게 부탁했다. 배가 오사카 성에 닿을 동안 이번에는 이 일을 히데요리 모자에게 어떻게 설명해야 할지 계속 고민했다.

예정일은 바로 내일. 자칫 히데요리도 요도 부인도 내일의 공양에 참석하기 위해 기쁜 마음으로 오사카에서 출발했을 우려도 있었다. 이를 막기 위해 사방에 방을 붙이고 또 구두로 전달되기 전에 노노무라 마사하루를 먼저 오사카에 보냈다.

'마사하루가 냉정히 사태를 설명해주면 좋으련만……'

이번의 이 돌발사건은 카타기리 카츠모토로서는 힘에 겨웠다. 그는 이전에 이에야스와 회견했을 때의 일을 깊이 반성해볼 여유도 없었다. 그저 당면한 사태의 수습에만 모든 정신을 집중시키면서 오사카에 도착했다.

'이 일로 인해 전쟁이 일어나지 않도록 하려면……?'

9

오사카 선착장에 내렸을 때 성안의 공기가 이상할 정도로 가라앉아 있다는 사실을 카츠모토는 피부로 느낄 수 있었다. 결코 쿄토의 번잡에서 벗어났기 때문만은 아니었다. 이미 중신들은 완전히 허를 찔린 상태가 된 행사의 연기로 숨을 죽이고 있는 것이 분명했다.

카츠모토의 상상은 적중했다.

본성에 있는 히데요리의 거실에는 오노 형제를 비롯하여 오다 죠신도 호출되어 있었고 우라쿠사이도 나와 있었다. 키무라 시게나리, 와타나베 쿠라노스케, 하야미 카이, 이바라키 단죠, 나오모리 요이치베에直森與市兵衛, 요네다 키하치로 등도 모두 참석해 있었다.

여자들은 보이지 않았으나 요도 부인만은 정면 상단에 히데요리와 나란히 앉아 큰 소리로 누군가와 다투고 있는 것 같았다.

그들은 카츠모토의 모습을 보고는 일제히 입을 다물었다. 순간적이기는 했으나 등줄기가 얼어붙는 듯한 긴박한 침묵이 흘렀다.

"오, 이치노카미…… 어찌 된 일인가요?"

요도 부인이 맨 먼저 입을 열고 상반신을 앞으로 내밀었다.

"지금 언쟁을 벌이고 있던 참이에요. 모두 내가 방해하는 바람에 싸울 기회를 놓쳤다는 거예요. 처음부터 칸토의 검은 속은 잘 알고 있었다, 그런데도 불구하고 내가 쇼군의 부인에게 속아 적에게 선수를 치게 했다는 거예요. 그렇지만 않았다면 쇼시다이가 어려운 문제를 꺼내기 전에 이쪽에서 공격하여 제물로 삼았을 것이라고…… 이치노카미! 그대도 그렇게 생각하나요? 역시 칸토에 속았을까요?"

외치듯이 단숨에 말하는 요도 부인의 두 눈에서 샘솟듯 눈물이 쏟아졌다.

"우선…… 우선 진정하십시오."

카츠모토도 울먹이는 소리가 나와 저도 모르게 숨을 죽였다.

"그 점에 대해서는 이 카츠모토도 생각나는 게 있습니다. 우선 진정하시고 전후 사정을 들어주십시오."

이렇게 말은 했으나 카츠모토는 아직도 그러한 자기 태도가 스스로를 점점 더 궁지에 몰아넣는 제지의 방법이 되리라는 사실을 깨닫지 못했다.

그는 일단 냉정하게 보고만을 해야 했다. 그리고 이미 스무 살이 넘은 히데요리에게—

"어떻게 처리하시겠습니까?"

거리를 두고 반문하여 그의 의사와 판단력을 우선 확실하게 알아두었어야 했다.

보필하는 신하로서는 그런 뒤에 의견을 말해도 결코 늦지 않다. 그런데 카츠모토는 히데요리를 너무 가엾게 보았다. 자기가 넋을 잃을 정도이니 히데요리가 어떻게 할지 몰라 당황할 것은 당연한 일……이라는 세속적인 동정이 앞섰다.

사실 6척 거구로 정면 단상에 앉아 있기는 하나 히데요리의 표정은 당장 울음을 터뜨릴 것 같은 동안童顔으로 보였다.

"결코…… 결코…… 생모님은 속지 않으셨습니다. 오고쇼 님이나 쇼군 님은 도쿠가와 가문과 도요토미 가문이 함께 길이 번영하기를 원한다…… 그 마음에 어찌 다른 뜻이 있겠습니까? 이번 일은 그것과는 전혀 다른 돌발사태임이 틀림없습니다."

요도 부인은 매달리다시피 하며 다시 말했다.

"그래요, 그럴 거예요, 모두 어떻게 생각하나요? 이치노카미도 그렇게 말하잖아요?"

10

좌중은 다시 조용해졌다.

물론 카타기리 카츠모토의 말에 움직여서는 아니었다. 그보다 카츠모토가 동석한 이상 요도 부인과 언쟁을 해도 무의미하다고 생각했기 때문인지 모른다.

"흥."

오다 우라쿠사이가 코웃음을 치고 입을 열었다.

"오사카 성 안은 상하가 모두 대소동일세, 이치노카미."

우라쿠사이는 반쯤 농담이라도 하듯 야유조로 이야기했다.

"무리가 아니지. 국가안강이 이에야스의 이름을 쪼개놓고 저주하는 것……이라면 함부로 글도 쓸 수 없겠어."

"그 일에 대해서는……"

"잠깐 기다리게. 그러나 이 지적은 터무니없는 거짓말만은 아닌지도 몰라. 이 오사카 성 안에는 그 늙은 너구리가 언제까지 살아서 귀찮게 굴 것인가 하고, 글은 아니더라도 속으로 저주하는 사람은 얼마든지 있으니까."

무슨 생각을 했는지 우라쿠사이는 거침없이 말하고 흘끗 좌중을 둘러보았다.

"저주하는 그런 무리들은 처음부터 이 공양을 칸토에서 방해한다고 보고 있었던 모양이야. 그래서 일전을 벌일 각오를 하고 공양 당일을 현장 봉기의 날로 삼고 싶었지. 그러면 이쪽에서 선수를 칠 수 있었을 것을…… 그런데 카타기리 카츠모토라는 고지식하고 바보 같은 충신이 보기 좋게 칸토의 장단에 춤을 추며, 공양을 무사히 치르게 해주리라 믿고 모두를 견제했다…… 오다 우라쿠라는 비뚤어진 늙은이도 그 바보의 뒤를 밀어주었다…… 아마 이렇지, 오노 슈리?"

말꼬리가 갑자기 자기한테 돌려지는 바람에 오노 하루나가는 얼굴이 빨개졌다. 참다못해 그 동생 하루후사治房가 몸을 내밀었다.

"말씀을 삼가시오, 우라쿠 님! 지금 그런 말씀을 해서 무슨 소용이 있습니까?"

우라쿠사이는 오만하게 그쪽으로 돌아앉았다.

"하루후사, 그대는 내가 한 말의 뜻을 모르겠는가? 모른다면 참견할 일이 아니야. 안 그런가, 쿠라노스케?."

이번에는 주전론자인 와타나베 쿠라노스케에게 예봉을 돌렸다.

"그대는 경우에 따라서는 카타기리 카츠모토를 베어 없애도 좋다, 그런 뒤 지금쯤 오만에 달하는 떠돌이무사를 성안에 끌어들여 상대가 무슨 구실로 트집을 잡기만 하면 그 자리에서 봉기하여 맨 먼저 쇼시다이 관저와 후시미 성을 함락시킨다, 불리하면 후퇴하여 농성으로 후사를 도모한다, 이 년이나 삼 년은 농성해도 까딱없다, 그 군량은 도요토미 가문의 은혜를 입은 다이묘들에게 조달시킨다, 비록 군사는 동원하지 못한다 해도 군량쯤은 사양 못할 의리가 있다…… 이런 생각으로 말을 꺼냈더니 후쿠시마 같은 사람은 곧 삼만 석을 바치겠다고 자청했다……고 그랬었지, 쿠라노스케?."

쿠라노스케는 잔뜩 어깨를 치켜올렸다.

"바로 그렇습니다."

"나는……"

우라쿠사이는 다시 태연한 표정으로 돌아왔다.

"이미 노쇠하여 싸우는 방법을 잊어버렸어. 따라서 그 전략에 참견한다는 것은 생각도 못하고 있어. 그러나 이치노카미, 그대가 없는 동안에 이런 공기가 점점 더 무르익어 폭발점에 도달했어. 이런 사정을 모르고는 다음 교섭이 불가능하리라 생각하고 늙은이의 노파심에서 진상을 말했을 뿐일세."

이렇게 말한 뒤 다시 한 번—

"흥!"

콧소리를 내고 입을 다물었다.

11

카타기리 카츠모토는 과연 우라쿠……라고 그 용기에 감탄도 하고 충분히 호의를 느끼기도 했다.

그러나 여러 사람 앞에서 감히 이런 야유의 말을 한 오다 우라쿠사이의 심정은 반드시 카츠모토에 대한 호의만은 아니었다.

우라쿠사이는 자기 자신을 포함한 인간의 어리석음에 화를 내고 있었다. 자기 실력도 모르고 경솔하게 주전론을 내세우거나 부화뇌동하는 자들에게도 화가 났으나, 아직까지도 히데요리나 요도 부인에게 칸토 쪽에서 무엇을 바라고 있는지 뚜렷이 이해시키지 못한 카츠모토에게도 안타까움을 넘어 경멸을 느끼고 있었다. 아니, 그것은 우라쿠사이에게는 어제오늘의 일이 아니었다. 계속 재미없는 세상이었고 부아가 치미는 어리석은 인간의 집단이었다.

그래서 말끝마다 비뚤어진 야유가 튀어나오는 것이지만……

한동안 좌중에는 숨소리도 몸도 얼어붙을 듯한 침묵이 계속되었다. 너무나 분명하게 사태의 진상을 파헤쳤기 때문에 모두가 넋이 나간 상태였다.

"주군에게 할말이 있습니다."

얼마 후 말석에서 직접 히데요리에게 말을 건 자가 있었다. 히데요리는 깜짝 놀라 사방침에서 몸을 일으키고, 일동의 시선은 느닷없이 발언한 사람에게로 쏠렸다.

"앞서 들어온 보고에 따르면 카타기리 카츠모토 님은 사태의 분규를 고려하여 일단 공양 연기를 결정하고 돌아오신 것으로 알고 있습니다. 과연 그 일이 옳은지 어떤지 주군께서 하문하시기 바랍니다."

쩌렁쩌렁한 소리로 일동의 귓전을 울린 사람은 바로 키무라 시게나리였다.

"아, 그렇군……"

히데요리는 구원을 받은 듯이 카츠모토에게 시선을 옮겼다.

"이치노카미, 뒤에 말썽이 없겠는가? 연기를 결심한 것은 그만한 생각이 있기 때문일 테니 주저하지 말고 말하도록."

"황송합니다."

카츠모토는 다시 눈물이 쏟아질 것 같았다. 그가 알기로 히데요리나 요도 부인에게는 별다른 야심이 없을 뿐만 아니라, 칸토에 대해 의혹도 가지고 있지 않았다.

'이 두 분에 대해 이번의 갑작스런 연기는 너무나 가혹하다……'

이러한 감회가 이성理性을 벗어나며 끓어올랐다.

"마노 분고에게 뒷일을 부탁하고 왔습니다. 일단 소요는 일어나지 않으리라 생각합니다."

"그렇다면 다행이군. 그런데 앞으로는 어떻게 하겠나?"

"황송하오나……"

카츠모토는 수십에 달하는 날카로운 시선을 전신에 느끼면서 머리를 조아렸다.

"이 카츠모토를 다시 한 번 슴푸에 보내주십시오."

말하고 나서 흠칫했다. 이런 말을 할 생각은 지금까지 전혀 없었다. 지금 카츠모토가 오사카 성을 떠난다면 그렇지 않아도 들끓고 있는 주전론을 어떻게 할 것인가?

'혹시 나는 도망치려는 것이 아닐까?'

문득 이런 생각을 했을 때 오다 우라쿠사이가 다시 콧소리를 내며 크게 웃었다.

"하하하…… 그런가, 이치노카미가 변명을 하러 간다는 말인가?"

12

"우라쿠 님, 주군이 하문하고 계십니다. 삼가세요."

요도 부인이 신경질적으로 우라쿠사이의 발언을 막았다.

"주군, 이해가 될 때까지 계속해서 이치노카미가 알고 있는 바를 물으세요."

히데요리는 크게 고개를 끄덕였다.

"그대가 가서 오고쇼에게 무슨 말을 하겠는가? 오고쇼는 격노하셨다지 않은가. 모두가 걱정하는 일은 바로 그것이야."

"예…… 격노하셨다는 건 쇼시다이의 말입니다. 그러나 격노하신 분께서 과연 연기 따위의 미온적 조치를 취하시겠습니까? 정말 격노하셨다면 공양은 하지 못한다, 중지하라……고 하실 것이 분명한 일."

"으음, 그렇기는 하군."

"연기는 할말이 있으면 들어주겠다……고 은연중에 암시한 조치……이치노카미는 그렇게 해석하고 있습니다."

"그, 그래서 무엇이라고 할 생각인가?"

"사태의 발단은 세이칸 대사의 종명에 있으므로 그를 데리고 가서 문제의 글귀를 밝혀 의심을 풀어드릴 생각입니다."

그러면서 카츠모토는 왠지 떳떳치 못하다는 생각이 들었다.

'나는 지금 이 성을 떠나서는 안 된다……'

마음속 어딘가에서 계속 이렇게 외치는 소리가 있었다.

"그래, 문제가 종에 국한되었다면 그것으로 납득하실지도 몰라."

히데요리는 이미 문제는 종명만이 아니라는 사실을 깨닫고 있는 모양이었다. 당연히 카츠모토는 이 한마디로 제정신을 찾았어야 했다.

문제는 종명이 아니라 영지 이전이다…… 그러나 카츠모토는 이때도 기회를 놓치고 말았다. 좌중의 공기가 고지식한 그의 책임감만을 자극했을 뿐 보다 큰 생각의 출처를 막아놓은 형태였다.

"말씀 드릴 것도 없이 공양 전날 그런 지시가 내려졌다니 난처하기 짝이 없는 일…… 근래 건강이 좋지 않으신 오고쇼 님이어서…… 불길한 말을 듣고 한때 발끈 노하셨겠지요. 그러나 잘 생각해보면, 주군이 사랑스럽고…… 또 이 일은 타이코의 십칠 주기에 이어지는 대사. 그러므로 따져야 할 의혹은 추궁하여 밝히고, 가능하다면 기일료日인 십팔일엔 서로 화목하여 십칠 주기 행사를 마치고 싶다…… 그렇다면 중지라는 말이 연기를 뜻하는 함축성 있는 말이 될 수도 있지 않을까 생각합니다마는……"

"그런가? 의심을 하기 시작하면 모든 것이 의심스러운 법. 그러면 그대가 가겠는가?"

"예. 다른 사람이라면 마음이 놓이지 않습니다. 서두르면 십팔일까지는 닿을 수 있습니다. 이 일은 역시 제가 가야 할 일이라고 각오하고 있습니다."

이것은 자신의 양심에 쫓긴 처량한 카타기리 카츠모토의 아전인수격인 희망이 담긴 꿈이었다.

"그게 좋겠어요."

요도 부인도 한숨 섞인 소리로 동의했다.

"나 역시 저주받고 있다……고 생각되면 화도 치밀고 울화병도 생길 거예요. 그러면 즉시 이치노카미를 슨푸로 보내도록 하세요. 주군, 이치노카미에게 술잔을."

히데요리는 크게 고개를 끄덕이고서 잔을 준비할 것을 시게나리에게 명했다.

13

일이 어긋날 때는 그야말로 묘하게 틀어지게 마련이다.

주전론자가 이에야스의 언행을 일일이 개전開戰과 결부시키려는 것은 당연한 일, 카타기리 카츠모토를 급히 슨푸로 보낼 때까지만 해도 히데요리나 요도 부인은 일전을 벌일 생각이 전혀 없었다. 카츠모토가 이 두 사람에게만 이에야스의 생각이 어디에 있는지 털어놓았다면 의외로 순순히 영지 이전을 승낙했을지 모른다.

그랬으면 역사는 크게 달라졌을 터, 카츠모토에게는 그만한 기량이 없었다. 그렇다고 그에게 얄미운 술책이나 악의는 없었다. 다만 그 부족한 대처가 이 비극의 규모를 한층 더 크게 할 것만 같았다.

카츠모토는 평화의 소중함보다 도요토미 가문을 더 중요하게 생각하고 있었다. 오사카 성으로 상징되는 난세에 사는 인간의 야심까지는 몰랐지만, 시간의 흐름은 일단 예민하게 깨닫고 있었다. 그런데도 불구하고 카츠모토에게는 자신의 예민한 신경이나 성실성, 앞날에 대한 전망을 크게 살릴 만한 처세능력은 결여되어 있었다.

정치성의 결여라고나 할까, 계산에 능하면서도 그 계산에 집착하여 오히려 정세를 잘못 내다보는 인물이었다. 그는 이에야스의 마음을 잘 알고 있다고 자부하면서도 그 기대를 하나도 충족시켜주지 못했다. 이에야스가 그에게 바라는 것은 다시 슨푸로 찾아오는 성실성이 아니라 히데요리 모자에게 영지 이전을 승낙시키는 일이었다.

카츠모토는 성안의 주전론자가 조성하는 험악한 공기에 눌려 자신도 놀랄 만큼 자기를 굽히고 있었다. 처음에 그는 돈이 없다는 사실을 알면 주전론은 사라진다고 생각했다. 그런데 지금은 가혹한 이에야스의 수수께끼에 대해―

'나는 이 성에서 도망치려는 것이나 아닐까?'

이렇듯 이상한 양심의 가책 때문에 도리어 그 던져진 수수께끼의 테두리 밖으로 자기의 위치를 바꿔놓고 말았다.

카츠모토는 결국 이에야스에게 '악의가 없다'고 본 그의 직감만은 옳다 해도 그것을 살릴 능력도 없었고 기회도 잡지 못했다.

지금 히데요리와 요도 부인은 그 무력한 카츠모토에게 모든 운명을 맡기고 사는 기생목寄生木으로 전락하려는 것일까……

요도 부인의 결정으로 카츠모토의 슨푸 파견이 정해졌다. 좌중에는 그야말로 어색하고 불안정한 침묵이 계속되었다.

우라쿠사이는 때때로 코만 킁킁거릴 뿐 아무 말도 하지 않았다. 와타나베 쿠라노스케는 눈을 부릅뜨고 천장을 노려본 채로 있었다. 카츠모토가 돌아오면 암살하려고 쿠라노스케가 결심한 것은 이때였다.

쿠라노스케의 말을 빌리면, 카츠모토는 이미 오사카 성에서 분쟁의 원인이 되는 자였다. 처음부터 이에야스와 내통하고 있었을까, 아니면 자주 만나는 동안 교묘하게 기만당한 것일까? 이미 그런 것은 따질 필요가 없었다.

오노 형제는 더욱 혼란에 빠져 있었다. 동생 하루후사와 도켄道犬은 이미 주전론자가 되어 있었다. 그러나 형인 하루나가는 아직 뚜렷이 전쟁을 벌일 결단은 내리지 못하고 있는 주전론자였다……

이런 공기 속에서 카타기리 카츠모토는 히데요리에게 잔을 받고 이튿날인 3일 서둘러 슨푸를 향해 출발했다.

여사자女使者

1

요도 부인이 카츠모토의 파견만으로는 불안하다……고 느낀 것은 카츠모토가 오사카를 떠난 직후였다.

와타나베 쿠라노스케는 여전히 완강하게 주전론을 굽히지 않았고, 공양할 떡 600석과 술 2,000통은 성내 나루터에 쌓여 있었다. 이미 초가을이었으나 늦더위가 심해 그대로 두면 떡은 곰팡이가 슬고 술은 시어버릴지 모른다. 뿐만 아니라 요도 부인에게는 오사카를 떠나는 카츠모토의 뒷모습이 어쩐지 풀이 죽은 듯이 보이기도 했다.

그때 진언종眞言宗의 승려로 모쿠지키木食° 수도를 하는 학승學僧이 들렀다. 요도 부인은 그에게 점을 치게 했다. 그 결과 떡도 술도 버리게는 되지 않겠으나 소원을 이루기 위해서는 좀더 노력해야 한다는 점괘가 나왔다는 대답이었다.

"술과 떡을 버리게 되지 않는다……는 것은 십칠 주기를 지장 없이 거행하게 된다는 뜻. 그래, 카츠모토 한 사람만으로는 아무래도 마음이 놓이지 않아……"

그래서 우라쿠사이에게 부탁하려고 일부러 찾아갔다. 그러나 우라쿠는 얼굴을 찌푸리고 거절했다.

"나는 가끔 위가 심하게 아파 도저히 여행은 하지 못합니다. 생모님이 직접 오고쇼에게 호소할 마음이 있다면 오쿠라 부인에게 쇼에이니를 딸려 파견하는 것이 좋을 듯합니다."

"오쿠라 부인에게 쇼에이니를 딸려서…… 그것은 어째서인가요?"

"어째서라니…… 그렇게 하면 카츠모토는 주군의 사자, 두·여자는 생모님의 사자…… 양자간에 의견 차이가 없다는 증명이 되지요."

말하고 나서 우라쿠사이는 역시 그 특유의 익살을 덧붙였다.

"이것은 정말 묘안입니다."

"그럴까요?"

"물론이지요. 그 학승이 술도 떡도 썩지 않는다고 말한 것은 깊은 의미가 있군요."

"깊은 의미라니요?"

"원하던 대로 십칠 주기를 치르지는 못한다 해도 속속 이 성 안에 모여드는 떠돌이무사들이 모두 먹어 없앤다……고 해도 역시 잘못된 해석은 아니지요."

"아니…… 그게 무슨 말씀이세요, 우라쿠 님……?"

"오쿠라 부인과 쇼에이니를 슨푸로 파견하라고 한 것입니다."

그때까지 요도 부인은 우라쿠사이가 무슨 말을 하는지 잘 몰랐다.

"우라쿠 님, 나쁜 버릇이에요. 진지하게 의논하러 왔는데."

"농담이 아닙니다."

우라쿠사이는 태연한 표정으로 말을 이었다.

"의논을 하시기에 우라쿠 나름의 전략을 말씀 드렸을 뿐입니다. 아시다시피 오쿠라 부인은 오노 슈리의 어머니, 쇼에이니는 와타나베 쿠라노스케의 어머니가 아닙니까."

"알고 있어요."

"그러면 전략을 아실 텐데요. 이 두 사람을 보내 오고쇼가 그들을 순순히 돌려보낼 것인가, 아니면 인질로 잡을 것인가? 슨푸의 뜻을 확실히 알 수 있지 않겠습니까?"

"아니…… 두 사람을 인질로?"

"그렇습니다. 어머니를 빼앗긴 쿠라노스케와 슈리…… 그래도 싸우려 할 것인가 아닌가…… 바로 술과 떡을 공양에 쓰게 되느냐 떠돌이무사들에게 먹이느냐의 경계가 되지 않을까……고 이 우라쿠는 생각해보았습니다."

2

요도 부인은 우라쿠사이가 한 말의 의미를 깨닫는 순간 부들부들 떨기 시작했다.

'남자들이란 이 얼마나 무서운 생각을 한단 말인가……?'

그러나 한편으로 생각할 때 분명 일석이조의 묘안이었다.

카타기리 카츠모토는 히데요리의 사자.

오쿠라 부인과 쇼에이니는 요도 부인의 사자.

이 양자가 도쿠가와 가문을 저주할 뜻이 있을 리 없다고 변명하면 카츠모토 한 사람이 사자로 가는 것보다 훨씬 더 효과가 있을 터.

슈리와 쿠라노스케는 그런 변명을 하는 데 대해 강하게 반대하고 있다. 이번 일은 이에야스가 마침내 노회한 도전을 시작했으므로 이미 늦기는 했으나 즉시 전쟁준비를 해야 한다고 주장하고 있다.

분명히 지금 쿠라노스케와 슈리 두 사람이 ―

"전쟁은 안 된다."

이렇게 강경하게 주장하면 성내의 불길은 꺼진다.

이에야스 정도나 되는 상대가 정말로 전쟁을 결의했다면 그 주모자 두 사람의 생모가 일부러 슨푸에 나타난 것을 그냥 둘 리 없다. 우선 인질로 잡아놓고, 그 후 교섭을 유리하게 진행시키는 것은 말하자면 전쟁의 상식이었다.

"우라쿠 님은 무서운 분이군요."

"두려우면 그만두셔도 상관없습니다. 그렇게 하면 백 번 상의하는 것보다 더 확실히 오고쇼의 속셈을 알 수 있다……고 생각해서."

"좋아요! 두 사람을 보내기로 하겠어요."

요도 부인은 진지한 표정으로 고개를 끄덕였다.

"그러나 나는 우라쿠 님과 같은 악인이 아니에요. 지금은 단지 오해를 풀기 위해 파견하는 것일 뿐."

"어쨌든 좋습니다. 두 사람에게 부인의 마음을 잘 말씀하십시오. 그러면 두 사람도 좁은 소견에서 나오는 의혹을 풀고 각각 아들들을 제지하게 될지도 모릅니다. 그렇지 않으면 술과 떡은 모두 떠돌이무사들의 차지가 되겠지요."

우라쿠사이도 그 이상은 냉소 비슷한 야유를 자제했다.

요도 부인은 아직 실정을 모르고 있다. 그러나 성안에 있는 일곱 장수의 숙소에는 떠돌이무사들이 이미 눈에 띄지 않도록 10명, 20명씩 잇따라 들어오고 있었다. 물론 사적인 고용인이나 손님을 위장하고 들어오기 때문에 히데요리에게 신고도 하지 않았다.

이런 말까지 하면 우라쿠 자신의 생명이 위험하다. 이 눈덩이는 이번 종명 사건으로 순식간에 더욱 커질 것이다.

처음에는 전쟁에 대해 강력하게 반대하던 키무라 시게나리까지도 요즘에는 반전反戰에 대한 말을 전혀 하지 않게 되었다. 시게나리도 역시 우라쿠사이와 마찬가지로 핀 꽃은 질 때가 있다는 것을 본능적으로 느꼈는지 모른다. 처음에는 그토록 강하게 거절했던 마노 분고노카미의 딸 오키쿠와의 혼담도 결국 승낙했다는 소문이었다.

'풍조란 무서운 것……'

우라쿠사이가 오쿠라 부인과 쇼에이니를 슨푸로 보내보면……이라고 말한 것은 그야말로 하나의 익살이었다. 쿠라노스케와 하루나가 형제가 당황하는 꼴을 보고 싶었다고나 할까……

3

오다 우라쿠사이는 몹시 저돌적인 방법이기는 했으나 나름대로 익살스런 설득으로 도요토미 가문의 존속에 전력을 다하고 있었다.

이번 두 로죠 파견만 해도 상대방이 들어주지 않으면 들어주지 않아도 좋다……는 생각으로 충고처럼 한 말이었다. 그런데 요도 부인은 이를 즉석에서 받아들일 마음을 내었다. 그렇게 되면 역시 핏줄로 이어진 육친의 조카딸은 귀엽다. 그래서 다시 두세 가지의 주의를 하고 요도 부인을 돌려보냈다.

슨푸에 도착한 뒤 두 로죠와 카타기리 카츠모토는 사전 협의를 하지 않는 편이 좋으리라는 것.

두 로죠는 현재 이에야스를 신변에서 모시는 챠아 부인을 통해 직접 이에야스와 만나도록 할 것.

이에야스 앞에서는 가신의 동향보다는 요도 부인이 이번 일에 얼마나 마음 아파하는가에 대해 자세히 이야기하도록 할 것……

내전의 자기 거실로 돌아온 요도 부인은 곧 오쿠라 부인과 쇼에이니를 불러 간곡하게 설명하고 사자로서 슨푸 행을 명했다.

이 명령이 측근에 끼친 영향은 컸다.

우라쿠사이의 말을 기다릴 것까지도 없이 가장 경악한 사람은 오노 형제와 와타나베 쿠라노스케였다. 사자로 선택된 그들의 두 생모 역시 깜짝 놀랐다.

오사카 성 공기로 미루어 슨푸 성 역시 살기가 등등할 터. 그런 곳에 전혀 무력한 두 로죠가 사자로 가게 되리라고는 상상도 하지 못했을 터였다.

"이 일은 사양하고 싶습니다."

가장 연상인 쇼에이니가 맨 먼저 입을 열었다.

"측근에는 아에바 부인과 우쿄노다이부 부인 같은 젊은 분이 계십니다. 우리 같은 늙은이가 갔다가 실수라도 하면 그야말로 큰일. 역시 사양해야 하지 않겠어요, 오쿠라 부인……?"

그러나 그 말은 요도 부인에 의해 즉석에서 거절당했다.

"안 돼, 이번 슨푸 행 사자는 다른 사람이 가면 안 돼. 오쿠라 부인은 슈리의 어머니, 그대는 쿠라노스케의 어머니이기 때문에 이 사자의 역할을 맡아달라고 명하는 것이야."

딱 잘라 말했다.

두 여자는 거절할 구실이 없어지고 말았다.

나쁜 의미로 해석하면 죽거나 인질이 되는 위험에 빠지지만, 좋은 의미로 받아들이면 지금 성을 지배하고 있는 실력자의 어머니로서 선택된 것이었다.

그날 밤 두 여자의 집에서는 각각 모자간에 이별의 술잔이 교환되었다. 하루나가 형제는 어쨌거나 쿠라노스케 쪽은—

"어머님은 목숨을 바치게 될지도 모릅니다."

정도의 말은 했을지도 모른다.

카츠모토보다 이틀 늦게 두 로죠는 양가의 건장한 무사 14명에게 호위를 받으면서 오사카 성을 떠나 슨푸로 향했다. 만일의 경우에 대비하여 부사副使로 와타나베 치쿠고渡邊筑後의 어머니 니이二位 부인이 따라가게 되었다. 그녀는 나이가 적었기 때문에 두 사람의 간호 겸 의논 상대가 되었다.

카즈모토는 말을 타고 갔으므로 5일 저녁에는 이미 오사카에서 오는 사자의 숙소로 정해져 있는 마리코의 토쿠간 사에 도착했다.

두 로죠가 가마를 재촉하여 같은 절의 별실에 들어간 것은 10일 저녁…… 카즈모토가 두번째 수수께끼를 듣게 된 후였다.

4

오쿠라 부인과 쇼에이니가 공포 속에서 서로를 달래며 여행하고 있을 무렵, 카타기리 카즈모토는 토쿠간 사에서 이에야스의 냉엄한 '사나이의 응대'를 받고 있었다.

토쿠간 사에 도착한 카즈모토는 이번 역시 선례에 따라 즉시 이에야스를 만나고 싶다는 뜻을 전했다. 그날 한밤중에 혼다 마사즈미가 혼자 찾아와서 한 대답은 완전히 그를 경악하게 만들었다.

"오고쇼 님은 이치노카미를 만날 때는 이미 지났다고 하십니다. 귀하는 오고쇼 님과 전에 어떤 약속을 했지요?"

마사즈미 자신도 난처하기 짝이 없다는 듯이 물었다.

"그러면…… 저어, 면담을 거절하신다는 말씀이오?"

"만나고 싶지 않다, 이치노카미는 아직 단 하나의 약속도 이행하지 않았다, 사람을 잘못 보았다……는 말씀뿐이었소."

카즈모토는 눈앞이 캄캄해졌다.

"이치노카미 님, 오늘밤 은밀히 찾아온 것은 귀하의 처지를 생각해서요. 오고쇼 님과의 약속을 과연 실행하셨는지, 실행하셨다면 그 확실한 증거를 내게 보여주시오. 그러면 회견을 알선할 수 있겠으나 그렇지 않으면 이대로 돌아가실 수밖에 없는 분위기요."

카츠모토는 잠시 동안 그저 부들부들 떨기만 했다.

말을 듣고 보니 기억이 있었다. 은밀하게라도 좋다, 오사카 성을 내놓고 코리야마로 옮길 뜻이 있다는 승낙까지는 받아놓으라고……

"이치노카미 님."

마사즈미는 추궁하듯 말을 이었다.

"오늘 이 자리에서는 대답할 수 없겠지요. 또 대답을 들을 생각으로 온 것도 아니오. 측근에 있는 만큼 나는 오고쇼 님이 무엇을 원하시는지 추측할 수 있소. 오고쇼 님은 이번 공양을 도요토미 가문의 영지 이전 발표와 동시에 하실 생각이셨소. 오사카 성은 천하 제일의 요새인 만큼 한 개인이 소유할 성질의 것이 아니다, 천하를 맡은 세이이타이쇼군이 일본 전체의 안녕과 질서를 염두에 두고 엄하게 관리해야 할 곳……이라 판단하시고 우다이진 님에게 다른 곳의 성을 가지시도록 부탁 드릴 생각이셨던 것 같소. 내가 할 말인지는 모르나, 여섯째아드님이신 타다테루 님이 오사카 성을 탐내셨다가 오고쇼 님에게 크게 꾸중을 들었어요. 물론 꾸중만 하신 것은 아니고, 현재 타카다에 새로 성을 축조 중입니다…… 우다이진 님도 마찬가지예요. 현재의 코리야마 성은 너무 작아요. 장차 우다이진 님에게 어울리는 성을 축조해주시겠지요…… 아시겠소? 천하인天下人이 사셨던 거성을 현재의 천하인에게 관리를 맡긴다, 천하인이셨던 타이코 전하의 영전에 천하 제일의 제사를 지내면서 보고하신다…… 이렇게 하면 위에서부터 밑에 이르기까지 질서정연한 나라가 된다. 이러한 생각으로 귀하와 무슨 약속을 하신 것으로 나는 추측합니다. 그러한 오고쇼 님의 마음에 부응할 수 있는 대답이 있는지…… 이 마사즈미는 그것을 알려고 혼자 이렇게 찾아왔소."

5

혼다 마사즈미의 말은 실로 논리정연하여 일일이 카츠모토의 가슴에 크게 못을 박아넣을 뿐……

굳이 대답한다면 —

"지당한 말씀이오."

이렇게 말할 수밖에 없었다.

그러나 이 자리에서 그런 말을 하면 카츠모토의 입장은 제쳐두고라도 대불 공양과 17주기 법요식은 어떻게 될 것인가? 아니, 그보다 더 마음에 걸리는 것은 이에야스가 이미 동서東西의 전쟁이 불가피하다고 결의하고 있는지 하는 점이었다.

"어떻소, 이치노카미 님? 질문이 없으시면 밤도 늦었으니 이만 실례하고 싶군요…… 대답은 내일 듣기로 하고."

"아니, 잠깐."

카츠모토는 이미 자기가 무슨 말을 하려고 하는지도 제대로 분별하지 못했다. 다만 지금 마사즈미가 돌아간다면 만사가 끝장이라는 초조감만이 안타깝게 마음을 휘젓고 있었다.

"오고쇼 님의 말씀은 지당합니다. 그러나…… 그러나 뜻밖입니다. 이 카츠모토에게는 너무도 무자비한 난제입니다."

"허어……"

마사즈미는 깜짝 놀란 듯 —

"지당하지만 뜻밖이라 하시다니…… 이상하군요. 지당한 말씀이 어째서 뜻밖인지…… 이해가 되지 않는데요."

"오고쇼 님의 심중은 잘 알고 있습니다. 그러나 오사카에는 오사카 나름의 사정이 있습니다. 그러므로…… 그러므로…… 영지 이전에 대한 일은 반드시 오고쇼 님의 뜻에 따르도록 할 것이니 지금은 우선 이 카츠모토에게 맡겨주시고, 예정대로 공양을 마치게 해주시오. 이렇게 재삼 부탁 드립니다."

"허어."

마사즈미는 다시 눈이 휘둥그레졌다.

"그러면 오고쇼 님이 승낙하셨다는 말인가요?"

부드러운 질문을 받고 카츠모토는 그만 대답이 막혔다. 물론 그런 청을 했으나 이에야스는 승낙한다고는 하지 않았다.

"나는 이제부터 우다이진을 어른으로 대하겠다."

이에야스의 이 말이 불쾌하게 귓전에 남아 있었다.

"이치노카미 님."

대답이 없는 카츠모토를 보고는 마사즈미는 일어설 기색을 보이면서 목소리를 떨구었다.

"이 코즈케노스케가 알고 있는 한 오고쇼 님은 승낙하시지 않았을 것이오. 그렇지 않다면 종명문제 따위로 일부러 그와 같은 수수께끼를 우다이진에게 던지실 리 없지요……"

"무, 무슨 말씀을 하십니까? 그 종명문제가 우다이진 님에게 던진 수수께끼라는 말이오?"

"그렇소. 이미 우다이진도 어엿한 도요토미 가문의 주군, 그 수수께끼를 듣고 어떻게 가문의 일을 처리하실지, 그 기량을 보실 생각…… 이라고 이 코즈케노스케는 생각하고 있소."

"그, 그것 또한 뜻밖의……"

"이치노카미 님, 오고쇼 님이 기대하신 것은 그 대답…… 그 대답을 귀하가 과연 가지고 오셨는지…… 가져오시지 않았다면 만나도 소용없다고 오고쇼 님은 생각하시는 게 분명하오. 이런 사정을 잘 생각하고, 내일 나에게 말해주시오. 모든 일은 그 후에 다시……"

마사즈미는 정말로 옷의 주름을 펴면서 일어났다.

6

카츠모토는 다시 마사즈미에게 매달렸으나 그는 그대로 일어섰다. 마사즈미도 카츠모토가 전과 같은 말만 되풀이할 뿐 새로운 결의나 서약서를 가져오지는 않았다고 알았기 때문인 듯.

카츠모토는 넋을 잃은 채 아침까지 객실에 앉아 있었다. 겨우 이에야스가 자기에게 바라고 있는 것이 무엇인지 확실히 알게 되었다.

'그렇구나…… 오고쇼의 뜻대로 오사카 성을 내놓겠다는 히데요리의 서약서를 가져오지 않는 한 아무 소용도 없다는 말이군……'

그러나 이미 때는 늦었다. 17주기는 8월 18일. 앞으로 열흘 안에 오사카까지 다시 가서 그런 결정을 하고 올 수는 없는 일이었다.

'역시, 슈리나 쿠라노스케의 말대로 내가 쉽게 오고쇼의 덫에 걸려든 것인지도 모른다……'

이럴 때 인간은 자신을 탓하고 싶은 마음이 생기지 않는다. 카츠모토가 그럴 마음만 있었다면 히데요리나 요도 부인에게 충분히 이에야스의 뜻을 전할 시간은 있었다. 그러나 그는 그동안 범종과 종각의 일에 몰두하여 그 일을 게을리 했다. 물론 너무 이에야스를 믿었기 때문에 저지른 과오지만……

'나는 편협한 도쿠가와의 반대자가 아니다……'

그러므로 이에야스도 자기 의견을 받아들인다……고 생각했다면 카츠모토가 너무 어리석었고, 사태를 너무 낙관했다고 해야 할 터.

'속았다……'

카츠모토는 문득 이런 생각을 했다.

'나는 그토록 오고쇼에게 성의를 다했는데……'

그런 생각과 함께 비로소 이에야스가 뱃속이 검은 인간으로 보였다. 이미 자신이 아무리 발버둥쳐도 모두 허사로 여겨졌다.

자기가 처음부터 면밀하게 쳐놓은 음모의 거미줄에 보기 좋게 걸린 한 마리의 작은 모기처럼 생각되었다.

'오고쇼는 오쿠보 타다치카를 파면했을 때부터 이미 천주교도를 보호한 오사카 성을 궤멸시키려고 결의했음이 분명하다……'

그런 마음도 모르고 섣불리 접근하여 모든 사정을 깡그리 털어놓음으로써 결국 오고쇼의 전의戰意를 굳혔는지도 모른다. 아니, 자기도 결코 이에야스의 편은 아니었다. 언제나 도요토미 가문을 위해 이에야스를 조종하려는 의지는 마음 한구석에 자리잡고 있었다.

'그런 의미에선 오십 대 오십…… 그런데 나는 더욱 억센 거미줄에 걸려들고 만 모양이다……'

카츠모토는 6일 하루 종일 여러 생각만 했을 뿐 자기가 먼저 마사즈미에게 연락하지 않았다. 그보다 —

'이것은 전쟁을 유발하려는 의도이다……'

이러한 공포가 다른 생각을 할 여유를 주지 않았다.

7일 아침 드디어 그는 결심했다.

마사즈미와 상대할 것이 아니라 자기가 직접 슨푸 성으로 달려가 다시 한 번 히데요리를 위해 이에야스에게 탄원하려고 했다.

'그렇게 하지 않으면 지하에서 타이코 전하를 만날 면목이 없다.'

그가 출발준비를 하고 있을 때 슨푸에서 정식으로 사자가 왔다.

7

7일 아침 이에야스의 정식 사자로서 토쿠간 사에 온 것은 전전날 밤 은밀히 찾아왔던 혼다 마사즈미와 콘치인 스덴 두 사람이었다.

카츠모토가 두 사자를 객실로 안내하여 상좌에 앉히고 인사를 하는

데, 그의 눈에서 회한의 눈물이 뚝뚝 다다미에 떨어졌다.

하루 종일 생각한 끝에 도달한 대답은 하나뿐이었다. 사정이야 어떻든 지금 칸토의 뜻에 거역하고 전쟁을 벌인다면 오사카 쪽의 승산은 전혀 없었다.

'그렇다면 정의情誼에 호소하여 매달릴 수밖에 없지 않은가……'

"실은 이제부터 오고쇼 님을 찾아뵙고 나의 어리석음을 깊이 사죄할 생각이었습니다."

카츠모토는 이렇게 말했다. 그러나 두 명의 사자는 무뚝뚝하기만 하여 파고들 틈을 주지 않았다.

"이번 일에 대해 오고쇼 님이 두 가지 힐문을 내리셨기에 이렇게 찾아왔소."

우선 거창한 승복 차림인 콘치인 스덴이 입을 열고, 마사즈미는 점잖게 서신을 꺼내 펼치기 시작했다.

카츠모토는 온몸이 바짝 죄어드는 느낌이었다.

'나는 이대로 억류당해 피의 제물이 될지도 모른다……'

그 역시 센고쿠 시대의 무장, 죽음이 두려운 것은 아니었다. 다만 그 후 도요토미 가문의 장래를 보지 못하는 게 분해 견딜 수 없었다.

"첫째."

서신을 펴들고 마사즈미는 엄숙한 목소리로 읽어내려갔다.

"상량문에 전례와는 달리 도편수의 성명을 기입하지 않은 이유는 무엇인가? 둘째…… 최근 오사카에서는 수많은 떠돌이무사를 포섭하고 있다고 하는데 어디에 쓰려는 자들인가? 이상 두 가지 사항에 대해 자세히 해명하도록……"

두 손을 짚은 채 카츠모토는 순간 자기 귀를 의심했다. 이상 두 가지 사항……이라니, 그럼 힐문은 단지 그것뿐이란 말인가.

'이런 이상한 일이 또 있을까?'

"황송하오나, 힐문은 이상의 두 가지뿐입니까?"

"그렇소, 해명하겠다면 듣겠으니 말씀하시오."

"사자께 말씀 드립니다. 그 일이라면 슨푸에 가서 직접 오고쇼 님을 뵙고 말씀 드리고 싶으니 허락해주십시오."

"안 되오."

마사즈미는 서신을 둘둘 말면서 단호하게 거절했다.

"오고쇼 님은 카타기리 이치노카미는 만날 필요가 없다 하셨소."

그리고 잠시 사이를 두었다가 목소리를 낮추었다.

"이것 보시오…… 오고쇼 님은 카타기리 님이 성급한 마음으로 할복하기라도 한다면…… 하고 이 사자에게 걱정하는 말씀을 하셨소. 이힐문장을 귀하게 드릴 터이니 이 자리에서 해명하기 어려우면 힐문장을 히데요리 공에게 보여 협의한 후 다시 해명의 사자를 파견해도 좋습니다."

카타기리 카츠모토는 또다시 어떻게 판단해야 좋을지 모를 혼미 속으로 빠져들었다.

문제의 종명에 대한 비난은 한 구절도 없고 상량문의 격식과 떠돌이 무사들의 포섭 두 가지뿐…… 무엇을 추궁하고 무엇을 생각하게 하려는 것일까……?

'그렇구나, 이것 역시 수수께끼다, 수수께끼……'

8

마사즈미로부터 둘둘 만 서신을 받아든 카츠모토가 당황하여 생각에 잠긴 모습을 보고 마사즈미는 묘한 말을 꺼냈다.

"이것으로 사자의 소임은 끝났으니, 이 혼다 코즈케노스케가 개인적인 입장에서 한 말씀 드리겠소. 이치노카미 님은 유난히 떡을 좋아하신 다지요?"

"예? 떡…… 떡…… 말입니까?"

"언젠가 무용담을 나눌 때, 젊은 시절에는 자주 구운 떡을 허리에 차고 싸웠다고 하셨소. 좋아하는 떡을 다 먹지 못하고 죽어서야 어디 될 말이냐고…… 그리고 싸움에 이기고 나서 먹는 떡의 맛…… 잊지 않으셨겠지요?"

"기……기억하고 있습니다. 분명 그런 말을 한 기억이 있습니다."

"그 떡을 좀 가지고 와 주방에 맡겼으니, 이치노카미 님, 맛을 보시고 힘내시오."

"고마운 일입니다……"

"그럼, 깊이 생각하여 해명하시기 바라오. 이만 실례하겠소."

카츠모토는 당황하며 얼른 일어나 현관까지 두 사람을 배웅했으나 끝내 아무 말도 묻지 못했다.

'국가안강……'의 종명문제는 어떻게 된 것일까? 이미 세이칸 대사도 해명하기 위해 슨푸에 갔을 터인데, 그 일에 대해서는 일언반구도 없었다.

상량문과 떠돌이무사와 떡…… 수수께끼 같은 세 가지 문제만 남기고 그들은 훌쩍 돌아가고 말았다.

혹시 나의 아들 타카토시孝利의 장인 이나 타다마사伊奈忠政, 아니면 조카사위인 혼다 마사즈미의 동생 타다사토忠鄕가 어떤 조언을 했기 때문이 아닐까……?

이때 된장을 발라 구운 둥근 떡을 올려놓은 쟁반을 들고 승려가 나타났다.

"혼다 코즈케노스케 님이 가져오신 것입니다."

승려는 쟁반을 공손히 앞에 놓았다.

"코즈케노스케 님은, 원하신다면 식지 않도록 싸서 드리라고 하셨습니다마는……"

"뭣이, 싸서 주라고……?"

"예."

"그럴 필요 없어. 물러가도 좋다."

실은 '싸서 드려라……' 는 이 말에도 깊은 의미가 담겨 있었으나 카츠모토는 깨닫지 못했다. 구운 떡은 된장을 사이에 넣고 차곡차곡 포개어 포장하면 오랫동안 식지 않아 여행 중에는 다시없는 점심거리가 된다.

'즉시 힐문장을 들고 말을 달려 히데요리와 협의하는 게 어떠냐?'

이것이 혼다 마사즈미의 호의. 그러나 카츠모토는 이 일을 히데요리의 판단에 맡길 생각은 추호도 없었다. 물론 히데요리에게 의지할 생각도 없었다.

'모두가 전적으로 나의 책임……'

외곬으로 이렇게 생각하고 두 가지 힐문 내용의 의미를 풀려는 데만 정신을 집중시켰다.

'……상량문에 도편수의 이름을 쓰지 않았다는 사실이 그렇게도 큰 문제일까……?'

그것이 공사公私를 분명히 하라는 오사카 성 양도에 대한 수수께끼라고는 꿈에도 생각지 않았다.

떠돌이무사 채용에 대해서는 충분히 이해할 수 있었다. 틀림없이 반심이 있지 않느냐……는 질문일 터. 그렇다면 결코 그런 마음이 없다고 천지신명 앞에 맹세할 수 있다고 할 생각이었다.

카츠모토는 8일과 9일 이틀에 걸쳐 생각에 생각을 거듭한 끝에 용기를 내어 다시 한 번 이에야스에게 면담을 청했다. 그때 두 로죠가 토쿠간 사에 도착했다.

9

카츠모토는 두 로죠가 요도 부인의 밀령을 받고 자기 뒤를 밟듯이 오사카를 떠났다는 사실을 알았을 때 몹시 실망했다.

'헛수고를……'

이미 이에야스의 마음은 결정되어 있다. 오사카 성을 바쿠후의 손에 넣는 것이 목적인 노회한 수수께끼이다. 이제 와서 여자들이 푸념을 늘어놓는다고 어떻게 될 리가 없다……

그러나 카츠모토의 이 생각은 조금 후에 약간 변했다. 슨푸 성에 있는 챠아 부인이 마중하는 사람을 보냈기 때문이다.

'그렇구나, 여자는 여자끼리…… 접촉을 강구하려 하는구나……'

처음에는 두 로죠 역시 자기처럼 대번에 면회를 거절당하고 당황할 것이라 생각했다. 따라서 이 조처는 카츠모토로서는 약간 뜻밖의 일이었다. 그리고 이 의외의 일이 그의 생각을 바꾸게 했다.

'으음, 어쩌면 하늘의 도움인지도 모른다……'

두 로죠가 챠아 부인의 노력으로 이에야스를 만난다고 하자…… 그러면 두 로죠는 적어도 이에야스가 어떤 생각을 하고 있는지 눈치를 챌 것임이 틀림없다.

'오사카 성을 비운다…… 그 약속만 굳게 한다면……'

카츠모토는 무릎을 탁 쳤다. 절박한 지금의 상황에서 가장 어려운 문제를 그녀들이 말한다…… 그렇다면 그녀들은 카츠모토의 편은 아니라도 적으로 돌아설 우려는 없다.

자기가 한발 앞서 오사카로 돌아가, 이에야스가 난제를 내놓은 의미가 무엇인가를 보고한다…… 그때 두 로죠가 깜짝 놀라 돌아와서 ──

"이치노카미의 말이 옳습니다."

증언해준다면 히데요리도 요도 부인도 이 문제에 대해 진지하게 생각할 것이 분명하다.

'그렇다, 한발 먼저 돌아가자.'

두 로죠 역시 이에야스를 만나기 전에 카츠모토를 만날 생각은 하지 않았다. 결코 여자로서의 체면 때문만은 아니었다. 카츠모토는 히데요리의 사자, 자기들은 생모의 사자…… 그 양자가 토쿠간 사에서 만나 할말을 미리 짜고 왔다……고 여겨지기가 싫었기 때문이다.

오쿠라 부인과 쇼에이니는 니이 부인을 대동하고 옷을 갈아입기가 무섭게 즉시 슨푸 성으로 향했다. 그 행렬이 절을 나서자 카타기리 카츠모토 역시 급히 말을 몰아 오사카로 향했다.

"역시 나 혼자만의 생각대로 해명할 일이 아니다. 급히 돌아가 도련님이나 생모님과 상의한 후 다시 사자를 파견해야 할 일이다."

자기 자신에게 납득시키면서 절을 되돌아보았을 때 카츠모토는 어쩐지 두 로죠에게 미안한 생각이 들었다. 이에야스가 얼마나 노했는지조차 알리지 못하고 두 로죠를 슨푸 성으로 보냈다는 것이 아무래도 사나이답지 못한 일만 같았다……

토쿠간 사를 나섰을 때 빗방울이 떨어지기 시작했다. 여자들이 탄 가마도 젖을 터. 평소 옷에 신경을 쓰는 로죠들이 이 비에 얼마나 얼굴을 찌푸릴까……

카츠모토는 어두운 마음으로 서쪽을 향해 말을 달렸다……

10

한편 오쿠라 부인과 쇼에이니 일행은 해가 질 무렵 슨푸 성에 닿았다. 그녀들은 내전의 손님으로서 챠아 부인의 시녀들로부터 영접을 받았다. 그러나 서원처럼 만들어진 객실로 들어가 챠아 부인이 나타날 때까지 창백하게 굳은 얼굴을 풀지 못했다.

오노 형제의 어머니 오쿠라 부인도 쿠라노스케의 어머니 쇼에이니도 자기가 낳은 아들이 지금 어떤 생각을 가지고 떠돌이무사들을 모으고 있는지 잘 알고 있었다. 따라서 도중의 화제는 슬픈 파국으로 이어지는 것들뿐이었다.

어머니를 인질로 잡히고 살해당한 아케치明智의 이야기……

오카자키岡崎로 호송된 후 집 주위가 장작으로 에워싸인 타이코의 어머니 오만도코로大政所 이야기……

이러한 이야기가 지금 현실적으로 자기 신상의 일이 되었으므로 무리가 아니었다.

"먼 길에 수고가 많으셨어요. 오사카 마님도 안녕하시겠지요?"

선물로 가져온 카가의 비단을 내놓았을 때 챠아 부인이 활짝 웃었다. 그러나 두 로죠는 미소를 되돌릴 여유 같은 것은 전혀 없었다.

"챠아 마님께서도…… 건강하시니……"

오쿠라 부인이 말을 잇지 못했다.

"……다행입니다."

쇼에이니가 얼른 그 뒤를 받았다.

두 사람 모두 필사적으로 떨림을 억제하고 있었다. 그런 모습을 한눈에 알 수 있을 만큼 겁을 먹고 있는 사자.

"호호호…… 두 분은 왜 그렇게 굳어지셨는지요?"

챠아 부인은 억센 기질에 자신감을 지닌 사람이었으나, 고생한 사람다운 깊이 또한 엿볼 수 있었다.

"두 분이 도착하셨다는 말을 듣고 오랜만에 만나게 되는 기쁨에 피로하실 것도 생각지 않고 영접할 사람을 보냈습니다. 말씀은 후에 나누기로 하고 우선 차라도 한잔……"

"감사합니다."

오쿠라 부인은 쇼에이니 이상으로 긴장했다. 한마디 하고는 자기 목소리가 떨린다는 것을 깨닫고 헛기침을 했다.

"생모님이 실은…… 이번 공양 연기에 대해 여간 마음 아파하시지 않으셔서……"

"그 이야기라면 나중에……"

"아니, 오고쇼 님을 뵙기 전에 같은 여자로서…… 부인께……"

오쿠라 부인이 여기까지 말했을 때 다시 쇼에이니가 뒤를 받았다.

"챠아 마님! 생모님은 오고쇼 님이 오사카 서쪽 성에 계실 때가 그리워 틈만 나면 그 시절의 말씀만 하십니다."

"호호호……"

챠아 부인은 두 사람이 측은해서 견딜 수 없었다.

'이 사람들은 전전긍긍하여 여자의 마음을 잊고 있다……'

챠아 부인도 이에야스의 사랑을 받아온 여자. 그런 여자에게 다른 여성이 얼마나 이에야스를 흠모하고 있는지 이야기한다……는 것은 아첨도 아무것도 아니었다.

"걱정 마십시오. 제가 오고쇼 님에게 잘 말씀 드려서 뵐 수 있도록 힘써드리겠습니다. 참, 지금 곧 만나보실 수 있는지 알아볼까요?"

사실 그때 이미 챠아 부인은 두 여자를 만나달라고 하여 이에야스의 승낙을 받았다……

11

챠아 부인이 이에야스에게 알리기 위해 방을 나갔다.

"무서운 일이 벌어지겠군요."

오쿠라 부인보다 조금 더 침착한 모습을 보이고 있는 쇼에이니가 침묵을 이기지 못하고 입을 열었다.

"챠아 부인이 저렇게 말씀하시는 건…… 우리들을 가엾은 인질로 여겨 위로하시는 거예요."

"그, 그럴까요?"

"틀림없어요. 낙관적인 기대는 하지 말아야 할 거예요."

"그야…… 이미 잘 알고 있는 일……"

이렇게는 말하지만 두 사람은 앞일에 대해 상상조차 할 수 없는 불안을 안고 있었다.

얼마 후 챠아 부인이 돌아왔다. 이번에는 약간 위엄을 보이는 표정이었다.

"다름 아닌 생모님의 사자가 먼 길을 오셨노라고 말씀 드렸더니 오고쇼 님도 각별한 후의를 보이시고 만나겠다고 하십니다. 지금 식사하시는 중이니 잠시 기다려주십시오……"

그리고 객실에도 저녁상을 가져오게 하고 다시 자리를 떴다.

오사카에 비해 결코 호화롭다고는 할 수 없는 상차림이었다. 그렇다고 간소한 상도 아니었다.

'도대체 이런 대접은 무엇을 의미하는 것일까……?'

얼마 후 이번에는 다른 시녀가 나타나 로죠 두 사람을 안내했다. 그들은 긴 복도를 지나 이에야스의 거실로 향했다.

"오사카의 사자를 모시고 왔습니다."

그 말에 챠아 부인이 마중 나왔다.

두 로죠는 그야말로 숨이 막힐 지경이었다.

갑자기 큰 소리로 저주에 관한 말을 꺼내면……?

히데요리나 요도 부인은 그렇지 않으나 오사카 쪽에 이에야스를 저주하는 마음이 전혀 없다고는 할 수 없다……는 양심의 가책 때문에 두 로죠의 괴로움은 점점 더 커져만 갔다.

"오오, 먼 길에 수고가 많군. 자아, 이리로."

아무 말도 못하고 머리를 조아리는 두 사람을 보고 이에야스 역시 보기 드물게 잠긴 소리로 말했다.

"나는 그대들이 온 이유를 챠아에게서 듣고는 문득 먼 옛날의 오카자키 시절을 생각했어. 내가 어렸을 때 오카자키에는 불행한 미망인들이 많이 있었지."

"황송하옵니다."

쇼에이니가 먼저 입을 열었다.

"챠아 마님의 주선으로 이렇듯 오고쇼 님을 직접 뵙게 되어…… 기쁘기 짝이 없습니다."

당황해하며 오쿠라 부인도 그 뒤를 이어 입을 열었다.

"언제나 변함 없으신 오고쇼 님을 뵈오니, 이 오쿠라는 여간 기쁘지 않습니다."

"인사는 그것으로 됐어. 그대들도 전과 다름없이 여전히 젊으니 다행한 일이야. 자아, 좀더 가까이 오도록. 우선 잔을 건네겠어. 챠아, 그대가 먼저 독이 들었는지 마셔보고 따라주도록."

두 로죠는 시녀들의 재촉을 받고 마치 꿈을 꾸는 듯한 심정으로 이에야스 앞으로 나갔다.

기다렸다는 듯이 이 귀한 손님을 맞이하는 분위기…… 두 로죠에게는 예상을 벗어나 더욱 두렵기만 한 환대였다.

12

챠아 부인이 두 로죠가 두려워하는 이유를 말했을 때였다.

"엉뚱한 파란이 이는군."

이에야스는 한심스러운 듯이 혀를 찼다.

"사나이들이 줏대가 없으면 언제나 우는 것은 여자들…… 그대도 잘 기억해두도록. 여자들에게 무슨 죄가 있겠나."

챠아 부인에게 이렇게 말하는 이에야스는 정말 화가 나는 듯. 챠아 부인은 이에야스가 화를 내는 대상은 카츠모토라고 판단했다. 카츠모토가 일을 잘 처리했다면 진작 히데요리 모자를 설득시켜 이번과 같은 분규는 일어나지 않았을 것이다.

"어떻든 보기에도 딱할 만큼 두려워하니 제발 큰 소리로 꾸짖지는 마십시오."

"바보 같은 소리, 이에야스가 이 나이에 무엇 때문에 여자들을 꾸짖겠나. 그대도 그런 줄 알고 안심할 수 있게 잘 대하도록 해."

"예. 그렇게 할 수 있게 허락해주시면 같은 여자로서 챠아의 체면도 서겠습니다."

그래서 일부러 두 로죠를 위해 식사 후 술상을 준비시켰다.

술잔이 우선 오쿠라 부인에게로 갔다. 그녀는 공손히 잔을 받고 나서 두 손을 짚었다.

"황송하오나 잔을 먼저 받으면…… 생모님이 명하신 사자로서의 말이…… 아니, 소임과 전후가 바뀌게 됩니다."

"아, 그래? 참, 아직 그대들의 말을 듣지 않았군. 좋아, 말하도록."

"감사합니다. 실은 생모님이 이번 공양의 연기에 여간 마음 아파하시지 않으셔서……"

"허어! 공양의 연기 때문에?"

"예…… 종명에 칸토를 저주하는 불길한 글귀가 있다고 하나…… 그런 뜻은 절대로 없고, 더구나 생모님은 오고쇼 님의 신상에 어떤 좋지 않은 일이라도 있지 않나 늘 저희에게 걱정의 말씀을……"

"하하하……"

이에야스는 자신도 모르게 소리내어 웃으면서 말을 막았다.

"무슨 말인가 했더니 그 일이로군…… 그 점은 이 이에야스도 잘 알고 있어. 생모님이나 그대들은 걱정하지 않아도 좋아…… 그런 일을 위해 오사카에는 중신도 있고 노인들도 있어. 아니, 그 위에 훌륭한 어른이 되신 도련님도 계시고. 더구나 그 일에 대해서는 카타기리 이치노카미에게 잘 말하여 일단 처리되었어…… 그대들은 안심하고 오늘밤은 이 성에서 쉬도록 해. 챠아, 원로에 오느라고 수고했으니 그대가 잘 대접하도록."

두 로죠는 다시 얼굴을 마주보며 눈을 깜박거렸다.

그 모습이 옆에 있는 챠아에게는 눈물이 날 만큼 우습고도 가련하게 보였다.

'이럴 리가 없다!'

꾸중 들을 줄 알고 온 악동들이 오히려 칭찬과 함께 상을 받고 어리둥절해하는 것과 똑같은 표정이 아닌가.

"자아, 오쿠라, 이제 무거운 짐을 벗었으니 잔을 비우고 쇼에이니에게 돌리도록. 그리고 천천히 옛 이야기라도……"

그때부터 두 로죠의 얼굴에는 잃었던 웃음이 되살아났다.

13

최악의 경우만을 상상하고 온 두 로죠로서는 이 얼마나 뜻하지 않은 대우인가.

오사카 성의 당장 불을 뿜을 듯한 험악한 공기를 여기서는 조금도 느낄 수 없었다. 이에야스는 더욱 원숙한 노인처럼 눈을 가늘게 뜨고 부드럽게 대해주며, 챠아 부인은 정성을 다해 대접해주고 있다.

'그렇다면 오사카는 제 그림자에 놀라 춤추었단 말인가……?'

오쿠라 부인은 쇼에이니에게 잔을 건네면서 —

"참으로 고마우신 일……"

혼잣말처럼 감상을 말하다가 문득 짚이는 점이 있었다.

'그렇다, 카타기리 이치노카미가 꾸며댄 협박에 우리 모두가 놀아난 것은 아닐까……?'

인간 세상에 질투와 경쟁은 반드시 따르게 마련이다.

한때는 오사카 성의 실세로 모든 일을 혼자 처리했던 카타기리 카츠모토였다. 그러던 그가 오쿠라의 아들 오노 형제와 쇼에이니의 아들 쿠라노스케에게 차차 그 자리를 위협받기 시작했다. 그래서 자신의 지위를 지키기 위해 슴푸를 이용하여 여러 사람을 위협하고 있었던 것이 틀림없다.

그렇지 않다면, 공포의 대상으로 여겨지고 있는 이에야스가 이렇듯 정답게 두 사람을 환영해줄 리 없다.

쇼에이니도 오쿠라 부인과 같은 감개에 젖은 듯 잔을 손에 든 채 눈시울을 붉히고 있었다.

"어서 잔을 비우고 오쿠라에게…… 오쿠라는 한 잔 더 들도록."

"챠아 마님."

견디다못해 쇼에이니가 말했다.

"너무도 뜻하지 않은 대접이라 그저 꿈만 같습니다. 그러나……"

"그러나……?"

"지금 오사카에선 생모님을 비롯하여 모든 측근들이 안절부절 근심하고 계십니다. 당장이라도 칸토 대군이 밀려올지 모른다……고 소문을 퍼뜨리는 자도 있으니."

"호호호……"

챠아 부인도 큰 소리로 웃었다. 아니, 그 웃음 속에는 강자를 모시는 여성의 자랑스런 모습까지 내비치면서……

"두 분 다 걱정 마세요. 오고쇼 님은 어떤 경우에도 아녀자들을 다치게 하실 분이 아닙니다. 언제나 아미타 부처님과 함께 계시는 자비로운 분입니다."

그러면서 챠아 부인은 다시 웃었다.

입밖에 낼 수는 없었으나, 만약의 경우에는 요도 부인과 센히메를 구출할 방법까지 강구하신 분이라고…… 그녀만이 알고 있는 야규 무네노리에게 내린 밀령을 말해주고 싶을 정도였다.

"정말 이런 대접을 받으리라고는…… 그렇죠, 오쿠라 부인?"

쇼에이니도 완전히 긴장을 풀었다.

"이 호의를 한시 바삐 생모님에게 전하고 싶군요."

"그게 좋겠지."

이에야스가 듣고 얼른 응했다.

"……여자들에게 무슨 잘못이 있겠나. 오늘은 푹 쉬고 내일 아침 일찍 떠나도록."

14

그날 저녁 이에야스의 거실에서 1각(2시간) 가량을 보낸 두 로죠는 다시 챠아 부인의 거실로 옮겨 밤이 깊어질 때까지 세상 이야기를 나누었다. 이에야스에게 아무런 적의도 없다는 것을 알고 완전히 마음을 놓게 된 만큼 아주 명랑하게 떠들어댔다.

이튿날 아침, 어제 저녁에 먹은 참외 탓인지 쇼에이니가 설사를 시작했다. 의사의 치료를 받느라 하루 동안 출발을 연기했다가 두 로죠가 토쿠간 사로 돌아가 마리코에서 떠난 것은 12일이었다.

이미 그때 카츠모토는 먼저 떠나 토쿠간 사에는 없었다.

"아마도 좋은 소식을 가지고 십팔일 기일에 맞추기 위해 급히 돌아갔겠지요."

"그랬을 거예요. 우리도 어서 돌아갑시다. 그래서 성대한 행사를 구경해야지요."

그들 일행이 급히 가마를 달려 쿄토에서 155리 떨어진 츠치야마土山의 숙소에 닿은 것은 이틀 후면 17주기가 되는 16일 저녁이었다.

지금 오사카로 돌아가면 법요식에 맞출 수 없다, 히데요리 님도 생모님도 호코 사에 갔을 터, 곧장 합류하여 참관할 허가를 받자…… 이런 말을 나누면서 시라카와白川 다리 부근에 있는 츠치야마 헤이지로土山平次郎의 숙사로 들어간 두 사람은 깜짝 놀랐다. 이미 쿄토에 가 있어야할 카타기리 카츠모토가 아직 그곳에 머물고 있다는 사실을 알았기 때문이다.

"대관절 이치노카미 님은 어떻게 된 일일까요?"

"병이 났는지도 모르죠. 하여간 문안을 드려야……"

도중에 병을 얻었다고 해도 따로 사자를 보내놓았다면 법요식에 지장은 없을 것이다.

"틀림없이 병을 얻었을 거예요. 같은 숙사에 머물게 되었으니 문병은 해야 하지 않겠어요? 니이 부인, 사정을 알아보고 오세요."

오쿠라 부인의 말을 듣고 니이 부인은 얼른 별채에 머물고 있는 카타기리 카츠모토를 찾아갔다.

그때 카츠모토는 이미 저녁상을 물리고 희미한 불빛 밑에서 우울한 얼굴로 여행일지를 쓰고 있었다.

"오오, 니이 부인. 뒤에 떠난 사람이 앞지르게 됐군요."

그러면서 음성을 낮추고 물었다.

"그런데 슨푸에서의 일은? 오고쇼가 어떤 난제를 꺼내던가요?"

이 말은 그녀들이 가지고 돌아올 정보를 기다리고 있었다……는 것을 확실히 알 수 있는 질문이었다.

니이 부인은 여행 중에 병을 얻어 전전긍긍하고 있을 모습을 상상하고 왔던 만큼 발끈 성이 났다.

"이치노카미 님은 짓궂은 분이군요. 여자들을 조롱하시다니."

"그게…… 무, 무슨 말이오. 나는 한발 앞서 토쿠간 사를 떠나기는 했으나 그대들 일이 걱정되어 사정을 들어야겠다고 생각하고 기다리고 있었소."

"호호호…… 당치도 않으신 말씀. 그러면 병환이 아니시군요…… 곧 오쿠라 부인과 쇼에이니 님이 이리로 문병을 오실 텐데."

카츠모토는 안색을 바꾸고 자리에서 일어섰다.

"그래요? 그렇다면 내가 가겠소. 니이 부인, 어서 안내해주시오."

15

카타기리 카츠모토는 니이 부인의 어조에서 자신에 대한 강한 반감을 깨닫고 그들 역시 이에야스가 난제를 안겨준 탓이라고 생각했다.

자신은 아직 영지 이전에 대한 이야기를 정면으로 꺼내지는 않았다. 그것이 어떤 형태로 두 로죠에게 반영되었을까? 이에야스는 그 일을 카츠모토와 굳게 약속했다고 두 로죠에게 말했을 것이 분명하다. 아마 두 로죠는 소스라치게 놀랐을 것이다.

"그런 말은 도련님도 생모님도 이치노카미에게 전혀 듣지 못하셨습니다."

그렇게 되면 이번에는 이에야스가 깜짝 놀랄 차례.

"정말인가?"

"누구 앞이라고 감히 거짓말을 하겠습니까. 그런 말씀을 들으셨다면 생모님이 저희들과 의논하지 않으실 리가 없습니다."

이런 대화가 오갔다면 카츠모토의 입장은 그야말로 난처해진다.

그렇지 않아도 일곱 장수 중에는 이치노카미가 칸토와 내통하고 있지 않은가…… 하고 쑥덕거리는 자가 있다고 하지 않는가……

카츠모토가 니이 부인을 재촉하듯이 하여 찾아갔을 때 로죠들은 깜짝 놀라 그를 맞이했다.

"아니, 이치노카미 님. 병환이 아니었습니까?"

카츠모토는 그 말에는 대답을 않고 —

"걱정이 되어 혼자서는 먼저 오사카로 돌아갈 수가 없기에."

자기가 가장 걱정하고 있는 일을 저도 모르게 꺼내고 말았다.

"우리들이 고대하던 십칠 주기를 치를 수 없게 되었으니……"

"예?"

쇼에이니가 반응을 보였다.

"무어라 하셨습니까, 이치노카미 님?"

"치르지 못하게 됐다……고 단념해야만 할지도 모르오. 기일忌日인 십팔일에는 어려울지 몰라요…… 그보다 오고쇼가 두 분에게 어떤 난제를 꺼냅디까?"

"난제……?"

쇼에이니는 숨을 죽이고 오쿠라 부인을 돌아보았다. 오쿠라 부인도 눈이 휘둥그레져 숨을 죽였다.

'도대체 이치노카미는 우리에게 무슨 말을 하려는 것일까?'

한구석에 앉아 있는 니이 부인은 입술을 일그러뜨린 채 카츠모토를 쏘아보고 있었다. 그녀는 여전히 카츠모토가 짓궂게 여자들을 조롱한다고 생각하고 있는지 모른다.

"이치노카미 님, 오고쇼 님의 난제……라니 그게 무엇입니까?"

"아니, 그럼 별로 난제는?"

몸을 앞으로 내밀고 묻는 카츠모토에게 ──

"그래요."

쇼에이니가 오쿠라 부인에게 눈짓을 하며 말을 받았다.

"우리 여자들에게는 아무 말도 할 것이 없다. 할말은 모두 카타기리 님에게 했다…… 이렇게 말씀하셨지요, 오쿠라 부인?"

"그래 맞아요. 그런데 이치노카미 님에게 무엇이라 하시던가요?"

순간 카츠모토는 저도 모르게 자세를 고쳤다. 그 얼굴에서 핏기가 가시고 온몸이 얼어붙은 듯이 보였다.

"무슨 말을 하시던가요? 말씀해주세요."

예사롭지 않다……고 깨달은 쇼에이니가 대뜸 추궁했다.

16

쇼에이니도 오쿠라 부인도 성안의 공기를 반영하듯 결코 카츠모토에게 호의를 가지고 있지는 않았다. 그 반감이 지금 노골적으로 두 사람에게 나타나 있었다.

'이치노카미는 무슨 속셈으로 무엇을 꾀하고 있는 것일까……?'

두 사람은 이에야스와 챠아 부인을 직접 만나 아무 걱정 말라는 말을 듣고 왔다. 18일에는 성대하게 법요식이 거행될 줄 알고 귀로에 오르지 않았는가. 그런데 히데요리의 대리로 법요식의 모든 지휘를 도맡고 있는 카타기리 카츠모토가 이런 곳에 묵고 있는 것조차 기괴한 노릇인데 그의 입에서 ──

"법요식을 제 날짜에 치를 수 없다."

이런 말이 나왔으니 의혹을 품는 것도 무리는 아니었다.

'혹시 법요식을 연기하는 것은 카타기리 카츠모토의 음모에서 나온 일이 아닐까……?'

문득 이런 생각이 들어서 한 반문이었다.

카츠모토는 물론 그렇게 받아들이지 않았다. 그는 두 로죠의 말을 액면 그대로 받아들였다.

'이에야스는 여자들에게는 아무 말도 하지 않았구나……'

카츠모토로서는 전혀 뜻하지 않은 일이었다. 그러나 동시에 그는 있을 수 있는 일이라 생각했다. 어쨌거나 천하대사가 아닌가.

'여자들이 참견할 일이 아니다.'

이런 생각에서 할말은 책임자인 이치노카미에게 했다, 이치노카미에게 들어라…… 이에야스가 이렇게 말했다고 해도 결코 이상한 일은 아니었다.

'점점 궁지에 몰리는구나……'

카츠모토가 깜짝 놀라 안색을 바꾼 것은 이 때문이었다.

"이치노카미 님, 웬일이세요? 어째서 잠자코 계시나요? 오고쇼 님이 무어라고 하셨는지 어서 말해주세요."

카츠모토가 안색을 바꾼 채 말이 없는 것을 보고 쇼에이니는——

'수상하다!'

추궁하는 어조가 되어 있었다. 이런 경우 여자의 오해는 직선적이게 마련이다.

"어서, 말씀하세요."

오쿠라 부인도 맞장구를 쳤다.

"그래서 우리도 이치노카미 님을 곧바로 뒤따라왔어요. 이치노카미에게 물어보라……고 하셔서 아무 말씀도 못 듣고 왔어요. 이래서는 사자의 소임을 다한 것이 못 됩니다. 안 그런가요, 쇼에이니 님?"

"정말 그래요…… 오고쇼 님이 어떤 난제를 꺼내던가요?"

이렇게 되면 그녀들의 추궁은 책임감보다 호기심이 앞서는 것. 아니, 평소의 감정을 드러내어 짓궂은 가학加虐 취미의 포로가 되었는지도 모른다.

카타기리 카츠모토의 이마에 진땀이 맺혔다. 얼굴이 보랏빛으로 창백해지고, 불빛을 받은 반대쪽 얼굴은 비참할 만큼 그늘이 짙었다.

"그렇군…… 그대들에게는 아무 말씀도 없으셨군……"

"우리에게는 이치노카미에게 물어보라고만 하셨어요. 그 난제란 것이 무언가요?"

"좋소, 말하지요. 그러나 놀라지는 마시오."

카츠모토는 다짐을 하고 나서도 다시 망설였다.

'여자들에게 과연 이 난제의 의미가 통할까……'

17

"어서 말씀하세요, 알고 싶어요."

두 로죠는 이제 완전히 카츠모토 편이 아니었다. 그에게 진상을 들으려는 것이 아니었다. 그가 어떤 거짓말로 자신의 입장을 감싸려는지 간파하고 그에게 제재를 가할 언질을 잡으려는 것이었다.

"실은 이번 공양 연기의 난제에는 깊은 까닭이 있소."

카츠모토가 상대방의 이해력을 생각하고 입을 열었을 때 여자들은 서로 시선을 교환하며 재촉했다.

"그렇겠지요. 그토록 고대하던 타이코 전하의 십칠 주기…… 그 법요식마저 못한다면 도요토미 가문의 위신은 말이 아니지요."

"이제 와서 옛날로 돌아가본들 모두 푸념밖에 되지 못해요. 그보다 어떻게 하면 이 분규가 해결될 것인가? 카츠모토가 돌아오는 도중 심각하게 생각한 결론부터 말하리다. 그 하나는 생모님을 인질로 에도에 보낼 것……"

"뭐라고요?"

쇼에이니가 소리지르면서 오쿠라 부인을 돌아보았다.

"생모님을 인질로……?"

카츠모토도 두 여자가 너무나 크게 놀라 오히려 당황했다.

"아니, 그렇지 않으면 히데요리 님이 오사카 성을 내놓고 다른 곳으로 옮기시든지……"

두 로죠가 이번에는 아무 말도 하지 않았다. 그러나 그 눈엔 반감의 불길이 타오르고 격한 혐오감이 노골적으로 얼굴에 드러났다.

"또 하나 있소. 이 두 가지를…… 얼른 결정할 수 없다면 히데요리 님이 즉시 에도로 가셔서 직접 쇼군 히데타다 공에게 화의를 청하신다…… 이 세 가지 외에 다른 방법이 없소."

카츠모토의 친절한 마음은 다시 커다란 오해를 낳게 되었다.

그는 역시 자기와 이에야스 사이에 오간 교섭의 경위를 처음부터 자세히 설명했어야 했다. 그러나 그것은 푸념에 불과하다……고 나름대로 속단하고 돌아오면서 생각에 생각을 거듭한 해결책부터 먼저 내놓았다.

두 로죠…… 아니, 니이 부인까지 합쳐 세 여자는 우선 경악했고, 다음에는 비웃는 연민의 웃음을 입가에 떠올렸다.

그녀들은 자신의 눈으로 본 이에야스를 믿고 있었다. 따라서 카츠모토의 말을, 이에야스의 이름을 도용하여 그의 야망을 이루려는 거짓말이라 단정하고 말았다.

"그럼, 오고쇼 님은 아직 생모님을 마음에 두고 계신다는 건가요?"

"그럴지도 모르지요. 나이 든 분의 사랑은 특히 집념이 강하다고 하니까요."

"그렇더라도 히데요리 님을 에도로 가시게 한다는 것은 생각해볼 일이에요. 에도로 가시는 도중 누군가를 시켜 해치기라도 하면 피를 보지 않고도 오사카 성을 손에 넣을 수 있게 돼요. 호호호……"

카츠모토는 당황하여 얼굴을 찌푸리고 무슨 말을 하려다 말고 입을 다물었다. 자기가 생각한 해결책을 갑자기 말해보았자 그녀들이 이해할 리 없다……고 단념했다.

그는 몸이 굳은 채 주르르 눈물을 흘렸다.

18

같은 인간이라도 사는 세계가 다르면 말만으로는 의사를 전달할 수 없는 경우가 많다.

그리고 지금은 충성의 성질이 전연 다른 카츠모토와 로죠들. 로죠들은 처음부터 카츠모토를 '수상한 자'로 경계하고, 카츠모토는 그녀들을 '세상 모르는 것들'이라 생각하고 있었다.

그러므로 이 양자간에 상통하는 것은──

'나야말로 도요토미 가문에 충실한……'

그런 자부심뿐이라고 해도 좋았다.

"아무튼 그 세 가지 중에서 어느 하나를 이행할 각오를 하지 않으면 이 문제는 해결되지 않소."

"그러면 이치노카미 님은 우리와 동행하여 생모님에게 진언할 생각입니까?"

오쿠라 부인이 다시 비꼬는 투의 어조로 물었다.

"아니, 나는 한발 늦게 갈 것이오."

카츠모토는 정직하게 대답했다.

"이번에 문제가 된 국가안강이란 난제의 수수께끼는 풀렸다고 해도, 공양의 연기를 직접 우리들에게 명한 것은 이타쿠라 님…… 나는 쿄토에 가서 이타쿠라 님께 내 생각을 말하고 세 가지 방법 중 어느 것을 도련님에게 권할지, 어느 것이 도요토미 가문에 가장 이익이 되는가 충분히 이야기를 나누고 돌아가야겠소."

니이 부인이 눈을 동그랗게 뜨고 끼여들었다.

"어머! 그럼 생모님과 도련님을 뵙기 전에 먼저 쇼시다이 이타쿠라 님을 먼저 만나시겠단 말인가요?"

"그렇소. 이타쿠라 님의 힘을 빌리지 않으면 만사를 해결할 수 없는 것이 지금의 실정이오."

세 여자는 다시 서로 얼굴을 마주보며 입을 다물고 말았다.

"내가 돌아가 자세히 말씀 드리겠지만, 여러분도 카츠모토가 이런 말을 하더라고 미리 말씀해주시오."

카츠모토는 이 말을 남기고 착잡한 마음을 안고 곧장 로죠의 방을 나왔다. 그는 자기가 생각한 세 가지 방법 중에서 이타쿠라 카츠시게가 어느 것을 찬성할지 미리 알아볼 셈이었다.

물론 이제 와서는 이에야스의 본심이 영지 이전에 있다는 것은 숨길 수 없는 사실이었다.

카츠모토가 나간 뒤 세 여자는 다시 눈이 휘둥그레져 서로 얼굴을 마주보았다.

"놀랐어요."

맨 먼저 입을 연 것은 오쿠라 부인이었다.

"오고쇼가 생모님을 소실로 보내라고 하다니……"

"정말이에요. 그런 말씀을 드리면 얼마나 화를 내실지."

"우리가 이 일을 숨길 수는 없어요. 오고쇼가 하신 말씀이 아니라, 카타기리 카츠모토가 우리는 아무것도 모르는 줄 알고 뻔뻔스럽게 거짓말을 한 것이니까요."

카타기리 카츠모토는 요도 부인을 에도에 인질로 보낸다……고는
했지만 슨푸에 있는 오고쇼의 소실이란 말은 하지 않았다. 여자들의 선
입관이 빚은 해석이 엉뚱한 말로 둔갑을 했다. 이야기란 받아들이기에
따라 이렇게 달라지는 것.

"카츠모토는 무서운 사람이에요. 도련님을 에도의 쇼군에게로 보내
라니…… 성에서 나가신 일조차 없는 분인데……"

쇼에이니는 이렇게 말하고 얼른 눈에 맺힌 이슬을 닦았다.

흔들리는 주춧돌

1

카타기리 카츠모토는 츠치야마에서 두 로죠와 헤어진 후 말을 버리고 가마를 이용하여 쿄토에 들어갔다.

벌써 19일, 그가 떠날 때만 하더라도 붐비던 쿄토의 거리는 마음 탓인지 깊은 가을처럼 조용히 가라앉아 있었다. 산죠 다리 부근에 이르렀을 때 여기저기에 무장한 군졸들의 모습이 보였다. 그러나 그것은 쇼시다이의 당연한 조치일 뿐 별로 놀랄 만한 규모는 아니었고, 길을 가는 사람들의 표정도 평소와 다름없어 보였다.

'나 혼자만 악몽을 꾸고 있는 것은 아닐까……?'

문득 이런 착각에 빠지면서 쇼시다이의 집 앞에 가마를 멈추게 했다. 과연 장소가 장소인 만큼 이곳만은 살기가 등등했다.

재빨리 달려나온 초소 군졸이 창끝을 들이대고 큰 소리로 외쳤다.

"가마를 세우지 마라. 어서 지나가라."

"수상한 자가 아니다. 이바라키茨木의 카타기리 카츠모토다."

"뭐? 카타기리…… 그래서 어떻다는 말인가?"

"쇼시다이 님을 만날 일이 있어 찾아왔다. 수상하게 여겨지면 가서 전하도록 하라."

"뭐라고……! 큰소릴 치는군. 좋아, 기다려."

거친 미카와 억양이 분명했다. 이윽고 그 군졸은 현관 앞 대기실에서 돌아와 오만하게 말했다.

"칼을 여기 놓고 들어가."

물론 카타기리가 누구인지 알고 있으면서도 그 군졸은 이런 대우를 하는 것이 분명했다.

'상당히 공기가 험악해졌군.'

하라는 대로 현관 마루에서 칼을 풀어 맡기고 전에 왔던 적이 있는 객실로 들어갔다. 객실로 들어가기는 했으나 이타쿠라 카츠시게는 나타나지 않았다. 시동이 차를 날라왔을 뿐 카츠모토는 한참 동안 기다려야 했다.

"이봐, 쇼시다이에게 다른 손님이 온 모양이지?"

"예…… 어제부터 많은 분이 찾아오셔서 바쁘십니다. 좀더 기다려주십시오."

그런데 바쁘다는 이 말의 의미를 그때 카츠모토는 별로 깊이 생각하지 않았다.

'아무튼 어제는 십팔일, 쇼시다이도 경계를 위해 많은 신경을 썼을 것이다.'

이렇게 생각하고 있을 때 이타쿠라 카츠시게가 바삐 들어왔다.

"카타기리 님! 귀하는 신뢰할 만한 사람이 아니군요."

인사도 없이 대뜸 카츠시게는 혀를 차면서 앉았다.

"귀하가 없는 동안 오사카 성에 들어간 떠돌이무사의 수는 아마 추측도 못할 것이오."

"아니, 그게 무슨 말씀이오? 그러면 내가 없는 동안에……"

"그렇소. 이천이나 삼천 정도가 아니오. 방금 들어온 보고에 따르면, 드디어 히데요리 님의 이름으로 키슈의 쿠도야마에 밀사가 파견되었다고 합니다."

"아니, 그럼 사나다 사에몬노스케에게?"

"그뿐만이 아니오. 어제는 삼백 명 가량이 도당을 이루어 입성한 자도 있소. 야마토의 토박이 무사 오쿠하라 신쥬로 토요마사……라는 자요. 이 사태를 어찌 할 작정이오?"

다그쳐 묻는 날카로운 힐문이었다.

2

흥분한 이타쿠라 카츠시게가 무섭게 힐문하는 말을 들으며 카츠모토는 망연해졌다.

"우리는 귀하를 도요토미 가문의 주춧돌이라 믿어 말해서는 안 될 비밀까지도 털어놓았소. 그런데 이 은혜를 배신으로 갚을 줄은 꿈에도 생각지 못했소. 우리의 우정도 이것으로 끝이오."

"무슨 청천벽력 같은 말씀을."

카츠모토는 자기 귀를 의심했다.

떠돌이무사의 입성……은 혹시 자기가 없는 동안에 있었을지도 모른다. 그런데 카츠시게는 지금 분명히 배신……이란 말을 썼다.

"내가 이타쿠라 님을 배신하다니…… 그게 무슨 말씀이오?"

"원 이런, 그럼 배신이 아니란 말이오?"

"당치도 않은 말씀이오. 우선 배신자가 어떻게 이처럼 쇼시다이 님 앞에 태연히 나타날 수 있겠소. 떠돌이무사들의 입성 문제는 내가 책임지고 처리할 테니……"

"듣기 싫소."

"아니…… 뭐라고요?"

"우리라고 팔짱만 끼고 있는 것은 아니오. 이치노카미 님. 귀하는 자못 오고쇼 님에게 성의를 다해 변명하려는 듯이 가장하고 슨푸로 갔을 뿐, 실은 우리들을 방심시키고 그 틈에 수많은 떠돌이무사의 입성을 꾀했다는 것은 이미 명명백백한 일이오. 우리의 우정을 배신한 것이 아니고 무엇이오? 이 이타쿠라 카츠시게는 근래에 이보다 더 불쾌한 일은 당한 적이 없소."

"아니, 잠깐."

카츠모토는 차차 냉정을 되찾았다. 카츠시게의 분노가 자기로서는 생각지도 못했던 오해에 원인이 있다는 사실을 깨달았기 때문이다.

"이 카츠모토가 쇼시다이 님의 우정을 배신하지 않았다……는 증거는 오사카로 돌아가면 충분히 보여드리겠소. 우선 마음을 진정시키고 나의 말을 들어주시오."

카츠시게는 사람이 달라진 듯 거세게 고개를 저었다.

"쿠도야마의 사나다만이 아니오. 쵸소카베의 잔당, 부젠의 오쿠라에 있는 모리 카츠나가毛利勝永, 아키의 후쿠시마 마사노리 등에게도 각각 밀사가 달려갔소. 그뿐 아니라 농성에 대비한 군량미를 사들이는 바람에 요즘 오사카의 쌀값이 폭등했소. 아니, 또 있소. 이미 후쿠시마 마사노리는 부름에 호응해 막대한 쌀을 수송하기 시작했다는 보고도 들어왔소. 이래도 귀하는 모르는 일이라고 할 작정이오?"

"하하하……"

카츠모토는 저도 모르게 웃음을 터뜨리고 말았다. 자기도 모르게 웃음을 터뜨리지 않을 수 없을 만큼 그에게는 카츠시게의 우려가 당치 않은 것으로 여겨졌다.

"이타쿠라 님, 가령 밀사의 일은 사실이라고 해도 전쟁이 벌어져 농성을 하게 되면 막대한 비용이 소모됩니다."

"아직도 변명을 하려는 것이오?"

"변명이 아니오. 전쟁에는 막대한 비용이 필요합니다. 이 불초 이치노카미가 바로 그 금고의 열쇠를 쥐고 있는 몸이오."

"뭐? 금고의……"

비로소 카츠시게의 어조가 수그러졌다. 그러나 그 얼굴에서 분노의 빛은 사라지지 않았다.

"이치노카미 님, 귀하는 과연 진정으로 그런 말을 하시는 거요? 금고의 열쇠가 이미 회수되었다는 것을 모르시오?"

그러면서 다시 안타깝다는 듯 계속 혀를 찼다.

3

"아니, 금고의 열쇠를?"

카츠모토의 얼굴이 대번에 창백해졌다.

"무슨 말씀인지…… 모르겠군요."

카츠시게는 음성을 낮추었다.

"동생 되시는 슈젠노쇼 사다타카主膳正貞隆 님이 귀하에게 연락을 안 하신 모양이로군. 이치노카미 님, 잘 들으시오. 금고의 자물쇠를 열지 않았는데도 시중의 쌀값이 폭등하리라 생각하오? 귀하는 아직도 금고 열쇠가 동생 수중에 무사히 남아 있으리라 생각하시오?"

"그럼, 그럼…… 슈젠노쇼는……?"

"그렇소. 귀하가 슨푸로 떠나자 곧 명에 따라 히데요리 님에게 압수되었소. 지금 누구의 손에 넘어갔는지…… 아시겠소? 그 돈이 시중의 쌀값을 올리고 떠돌이무사들을 무장시켜 오사카 성에 들여놓는 데 뿌려졌소. 돌아가는 길에 쿄토의 무구상武具商을 둘러보시오. 갑옷의 값은 세 배, 다섯 배…… 그런데도 벌써 동이 났소. 그래도 귀하는 우정을 배신한 것이 아니라고 우기시겠소?"

"으음."

"이 카츠시게는 귀하를 믿었기 때문에 귀하가 가신 슨푸에만 정신을 쏟고 만사 잘 해결되기만을 바라고 있었던 거요. 설마 귀하가 우리 시선을 슨푸로 돌려놓고, 그 틈에 군량과 무구를 사들이리라고는 꿈에도 생각지 않았소."

"……"

"그런데 귀하는 놀랍게도 우리의 허를 찔렀소. 정말 훌륭하오! 그 때문에 슨푸에서는 여간 진노하시지 않았소. 어제도 오늘도 잇따라 도착한 사자에게 계속 사과를 드렸어요. 군량미만이라도 우리가 사들였더라면 이 반란은 미연에 방지할 수 있었을 텐데…… 그러나 이미 태평의 물결은 흘러가버렸소. 속속 입성하는 떠돌이무사들은 쌓아올린 쌀가마니를 보고, 때가 왔다고 날뛰기 시작했소. 이 열병은 당분간 가라앉지 않을 것이오. 그런데, 이치노카미 님."

"……"

"귀하는 정말 우러러볼 도요토미 가문의 대충신이오."

"그것은…… 그것은 야유입니까, 이타쿠라 님?"

"그렇소. 카토 히고노카미加藤肥後守도 아사노 부자도 어쩌지 못했던 도요토미 가문을 보기 좋게 멸망시키려는 그 훌륭한 기량, 대단한 주춧돌이오."

카츠모토는 다시 아연실색했다.

동생 슈젠노쇼 사다타카가 그렇게까지 생각이 모자랐단 말인가?

어떤 일이 있어도 금고 열쇠를 건네서는 안 된다…… 아니 비록 주군의 명이라 해도 열쇠가 있는 곳을 모른다고 하라는 주의를 주었어야 하

는데, 이 말을 하지 않고 그냥 열쇠를 넘겨주고 떠났다…… 그 때문에
이처럼 마지막으로 의논하러 찾아간 이타쿠라 카츠시게에게까지 우정
을 배신했다는 추궁을 받는 처지가 되고 말았다.

오사카의 주전론자는 지금 열병에 걸려 있다. 이러한 그들이 금고 열
쇠를 손에 넣고, 그 위에 다시 쌀가마니를 쌓아놓았으니 이타쿠라 카츠
시게의 말대로 폭발은 이미 시간문제가 되고 말았다.

'나는 마지막 성채까지 잃고 말았는가?'

그런 카츠모토에게 이타쿠라 카츠시게가 단호하게 말했다.

"쿄토에서는 무사히 보내드리겠소. 그리고 재회는 무사답게 전쟁터
에서 합시다. 그때까지 잘 계시오."

4

카타기리 카츠모토가 쿄토에서 쇼시다이 이타쿠라 카츠시게에게 냉
대를 받고 있을 무렵, 오사카 성에서는 두 로죠의 보고를 듣고 있던 요
도 부인이 눈썹을 곤두세우고 눈을 크게 뜬 채 깊은 생각에 잠겨 있었
다.

"그럴 리가 없어."

불쑥 중얼거리고서 다시 고개를 강하게 저으며 침묵을 지켰다.

'카타기리 카츠모토가 칸토와 내통하고 있다……'

두 로죠는 분명하게 말했다.

그것이 사실이라면 자기나 히데요리의 운명은 도대체 어떻게 되는
것일까……?

"그럼…… 다시 한 번 그대들이 슨푸에 도착했을 때부터의 일을 순
서대로 있는 그대로 말해보도록. 그대들의 의견이 아니라 있는 그대로

를 말이야, 알겠나?"

두 로죠는 황송한 표정으로 고개를 숙였다.

"그럼 쇼에이니가 먼저⋯⋯"

오쿠라 부인은 곤혹스러운 듯이 양보했다.

"예. 그럼 말씀 드리겠습니다."

쇼에이니가 적극적인 것은 역시 쿠라노스케의 영향 때문일 듯.

"그날은 비가 내리고 있었습니다."

쇼에이니가 말했다.

"그런데도 내전 통용문에서부터 마중하시는 등 그야말로 전례가 없는 환대였습니다."

"그게 누군가, 누가 그대들을 마중했나?"

"참, 미처 말씀 드리지 못했군요. 챠아 부인이었습니다."

"타다테루의 생모가 말이지⋯⋯?"

"예. 그리고 객실로 안내되어 향응을 받았습니다. 우리 두 사람 모두 그때는 저도 모르게 서로 얼굴을 마주 보았어요. 듣는 것과 보는 것은 큰 차이, 이 성에 있을 때는 오고쇼 님이 크게 진노하셨다는 말을 들었으나, 막상 가서 보니 그런 분위기는 전혀 없고, 잘 왔다고 하셨습니다. 그리고 오고쇼 님의 어전으로 안내되어 대면⋯⋯"

"그때 오고쇼 님은 맨 먼저 무슨 말씀을 하셨지?"

"맨 먼저⋯⋯? 참, 이렇게 말씀하셨습니다. 먼 길에 수고가 많았다, 잔을 건네겠다고⋯⋯"

"그래서, 그대들은 어떻게 했지?"

요도 부인은 눈을 감았다. 어조만은 빠르고 날카로웠다.

"그래서 오쿠라 부인이 일단 사양했습니다. 죄송하오나 잔부터 받으면 생모님이 명한 사자의 소임을 다할 수가 없습니다, 그러므로 그 후에 잔을 받겠다⋯⋯고."

"그래서……"

"오고쇼 님은 빙긋이 웃고, 그렇군…… 하고 말씀하셨습니다. 그리고 참 그대들에게 사자로 온 소임을 묻지 않았군, 좋아, 어서 말하라…… 분명히 그러셨지요, 오쿠라 부인?"

그 말에 이번에는 오쿠라 부인이 입을 열었다.

"예. 그래서 저는 이렇게 말씀 드렸어요. 이번 공양 연기에 대해 생모님이 몹시 마음 아파하시어……"

그 말에 요도 부인은 눈을 감은 채 와락 울음을 터뜨렸다.

5

그렇지 않아도 감정이 몹시 날카로워져 있는 요즘의 요도 부인이었다. 요도 부인이 무슨 생각으로 울기 시작했는지 두 로죠는 잘 알지 못했으나 이 울음은 그녀들을 한층 더 긴장시켰다.

"그런 뒤 저는 종명에 대해 말씀 드리고…… 생모님이나 도련님에게는 오고쇼 님을 저주할 까닭이 전혀 없다는 사실을 말씀 드렸습니다. 오고쇼 님은 몇 번이나 고개를 끄덕이시고 끝내 웃음을 지으셨습니다. 그렇지요, 쇼에이니 님?"

"오쿠라 부인의 말씀이 맞습니다. 그 일은 카타기리 이치노카미에게 잘 말하여 일단 끝났다, 생모님이나 그대들이 걱정할 일이 아니다…… 고 하시기에 비로소 잔을 받았습니다."

그때 요도 부인은 다시 눈을 감고는 입술을 깨물고 있었다. 두 사람의 말에서 무엇인가를 파악하려는 듯 이상할 정도로 긴장의 빛을 띤 날카로운 얼굴이었다.

"잔을 받으면서 저도 오쿠라 부인도 몇 번이나 오기를 잘했다고 생

각했는지 모릅니다. 우리가 생모님과 도련님의 일상생활을 모두 말씀
드려 오고쇼 님의 마음도 분명히 풀리셨다⋯⋯고 보았습니다.”

“그만.”

눈을 감은 채 요도 부인이 제지했다.

“그건 그대들 의견이야⋯⋯ 그 이튿날 쇼에이니가 배탈이 났나?”

“예⋯⋯ 죄송합니다.”

“그래서 십이일에 마리코로 돌아왔다⋯⋯ 그때 이치노카미는 무엇
을 하고 있었지?”

“사찰의 승려에게 물었더니, 우리와 엇갈려 출발했다고. 토쿠간 사
에서는 만나지 못하고, 만난 것은 츠치야마의 숙사에서였습니다.”

“으음.”

요도 부인은 남자처럼 거칠게 숨을 쉬고 눈을 크게 떴다.

“의견을 말해봐. 이번에는 그대들의 의견을. 엇갈려 토쿠간 사를 떠
난 이치노카미의 행동에 대해 그대들은 의문을 품지 않았나?”

“십칠 주기의 기일이 임박했으므로 여러 가지를 지시하기 위해⋯⋯
이렇게 생각하고 조금도 이상하게 여기지 않았습니다. 그렇지요, 오쿠
라 부인?”

“쇼에이니의 말이 옳습니다.”

요도 부인은 손을 들어 두 사람의 말을 가로막고 세번째로 눈을 감았
다. 두 로죠 역시 그 숙고를 방해하지 않으려고 숨소리에까지 신경을
쓰며 침묵을 지켰다.

“그런데, 두 로죠.”

“예.”

“두 사람이 츠치야마에 도착했다⋯⋯ 그때까지도 카타기리 이치노
카미가 숙사에 남아 있었다, 그때 비로소 그대들은 깜짝 놀랐다⋯⋯
이런 말이지?”

"예, 그렇습니다. 우리는 이치노카미가 이미 쿄토에 도착하여 공양 행사를 지시하고 있을 것……이라 믿고 있었기 때문입니다."

"알겠어. 그럼 다시 묻겠는데, 그대들은 츠치야마의 숙사에서 이치노카미의 방문을 받았다는데…… 그때 이치노카미가 한 말을 순서대로 말해보도록. 순서를 바꾸면 안 돼, 그러면 정확하게 판단할 수 없게 되니까."

역시 남자와 다름없는 엄한 어조…… 두 로죠는 서로 얼굴을 바라보며 불안해했다.

6

"어서 말하도록. 이치노카미가 그대들의 방에 들어왔다…… 안내한 자는 누구였지?"

왠지 정상이 아닌 듯한 느낌을 주는 요도 부인의 질문.

"안내해 온 것은 니이 부인이었습니다."

겁먹은 듯이 오쿠라 부인이 대답했다.

"실은 우리가 찾아갈까 하고 이치노카미의 형편을 알아보도록 보냈었지요…… 그런데 이치노카미 쪽에서……"

"좋아."

요도 부인은 큰 소리로 제지했다.

"그 다음이 핵심이야. 순서를 바꾸지 않도록."

다시 한 번 다짐하고 눈을 감으면서 듣는 자세를 취했다.

"처음 이치노카미에게 말을 건 것은 저였어요."

쇼에이니의 목소리도 긴장을 넘어 점점 높아져갔다.

"이치노카미 님, 병환이 아니었군요…… 하고 물었는데, 그때까지 이치노카미가 츠치야마의 숙사에 머무는 것도 제가 슨푸에서 배탈을 앓았듯이 병이 난 탓이다…… 생각했기 때문입니다."

"그랬더니 이치노카미는?"

"예…… 이번 일이 염려되어 자기 혼자 오사카에 돌아갈 수는 없었다……고 했습니다. 그러고 나서 우리가 고대하던 십칠 주기도 못 치르게 됐다……고 뜻밖의 말을 했습니다."

"그래서 그대들은?"

"저도 모르게 몸을 앞으로 내밀고 물었습니다. 대관절 무슨 말씀을 하십니까, 이치노카미 님……이라고. 그랬더니 이치노카미는 태연하게 난제를 꺼냈습니다."

"그 난제라는 것을 다시 한 번 말해보도록…… 이치노카미가 말한 그대로."

"알겠습니다…… 첫째, 생모님을 인질로 오고쇼 님에게 보낼 것. 둘째, 도련님에게 이 오사카 성을 비우고 다른 곳으로 옮기시도록 할 것. 그리고 셋째, 도련님이 곧 에도로 가셔서 직접 쇼군 님께 항복을 제의할 것."

요도 부인이 갑자기 또 울음을 터뜨렸다. 이번에 우는 의미는 두 로죠도 잘 알 것 같았다. 그러나 이 울음은 한 번으로 뚝 그쳤다. 그리고 전보다 더 날카로운 힐문이 요도 부인의 입에서 나왔다.

"지금 말한 세 가지를 승낙하지 않으면 전쟁이 일어난다고 이치노카미가 말했다는 것이지?"

"그러합니다."

"그럼, 다시 묻겠어. 그때 이치노카미의 태도는 어떠했나?"

"우리가 오고쇼 님을 만나지 못하고 쫓겨온 거라 생각했는지 기고만장했습니다. 이 쇼에이니가 남자였다면 그 자리에서 때려뉘고 짓밟아주고 싶은 심정이었습니다."

묻는 쪽이나 대답하는 쪽이나 이미 제정신이 아니었다.

모두 흥분할 대로 흥분하여 자기 자신을 잃고, 냉정을 찾으려 하면 할수록 엇나갈 것 같은 위험성을 지니고 있었다.

벌써 그 내용조차 카타기리 카츠모토가 말한 것과는 크게 달랐다. 카츠모토는 3개 조항 중 어느 하나를 이행해야 한다고 했는데 두 로죠는 3개 조항을 모두 이행하라고 말한 듯 착각하고 있었다……

7

두 로죠는 아직은 결코 이에야스에게 나쁜 감정을 품고 있지 않았다. 그녀들이 분개하는 상대는 칸토도 오고쇼도 아니었다. 현재로서는 카타기리 카츠모토 바로 그 사람이었다.

칸토가 내세운 조건은 그다지 문제되지 않고, 공연히 3개 조항이니 하는 거짓말을 함으로써 요도 부인이나 히데요리를 괴롭히려고 하는 카츠모토의 검은 속에 견딜 수 없는 분노를 집중시키고 있었다.

그녀들은 돌아오는 길에 이에 대해 여러 가지로 상상의 날개를 펴고 있었다.

도대체 이렇듯 엄청난 거짓말을 하다니 카타기리 카츠모토에게 어떤 이익이 있다는 말인가……?

"도련님을 다른 곳으로 옮기게 하고 생모님을 멀리한 후 자기가 이 칸토의 성주 대리라도 되겠다는 것이 아닐까요?"

이것이 오노 하루나가 어머니의 의견.

"혹시 슈리 님이나 쿠라노스케에 대한 반감 때문일지도 몰라요."

이것은 쿠라노스케의 어머니 쇼에이니의 의견이었다.

"어쨌든 무서운 생각을 하는 사람이야. 도련님과 생모님이 성에서 쫓겨난다, 이렇게 되었을 때 기뻐할 사람은……"

말하다 말고 오쿠라 부인은 깜짝 놀라 입을 다물었다. 그녀의 상상 속에는 그러한 도요토미 가문의 불행을 기뻐할 만한 사람이 있었다. 다름 아니라, 타이코가 죽은 뒤 바로 성에서 나간 키타노만도코로北の政所 코다이인……

그러나 차마 그 말을 입밖에 낼 수는 없었다. 만약에 그렇다면 여자의 집념은 너무나 무섭다.

쇼에이니도 어쩌면 그것을 깨닫고 있을지 모른다. 우지宇治 부근에서 문득 생각했듯이, 17주기 행사의 중지를 코다이 사에 있는 코다이인님은 어떻게 생각하실까…… 중얼거린 일이 있었다.

두 사람의 상상은 대략 이 정도에서 날개를 접었을 뿐 이에야스에 대한 의심까지 발전시키지는 않았다.

요도 부인은 그녀들처럼 단순하지 않았다. 그녀들보다는 카츠모토를 깊이 신뢰하고 있기 때문인지도 모른다.

'로죠들에게는 이에야스가 아무 말도 하지 않았다……'

그렇더라도 카츠모토의 말이 전혀 거짓이라고는 생각할 수 없었다. 어쨌든지 자기더러 이에야스를 곁에서 섬기게 하고 히데요리에게 장인 히데타다를 모시게 하려 하다니 이 얼마나 건방진 일인가.

'내가 오고쇼를 저주하는 줄 알고 내세운 난제임이 분명하다……'

"이제 알겠어. 그대들은 일단 물러가 있도록. 그리고 슈리와 쿠라노스케를 이리 들라고 해요."

두 로죠는 고개를 끄덕이면서 물러갔다.

얼마 후 발소리를 죽이고 하루나가와 쿠라노스케가 왔는데, 이때 요도 부인은 사방침에 이마를 대고 마치 시들어가는 꽃처럼 흐느껴 울고 있었다. 이에야스의 오해를 풀기 위해서는 어떻게 해야 할까 하는 생각을 하고 있었는지도 모른다.

"부르셨습니까?"

두 사람이 조심스럽게 말을 꺼낸 뒤에도 요도 부인은 한참 있다가 고개를 들었다. 요즘에는 일부러 우는 모습을 남에게 보이려는 듯한 요도 부인이었다.

"나는 미워, 세이칸이란 대사를 갈가리 찢어죽이고 싶어."

8

요도 부인의 신경질적인 말에 놀라 하루나가와 쿠라노스케는 서로 날카롭게 시선을 교환했다.

"어머님들이 무사히 돌아오셨는데…… 또 무슨 새로운 난제라도 생겼습니까?"

하루나가 뒤에서 쿠라노스케가 무릎걸음으로 한발 다가앉았다.

"죄송하지만 세이칸 대사에 대한 진노는 잘못이 아닌가 합니다. 그보다 기괴한 것은 카타기리 카츠모토, 주군의 사자로 슨푸에 갔으면서도 돌아오는 길에 멋대로 쿄토의 쇼시다이에게 가서 무슨 밀담을 나눈 것 같습니다."

요도 부인은 그 말에는 아무런 대꾸도 하지 않았다.

"두 사람 모두 잘 들으세요. 칸토에서는 나를 오고쇼 곁으로 보내고 히데요리에게는 이 성을 비운 후 에도에 가서 쇼군에게 다른 마음이 없음을 직접 입증하고 사과하라, 그렇지 않으면 이번 의혹을 풀지 못하겠다고 한 모양이에요. 세이칸이란 자는 누구의 부탁을 받고 그런 글을…… 참, 세이칸을 이리로 불러와요."

"당치도 않습니다……"

와타나베 쿠라노스케는 무릎걸음으로 다시 다가앉았다.

"세이칸 대사가 지은 글이란 이를테면 꼬투리가 없는데도 꼬투리를 잡으려 하는 것, 그런데 불러서 어떻게 하시겠습니까?"

"닥치세요, 쿠라노스케! 사건의 발단은 세이칸 때문이에요. 그 세이칸을 불러다 내 앞에서 목을 베세요. 더 이상 남에게 맡기지 못하겠어요. 내가 직접 그 목을 들고 슨푸에 가서 이에야스 님을 만나고 오겠어요."

"생모님…… 죄송합니다만 그 세이칸은 쿄토에 있지 않습니다."

오노 하루나가가 약간 흥분하여 얼굴을 붉히고 대답했다.

"적은 아주 용의주도합니다."

"뭐, 세이칸을 놓쳤다고?"

"예, 처음부터 그럴 생각이었을 것입니다. 우리가 데려다 변명을 들으려고 했을 때 세이칸은 이미 쇼시다이의 손으로 슨푸에 보내진 다음이었어요. 물론 구실은 심문을 하기 위해…… 실은 그렇게 하여 세이칸을 보호하기 위해서……일 것입니다. 세이칸도 처음부터 쇼시다이에게 포섭되었다고 해석할 수 있지요."

"뭐? 세이칸이 적이었다고?"

"적……은 아니더라도 그들의 앞잡이. 어쩌면 이치노카미도 그 상담에 응하지 않았을까…… 의심하는 자도 있어 성안의 동요가 심상치 않습니다. 왜냐하면……"

하루나가는 천천히 하카마의 주름을 쥐고 다가앉으면서 말했다.

"우리 주군의 사자로 슨푸에 간 카타기리 카츠모토는 쵸소카베의 첩자가 뒤를 밟는 줄도 모르고, 귀로에 일부러 쿄토에 들러 쇼시다이 이타쿠라 카츠시게와 밀담을 나누었습니다. 쇼시다이는 말할 나위도 없이 킨키近畿° 지방에 있으면서 바쿠후 앞잡이 노릇을 하는 자…… 주군에게 결과를 보고하기도 전에 적의 앞잡이와 밀담을 한다…… 죄송하지만 오늘까지 자중에 자중을 거듭하던 이 슈리도 예삿일이 아니라고…… 결심하고 있습니다."

"슈리."

"예."

"결심했다는 말, 그냥 들을 수가 없어요. 도대체 무슨 결심을 했단 말인지 들어보겠어요! 어서 말하세요."

격노한 표정으로 추궁을 당한 오노 하루나가는 입을 일그러뜨리고 희미하게 웃었다.

9

"어째서 웃나요, 슈리? 그대는 나를 여자라고 업신여겨 주제넘은 말을 했어요. 도련님이나 내 의견도 들어보지 않고 결심했다니…… 그런 무례가 어디 있나요. 자아, 어떤 결심을 했는지 말해봐요."

요도 부인이 무섭게 다그치자 하루나가도 발끈했다.

"물론 카타기리 카츠모토인가 아니면 이 하루나가인가, 머지않아 대결한 후에 거취를 결정하겠단 말입니다."

"아니, 그러면 카츠모토가 이 성에 있는 한 그대는 내 곁을 떠나겠단 말인가요?"

"그렇습니다."

"이거, 재미있군. 그대가 이토록 이치노카미를 오해하고 있을 줄은 몰랐어요. 이치노카미가 귀로에 이타쿠라 카츠시게에게 들른 것은 그가 처음부터 종명 문제에 가담하고 있는 증거란 말인가요?"

"생모님, 이 오노 슈리도 무사입니다. 단지 그런 일만으로 어찌 경솔하게 거취를 결정하겠습니까. 이치노카미에게는 그 외에도 다섯 가지나 미심쩍은 점이 있습니다. 그러므로 주군에게 보고하기 전에 쇼시다이를 찾아갔다…… 그 무례함을 추궁하지 않을 수 없습니다."

"그럴 수도 있겠지."

요도 부인은 창백한 얼굴을 일그러뜨리고 고개를 끄덕였다.

"그럼…… 그 다섯 가지 미심쩍은 점을 말해봐요. 나도 여자지만 소켄 공의 조카딸, 아사이 나가마사淺井長政의 딸이에요. 그 미심쩍은 점에 조리가 있으면 그대 앞에 두 손을 짚고 사죄하겠어요."

"말씀 드리지요."

두 사람 사이의 분위기는 차차 치화痴話처럼 변했다. 그 모습을 와타나베 쿠라노스케는 쏘는 듯한 시선으로 바라보고 있었다.

"첫째로 미심쩍은 점은 금고에 있는 막대한 양의 황금입니다. 약 한 달 전에 도련님이 군자금 유무를 질문하셨을 때 그는 오만의 군사가 농성하면 고작 석 달도 넘기지 못할 것입니다, 대불전 재건으로 도요토미 가문의 금고도 바닥이 났습니다…… 이렇게 대답했습니다. 그런데 이번에 이치노카미의 동생 슈젠노쇼로부터 열쇠를 압수하여 확인했더니 십만 군사를 삼 년 간 농성시켜도 충분히 감당할 수 있을 만큼 남아 있었습니다. 무슨 필요가 있어 주군에게 군자금까지 속이려 했는가, 이것이 첫번째로 의심스러운 점입니다."

그 말에 요도 부인도 깜짝 놀라 탄식했다.

"그, 그것이 사실이오, 슈리?"

"무엇 때문에 거짓말을 하겠습니까?"

"그럼…… 두번째로 미심쩍은 점은?"

"두번째는 이치노카미의 교제는 도요토미 가문보다 도쿠가와 가문 쪽 사람들과 더 친교가 깊고 또 넓다는 사실입니다. 생모님도 아시다시피 그는 일부러 오고쇼 측근에 접근하여 동생 슈젠노쇼 사다타카의 딸을 자기 양녀로 삼아 코즈케노스케 마사즈미의 아우 타다사토에게 출가시켰습니다. 자기의 아들 타카토시에게는 전에 오쿠보 나가야스와 함께 천하 제일의 부교임을 자랑하던 권신 이나 타다마사의 딸을 짝지어주었지요. 또 쇼시다이 이타쿠라 카츠시게와는 각별히 친한 사이이고, 혼다 코즈케노스케, 안도 나오츠구 등과도 친교가 있습니다. 우리는 맏아들 타카토시에게 호리 츠시마노카미堀對馬守의 딸을 중신하려고 했으나 한마디로 거절당했어요. 이렇게 도요토미 가문을 멀리하고 도쿠가와 권신에게 접근하려 한다…… 이것이 그의 두번째로 미심쩍은 점입니다."

일단 말문을 열면 둑이 터진 듯이 쏟아지는 하루나가의 열변. 요도 부인은 어느 틈에 그 말에 휘말리기 시작한 자신을 발견하고 얼굴이 빨갛게 상기되었다.

10

"그럼, 세번째로 미심쩍은 점은?"

이렇게 물었을 때 요도 부인은 내심으로 무척 당황했다. 말을 듣고 보니 확실히 카타기리 카츠모토의 행동에는 납득되지 않는 점이 있다……는 생각이 들었기 때문이다.

"셋째는 돌아가신 전하의 십칠 주기 행사를 치르지 못하게 된 형편인데도 슨푸와의 왕래가 너무 빈번하다는 점입니다."

하루나가의 목소리는 점점 더 활기를 띠었다.

"올해에 들어서도 우선 신년 축하는 당연하다고 해도, 그 후 세 번이나…… 이번까지 네 번이나 왕래했습니다. 그러므로 가능한 한 오사카의 거병擧兵을 억제하고 그동안 바쿠후에게 싸울 준비를 하도록 한 뒤 마지막 순간에 중지시킨다…… 그 중지의 이유는 종명을 구실로…… 등 만일 적의 속셈을 받아들일 작정이었다면 그럴 여유도 시간도 충분

히 있었다. 아니, 그 반대로 그가 어디까지나 도요토미 가문의 충신이
라면 그처럼 자주 슨푸에 다니면서도 끝내 아무런 눈치도 채지 못했다
는 것…… 과연 이치노카미는 그토록 앞을 내다보지 못하는 인물인가?
이에 대해 의문을 품지 않은 것은 나의 태만……이라고 새삼스럽게 후
회하고 있습니다."

"이제 그만."

요도 부인이 황급히 제지했다.

"그러고 보니 나도 그대에게 미처 하지 않은 말이 있어요."

"미처 하시지 않은 말씀이라니……?"

"이에야스 님은 로죠들에게는 아무 말씀도 없으셨다고 해요. 잘 왔
다고 하시며 여간 환영하지 않았다고 해요."

"무……무슨 말씀입니까?"

쿠라노스케가 대들 것처럼 물었다.

"그럼, 좀 전에 말씀하신 여러 가지 난제는 도대체 누가 생모님께 보
고했습니까?"

"바로 그 점이에요."

요도 부인은 가만히 주위를 둘러보았다. 처음에는 카즈모토가 거짓
말을 할 리 없다고 생각했던 그녀도 하루나가의 언변에 말려들어 한 가
지 의문에 부딪친 모양이었다.

"이에야스 님은, 대답은 이치노카미에게 했으니 그대들은 아무 걱정
도 할 것 없다……고만 말씀하신 모양이에요. 그런데 귀로에 츠치야마
의 숙사에 도착했더니 이미 오사카에 돌아갔어야 할 이치노카미가 거
기서 로죠들을 기다리고 있었던 거예요. 그때 이에야스가 제시한 세 가
지 조건을 알게 된 모양이에요. 나를 이에야스의 소실로 보낼 것, 오사
카 성을 내놓을 것, 그리고 히데요리 님은 에도의 쇼군에게 사과하러
갈 것……"

"그것 보십시오."

쿠라노스케가 부채로 다다미를 무섭게 쳤다.

"이치노카미는 늙은 너구리와 한통속이라고 이미 제가 말씀 드리지 않았습니까."

"으음."

하루나가도 눈을 부릅뜬 채 신음했다.

"그럼, 어머니들을 무사히 돌려보낸 것도 전쟁을 자기가 도발했다는 불의의 누명을 쓰지 않기 위한 계략이었군."

"아니, 그 이상이오! 우리에겐 아직 화목의 길이 남은 듯이 보여 조금이라도 더 방심시키려는 속셈. 이치노카미 놈…… 어슬렁어슬렁 돌아오면 어떻게 처치해야 할지. 갈가리 찢어죽여도 시원치 않을 배신자! 슈리 님, 단호히 처단하지 않으면 사기가 떨어질 것이오."

11

쿠라노스케의 목소리는 호령과도 같았다. 요도 부인은 이미 그러한 기세를 달래려고도 하지 않고 나무라지도 않았다.

인간이 가진 생각의 변화를 지탱해주는 받침점이란 그 어디에 있는 것일까……?

상대는 카타기리 카츠모토라는 표리가 없는 한 인간. 더구나 그는 여기 없다. 따라서 반박도 해명도 할 수 없다.

그토록 성실한 인물마저도 어떤 면에서 보면 음험하기 짝이 없는 '대음모가'로 보일 지경, 미숙한 인간의 눈이 얼마나 부정확한지를 알 수 있다.

"이제 아시겠습니까?"

쿠라노스케의 호령에 동조한 듯 오노 하루나가는 한층 더 가슴을 떡 펴고 말을 계속했다.

"이번 공양이 하루 전에 갑자기 중지되었다…… 그 이유가 단지 종명의 문자 때문……이라고 보는 것은 어린아이 같은 생각입니다. 그 뿌리가 어디에 있었는가…… 죄송한 말이지만, 이 슈리는 이번 난제를 놓고 볼 때 돌아가신 타이코 전하 생전에 있었다고 봅니다."

"뭣이, 생전에……?"

요도 부인이 깜짝 놀라 물었다.

"예. 한마디로 하면 천하가 탐난 거지요. 이 천하와 더불어 또 하나 탐나는 것이 있었다, 다름 아닌 생모님……이라는 사실을 슈리는 이제 와서 깨달았습니다. 그렇지 않다면 그 나이에 새삼스럽게 생모님을 소실로 보내라……고 할 리 없지요."

"어머……"

"아시다시피 오고쇼는 일단 가슴에 품은 계획은 반드시 이루고야 마는 집념의 사람입니다. 요즘에 와서 겨우 깨달았습니다마는, 그러한 오고쇼의 집념을 깨달은 것이 이시다 지부쇼유…… 생모님은 전하가 돌아가실 때 지부쇼유가 묘한 말을 한 것을 기억하고 계십니까? ……생모님을 마에다 다이나곤前田大納言에게 재가시키려고 했던 그 일…… 그것이야말로 오고쇼가 품은 사악한 연모의 집념을 꿰뚫어보고 한 말이 분명합니다."

"……"

"그래서 지부쇼유가 이에야스는 묵과할 수 없는 도요토미 가문의 원수……라 단정하고 세키가하라 전투를 벌였습니다. 생모님께선 기억하고 계십니까, 그 전투가 끝난 후 오고쇼가 우리를 오츠에서 이리 피신하게 한 일을?"

"어찌 잊을 수 있겠어요."

"실은 그때 이 슈리도 무척 관대하신 분이라 여기며 오고쇼에게 감쪽같이 속았습니다. 지금 생각하면 그럴 수밖에 없었다고 생각됩니다. 세키가하라의 승리로 노리던 천하는 손에 들어왔다. 그러나 아직 생모님은 자기 것이 되지 않았다. 만일 자결이라도 하시면 큰일이라고 생각하여 하필이면 이 슈리를 사자로 삼아 생모님에게 은혜를 입혔습니다. 이번 난제의 뿌리는 여기에 있다고 생각합니다. 센히메를 이 성으로 출가시킨 것도 그 집념과 관계가 없지는 않을 것입니다. 그러면 동생이신 오에요阿江與 부인도 칸토에 있으므로 생모님은 반드시 오고쇼 곁에 올 것이라고……"

오노 하루나가는 완전히 자기 말에 도취되어 있었다. 어쩌면 말하는 동안 떠오른 공상이 그냥 입밖으로 흘러나왔는지도 모른다.

12

어느 틈에 요도 부인은 하루나가의 화술에 매료되어 연신 고개를 끄덕이기 시작했다. 그녀에게 이에야스가 아직 자기를 잊지 못해 생각하고 있다……는 것은 기분 나쁜, 그러나 묘한 쾌감이기도 했다.

말로 표현하면 ──

"징그럽다."

한마디로 요약할 수 있었다. 그러나 밑바닥에는 무어라 형언할 수 없는 만족감이 숨겨져 있었다.

문득 요도 부인이 언제 끝날지 모를 하루나가의 말을 가로막았다.

"잠깐, 슈리…… 설마 그대는 그렇기 때문에 나더러 슨푸에 가서 직접 이에야스와 담판하라는 것은 아니겠지?"

"당치도 않습니다."

하루나가는 다시 몸을 앞으로 내밀었다. 이미 두 사람 사이의 간격은 그들의 관계를 노골적으로 드러낼 만한 거리가 되어 있었다.

"생모님이 직접 가신다고 해결될 문제가 아니다……라고 말하고 있습니다. 오고쇼는 그렇게 되기를 바라고 로죠들을 환대해 아무 불안도 품지 않게 하고 돌려보냈습니다. 아시겠습니까? 그야말로 가증스럽기 짝이 없는 너구리…… 그렇게 하면 강한 기질의 생모님이 반드시 직접 찾아온다. 바로 자기가 바라던 일…… 생모님을 인질로 잡아 자신의 집념을 달성하고 이번에는 그것을 미끼로 도련님을 괴롭힌다…… 어머니 목숨을 구하고 싶으면 성을 내놓고 즉시 항복하라…… 그렇지 않으면 대군을 동원하여 일거에 공격하겠다고……"

와타나베 쿠라노스케가 어깨를 크게 쳐들고 하루나가를 보았다. 하루나가가 이처럼 대담하게 요도 부인을 설득하리라고는 생각지 않았기 때문이다.

'이제 결정되었다! 그러나저러나 오노 슈리는 이 얼마나 생각이 깊고 지략이 뛰어난 사람인가.'

지금까지는 주전론과 반전론 사이를 모호하게 왕래하면서 전혀 본심을 드러내지 않았는데…… 그런데 지금 하루나가는 갑자기 가면을 벗어던지고 교묘한 설득력으로 요도 부인의 관심 방향을 완전히 돌리는 데 성공했다.

'이것으로 카타기리 카츠모토는 제거되고, 이에야스에 대한 반감이 무럭무럭 자란다.'

와타나베 쿠라노스케가 새삼스러운 마음으로 하루나가를 바라보고 있을 때였다. 요도 부인은 얼굴 가득히 불쾌한 빛을 띠고 몸을 떨기 시작했다.

"내가 그대로 슨푸의 늙어빠진 병자에게 안기다니…… 아아, 불쾌해! 슈리, 그럼 어떻게 해야 할까?"

"말씀 드릴 것도 없이 오고쇼의 속셈을 안 이상 싸울 도리밖에 없습니다. 전쟁에는 막대한 군비가 소요됩니다. 그런데 그 군비가 성안에는 없다……고 생각하도록 꾀한 것도 실은 오고쇼…… 오고쇼의 사주를 받은 카타기리 이치노카미가 그런 소문을 퍼뜨려왔으나 그가 없는 동안에 탄로났다…… 이 모두 돌아가신 전하의 영혼이 인도한 탓이겠지요. 군비가 충분하다면 이 오노 하루나가도 결코 물러서지 않겠습니다. 이렇게 된 이상 더욱 신변을 엄히 경계시키고 즉시 전투준비에 들어간다…… 이밖에 다른 방법이 없다고 생각합니다."

13

오사카 성의 공기는 두 로죠가 카타기리 카츠모토보다 한발 먼저 돌아왔다……는 사실 때문에 돌변하고 말았다.

일의 성부成否란 이렇듯 어처구니없는 '동기'로 인해 결정되는 것이 아닐까? 두 로죠의 부주의로 잘못 들은 '세 가지 조건 중의 하나……'가 그냥 '세 가지 조건'으로 전달된 데도 원인은 있다.

지금까지 미온적이었던 오노 하루나가가 무엇에 홀린 듯이 이에야스에 대한 적의를 굳히고, 하루나가의 증오가 그대로 다시 요도 부인의 불안정한 감정에 불길을 옮겨주었다……

처음에는 카타기리 카츠모토에게 쏠렸던 의혹이 겨우 반 각(1시간)이 지났을 때는 그 초점이 이에야스에게로 바뀌어 앞뒤 가리지 않고 '전쟁'을 할 수밖에 없는 불을 붙이고 말았다.

사람들은 아무도 그 이야기의 비약을 깨닫지 못했다. 오히려 그 반대로 고민하고 앞이 보이지 않아 전전긍긍하던 문제가 드디어 결론을 얻은 듯한 착각에 빠져 안도의 숨을 내쉬었다.

"그런가, 역시 오고쇼는 나와 도련님을 노린 매였다는 말인가?"

조금 전까지만 해도 이에야스는 두 로죠나 요도 부인에게도 아주 너그러운 연상의 친구였다. 그러던 것이 어느 틈에 이렇듯 극단적인 원수로 바뀌고 말았단 말인가?

인간 세상에서 경계해야 할 파란의 뿌리는 언제나 이처럼 사소한 '틈새'를 보이는 데서 뻗어나는 것인지 모른다.

지금 카타기리 카츠모토는 상심한 가슴을 안고 쇼시다이의 집을 떠나 오사카 성을 향하고 있었다. 이타쿠라 카츠시게에게 냉대를 받은 그는 드디어 일이 중대해졌다고 느꼈다. 그러나 아직 파국에는 이르지 않았다고 생각했다.

'세 개 조항 중 한 가지를 이행하게 할 도리밖에 없다.'

마에다 가문의 예에 따라 에도에 저택을 마련하여 생모 요도 부인을 인질로 가게 할 것인가……?

아니면 오사카 성을 내놓고 야마토로 영지를 옮길 것을 승낙시킬 것인가…… 그렇게만 되면 문제는 한꺼번에 해결되겠지만 일곱 장수를 비롯한 주전론자들이 들고일어날 것이 두렵다.

세번째 안, 곧 히데요리를 직접 에도로 가게 하여 장인 쇼군 히데타다에게 떠돌이무사 고용에 대해 해명하게 한 뒤 성대한 17주기의 법요식은 못할망정 대불전 공양만이라도 끝내도록 한다…… 그런 다음 인심이 좀 부드러워진 틈을 타서 영지 이전의 일은 도요토미 가문이 자청하는 형식으로 처리한다.

카츠모토는 그때까지도 두 로죠에게 말한 3개 조항에 대해서는 전혀 후회하지 않았다.

'너무 갑작스럽게 말하면 놀라서 그 파문이 커진다. 두 로죠가 슬쩍 요도 부인에게 귀띔해주었으면……'

성안에서의 흥분이 엉뚱한 결론에 이른 데도 이유는 있었지만, 카타기리 카츠모토가 전쟁을 피하려고 매달리는 한 오라기의 지푸라기에도 이유는 있었다.

이렇듯 상심 속에서 여행을 계속한 카츠모토는 이튿날 이른 새벽 오사카 성 안의 자기 집에 도착했다.

14

카타기리 카츠모토의 집은 둘째 성 안, 속칭 히가시야시키東屋敷라 불리는 곳에 있었다. 일단 전쟁이 벌어지면 이 저택은 곧 성채로 변하여 2,000명 가까운 군사가 모이도록 되어 있었다.

저택의 문에 들어선 카츠모토는 깜짝 놀랐다.

완전한 무장이라고는 할 수 없었으나 감발을 한 군졸들이 심상치 않은 표정으로 집안 여기저기에 배치되어 있었다. 동원하기 위한 군사라고는 볼 수 없었지만, 적어도 무슨 일이 일어나려고 하는 데 대한 경계로는 보였다.

"아니, 어떻게 된 일이냐? 슈젠노쇼는 어디 있느냐?"

앞마당으로 가지를 늘어뜨린 녹나무 밑에 멈춰서서 물었다. 당사자인 슈젠노쇼 사다타카가 황급히 안채 현관에서 달려나왔다.

"형님, 여기서는 말씀 드릴 수 없습니다. 어서 거실로……"

"내 집에 왔는데 당연히 들어가야지. 그런데 슈젠노쇼, 무슨 일이 일어났느냐?"

"그것이……"

사다타카는 말을 더듬었다.

"형님이 칸토와 내통했다…… 용서할 수 없는 발칙한 자라고 성내에서는 상하가 모두 야단입니다."

"뭣이, 내가 칸토와……?"

"그렇습니다. 도련님 명으로 금고 열쇠를 압수해갔습니다."

순간 카츠모토의 얼굴에서 핏기가 가셨다.

"그게 정말이었구나!"

그 말을 들은 사다타카는 얼른 형의 손을 잡고 현관 쪽으로 걷기 시작했다.

"무슨 뜻입니까, 형님?"

그러나 카츠모토의 대답을 그 자리에서는 들을 수 없었다.

'이것만은 간단히 설명할 수 없다……'

적어도 군자금의 재고량에는 그의 계략이 숨어 있었다. 기회를 보아 히데요리에게만은 몰래 귀띔해놓았어야 할 일이었다.

'나는 그 말을 하지 않았다……'

주군을 속이고 은밀히 횡령할 속셈이었다고 오해를 받아도 해명할 수 없는 입장에 놓이게 되었다……

"그래, 정말 열쇠를 넘겨주었다는 말이지……?"

카타기리 카츠모토는 현관에서 기둥에 이마를 기대고 무너져내리려는 상체를 겨우 지탱했다. 비로소 그는 눈앞이 캄캄해지는 절망감과 대면했다.

"자, 거실에서 잠시 휴식을…… 형님께 말씀 드려야 할 일이 산더미 같습니다."

카츠모토는 가만히 끄덕이고서 마루로 올라갔다. 그리고 허공을 노려보듯이 하며 자기 거실로 들어갔다.

"실은 형님, 조금 전에 도련님의 명령을 전하러 사자가 왔습니다. 신참자인데 이름은…… 참, 오쿠하라 신쥬로라고 하던가…… 그자가 형님이 돌아오면 대령하라고 한 뒤 묘하게 말꼬리를 흐렸습니다."

"뭐, 묘하게 말꼬리를 흐렸다고?"

"도련님에게는 가지 않는 것이 좋지 않느냐…… 하는 듯이 말입니다. 그렇게 되면 혈기왕성한 자가 해칠 것이라고…… 오쿠하라는 타이코 전하의 아우님인 히데나가 님에게 은혜를 입은 야마토의 무사, 형님을 잘 아는 것 같았습니다마는……"

15

카타기리 카츠모토는 듣고 있는지 아닌지 알 수 없는 표정으로 허공만을 응시하고 있었다.

"형님은 어쩌자고 도중에 오쿠라 부인과 쇼에이니에게 중요한 말씀을 흘리셨습니까? 한낱 여자에 지나지 않으므로 오고쇼는 아무 말씀도 않고 돌려보낸 모양입니다. 그런데 도중에 형님에게 세 개 조항의 난제 이야기를 듣고, 그것은 오고쇼의 의견이 아니라 칸토와 내통하고 있는 형님이 쇼군과 오고쇼에게 충성을 다하기 위해 스스로 생각해낸 조건이라고…… 곡해한 것 같습니다. 도련님이나 생모님도 형님에게 증오를 집중시켰다……고 저도 생각하고 있고, 오쿠하라 신쥬로도 그렇게 말하고 있습니다."

"……"

"그런데, 형님은 그 가혹한 세 개 조항을 그대로 받아들이고 돌아오신 것은 아니시겠지요?"

"……"

"어느 한 가지 조건이라면 또 모릅니다만…… 생모님을 소실로 보내라, 그리고 성을 내놓아라…… 그것으로도 부족해 도련님은 에도로 가서 쇼군에게 사과하라고 한다면 저도 피가 끓지 않을 수 없습니다. 지나쳐도 너무나 지나친……"

카츠모토는 비로소 동생의 분노에 의아심을 품었다.

"슈젠노쇼, 너는 지금 이상한 말을 했어."

"이상한 말이라니요…… 형님, 그 이상의 난제가 또 어디 있겠습니까. 그렇게 되면 저도 칸토 쪽과 일전을 벌이고 죽을 마음이 들지 않을 수 없습니다."

"일전을 벌이고 죽을 생각이냐, 너도……?"

"그렇습니다. 세 개 조항을 이행시키려는 것은 칸토 쪽도 싸울 작정이라는 뜻이 아니겠습니까. 생모님을 소실로 보내는 동시에 성을 내놓고 항복하라…… 그러면 목숨만은 살려주겠다…… 아무리 평화로운 세상이라 해도 이처럼 짓밟힌다면 가신으로서 면목이 서지 않습니다. 실제로 형님이 그 조건을 수락하고 오셨다면…… 이 슈젠노쇼는 도련님 앞에 나가시기 전에 할복을 권할 생각이었습니다. 형님! 도대체 형님은 무슨 생각을 하고 계십니까?"

사다타카는 주르르 눈물을 흘렸다.

카츠모토는 무슨 말을 하려다 말고 다시 입을 다물었다. 격한 감정의 동요가 혀의 회전을 봉쇄했는지도 모른다.

'그렇구나. 동생까지도 주전론자가 되고 말았구나……'

"형님, 왜 잠자코 계십니까? 물론 형님도 일전을 각오하시고 돌아왔겠지요. 그렇다면 몰라도 그렇지 않으면 도련님 앞이나 생모님 앞에서 죽임을 당하거나 할복명령을 받을 것이 뻔한 일…… 잘 생각하시고 진심을 말씀해주십시오."

"……"

"형님! 대답이 없는 것은 할복하실 각오이기 때문입니까?"

"슈젠노쇼."

카츠모토는 비로소 입을 열었다.

"세 가지 조건은 말이다, 생모님이나 도련님의 추측대로 오고쇼가 제시한 조건이 아니라, 이 카츠모토의 생각이었어."

"아니…… 그럼……"

"잠깐! 세 가지 조건 중에서 어느 하나를 택할 것인지 회의를 열도록 할 생각이었어…… 이제는 그것도 허사가 되었구나……"

이렇게 말한 카츠모토는 다시 눈을 감은 채 입을 굳게 다물고 돌처럼 움직이지 않았다.

입성 전략

1

키슈의 코야산高野山 기슭에는 가을이 일찍 찾아온다.

사나다 사에몬노스케 유키무라의 쿠도야마 저택에 있는 감은 이미 물들기 시작했다. 맑게 갠 날에는 이따금 새끼를 거느린 꿩이 추녀 밑까지 날아와 사이좋게 모이를 먹으며 놀다 돌아가곤 했다.

"아버님, 카타기리 이치노카미는 일족을 데리고 오사카 성에서 이바라키 거성으로 돌아갔다고 합니다."

독서를 하던 외아들 다이스케大助의 말을 듣고 아끼는 칼을 닦고 있던 유키무라는—

"그런 모양이더라."

관심도 없다는 듯이 대답했다.

"카타기리 카츠모토는 오사카 쪽이 패할 것으로 본 모양이지요?"

"그런 것 같다."

"카타기리 카츠모토가 물러간 성에 아버님이나 제가 입성하면 시나노의 백부님은 어떻게 생각하실까요?"

이 말을 듣고 유키무라는 비로소 자기 아들에게 시선을 옮겼다.

"다이스케, 너는 이 아비에게 충고를 할 셈이냐?"

"아닙니다. 과연 오사카 쪽이 이길지 어떨지 그 일을 생각하고 있었습니다."

"그래? 그렇다면 생각하지 말아라."

"생각하지 않으려 해도…… 그게 쉽게 감정의 정리가 되지 않습니다. 우선 고죠五條 부근에서 엄중히 경계하고 있는 마츠쿠라 분고의 포위를 어떻게 돌파하느냐……"

"하하하……"

유키무라는 웃으면서 손질을 끝낸 칼을 칼집에 꽂고 아들 쪽으로 향했다.

"다이스케, 너는 뜻밖에 소심하구나."

"아버님 같지는 못합니다. 코야에 있는 승려들에게까지 어떤 일이 있어도 탈출의 편의를 도모해선 안 된다는 엄명이 내린 모양입니다."

"그런 엄명은 마츠쿠라 님이나 코야산뿐이 아니지. 와카야마和歌山의 아사노 가문에서는 하시모토橋本, 토게峠下, 하시야橋谷 부근까지 정찰대를 내보낸 모양이다. 유키무라가 쿠도야마에서 나오려고 하면 사정없이 체포하라……고. 전쟁이란 이런 것이다."

"아버님."

다이스케는 소심하다는 말에 무척 자존심이 상한 듯 물었다.

"오사카 쪽을 따르는 장수들의 성격과 역량은 일단 조사해놓으셨습니까?"

"음, 대략은…… 그렇지 않으면 지휘도 배치도 할 수 없다. 그런데 왜 그런 것을 묻느냐?"

그렇게 말하면서 유키무라는 15년이란 세월의 격차를 이상스러운 감개로 반추했다.

자신과 세상을 떠난 아버지 마사유키와의 문답은 전쟁에 관한 한 언제나 의사가 밀착되어 통하고 있었다. 그런데 다이스케는 전쟁을 모른다. 전쟁이 사라진 후에 태어나 전쟁을 모르는 세상에서 자랐다. 그러므로 전국인戰國人으로서의 노고도 각오도 모두 남이 자랑스럽게 말하는 것을 듣고 얻은 부정확한 지식에 지나지 않는다.

다이스케는 그런 점을 깨닫고 오히려 소심해진 것이 아닐까…… 하는 생각이 문득 들었다.

이때 다이스케가 단단히 마음먹은 듯 묘한 말을 꺼냈다.

"오사카에서 보내온 아군의 면모……를 보니 거의 모두가 세키가하라 전투 때 패하고 흩어졌던 떠돌이무사인 것 같습니다. 이런 사람들에게는 지는 버릇이 붙어 있지 않을까요?"

2

"허어, 지는 버릇이라니 어째서 그런 생각이 드느냐?"

유키무라는 다이스케가 무슨 생각을 하고 있는지 잘 몰라 애매한 대답으로 오히려 탐색하듯 물었다.

"제법 싸움에 능한 개라도 한번 패한 뒤로는 도움이 되지 않습니다. 이긴 개 앞에서는 움츠러들고 맙니다."

"원 이런, 너는 개와 무장을 똑같이 보느냐?"

"인간의 습성에도 개와 같은 면이 있습니다. 그러므로 한번 진 무사는 출가하는 것이 마땅하다……고 어느 스님이 말했습니다. 그분도 세키가하라 때의 패장이라고 합니다."

"하하하…… 다이스케 너는 묘오인明王院의 세이유보政佑坊에게 무슨 말을 들은 모양이구나. 그 사람은 분명히 이시다 가문을 섬기던 아시가루足輕° 대장이었어."

유키무라는 문득 시선을 허공으로 보내면서 역시 말해주어야 할 일이라고 생각했다.

"물론 전쟁에는 승자와 패자밖에는 없다. 그러나 세키가하라 때만 해도 처음부터 서군이 패할 것을 알고 가담한 사람도 없지 않아."

"의義 때문……이란 말씀이군요. 그러나 그 의를 위해 편드는 경우에는 오히려 폐가 되는 일도 종종 있습니다. 지는 버릇이 붙은 의인義人이 가담하면 이로 인해 전군에 파탄이 일어난다, 그러므로 지휘를 맡은 자는 의를 따르지 말고 강자를 따라야 한다고……"

"그것도 세이유보의 말이냐?"

"예…… 그러나 누구 말이든 들어야 할 필요가 있을 때는 들어야 한다고 생각합니다."

"그래서 도대체 너는 무엇이 마음에 걸린단 말이냐?"

"아버님, 어째서 카타기리 카츠모토는 오사카 성을 떠났을까요? 적어도 현재의 오사카 성에 없어서는 안 될 인물이라 생각합니다마는."

"으음, 그 일 말이냐?"

"예. 카츠모토가 떠난다……는 것은 오사카 성 내부에 상상을 초월한 분열의 조짐이 숨어 있다는 것을 말해준다, 카츠모토를 추방하면 후임 총대장 격은 오노 슈리노스케 하루나가, 오노 슈리로는 전쟁을 할 수 없다, 그는 세키가하라 때의 이시다 지부쇼유보다 훨씬 허약하다……고 말하는 사람이 있습니다."

"사실이야. 이시다 님은 뭐니뭐니 해도 사와야마佐和山 십구만 사천 석의 성주…… 그러나 슈리 님은 겨우 삼만 석의 낮은 신분. 사람을 다루는 데나 가문을 거느리는 경험의 규모가 달라."

"아버님."

다이스케는 안타깝다는 듯 몸을 앞으로 내밀었다.

"가끔 입성을 재촉하러 오시는 와타나베 쿠라노스케 님은 그 오노 님의 명으로 오시는 것 아닙니까? 이시다 지부쇼유와 비교가 안 될 정도인 슈리 님을 아버님은 어째서 그토록 믿으십니까?"

유키무라는 드디어 올 것이 왔다고 생각했다. 젊은 다이스케가 당연히 도달해야 할 의문이었다. 동시에 아직은 아무리 설명해도 깊이는 이해할 수 없는 의문이기도 했다.

"다이스케, 정원을 바라보아라."

유키무라가 말했다.

"정원에는 아직 부용꽃이 피어 있어. 저 꽃은 어째서 해마다 어김없이 이렇게 피는 것일까?"

이 말에 다이스케는 시선을 정원으로 던졌으나 얼른 아버지에게 되돌렸다.

3

다이스케는 잠시 아버지를 빤히 쳐다보다가 가만히 혀를 찼다.

"꽃이 왜 피는가, 꽃도 살아 있기 때문입니다. 그러나 꽃이 어째서 살아 있느냐……고 물으시면 신불이 만들었기 때문……이라고 대답할 수밖에 없습니다."

유키무라는 진지하게 고개를 끄덕였다.

"그래, 옳은 말이다. 인간에게는 지는 버릇이 있는 동시에 약한 자를 편드는 버릇도 또한 있어. 알겠느냐? 그러면 왜 그런 버릇이 있느냐……고 묻는다면 꽃이 왜 해마다 피느냐고 하는 물음과 같이 그렇게 간단히 대답할 수는 없어. 언젠가 너도 나름대로 그에 대해 이해할 때가 있을 것이다."

이렇게 말하고 나서 유키무라는 부드럽게 웃었다.

"납득이 안 되거든 너는 나와 같이 갈 필요는 없어. 코야산에 있으면서 공부를 하는 게 더 나아."

"아버님."

"아니, 그 얼굴이 왜 그러냐?"

"저는 아버님과 행동을 함께 하고 싶기 때문에 의문을 꺼내었습니다. 두렵거나 무서워서는 아닙니다."

"그래, 그럴 테지, 네 기질로는."

"저는 무사의 죽음에 대해 생각해보았습니다. 전에는 죽이지 않으면 죽기 때문에 정신없이 싸우다 죽었겠지요. 그런데 점점 평화로운 세상이 되어 지금은 서로 죽이지 않아도 살아갈 수 있습니다. 그런데도 떠돌이무사들은 앞다투어 오사카 성에 입성합니다. 보다 나은 삶을 누리기 위해서일까, 아니면 출세를 위해서일까? 의에 목숨을 바치려는 사람도 있겠지 하고 저 나름대로 납득하고 있습니다. 그런데 의를 위해 제일 먼저 일어서야 할 카타기리 카츠모토가 삼백 명의 부하에게 총포 심지에 불을 붙이게 하고서 물러갔다고 합니다…… 카츠모토는 이번 전쟁에서는 의로운 마음을 일으킬 가치가 없다……고 보았기 때문이 아닐까요?"

"아마 그럴 테지."

유키무라는 다이스케의 말에 별로 반박하려 하지 않았다.

"꽃에도 여러 가지가 있지 않느냐. 부용도 있고 국화도 있고 도라지 꽃도 있고 마타리도 있어. 인간도 마찬가지야…… 모두 얼굴을 가지고 있지만 기질도 생각도 각각 다르게 마련이야. 그러므로 나는 네게 굳이 입성을 권하지는 않아."

다이스케는 안타깝다는 듯 무릎을 쳤다.

"아버님에게는 아직 제 마음이 통하지 않는군요."

"과연 그럴까……"

"저는 아버님과 함께 죽을 생각입니다. 그러기에 이것저것 알고 싶습니다. 개죽음이란 자신도 납득하지 못하는 죽음을 말하는 것이 아닐까요? 개죽음은 하기 싫다! 아니 해서도 안 된다고 생각하기 때문에 여쭙는 것입니다."

다이스케의 말을 듣고 유키무라는 손질해놓았던 칼을 들고 자리에서 일어났다. 센고쿠 시대에는 전혀 없던 질문이어서 솔직히 말하면 대답할 수가 없었다.

'아버지와 함께 죽고 싶다!'

그 감정만으로는 도저히 납득할 수 없는 일이 많다. 그렇다고 패할 전쟁이 아니다! 단언할 수 있을 정도로 유키무라는 단순한 아버지가 아니었다.

"다이스케, 그 점은 서로가 좀더 생각해보기로 하자. 그보다 아비는 이곳을 떠나기에 앞서 마을사람들과 이별의 잔을 나누고 싶구나. 누구를 초대하는 것이 좋을지 좀 생각해보아라."

이렇게 말하고 곧 집에서 나갔다.

4

사나다 사에몬노스케 유키무라로서는 카츠모토가 떠났다는 사실이 여간 큰 타격이 아니었다.

사자로 온 와타나베 쿠라노스케 타다스渡邊內藏助糺는 이치노카미가 부정을 저질렀기 때문이라고——

"일단 전쟁이 벌어지면 칸토 군을 성안으로 끌어들인 후 금고의 황금을 가지고 도망칠 생각이었음이 분명합니다."

분개한 표정으로 이렇게 말했다. 그러나 카츠모토가 그럴 인물이 아니라는 사실은 유키무라 자신이 잘 알고 있었다. 오노 슈리노스케 하루나가의 눈밖에 나서 엉뚱한 혐의를 뒤집어씌우는 바람에 끝내 참을 수 없어 센고쿠 무사의 분노를 터뜨린 것이리라.

쿠라노스케가 알려온 '오사카의 편'이라는 인물들의 면모는 다이스케의 말이 아니라도, 별로 탐탁지 않았다.

성안에 있는 오노 하루나가, 오노 슈메노스케 하루후사大野主馬亮治房 외에 그 동생 도켄道犬이 입성하게 되었다고 한다. 그러나 이들 오노 삼형제가 힘을 합친다고 해도 별로 도움이 될 것 같지는 않았다. 일곱 장수의 실력도 14년의 태평세월이 흐른 후여서 얼마나 기대를 걸 수 있을지 의문이었다.

두드러진 인물을 살펴보면 50세로 1만 석 영주가 된 난죠 나카츠카사노쇼 타다나리南條中務少輔忠成. 68세로 3,000석을 받는 오다 우라쿠사이, 이 우라쿠사이의 아들로 33세인 1,000석의 사몬뉴도 나가요리左門入道長賴.

교부쿄刑部卿 부인의 아들로 23세인 3,000석의 나이토 신쥬로 하루타다內藤新十郎玄忠.

호소카와 타다오키細川忠興의 친척으로 41세인 5,000석의 호소카와 사누키노카미 요리노리細川讚岐守賴範.

원래 카가의 다이쇼지大聖寺 성주였던 야마구치 겐바노카미山口玄番頭의 아들로 37세인 3,000석의 야마구치 사마노스케 히로사다山口左馬助弘定.

히데요시의 전투 츠카이반使番°이었던 70여 세가 된 3,000석의 코리 슈메노스케 요시츠라郡主馬亮良列.

무사 부교로 50세인 3,000석의 아카자 나이젠노쇼 나오노리赤座內膳正直規.

1만 석인 하야미 카이노카미 모리히사速水甲斐守守久는 이미 70세에 가까운 나이가 되었을 것이고, 3,000석인 마노 분고노카미 요리카네도 이미 전쟁터에 나갈 나이는 훨씬 지나 있었다.

한창이라고 생각되는 자는 40세인 5,000석의 스스키다 하야토노쇼 카네스케薄田隼人正兼相와 와타나베 쿠라노스케 정도이고, 나머지는 나이가 들었거나 아니면 히데요리와 비슷한 젊은이들뿐이었다.

20세인 800석의 쇼다이부諸大夫°인 키무라 나가토노카미 시게나리 木村長門守重成. 일곱 장수의 한 사람인 이토 탄고노카미 나가츠구伊東 丹後守長次의 조카로 23세인 1,000석의 이토 미마사카노카미 나가히로 伊東美作守長弘 등을 쿠라노스케는 입에 침이 마르도록 칭찬했다.

그러나 그들은 자신의 아들 다이스케와 비슷할 것이라고 유키무라 는 생각했다.

그리고 다이스케의 말대로, 새로 입성한 자들도 과연 그 대부분이 세 키가하라의 패장들뿐……

유키무라 자신은 아버지와 함께 우에다 성에서 현재 쇼군인 히데타 다의 군사를 저지하고 싸웠으므로 별도로 치더라도, 센고쿠 부젠뉴도 무네나리仙石豊前入道宗也는 아버지 센고쿠 히데히사仙石秀久를 배반 하면서까지 이시다 편을 들었다가 패하여 쿄토의 신마치新町 니죠二條 에 살고 있던 떠돌이무사 다이묘였다. 전에 부젠의 코쿠라小倉 성주로 4만 석이었던 모리 부젠노카미 카츠나가毛利豊前守勝永 역시 세키가하 라에서 패한 패장으로 토사土佐의 야마노우치 가문의 신세를 지고 있 었다.

센고쿠는 이미 50세였다. 모리도 거의 비슷한 나이일 터. 전쟁터에 서 달릴 수 있는 체력의 한계는 대체로 42세 정도로 보아야 한다. 대부 분이 이 나이를 지나면 '옹翁'의 범주에 속하여 이미 전쟁터의 실력자 는 될 수 없다.

그야말로 15년 간의 태평세월은 여러 가지 의미에서 인간도 사물도, 그리고 사고방식도 완전히 바꿔놓고 말았다……

5

유키무라는 칼을 든 채 정원으로 내려갔다.

철 지난 갈대 이삭이 뒤뜰에서 숲으로까지 이어지고, 숲에서는 점점이 붉은 물감을 떨어뜨린 듯 단풍이 물들고 있었다.

'그렇다…… 정말 도움이 될 사람은 누구누구일까……?'

이미 유키무라의 각오는 확고했다.

지금 입성하더라도 전쟁은 겨울이 되어서야 시작된다. 일부러 겨울철을 택한 것은 칸토 군의 총대장 '오고쇼 이에야스'의 출진을 봉쇄하고 싶었기 때문이다. 이에야스는 이미 73세의 고령이다. 엄동을 택해 도전하면 출진하지 못할 것이다.

'총대장이 이에야스냐 히데타다냐에 따라 전력은 달라진다.'

이런 계산을 하고 있으면서도 사실 유키무라의 가슴속에는 이와 전혀 다른 걱정이 있었다.

'이제 와서 이에야스를 상대하고 싶지는 않다……'

상대하고 싶지 않다는 것은 전쟁터에서 이에야스를 가혹하게 죽이고 싶지 않다는 묘한 애착과 상통했다.

이에야스가 나타나지 않으면 유키무라의 전투에는 또 하나 재미있는 국면이 전개될 것 같은 느낌이 들었다. 아직도 젊은 히데타다와 그 측근을 사상전, 모략전의 와중으로 유인하여 마음껏 세척할 수 있으리라는 기대감이었다.

아직도 싸움을 통해 영지를 빼앗는 장난질을 잊지 못하는 전국인戰

國人이 많이 살아남아 있듯—태평이 무엇인가? 태평을 유지하기 위해서는 어떤 노력을 해야 하는가? 이런 일에는 전혀 무관심하면서도 자못 태평주의자인 체하는 역겨운 무리도 많이 나타났다.

쇼군 히데타다를 총대장으로 한 그런 무리들이 사나다 유키무라에게 희롱당하면 얼마나 바쁘게 꼬리를 드러낼 것인가. 그 우왕좌왕하는 소용돌이에서 바람직하지 못한 자들을 모조리 전쟁터로 몰아넣는다.

'인간이 전쟁과 영원히 인연을 끊을 수 없는 원인의 하나는 신불이 경박한 자를 가끔 청소하지 않을 수 없는 하늘의 뜻을 지닌 탓……'

그러나 총대장이 이에야스……라면 그리 쉽게 유키무라의 교란작전에 말려들지 않을 터…… 아니, 그 반대로 73세의 이에야스가 진두에 나타났다! 하면 아들 다이스케의 말이 아니라도 싸움에 진 개의 추태를 보일 자가 여기저기서 나타날 우려가 충분히 있었다.

정말 이 유키무라의 오른팔이 되어 싸울 수 있는 자는 누구일까?

고토 마타베에일까 모리 카츠나가일까…… 그러나 두 사람 모두 너무 나이가 들었다. 그렇다면 역시 스스키다 하야토, 와타나베 쿠라노스케 정도를 가장 유능한 무장으로 이용하지 않으면 안 된다.

'문제는 이에야스가 출진하느냐 않느냐에 있는데……'

그때 다이스케가 당황하며 다시 정원으로 달려나왔다.

"아버님, 슨푸에서 첩자가 돌아왔습니다."

유키무라는 그 말을 듣고 날카로운 눈길로 뒤를 돌아보았다.

6

"뭐, 슨푸에서 돌아왔어?"

유키무라는 성큼성큼 마루에 올라 상반신을 내밀듯이 하고 다이스케를 뒤따라오는 여행자 차림의 승려를 기다렸다.

승려는 유키무라 앞에 와서 천천히 삿갓을 벗고 한쪽 무릎을 꿇었다. 아직 젊었다. 예민해 보였으며, 눈빛이 잘 변하는 사나이였다.

"오랜만에 뵙습니다."

"수고가 많았다, 쇼에이보昌榮坊. 그래 여행은 어떠했느냐?"

"가는 곳마다 꽃이 만발해 있었습니다."

"그래? 이 쿠도야마에는 가을이 왔는데 세상은 꽃이 한창이더냐?"

"어디를 가나 만발한 것은 풍문의 꽃이었습니다. 드디어 오사카와 칸토가 전쟁을 하게 되었다는……"

"그래서 전국이 꽃구경을 하는 기분이 되었다는 말이지?"

"그렇습니다."

"어느 꽃이 더 훌륭한지, 그 소문은 듣지 못했느냐?"

"죄송합니다마는, 승부의 열쇠는 오고쇼란 벚꽃이 전쟁터의 정원에 피는가 어떤가에 달렸다…… 앞을 내다볼 줄 아는 자들은 수군거리고 있었습니다."

"그럴 테지. 그래 어떻던가, 전쟁터에 필 것 같던가?"

"예. 틀림없이 필 모양…… 최근에 오고쇼는 완전히 병상을 치우게 하고 누구를 막론하고 만나는 사람마다 전쟁 이야기를 한다고 합니다. 그야말로 전쟁이 적성에 맞는 분……이라고 혼다의 코즈케란 벚꽃도 노상 다이묘들에게 주입시키고 있었습니다."

"쇼에이보……"

"예."

"노상 주입시킨다면 사실은 그다지 건강하지 못하다……는 의미인지도 모르는데, 그 점은 조사해보았느냐?"

"물론입니다. 실은 오고쇼 벚꽃의 소실 중에는 출입하는 상인에게 황금을 빌려주고…… 이자라는 걸 받아 재산을 늘리는 자가 있다고 들었습니다."

"허어, 소실 중에 이자를 받는 자가 있다니, 놀라운 일이군."

"그 이자를 갚으러 드나드는 자들에게 물어보았습니다. 오고쇼 벚꽃은 겉보기에는 건강한 듯 행동하지만 내전에 들어가면 말도 못할 정도로 기운이 없다. 워낙 노목이기 때문에 그리 오래가지 못한다, 그렇게 되면 의지할 것은 황금밖에 없다, 성실한 사람이 있으면 소개해달라……고 그 소실이 부탁하더라 합니다."

"으음, 과연……

유키무라는 고개를 갸웃하고는 다시 높은 하늘을 쳐다보았다.

다이스케는 반은 이해한 듯, 그러나 반은 이해하지 못한 표정으로 무언가 생각하고 있었다.

"쇼에이보."

"예."

"이 길로 인근 마을의 유지들을 찾아가 초대하고 오너라."

"마을사람들을 말씀입니까……?"

"그래. 우리 주인이 머지않아 여행을 떠나게 되었다, 떠나면 쉽게 돌아오지 못한다, 그러므로 지금까지 친히 지내던 분들과 이별의 술을 나누고 싶다…… 참, 출발은 칠일로 정했으니 오일 낮부터 주연을……이라고 말하게. 다이스케, 너도 단단히 기억해두어라. 오일은 주연, 칠일 출발…… 알겠느냐?"

7

유키무라는 다이스케에게 초대할 사람들을 생각해보라고 했다. 그리고는 다이스케가 아직 아무 생각도 하지 않고 있는데 이미 마음에 있는 사람들을 모조리 적어두었다.

"다이스케, 이 정도면 되겠지?"

유키무라는 다이스케에게 종이쪽지를 건넸다. 다이스케는 받아든 종이쪽지를 묵묵히 읽어보고——

'아버지는 벌써 여기까지 생각했다는 말인가……'

맥이 풀린 듯이, 그러나 믿음직스럽게 느끼면서 종이쪽지를 그대로 쇼에이보에게 주었다.

"아버님이 하시는 일은 정말 빈틈이 없어. 누락된 사람은 없는 것 같다…… 어쨌든 수고가 많구나, 돌아오자마자 바로……"

쇼에이보는 싱글벙글 웃었다.

"서두르는 편이 좋겠습니다. 제가 여행에서 돌아오자마자 바로 이별의 초대를 한다…… 그래야만 풍운이 급박한 사정을 고하는 느낌이 들 테니까요……"

그러고 나서 쇼에이보 자신도 초대자 명단을 일일이 고개를 끄덕이며 훑어보았다.

"그럼, 분부대로 다녀오겠습니다."

얼른 삿갓을 집어들고 나갔다.

"다이스케…… 아무도 듣는 자는 없겠지?"

"예…… 없습니다. 모두 아직 밭에 있습니다."

"실은 아까 네가 한 질문 말이다…… 대답해주려고 해도 대답할 수 없는 부분이 있었다. 지금도 그 대답은 할 수가 없어. 그래서 이 말을 하는 거야."

"예."

"나는 이 세상이 어지러워지는 것을 원하지 않아. 실은 그 반대일지도 모른다."

"그러면, 평화를 지키기 위해서 입성을……?"

"그렇지도 않다. 목표는 평화일지 모르나, 실제로 하는 것은 전쟁이니까. 나는 힘들이지 않고 평화가 오래 계속될 수 있다고는 생각지 않는다. 참으로 가치 있는 평화를 목표로 하는 자는 때때로 평화를 전쟁이라는 체로 쳐야 해…… 무엇 때문에……? 인간이 좀더 진지하고 순수하게 필사의 노력을 하지 않으면 평화는 지켜지지 않는다는 사실을 깨닫게 하기 위해서야."

말하다 말고 유키무라는 씁쓸히 웃었다.

다이스케는 눈을 크게 뜨고 입술까지 일그러뜨리고 있었다. 그러나 그 말을 완전히 이해한 표정은 아니었다.

'역시 무리인가……?'

다이스케는 전쟁을 모르는 아이다. 전쟁을 모르는 아이가 어떻게 평화의 고마움을 알겠는가…… 그래서 신불은 때때로 인간에게 전쟁을 시켜 반성을 강요한다…… 이것이 전쟁에 대한 유키무라나 아버지 마사유키의 견해가 아니었던가……

"하하하…… 몰라도 괜찮다, 다이스케. 이 아비는 오사카 성에 들어가서는 열심히 싸울 생각이다. 승패는 잊어버리고 말이야. 그렇다고 승패가 없다고 생각해서는 안 돼. 몇 번이고 몇십 번이고 승패가 결정된 후 인간은 한동안 평화라는 이름으로 쉬게 되니까 말이다. 어리석다면…… 이보다 더 어리석은 일도 없다. 그러나 인간은 평화를 위해 싸우고, 싸우고 나서 울면서 평화를 바라게 된다…… 인간은 이런 어리석음과 인연을 끊지 못하는 바보 같은 존재야. 그래서 아비는 말이다, 패하여 죽는다 해도 다음에 올 평화에 도움이 되는 죽음을 택하겠어. 방해되는 자들을 모두 포섭하되 무익한 살생은 삼가고 말이지. 그러므로 다이스케, 오일 정오에 초대한 사람들이 여기 모이기 직전까지 깊이 생각하여 아비와 같이 행동할 것인가 아닌가를 결정해놓아라. 모레 정오까지 말이다."

8

아버지 유키무라의 단단하게 다짐하는 어조에 다이스케는 당장 흥분하면서 말했다.

"아버님! 다이스케는 벌써 결심했습니다. 저는 끝까지 아버님과 생사를 함께……"

"아직 일러."

유키무라는 나직하게, 그러나 날카롭게 제지했다.

"모레 정오…… 알겠느냐? 숙고할 여유가 있는데도 생각하지 않는 것은 부화뇌동하는 무리와 같은 거야."

이렇게 말하고 곧바로 집안으로 들어갔다.

다이스케는 그 아버지의 모습을 주먹을 꼭 쥔 채로 노려보고 있었다. 그는 이미 자기 나름대로 각오를 하고 있었다. 아버지는 어째서 그토록 완고하게 오사카 입성을 고집하는 것일까…… 3년 전에 죽은 할아버지의 영향이라고 다이스케는 생각했다.

할아버지가 원한을 품고 아버지가 증오하는 도쿠가와 가문이라면 그 자손인 자기 역시 증오해야 한다고 생각했다. 그런데 아버지의 말은 언제나 요긴한 대목에서 묘하게도 애매해졌다.

다이스케는 카타기리 카츠모토가 어째서 오사카를 버렸느냐는 질문을 통해 아버지의 참뜻을 알아보려고 했다. 그런데 아버지는 이 질문을 어떻게 받아들였는지, 마음이 내키지 않으면 코야산에 남아 있으라고 했다.

본래 코야산에서 글을 배운 다이스케였다. 도요토미 가문과 인연이 있고, 칸파쿠 히데츠구가 할복하기도 한 세이칸 사에서는 지금도 그를 위해 일부러 방을 하나 비워놓고 있었다. 친분이 있는 코야산의 승려들은 거의 모두 다이스케가 산에 남기를 바랐다.

다이스케에게 산에 남기를 바라는 원인은 분명했다. 이번 전쟁에는 대의명분도 없고 승산도 없다는 것이었다. 아니, 그보다 와카야마의 아사노 가문은 물론이고, 유키무라를 감시하라는 밀령이 코야산 구석구석까지 하달되어 있었다.

그런 감시망을 어떻게 뚫을 것인가. 만약 탈출하다 적의 손에 잡히기라도 하면 그야말로 사나다 가문의 명예에 오점을 남기게 된다…… 따라서 다이스케에게 산에 남으라고 하는 것은 도요토미 쪽에 가담하려는 그의 아버지 유키무라에게 반대한다는 뜻이기도 했다.

사실 다이스케가 가장 걱정하는 것은 그 '탈출'에 대해서였는지도 모른다.

와카야마로 가는 길은 물론이고 하시모토에서 고죠에 이르는 곳은 예의 마츠쿠라 시게마사의 부하들이 철저히 감시하고 있었다. 시나노의 백부도 최후의 경우——곧 다른 영지 사람들에게 잡히는 것을 막기 위해 자객을 잠입시킨 모양이었다.

코야산에는 혼다 코즈케노스케가 직접 밀령을 내린 듯하고, 쇼시다이 이타쿠라 이가노카미板倉伊賀守도 첩자를 들여보낸 것 같았다. 그리고 오늘 송별연에 초대된 자 중에도 은밀히 감시하라는 명을 받은 자가 세 사람 내지 다섯 사람은 끼여 있을 것이었다.

사나다 부자가 이 코야산에 들어와 살게 된 지도 벌써 13년이 되어간다. 그런 만큼 사나다 부자에게 적의를 품은 자는 없다고 해도 좋을 듯. 그렇다고는 하지만 영주나 그 대리자에게 명령을 받았다면 거절할 수 없는 일이었다.

'그런데도 아버지는 오일에 송별연을 베풀고, 칠일에 출발한다고 스스로 말을 퍼뜨리고 있다.'

물론 아버지는 자신이 있기 때문이겠지…… 하고 생각하던 다이스케는 흠칫 놀랐다.

'혹시 아버지는…… 이미 탈출할 수 없는 상황을 깨닫고 백부가 보낸 자객의 손에 죽으려 하는 것은 아닐까?'

9

다이스케는 자신의 상상에 놀라 가만히 주위를 돌아보았다.

'백부 노부유키의 자객이 출현하기를 기다리고 있는 것은……?'

충분히 있을 수 있는 일이었다.

다이스케의 어머니는 이미 세상을 떠나고 없었다. 그러나 다이스케는 어머니에게서 태어난 누이와 동생이 있어 여섯 남매였다. 소실의 소생까지 합쳐 모두 8남매라고 하는 편이 알기 쉬울지 모른다.

그 중에서 큰누이는 이미 다테 가문의 카타쿠라 코쥬로 카게나가片倉小十郎景長에게 출가하고, 그 다음 누이는 이시가야 시게조 미치사다石谷重藏道定에게 시집가서 집에 없었다.

아버지의 소실은 어머니가 세상을 떠난 후 어린아이들을 돌본다는 구실로 쿠도야마의 집에 들어앉았다.

홋타 사쿠베에堀田作兵衛라는 무사의 딸로 오유라お由良라고 했다. 다이스케는 자기가 오유라의 아들이라 생각한 적도 있었다. 그 오유라는 남매를 낳았기 때문에 한때는 여섯 명의 형제자매가 이 집에서 북적거렸다.

그런데 한 달 전에 나이든 수도사 한 사람이 찾아온 것을 계기로 해서 한 사람이 줄고 두 사람이 줄었다.

이어서 보름쯤 전에 오유라가 막내동생 다이하치大八와 그 바로 위의 누이 카노可乃를 데리고 떠났다. 그래서 지금 남아 있는 것은 다이스케 혼자뿐이었다.

그 수도사는 히데요리의 친서를 가지고 온 아카시 카몬노스케 모리시게明石掃部助守重였던 모양인데, 그때도 아버지는 좀 마음에 걸리는 말을 하였다.

"이제 언제 죽임을 당해도 미련이 없게 됐다."

그 말을 다이스케는 출진을 앞둔 무장의 당연한 각오……라고 쉽게 해석했으나…… 지금 그에게는 그것만은 아니었다……고 새삼스럽게 생각되기도 했다.

히데요리로부터 출진을 독촉하는 밀령이 있었다. 그러나 감시가 엄중하여 도저히 탈출할 수 있을 것 같지 않다. 그래서 '언제 죽임을 당해도……'라고 했다면 그 말은 단순한 의미 이상이다.

오사카로 입성한 후의 죽음은 전사라고 해야 한다. 이러한 어휘 사용에도 엄격한 절도를 지키는 아버지였다.

'그렇다, 자객에게 죽을 작정이라도 가족은 처리해야 한다.'

이렇게 생각하고 다이스케는 다시 한 번 주위를 돌아보았다.

그때 부하 무사 유리 카마노스케由利鎌之助가 농군인지 사냥꾼인지 쉽게 구분되지 않는 옷을 입고 돌아왔다.

"오오, 카마노스케로군. 오늘은 밭에 있었나?"

"아닙니다."

카마노스케는 자연스럽게 허리에 찬 주머니를 두들겨 보였다.

"실로 끈을 꼰 품삯을 나누어주고 다녔습니다."

"으음, 그럼 그대도 떠날 준비를 하고 있군."

"모두들 그 끈을 사나다 끈이라 부르고 있습니다. 이제는 다들 솜씨가 능숙해졌습니다. 어르신이 안 계셔도 앞으로 이곳 농부들의 생활에 큰 도움이 되겠지요."

다이스케는 그 말에는 대답하지 않았다.

"카마노스케, 그대는 아버님이 이곳을 무사히 탈출하실 수 있으리라고 생각하나?"

카마노스케는 애매하게 대답했다.

"저는 어려울 것이라고…… 아니, 보통 계략으로는 못 나가십니다. 워낙 사방팔방에서 감시하고 있기 때문에……"

이렇게 말하고 카마노스케는 얼른 집으로 들어갔다.

10

'이 사람들은 만약의 경우 쇠사슬이라도 끊고 뚫고 나갈 모양.'

다이스케는 혀를 찼다.

부하 무사 중에는 유리 카마노스케를 비롯하여 콘도 무즈노스케近藤無手之助, 아이키 모리노스케相木森之助, 하루타 야쥬로春田彌十郎, 아나야마 코스케穴山小助, 운노 로쿠로海野六郎, 아사카 고에몬淺香鄕右衛門, 벳푸 와카사別府若狹, 츠키가타 슈메月形主馬, 아카시 마타고로明石又五郎, 미요시 신자에몬三好新左衛門(세카이 뉴도淸海入道), 그의 동생 신베에新兵衛, 미야베 쿠마타로宮部熊太郎, 아라카와 쿠마조荒川熊藏, 마스다 하치로에몬增田八郎右衛門 등, 이른바 천하의 대란을 손꼽아 기다리며 젊은 생명력을 어떻게 처리해야 할지 모르는 난폭한 무리들이 즐비해 있었다.

이 무리에 키리가쿠레霧隱니 사루토비猿飛니 하는 별명을 가지고 날뛰는 쇼에이보와 같은 무리를 합치면 이럭저럭 100명 가깝고, 총포도 이미 30자루가 넘는다.

그러나 아사노 가문도, 마츠쿠라 분고도 500명 가까운 인원으로 싸울 준비를 하고 출입구를 막고 있다. 이들과 격돌하면 말조차 갖지 못한 이쪽에 승산이 있을 것 같지는 않다.

'역시 아버지는 다른 생각을 하고 계신다……'

5일 정오에 모일 인근 농민들의 수도 거의 100명은 된다. 전과 같이 가건물이라도 만들고 모두가 실컷 즐길 것이다.

인근에 있는 사람들과 친해지기 위해 봄, 가을의 꽃구경과 국화구경은 연례행사로 행하고 있다. 이 행사를 위해 초대했다는 소문이 나면 당장 자객이나 첩자의 귀에 들어간다. 또는 초대객 틈에 섞여 참석하려는 자도 있을지 모른다.

아버지는 그런 손님들 앞에서 아무 숨김도 없이 지금부터 오사카에 입성하겠다고 분명히 말한다. 그 자리에서는 쉽게 아버지를 베지 못한다. 시중을 드는 자들이 모두 힘깨나 쓰는 소문난 난폭한 무리들이기 때문이다.

그러나 아버지가 스스로 찌를 기회를 만들어줄 생각이라면 사정은 완전히 달라진다……

다이스케는 역시 아직 소년. 일단 자기 망상에 사로잡히면 좀처럼 헤어나지 못한다. 자기 생각에 싫증이 난 듯 뜰을 지나 뒷문으로 빠져 앞으로 돌아왔다.

다이스케가 큰 서향나무 그루터기를 돌아 부엌으로 향했을 때 다시 카마노스케와 마주쳤다. 카마노스케는 이번에는 아버지가 애용하는 커다란 투망을 어깨에 메고 있었다.

"카마노스케, 냇가로 가려고?"

카마노스케는 웃으면서 뒤를 돌아다보았다.

"어르신을 모시고 갑니다. 요시노가와吉野川의 잉어들이 기다리고 있으니까요."

그 뒤를 따라 일복으로 갈아입은 아버지가 맨발에 짚신만 신고 봉당으로 나왔다.

"다이스케, 아직 여기 있었느냐?"

"아버님은…… 물고기를 잡으러 가십니까?"

"그래."

유키무라는 고개를 끄덕였다.

"오랫동안 마을사람들에게 신세를 졌어. 잔치를 열려면 주인인 나는 성의를 다해 음식을 대접해야 하지 않겠느냐. 어떠냐, 너도 고기잡이 구경을 가지 않겠느냐? 아비의 투망솜씨를 보여줄 테니……"

그리고는 느긋한 표정으로 카마노스케를 재촉해 강 쪽으로 갔다.

11

다이스케는 아버지를 따라 강으로 갈 생각은 없었다. 아버지 유키무라 역시 꼭 데려가려는 마음은 아닌 모양이었다. 두 번 다시 돌아보지 않았고, 발걸음도 멈추려 하지 않았다.

'이미 결정된 것은……'

다이스케는 다시 한 번 마음속으로 손을 꼽아보았다.

오사카에 입성한다는 이유로 성대한 송별연을 베푼다…… 이것은 움직일 수 없는 사실이다.

이때 아사카 고에몬과 아카시 마타고로가 커다란 통을 짊어지고 왔다. 밭에 있는 광에 담가둔 술을 운반해온 듯했다.

"도련님은 무슨 생각을 하고 계십니까?"

아카시 마타고로가 물었다.

"오사카로 가면 전쟁입니다. 총포나 검술 연습을 하시는 것이 어떻습니까?"

아사카 고에몬이 그 말을 받았다.

"그보다 말이 더 중요합니다. 승마를 연습하십시오. 앞으로 도련님은 삼군을 지휘하는 총대장이 되셔야 합니다. 전쟁터에서 대장에게 가장 도움이 되는 것은 말입니다."

"그렇기는 하나 우리 집엔 말이……"

말이 없지 않느냐……고 말하려 했을 때 이미 마타고로와 고에몬은 다른 말을 하고 있었다.

"참…… 말이라고 하니 생각나는군. 아라카와와 벳푸는 아직 안 돌아왔나?"

"응, 지금쯤은 말뚝을 운반해야 할 텐데……"

"바로 그 일일세…… 이번엔 더 많은 사람들을 초대한다고 하셨어. 백이십 명 가량이나 된다는데…… 그쯤 되면 말을 맬 말뚝도 예삿일이 아니야."

"하여간 명령을 받았으니 차질이 없겠지. 자, 우리들도 어서 술이나 운반하세."

모두 입성할 수 있을 줄 알고 활기차게 움직이고 있다.

다이스케는 안채의 마루로 돌아가 그곳에 걸터앉았다. 그리고는 다시 생각에 잠겼다.

이런 일로 부자 형제자매가 모두 뿔뿔이 흩어지고, 평화로운 생활을 애써 불길 속에 던지려 한다…… 인간이란 얼마나 이상한 취미를 가진 생물일까……?

코야산의 승려는, 아버지는 너무 욕심이 지나친 것 같다……고 한다. 이곳에 있다고 해도 보통 농부의 생활이 아니다. 남들이 부러워할 만큼 아무런 부족도 없는 생활이다. 그런데 좀더 나은 다이묘의 생활을 동경하여 일족과 부하 무사들의 생명을 걸려고 한다……

다이스케로서도 납득이 가지 않는 일이었다. 그 다이묘만 하더라도 오사카 쪽에 가담하지만 않으면 시나노의 10만석……이라는 이야기까지 있었다. 아버지는 그 10만석을 뿌리치고 50만 석을 주겠다는 오사카 편이 되려 한다……

10만 석과 50만 석은 그렇게 마음이 끌리는 것이 다른 액수일까? 큰 것을 바라지 말라는 말은 아버지가 자주 하고 있다. 그렇다면 역시 할아버지의 집념을 잇기 위해서일까……? 아니, 어떻게 입성하느냐에 문제가 있는 상황이 아닌가……

다이스케가 갖가지 생각에 잠겨 있을 때, 아라카와 쿠마조와 벳푸 와카사가 말을 맬 통나무를 짊어지고 땀을 닦으면서 정원으로 들어오는 것이 보였다.

우정 삼략三略

1

　야마토의 고죠 마을 변두리에 마련된 마츠쿠라 분고노카미 시게마사의 임시병영. 이 병영 안에서 마츠쿠라 시게마사는 오래 전부터 바둑판을 가져오게 하여 매일같이 근신들을 상대로 바둑을 두며 날을 보내고 있었다.

　"비록 사나다가 쿠스노키楠나 제갈공명諸葛孔明의 기략을 가졌다 해도 이곳을 무사히 통과할 수 없을 것이야."

　이런 말을 하면서 가끔 한숨을 내쉬곤 했다.

　"그러나저러나 참으로 아까운 사나이야."

　어떤 때는 이런 말도 했다.

　"사에몬노스케의 생각이 나보다 훨씬 더 깊을지 몰라."

　"어째서 그렇습니까?"

　"그러니까…… 오고쇼가 생각하시는 평화인……이 된다는 것은 인간으로서 참으로 어려운 일이야. 그렇다면 사에몬노스케는 혹시…… 이것은 어디까지나 가정이지만…… 어쩌면 센고쿠의 대청소를 자청해서 떠맡고 나설 생각인지도 모르기 때문에."

센고쿠의 대청소 역할……이란 말을 듣는다 해도 누구나 다 이해할
수는 없다.

마츠쿠라 분고는 문득문득 그런 생각을 하는 일이 많았다. 그 이후
도요토미 가문과 인연을 맺은 사람들은 이 평화로운 세상에서는 도저
히 출세할 길이 없는, 세상에서 버림받은 완고하기 짝이 없는 사람
들……이라고 생각되기 때문이다.

이러한 인간들은 어딘가에서 마지막으로 한번은 생명력을 폭발시키
지 않을 수 없다. 그 사람들을 모아모아 불을 질러 한꺼번에 청소해버
린다……고 하면 오사카에서 소요가 발생한다 해도 전혀 무의미한 일
은 아니다.

'다른 데서는 절대로 한 장소에 모일 수 없을 테니까.'

그러고 보면 센고쿠 시대의 무장 중에서 혜택받은 지위에는 있으나
옛날 기질을 가진 사람들은 비록 가담은 하지 않더라도 의리는 세운다
는 입장을 취하고 있었다.

아키의 후쿠시마 마사노리는 도요토미 가문을 위해 진력하는 것은
당연……하다고 쌀 3만 석을 오사카 성에 보냈다고 한다. 히고에 있는
카토 키요마사의 아들은 대불 공양의 공양미를, 그리고 치쿠젠의 쿠로
다 나가마사 역시 17주기 공양미로 각각 약간의 군량미를 내놓은 모양
이었다.

쌀은 내놓지만 군사는 동원할 수 없다는 것이 당시로서는 도요토미
가문에 대한 최고의 호의였다. 그런데 이러한 사리에 가장 뚜렷한 견식
을 가지고 있을 사나다 사에몬노스케 유키무라만이 완고하게 입성하여
일전을 벌이겠다고 한다.

일전은 벌이지만 도요토미 가문을 멸망시키게는 하지 않고 상당히
청소가 이루어졌을 때 화평을 도모한다……는 수법을 강구할 수 있는

인물은 사실상 사에몬노스케밖에 없다. 그렇다면 그가 하는 짓은 암암리에 오고쇼가 하는 세상의 마지막 손질에 협력하는 일이라고도 볼 수 있다……

마츠쿠라 분고는 언제나 여기까지 생각하고는 애써 이러한 망상을 쫓아버리고는 했다. 가령 그런 깊은 생각이 유키무라에게 있다고 해도 이 고죠 통행을 허락할 것인지의 여부는 별문제였다.

마츠쿠라 분고는 절대로 통과시킬 수 없다고 단언하고, 유키무라는 통과하겠다고 장담한다. 그러나 오고쇼의 명령으로 이곳을 지키는 분고로서는 한 발짝도 양보할 수 없다.

이때 마츠쿠라 분고가 각지에 내보냈던 첩자들의 보고가 5일 이른 아침부터 속속 들어오기 시작했다.

2

제일 먼저 도착한 정보는 유키무라가 이틀에 걸쳐 요시노가와에서 잉어를 잡고 있다는 내용이었다.

"이틀이라니 여간 공을 들이지 않는군."

마츠쿠라 분고가 고개를 갸웃했다. 그 모습에 첩자는 자신 있는 태도로 대답했다.

"오일에 초대하는 사람들의 수가 많기 때문입니다. 다섯 마리나 일곱 마리의 잉어로는 부족합니다. 그래서 이틀 동안에 걸쳐 고기를 잡는 것입니다."

"수가 많다니, 어느 정도나 되느냐?"

"아마, 이삼백 명은 될 것입니다. 혹시 유키무라는 부근 마을사람들을 모두 부하로 데려가려는지도 모릅니다."

"으음…… 이쪽 인원수를 그쪽에서도 알고 있을 테니까."

"예. 이백오십 명을 초청한다고 하면, 그 수에 자기 부하를 더해 삼백오십 명 정도 됩니다. 총은 서른 자루밖에 안 되지만, 각 지방에서 속속 모여드는 난폭한 무리들에게 적당히 배분하고 지휘하면 상당히 까다로운 싸움이 될 것입니다."

"그런 일이라면 걱정하지 마라. 이쪽에서도 그들이 어떤 수단을 택하건 이에 대처할 수 있는 작전을 싫증이 날 만큼 짜놓았어. 어쨌든 돌아가서 잘 감시하도록."

이렇게 말하고 마츠쿠라 분고는 다시 바둑돌을 집어들었다.

다음에 온 것은 하시모토로 보냈던 코카甲賀 출신의 첩자였다. 그의 보고는 과연 이른 아침에 온 것보다 훨씬 더 상세했다.

"운반한 술의 양, 하시모토에서 사들인 오징어의 양, 그리고 이틀 동안에 잡은 잉어 등으로 미루어 거의 이백 명분이 되는 것 같습니다. 아마도 주연은 여덟 점(오후 2시) 전에 시작하여 밤까지 이어질 듯합니다. 술을 많이 마시는 자도 있을 것이므로 혹시 새벽까지 지속될지도 모릅니다."

"으음."

"제가 아침 일찍 말을 몰아 하시모토를 떠날 무렵에는 사에몬노스케 님이 일부러 하카마를 입고 잉어를 요리하고 있었습니다. 오랫동안 살면서 많은 신세를 진 인근 마을사람들에게 정성껏 접대하는 것이 예의라고, 술을 따를 젊은이들에게도 옷을 단정하게 입고 나오라고 명했다 합니다."

"으음…… 그러니까 모인 자들을 모두 데리고 떠날 기색은 없더라는 말이냐?"

"예. 요즘 사나다의 부하들에게 검술을 배우고 있기는 했습니다마는, 바탕이 농부들, 그들을 데려가면 오히려 거추장스러워 그렇게 하지는 않으리라 생각합니다."

"그렇다면 육일에는 그 뒤처리, 출발은 칠일……이란 말이지?"

"그렇습니다. 그런 말을 공공연하게 하는 점이 좀 수상하기는 합니다마는……"

"수상하다니?"

"벌써 오늘이 오일, 정오부터 속속 손님들이 몰려올 것입니다. 모레 출발한다는 말은 하고 있습니다만…… 모여온 손님들 중에서 믿을 수 있는 자의 의견도 듣고, 우리나 아사노 가문의 배치상 허점을 찔러 그 전에 빠져나갈지도 모릅니다. 하시모토에서 고죠로 나와 키노메지木芽路를 통해 카와치로 간다는…… 우리 예상을 뒤엎고 어딘가 사잇길로 빠질 작정이 아닌지……"

마츠쿠라 분고는 웃으면서 가로막았다.

"알았다. 다시 돌아가 잘 감시하라. 하하하…… 그렇구나."

3

마츠쿠라 분고는 자기 몸 속에서 전국인의 피가 끓어오름을 깨달았다. 오랫동안 잊고 있던 전쟁터의 맛. 그것이 사나다 사에몬노스케 유키무라라는 만만치 않은 상대 앞에서 부글부글 끓기 시작하는 느낌이었다. 공포심 따위는 전혀 없고, 오싹한 전율과도 같은 쾌감이 전신을 긴장시켰다.

"하하하…… 이상한 녀석이야, 사에몬노스케도."

마츠쿠라 분고는 유키무라가 최근 삭발까지는 하지 않았으나 상투를 없애고 수도자처럼 소하츠總髮°를 했다는 말을 들었다.

"이제부터 오사카에 입성하여 살생을 해야 한다."

이렇게 말하면서 부처와 가까이하여 공양할 준비를 갖출 셈이라고. 이름도 어마어마하게 '덴신겟소傳心月曳'로 바꾸었다고 한다.

그 덴신겟소가 옷을 갈아입고 잉어를 요리하는 모습을 상상하는 순간 마츠쿠라 분고는 공연히 우스워 견딜 수 없었다.

'얼마나 남을 깔보는 사나이인가…… 아니, 그의 말로 하면 결코 남을 깔보는 게 아니다. 잉어를 요리해 먹으려는 것뿐……이라고 시치미를 뗄 터. 그러나저러나 본심은 어디에 있는 것일까……?'

이틀이나 걸려 잉어를 잡고 성대하게 송별연을 한다. 그리고 7일 출발한다고 처음부터 호언하는 것이 사나다의 투지를 짐작케 한다.

두번째 첩자가 말했듯이, 그렇게 해놓고 사잇길을 노린다…… 그런 방법이 없지는 않다. 그러나 부근의 마을사람들이 알고 있을 정도의 사잇길이라면 이쪽에서 모를 리 없다. 아니, 그보다 과연 사에몬노스케나 되는 자가 슬금슬금 사잇길로 빠져나가려 할까……? 그렇다면 그의 자존심은……? 사나다는 그런 사나이가 아니다! 그의 이번 움직임에는 반드시 무엇인가가 있다.

드디어 마츠쿠라 분고도 가만히 앉아 있을 수 없어 천천히 임시막사 속을 왔다갔다 거닐기 시작했다.

시간은 계속 흐르고 있었다.

이미 쿠도야마에서는 주연이 시작되고 있을 터…… 이런 생각을 하면서 어느 틈에 마당으로 나와 소나무 그늘에 놓인 걸상에 앉았을 때 세번째 파발마가 달려왔다.

이 고죠와 쿠도야마와의 거리는 약 50리(20킬로미터)쯤. 도중에 갈아 탔을 텐데도 파발마는 땀으로 목이 흠뻑 젖어 있었다.

"보고 드립니다."

"오오, 드디어 주연이 시작되었느냐?"

"예. 손님들의 수는 일백삼십이 명, 그들 앞에 사에몬노스케는 옷을 단정하게 입고 나와 이렇게 인사했습니다…… 나는 여러 해 동안 이곳에 살면서 여러분의 두터운 정을 입어……"

"흥, 뻔뻔스런 녀석."

"그렇습니다…… 고향처럼 알고 편히 살고 있었으나, 이번에 무운武運이 다하지 않아 우다이진 히데요리 공의 부름을 받아 오사카 성에 들어가 농성하게 되었습니다, 내일 모레가 길일이라 하니 그날 이른 아침에 출발하려 합니다, 백몇십 리밖에 되지 않는 거리이지만, 아시다시피 도중에 어려운 곳도 있고 해서……"

"아시다시피 어려운 곳……이라고?"

"예. 칠, 팔, 구일 사흘이 걸릴 것으로 보이므로 오사카 입성은 십일에 할 예정입니다, 어쩌면 오늘 이 자리가 이승에서의 마지막일지도 모르므로…… 하면서 뚝뚝 눈물을……"

갑자기 마츠쿠라 분고는 갑옷자락을 치면서 소리쳤다.

"그것을, 그 눈물을 네가 보았단 말이냐?"

4

첩자의 이야기가 너무 상세하다…… 아니, 그런 곳에서 눈물을 흘릴 유키무라가 아니었다.

"자기 말에 흥분하여 보지도 않은 일을 말하면 용서치 않겠다."

마츠쿠라 분고의 꾸짖음에 첩자는 ──

'당치 않다!'

이러한 표정으로 고개를 저었다.

"제가 어찌 거짓말을 아뢰겠습니까? 이 눈으로 똑똑히 보았습니다. 사에몬노스케는 분명히 눈물을 흘렸습니다, 그래서 좌중은 물을 끼얹은 듯 조용해졌습니다."

"뭐, 뭣이? 그럼 너도 손님 틈에 끼여 있었단 말이냐?"

"아닙니다. 외양간의 일꾼으로 고용되어 마당 끝에서 바라보았습니다. 손님들은 거의 마을에서 말을 타고 왔기 때문에 집 안팎에 그 말을 맬 임시 외양간을 지어서……"

"뭐, 일꾼으로 고용되어?"

"그렇게 하지 않으면 가까이 접근할 수 없기 때문에……"

"으음, 그랬더니 사에몬노스케가 정말 눈물을 흘렸다는 말이지?"

"예. 건성으로 우는 것 같지는 않았습니다…… 전쟁에서 승패란 예측할 수 없는 것, 만약 내가 전사했다는 소식을 들으면 명복이나 빌어 주십시오…… 이렇게 말했기 때문에 손님 가운데도 눈물을 흘리는 사람이 많았습니다."

"으음, 그래서 너는 곧 이리로 달려왔단 말이냐?"

"그렇습니다."

이렇게 대답하고 일꾼 차림의 첩자는 문득 생각난 듯이 덧붙였다.

"참, 또 하나 보고 드릴 일이 있습니다. 아들인 다이스케에 대한 것입니다."

"뭐, 다이스케가 어떻다는 말이냐?"

"오늘 손님들이 도착할 무렵에는 모습이 보이지 않았습니다. 그래서 손님 중의 하나, 사쿠에몬이란 노인이 사에몬노스케에게 물었지요. 다이스케 님은 어디 가셨습니까, 집에 계시다면 인사를 드리고 싶습니다만……이라고."

"허어, 그래…… 사에몬노스케는?"

"아들은 콘고잔金剛山 다이젠인大善院에 맡기고 가겠다는 대답이었습니다. 내가 전사하면 승려가 되어 명복을 빌어달라고 하는 내 말에 본인도 납득하여 오늘 아침 산으로 보냈다고 하더군요. 그 다이젠인은 다이스케가 자주 공부하러 다니던 곳입니다."

"으음."

마츠쿠라 분고는 이마의 주름이 깊게 팬 채 생각에 잠겼다. 어쩐지 조롱을 당하는 기분이었다. 남을 깔보는 녀석……인가 하면 뚝뚝 눈물을 흘리기도 하고, 이번에는 아들에게 명복을 빌어달라고 하다니 종잡을 수가 없었다.

"과연 사에몬노스케 녀석, 잔재주가 보통이 아니군."

"예……?"

"알겠다, 물러가 쉬도록 하라."

일단 말했다가──

"잠깐."

다시 불러세웠다.

"지금 시간이 어떻게 되었느냐?"

"대략 일곱 점(오후 4시)쯤 되었을 것이라고……"

여기까지 들었을 때 마츠쿠라 분고는 무릎을 치며 일어났다.

"좋아, 녀석이 그럴 작정이라면 나도 허를 찌르겠어. 야습이다! 곧 쿠도야마를 습격한다. 곧바로 달려가면 잔뜩 취해 있는 연회석에 뛰어들 수 있을 것이다."

5

센고쿠 시대를 사는 자에게 전쟁은 생활인 동시에 지능의 한계를 거는 아슬아슬한 경기이기도 했다. 사나다 유키무라가 일일이 마츠쿠라 분고를 혼란에 빠뜨리는 기략을 쓴다면 이쪽도 그 이상의 책략을 쓰지 않고는 배기지 못한다.

지금까지 마츠쿠라 분고는 어딘지 모르게 유키무라를 애석하게 여겨왔다. 가능하다면 자기로서는 공격하고 싶지 않았다. 엄히 출구를 막고 있으면 반드시 유키무라도 생각을 바꿀 것이다. 그리고 결국 분고 앞에 나타나—

"귀하의 우정이 깊이 마음에 스며들었습니다."

이렇게 말할지 모른다는 기대를 가지고 있었다.

그러나 이 생각은 마츠쿠라 분고의 지나친 낙관이었던 듯. 상대방은 분고의 포위 따위는 안중에도 없다는 듯 불손하게도 잇따라 묘한 소리만 지껄였다. 첩자들이 어디에서 무엇을 감시하고 어떤 보고를 하는지 유키무라는 완전히 간파하고 야유하고 있는지도 모른다……

그렇다면 더 이상 참을 필요가 없었다.

'좋아, 본때를 보여주겠다……'

적의 허점은 단 하나, 마츠쿠라 분고에게는 우정이 있기 때문에 절대로 먼저 습격은 하지 않는다……는 자신감으로 모든 일을 진행하고 있다는 점이다. 그렇다면 오늘 많은 손님을 불러 밤새도록 환대하는 그 맹점을 찌르는 것이 최선의 방법이라는 답이 나온다.

'나도 전쟁을 모르고 자란 평화로운 시대의 사나이는 아니다, 사에몬노스케……'

마츠쿠라 분고는 즉시 말을 모으게 했다. 먼저 기마무사 한 부대로 쿠도야마를 포위하게 한 뒤 총포를 쏘아 도망칠 길을 막고, 이어 보병이 도착하기를 기다렸다가 일제히 돌격하기로 했다.

손님인 농부들이 비록 그들에게 대항한다고 해도 문제될 것은 없다. 적의 전력 중에서 힘을 쓸 만한 자는 역시 부하인 무사들, 그들도 오늘이 마지막 날이라 만취해 있을 터. 그렇다면 이 기습은 어떻게 계산해도 패할 우려가 없는 싸움이었다.

'내가 냉혹한 게 아니다. 그대가 분노를 부추긴 게 잘못.'

말은 파발마까지 합쳐 200마리 정도밖에 되지 않았다. 그 말을 몰아 50리를 달리면 1각(2시간) 남짓해 쿠도야마에 있는 그의 집을 포위할 수 있다. 상대가 눈치채느냐 않느냐에 따라 작전을 달리한다.

"하시모토에 도착하면 총포 일백 자루에 불을 당기고 곧장 집을 포위한다. 반항하지 않는 농부는 쏘지 않도록 주의하라. 진격."

마츠쿠라 분고가 각오한 것은 조금 전. 비밀이 샐 우려는 없다. 지금 출격하면 쿠도야마에는 여섯 점 반이나 다섯 점(오후 8시)에 도착할 수 있다. 그때쯤이면 주연은 무르익고, 만취하여 일어서지도 못하는 자도 있을 터.

진두에서 말을 달리면서 이런 생각을 하는 마츠쿠라 분고는 문득 양심의 가책을 느꼈다. 이에야스는 부득이한 경우에는 죽여도 좋다고 했다. 그러나 내심 살려주고만 싶은 유키무라…… 그러나 그 유키무라가 보기 좋게 빠져나간다면 분고의 체면은 말이 아니다.

'내 탓이 아니다! 그대가 진정한 군사軍師라면 내가 쿠도야마에 도착하기 전에 구름이나 안개처럼 사라져보아라.'

기마병 200, 보병 200—더구나 기마병 200은 총포를 들고 선두에 배치되어 있으니, 이 역시 분명히 새로운 전법이었다.

6

도중에 해가 저물었다.

뒤따르는 보병부대와는 상당한 거리가 생겼다. 도중에 이 대열을 앞지르는 자가 있으면 도착 전에 적이 알아차릴 우려가 있다. 그러므로 계속 이 일에 신경을 쓰면서 되도록 빨리 말을 몰았고, 몇 번이나 사잇길을 질러가기도 했다.

상대는 유키무라이다. 분명히 하시모토에 이르기 전에 망보는 자나 첩자를 잠복시켰을 것이다. 그러나 마츠쿠라 분고는 이들이 먼저 돌아가지 못하게 할 자신이 있었다.

개울 옆으로 난 길에서 하시모토로 접어들어서는 달려가면서 화승火繩에 불을 당기도록 했다. 그리고 전령을 시켜 집안에서 도망치려는 자가 있으면 사정없이 쏘라고 뒤따르는 자들에게 지시해두었다.

물론 말은 지칠 대로 지쳐 있을 터. 저택의 불빛이 보이는 언덕 밑에서 말을 버린다. 그리고 100자루의 총포를 넷으로 나누어 전후좌우를 지키게 한 후, 남은 100명이 반반씩 앞문과 뒷문 쪽에서 소리를 지르게 할 작전을 세웠다.

이 작전은 고죠 막사를 나올 때보다는 훨씬 소극적인 방식으로 바뀌었다. 처음에는 100자루의 총포로 일제히 집을 향해 쏘며 함성을 지르게 할 작정이었다. 그러나 그렇게 하면 난사亂射로, 유탄에 희생자가 많이 생길 것 같아서 삼가기로 했다.

만취한 좌석이 적에게 포위되었다는 사실을 알면 아무리 유키무라라 해도 마구 공격해나올 용기는 없을 터. 부하들 중에서 술기운에 이끌려 역습해나오는 자도 있을지 모른다. 그러나 그런 자들은 총구가 노리고 있다.

저쪽은 불을 휘황찬란하게 밝히고 있고, 이쪽은 어둠에 익숙해진 눈으로 어둠을 뚫고 육박해나간다. 그러한 상황이라면 이쪽이 유리함은 말할 나위도 없었다.

'불쌍한 생각이 드는군……'

드디어 강을 남쪽으로 건너 말에서 내린 마츠쿠라 분고는 또다시 마음이 아팠다.

허점을 찌른다는 것은 병법의 최선책. 그러나 인간으로서는 우정을 정면으로 배반하는 비겁하기 짝이 없는 행위.

'어쩌면 나도 평화로운 시대의 성인군자가 되어가는 모양이다……'

어둠 속에서 작은 소리로 말에서 내리도록 명했다. 총포의 화승이 네 부대로 나뉘어 사라져가는 모습이 보였다. 이윽고 다른 부대도 두 부대로 갈라졌다.

이제 사나다 저택까지는 2, 3정…… 이때 비로소 마츠쿠라 분고는 고개를 갸웃거렸다.

새나오는 불빛이 묘하게 쓸쓸했다. 당연히 밤의 어둠을 뚫고 나와야 할 흥겨운 분위기가 음산한 기운에 눌려 조용하게 느껴졌다.

그래도 포위망은 계속 좁혀들었다.

"이상하다…… 주연이 일찍 끝난 것일까?"

드디어 문 앞에 이르러 열려 있는 문안으로 재빨리 들어선 순간, 어둑어둑한 발 밑에서 혀 꼬부라진 소리가 무언가를 호소해왔다……

"말을 돌려주시오. 우리…… 우리…… 집에는 환자가 있습니다. 어서 돌아가야만 합니다."

마츠쿠라 분고는 깜짝 놀라 어둠 속을 살폈다. 몸도 가누지 못하는 취객 하나가 하카마를 어깨에 걸치고 땅에 두 다리를 쭉 뻗은 채 손을 흔들고 있었다.

7

"뭐, 말이라고?"

소리를 죽여 묻는 마츠쿠라 분고의 등줄기가 서늘했다.

'당했다는 말인가……'

묘한 예감이 온몸을 스쳐갔다.

"그렇습니다, 말이……"

상대는 말했다.

"다른 사람의 말은 모르지만 제 말은 돌려주십시오. 저는 해가 지기 전에 돌아오겠다고 환자에게 약속하고 왔습니다."

그리고 엎어지듯 상반신을 무너뜨리면서 합장했다.

마츠쿠라 분고는 정신없이 주위를 둘러보았다. 첩자는 100마리 이상의 말이 매여 있었다고 분명히 말했다. 물론 농부들이 기르는 농경용 말. 그러나 사나다 부자가 이곳에 온 이후 모두 말을 타는 버릇이 생겨, 몽둥이를 휘두르는 검술과 함께 유행한 새로운 풍속의 하나가 되었다.

"아뿔싸!"

마츠쿠라 분고는 당황하여 어둠 속을 달렸다. 가득히 박힌 말뚝에는 단 한 마리의 말도 매여 있지 않았다. 아직도 말똥냄새가 코를 찌를 뿐 그곳에는 이미 배설한 주인공이 사라진 뒤여서 조용하고 음산한 분위기를 자아내는 원인을 만들고 있었다.

"모두 내 뒤를 따르라."

아직도 불이 켜져 있는 방안으로 급히 뛰어들어간 마츠쿠라 분고는 눈을 감았다.

'꿈이었으면 좋으련만!'

그러나 눈앞의 현실은 꿈이 아니었다. 만취되었음을 말해주는 흩어진 술상 곁에서 마치 육지로 끌려올라온 참치처럼 거구의 사나이들이 곯아떨어져 있었다. 단순히 술에 취해서만은 아닌 듯. 모두 남만에서 온 약을 먹고 잠든 것임이 분명했다.

부하들이 앞뒤에서 몰려들었다.

"이, 이게 어떻게 된 일인가."

누군가 외마디 소리를 질렀다.

"어디에도 무사들의 모습은 보이지 않습니다."

"이놈, 사나다 사에몬노스케 유키무라! 도망치다니 비겁하다. 당당하게 승부를 겨루자."

"멍청한 놈."

마츠쿠라 분고가 파랗게 질린 얼굴로 소리쳤다. 머리도 가슴도 화끈 화끈 달아오르는데 등줄기만은 점점 더 싸늘해졌다.

마츠쿠라 분고는 가까이 있던 자 하나를 힘껏 걷어찼다.

"일어나! 이 멍청한 것들."

걷어차인 사나이는 무언가 알 수 없는 말을 중얼거리면서 손을 약간 움직였을 뿐 그대로 크게 코를 골았다. 잔뜩 취하여 그야말로 만족스러운 잠에 빠져든 모습이었다.

"무엇들 하느냐. 사에몬노스케에게 감쪽같이 속았어. 그렇다, 어서 군사들을 모아라. 멀리 가지는 못했다. 돌아간다! 고죠로 돌아가 한시라도 빨리 이전장소를 지킨다. 그렇지 않으면 쥐새끼들이……"

그 다음 말은 나오지 않았다.

틀림없이 유키무라는 마츠쿠라 분고가 이렇게 야습해올 것을 충분히 계산에 넣고 출발은 7일이라고 공언하여 함정에 빠뜨렸다.

분고는 부들부들 떨면서 다시 소리쳤다.

"알겠느냐, 돌……돌……돌아간다. 내 뒤를! 낙……낙오하지 마라."

8

그야말로 참담한 야습이었다.

이틀 동안이나 잉어를 잡았다는 것이 이 주술의 첫 암시였다. 잉어를 잡는 데 이틀을 소요하고 주연을 베푼 지 이틀 후에 떠난다…… 이틀이 두 번 겹침으로써 암시가 묘한 진실성을 띠어 7일의 출발이 틀림없다는 착각을 강요했다.

'사에몬노스케 녀석, 처음부터 이런 수법으로 속일 생각……'

이 얼마나 교활한 짓인가. 농부들에게 승마의 습관을 길러준 것도 만약의 경우에는 그 말을 이용할 계획이었는지도 모른다.

그렇다면 이것은 물론 선대인 마사유키의 구상임이 틀림없다. 그러니 자기로서도 어쩔 수 없었다는 생각이었다.

사나다 부자의 인생은 그냥 그대로 모략이었다는 말인가?

이틀이나 걸려서 잉어를 잡고 또 눈물을 흘리며 이별을 아쉬워한다…… 잔뜩 취하게 하고 약을 탄 술을 주어 잠들게 한 뒤 그들의 말을 빼앗아 도망친다.

사나다는 선인인가 악인인가, 무엇이 진실이고 무엇이 허구인가…… 그들이 유행시켰다는 사나다 끈과 마찬가지로 실마리를 알 수 없을 만큼 복잡하다고나 해야 할지.

'이렇게 하면서까지 오사카 성에 들어가고 싶었을까……?'

목적은 50만 석의 출세일까, 아니면 이런 모략으로 인간을 조롱하는 즐거움일까……

마츠쿠라 분고는 조금이라도 빨리 고죠로 돌아가, 그곳에서만은 놓치지 않았다……는 자신감을 되찾고 싶었다. 그렇게 하지 않으면 견딜 수 없는 심정이었다. 그러나 심야의 철수는 일단 공격에 실패한 뒤인 만큼 그리 쉽게 이루어지지 않았다. 사방으로 전령을 보내고 연락을 취해 500명을 모으는 데는 의외로 시간이 걸려서 그들이 고죠로 돌아왔을 때는 날이 완전히 밝아 있었다.

'내 일생 일대의 실수를 저질렀는지도 모른다……'

상대는 그토록 치밀하게 계획하고 행동했다. 이미 완전히 포위망 밖으로 벗어났을지도 모른다…… 그렇다면 이에야스나 우에다의 사나다 이즈노카미에게 무어라고 해명할 것인가……?

마츠쿠라 분고가 임시막사로 돌아온 지 얼마 안 되었을 때.

"후타미二見 신사 숲에 말 백 마리 가량이 매여 있고, 이런 글이 소나무가지에 묶여 있었습니다."

감시하던 자가 작은 종이쪽지를 내밀었을 때는 어이가 없기보다 도리어 감탄하고 말았다.

"본의 아니게 통행하여 죄송합니다. 여기 있는 말은 농부들의 소중한 보물입니다. 각각 주인에게 돌려주시면 그 호의는 저승에 가서도 잊지 않겠습니다. 무운장구武運長久를 빕니다. 마츠쿠라 분고 님에게 수치를 드려 송구스럽습니다. 다이스케가 삼가 글을 올립니다……"

마츠쿠라 분고는 우선 웃었다. 웃으면서 눈에서는 눈물이 뚝뚝 떨어졌다.

'집념에 목숨을 바치는 인간의 슬픈 싸움의 모습……'

이런 생각과 함께 자기가 일부러 이곳을 비워 사나다 부자를 통과시킨 듯한 안도감과 착각을 느끼고 조용히 사방을 둘러보았다.

'못된 이 사나다 녀석, 진정으로 이……이 분고를 조롱하는군…… 갸륵한 바보 녀석……'

노인의 결단

1

이에야스가 출병해야겠다고 결심한 것은 9월도 하순에 접어들었을 때였다. 그때까지는 어떻게 해서라도 사태를 수습할 길이 없을까 망설이며 결단을 내리지 못했다. 그 가장 큰 원인은 역시 자신의 건강에 있었다.

안타까운 일이지만, 막상 전쟁이 벌어지면 쇼군 히데타다로는 아직 불안했다. 만에 하나라도 패할 리는 없다. 그러나 기세를 타고 지나친 승리를 거둘 우려는 충분히 있었다. 전쟁이란 승패와는 별도로 지상에 깊은 원한의 뿌리를 내린다. 지나치게 승리하면 그 뿌리는 점점 크게 퍼져 나중에 뜻하지 않은 불행한 싹을 키운다.

이에야스는 화친할 방법의 유무를 검토하는 의미로 9월 10일에는 나라奈良의 토다이 사東大寺 승려에게 화엄종華嚴宗 강의를 들었다. 그리고 15일부터는 일부러 난코보 텐카이南光坊天海를 초빙하여 이틀 간에 걸쳐 불법을 논했다.

그때 텐카이는 아주 강경한 의견을 제시했다. 평화를 영속시키기 위해서는 인간의 생각을 우선 변혁시킬 필요가 있고, 그 효과를 거두기 위해서는 상당한 용기가 필요하다고 했다.

"오고쇼께서 나태하시다는 것은 결코 아닙니다. 그러나 노후를 평온하게…… 지낼 생각이시라면 이 소승은 찬성할 수 없습니다. 인간에게는 노후도, 사후도 없습니다. 있는 건 언제나 눈앞의 위기…… 그 위기 속에 있을 때야말로 진정한 삶의 보람이 있습니다."

이에야스는 아무렇지도 않게 흘려넘겼다.

텐카이는 이제 종기를 째고 고름을 짜야 한다고 했다. 그것도 이에야스 자신이 진두에 설 용기를 가져야 한다고 결단을 촉구했다. 그 정도는 이에야스도 잘 알고 있었다.

이에야스가 걱정하고 있는 것은 자신이 선두에서 군사를 이끌고 나가 쌍방이 대결할 때 갑자기 죽기라도 하면…… 진중에서 죽으면, 타케다 신겐의 경우를 보아도 알 수 있듯 그 후 상황은 완전히 혼란에 빠지게 마련이다. 신겐은 장례도 치르지 마라, 서신 서명도 3년 분을 써두는…… 등 상상조차 할 수 없을 정도로 조심성을 보였다. 그러면서도 자기의 유체遺體를 에워싼 노신들의 상심과, 그 상심 때문에 생긴 카츠요리에 대한 불만만은 어쩔 수 없었다.

지금의 도쿠가와 가문도 그때의 타케다 가문과 비슷한 처지. 오사카라는 적을 눈앞에 두고 형제 싸움을 벌일지도 모른다. 자신은 진두에 나서지 말고 슴푸에서 지휘하는 편이 좋지 않을까…… 생각하면서도 이에야스는 불안했다. 하타모토도, 히데타다나 그의 측근도 필요 이상 오사카를 미워했다. 증오는 증오를 부르는 '악연惡緣' 밖에 되지 않는다는 사실을 뼈저리게 느끼고 있는 이에야스였다.

이에야스는 그 뒤 카스이사이 소산可睡齋宗珊의 법어를 들었다. 그리고 코와카마이幸若舞°를 구경하기도 하고 헤이케비와平家琵琶° 이야기를 듣기도 했다. 여러 가지 면에서 인생을 재음미하려 했다.

헤이케비와를 듣고 있을 때는 왠지 슬픔이 치밀어 젊은 소실들이 살그머니 피해줄 정도로 눈물이 쏟아져 여간 난처하지 않았다. 현재 자기 처지보다 오사카에 있는 타이코의 아들 히데요리나 요도 부인, 센히메의 운명과 직결된 일이었기 때문이다.

이에야스가 헤이케비와에 슬픔을 느끼면서, 진두에 서는 일을 망설인 것이 23일. 그로부터 닷새째 되는 날 히데요리로부터 뜻밖의 사자가 왔다. 카타기리 카츠모토는 무엄하기 짝이 없는 불충한 자이므로 처벌하겠다는 통보였다.

2

군비軍備는 부족하지 않았다. 전쟁을 하게 되었을 때의 용병用兵과 동원은 이미 생각해두었고, 만일의 경우에는 히데요리, 센히메, 요도 부인 세 사람을 구해낼 방법도 야규 무네노리에게 부탁해놓았다.

이에야스가 결정적으로 진두지휘를 결심하게 된 것은 카타기리 카츠모토가 히데요리의 눈에 용서할 수 없는 불충한 자로 보였다는 어처구니없는 사실을 알게 되었을 때였다.

인간의 눈이 부정확하다는 것은 잘 알고 있었다. 미숙한 자는 눈으로 사실을 보지 않고 감정으로 사태를 판단한다. 좋아하는 것 중에서는 장점만 골라내고, 싫어하는 것에서는 결점만 찾아낸다. 이렇듯 미숙하고 부정확한 눈밖에 갖지 못한 자가 100명 가운데 95명이 되어 그들이 서로 얽혀 울거나 싸우는 것이 현실 세계였다.

'그렇구나, 드디어 오사카의 눈도 좋고 나쁜 것을 올바르게 가리지 못하게 되었구나……'

10월 초하루가 되었다. 쇼시다이 이타쿠라 카츠시게로부터 상세하게 작성한 '오사카 소요'의 보고서가 올라왔다.

그 보고서에는, 카타기리 카츠모토는 암살을 피해 성안 자기 집에 틀어박혀 있다, 가신 이시카와 사다마사石川貞政가 오사카에서 탈출하고 이어서 노부나가의 차남 오다 죠신(노부오信雄)도 전쟁이 불가피하다고 여겨 신병의 안전을 위해 오사카 성을 떠났다고. 그리고 카타기리 카츠모토 형제가 이바라키 성으로 물러가는 것은 10월 초하루가 될 것……이라고 씌어 있었다.

계속 성안에 머물면서 요도 부인을 위로하던 부인의 친동생이자 쿄고쿠 집안의 미망인인 죠코인으로부터 은밀한 연락이 있었다는 것도 기록되어 있었다.

요도 부인은 죠코인의 간곡한 설득에도 불구하고 차차 주전파의 말에 이끌려 지금은 밤낮으로 칸토를 저주하고 있다. 그러나 주위 분위기에 눌려 그런 것, 절대로 본심에서 나온 마음은 아니다. 이타쿠라 님만은 나와 쇼군 님 부인인 이 자매의 정을 믿어달라, 언젠가는 반드시 우리 마음이 통하리라 생각되지만 갖가지 좋지 못한 소문이 퍼져 혹시 귀에 들어갈까 싶어 미리 부탁 드린다, 오고쇼 님에게는 머지않아 타다토모忠知(타카츠구의 동생)나 타다타카忠高(타카츠구의 아들)가 찾아뵙고 여러 가지 말씀 드릴 것이니 잘 보살펴달라……고 호소해왔음을 보고하고 있다.

마지막에 카츠시게 자신의 의견이라 하고, 역시 사이고쿠西國 다이묘들의 움직임을 견제하는 의미에서도 이에야스의 출진이 사태를 크게 악화시키지 않는 관건이라 생각된다고 씌어 있었다.

이에야스는 이 글을 읽으면서도 눈물이 나올 것 같았다. 난세의 동란 속에서 73세까지 수명을 누릴 수 있어 스스로도 이 얼마나 행운인가 감사하고 있었는데 뜻하지 않게도 이번 소요가……

'행운은커녕 최후까지 전쟁의 괴로움을 겪어야 한단 말인가……?'

과연 보통 용기로는 처리할 수 없는 일. 새삼스럽게 늙은 몸을 아껴서 무얼 한다는 말인가. 일단 결심한 이에야스는 다시는 망설일 수 없다고 마음을 굳혔다.

이에야스는 곧 혼다 코즈케노스케 마사즈미를 불렀다.

"에도로 사자를 보내도록. 오사카 소요를 토벌하기 위해 미리 상의했던 대로 이 이에야스가 우선 진두에 서서 출발하기로 결심했다고."

마사즈미는 근엄한 표정으로 고개를 끄덕였다. 그는 이러한 때를 진심으로 기다리고 있었다……

3

이에야스는 혼다 마사즈미에게 명하여 에도에 사자를 보내게 하고 나서 곧 오미, 이세, 미노, 오와리 등의 다이묘에게 출진하라는 포고를 내렸다.

이에야스가 다시 건강을 위장하고 나선 것은 이 무렵이었다.

"오고쇼 님은 역시 전쟁을 좋아하시는 것 같습니다. 전쟁을 결심하시자 눈빛까지 활기를 띠기 시작하셨습니다."

2일 에도에서 슨푸로 달려온 토도 타카토라藤堂高虎는 혼다 마사즈미가 이렇게 말했을 때 양미간을 찡그리며 고개를 흔들었다.

"코즈케노스케 님은 아직 젊어요. 노인의 흉중은 노인이 아니면 알지 못하는 법이오."

"아니, 그것은 무슨 말씀입니까?"

"부친이신 사도노카미 님으로부터 주의도 계셨지만, 카게무샤影武者° 준비도 충분히 했겠지요?"

"카게무샤……라고 하시면?"

"물론 오고쇼도 출진하십니다. 그러나 연로하신 오고쇼를 앞으로 닥칠 추위에 찬바람을 맞게 해서는 안 될 일이오. 그러므로 대리가 될 사람이 필요하다는 말이오."

마사즈미는 내심 깜짝 놀랐다.

"물론 그 준비는 되어 있습니다."

원래 지기 싫어하는 성격이어서 우선 이렇게 대답해놓고 급히 카게무샤를 구하러 나갔다.

마사즈미도 벌써 평화에 익숙해져 거기까지는 미처 생각지 못하고 있었다. 그리하여 슨푸를 모조리 뒤져 카게무샤가 될 만한 자…… 곧 얼른 보기에 이에야스와 비슷한 노인을 겨우 세 사람 찾아냈다.

"어느 정도나 오고쇼의 흉내를 낼 수 있는지 보고 싶군요."

토도 타카토라는 조심스럽게 이런 말을 했다. 이에 한 사람에게는 무장을 시키고 다른 한 사람에게는 평복, 나머지 한 사람은 농부처럼 꾸며 타카토라에게 보였다.

이 세 사람 중에서는 무장한 사람이 가장 이에야스를 닮아 보였다. 슨푸에 사는 농부로 타케에몬竹右衛門이라는 사람이었다.

"그러면, 이 타케에몬만 내가 잠시 맡기로 하겠소. 정확히 오고쇼로 보이도록 만들지 않으면 안 되니까."

이 무렵 진짜 이에야스도 자기 방으로 쿠와나桑名 성주인 혼다 타다마사本多忠政와 카메야마龜山 성주 마츠다이라 타다아키松平忠明를 불렀다.

"타다마사는 오늘 당장 이세의 군사를 모두 동원하여 오미의 세타를 지키도록."

과연 긴장은 한 듯했으나, 마사즈미가 노상 선전했던 것처럼 눈빛이 달라지거나 흥분하는 기색은 보이지 않았다.

"타다아키는 미노의 군사를 지휘하여 후시미로 급행, 그곳을 단단히 지키지 않으면 안 된다. 세키가하라 때 토리이 히코에몬鳥居彦右衛門을 죽게 한 것은 바로 그 성이었어."

이렇게 말하고, 방비는 서두르되 전투는 서두르지 말라고 누누이 주의시켰다.

이에야스는 자기의 건강을 생각하여 오사카 성을 포위하기는 하지만 곧 전쟁을 시작할 뜻은 없는 것 같았다. 포위해놓고 다시 담판할 생각이 아닐까…… 하여 혼다 타다마사는 몹시 마땅치 않게 여겼다. 아니, 타다마사뿐만이 아니었다. 하타모토 중에서 다이묘가 되지 못한 사람들 중에 특히 그러한 경향이 강했다.

4

10월 1일, 2일, 3일 사흘 동안에 이에야스가 오사카를 공격하려는 방침을 에도의 노신들은 완전히 이해할 수 있었다.

이에야스는 자신이 직접 진두지휘를 하겠다고 고집하고, 히데타다에게는 자신이 어떤 지시를 내릴 때까지 에도를 떠나지 말라고 명했다. 그러나 이는 왕성한 투지에서 나온 발언이 아니라, 자기가 서서히 오사카로 전진하는 동안 오사카에서 반성하여 화의를 청했으면 하는 기대를 가졌기 때문이었다.

"이번에는 도요토미 가문의 옛 가신들을 달래야 한다."

이렇게 말하면서 히고의 카토 타다히로加藤忠廣에게는 큐슈의 방비를 명하고, 후쿠시마와 쿠로다 등 도요토미 가문의 은혜를 입은 다이묘에게는 에도에 머물라는 뜻을 전했다.

슨푸 성 수비는 열한번째아들인 요리후사賴房(미토水戶)에게 맡기겠다고 했다. 이러한 조치는 비록 어리다 해도 무장의 관습이라는 테두리

밖에 두지 않겠다는 교육을 위해서였으며, 그 자신의 진두지휘도 그러한 '책임감'의 소재를 보여주기 위한 것이었다.

6일에는 마츠다이라 타다아키와 혼다 타다마사가 배치를 완료했고, 7일에는 쇼시다이 이타쿠라 카츠시게의 보고에도 있었듯이 요도 부인의 여동생 죠코인의 밀령을 받고 탄고丹後 미야즈宮津의 성주 쿄고쿠 타카토모와 와카사若狹의 오바마小濱 성주 쿄고쿠 타다타카가 일부러 슨푸에 왔다.

이에야스는 그들을 불러 거실에서 접견하고 약 반 각(1시간) 남짓 밀담을 나누었다.

요도 부인의 여동생 죠코인이 이에야스에게 어떤 제안을 했는지는 알 수 없으나 대체적인 내용은 짐작할 수 있었다.

혈육인, 그것도 불행한 언니와 언니의 유일한 아들인 히데요리의 운명과 관계되는 일. 자기가 간곡히 언니를 설득시킬 테니 진짜로 공격하는 것만은 삼가달라…… 그런 내용의 이야기였음이 분명했다. 그에 대한 사실은 겨울의 대치가 일단 화의로 들어가는 동시에 죠코인이 양 진영을 열심히 왕래하며 주선하고 있는 것으로 알 수 있다.

선봉은 슨푸에서 온 토도 타카토라로 결정되었다. 타카토라가 코즈케노스케 마사즈미와 상의하여 뽑은 카게무샤 세 사람을 거느리고 출진한 것은 이튿날인 8일이었다.

이번 주력은 동북지방의 여러 다이묘. 이로써 히데타다에 대한 다테, 우에스기, 사타케 등의 충성심을 확인하려는 것이 틀림없었다. 이에야스는 10일 슨푸로 달려온 다이묘들을 접견하고 그 이튿날 자신도 슨푸에서 출발했다.

10일 접견한 장수들의 이름은 와카야마 성주 아사노 나가아키라淺野長晟, 사가 성주 나베시마 카츠시게鍋島勝茂, 코치 성주 야마노우치 타다요시山內忠義, 토쿠시마德島 성주 하치스카 요시시게蜂須賀至鎭, 키시와다 성주 코이데 요시히데小出吉英, 우스키臼杵 성주 이나바 노리미치稻葉典通, 사이키佐伯 성주 모리 타카마사毛利高政, 미노 하치만美濃八幡 성주 엔도 요시타카遠藤慶隆였다고 기록되어 있다.

그 면모를 보아도 알 수 있듯이, 전에 이에야스와 함께 싸우고 함께 고생을 나누었던 사람들은 이제 한 사람도 없고, 모두들 그 아들이거나 손자들이었다.

'원 이런, 일흔이 넘어 옛 동료의 아들과 손자를 데리고 싸워야 하는 것은 이 이에야스뿐이란 말인가.'

이에야스 자신의 진정한 감회였을 터.

슨푸 성을 출발하기는 했으나 별로 서두르는 기색 없이 12일에는 카케가와懸川, 13일에는 나카이즈미中泉라는 느긋한 여행길이었다.

5

이에야스가 서쪽으로 향했을 때 히데타다도 기다렸다는 듯이 자기도 출진하겠다고 청해왔다. 원래 히데타다는 이에야스가 출발하기 전에 도이 토시카츠를 슨푸에 파견하여—

"이번 토벌에는 저를 파견하시고 아버님은 에도 성에서 칸토를 진무하십시오."

이렇게 청했다. 그러나 이에야스는 웃으면서 히데타다의 청을 허락하지 않았다.

"쇼군의 효심은 고맙게 생각한다. 그러나 나는 일부러 고생을 찾아다니는 성격이어서 전투가 벌어지면 가만히 있지 못한다. 내 눈으로 오사카를 보지 않으면 견디지 못하는 성격이야."

그리고 에도의 수비대장을 속히 결정하라고 덧붙였다.

"나는 슨푸의 수비를 요리후사(막내아들)에게 명하고 카타하라形原의 마츠다이라 이에노부松平家信, 코로모擧母의 미야케 야스사다三宅康貞, 쿠노久野의 쿠노 무네나리久野宗成로 하여금 그를 돕도록 했다. 에도의 일에 대해서는 쇼군 나름의 뜻이 있을 터. 나중 일까지 깊이 생각하기 바란다."

아무렇지도 않은 듯한 이 말에는 도이 토시카츠가 잘 새겨들어야 할 늙은 아버지의 배려가 담겨 있었다.

슨푸의 수비를 겨우 12세에 불과한 츠루치요鶴千代 요리후사에게 맡기고 떠난다……는 것은 히데타다 또한 에도의 수비를 동생 마츠다이라 타다테루에게 맡기지 않겠는가 하는 의미.

쇼군과 타다테루의 불화설은 여전히 일부 사람들의 입에 오르내리고 있었다. 이 기회에 그 소문을 깨끗이 없앴으면…… 하는 아버지의 희망이 깔려 있었다.

도이 토시카츠는 쇼군 히데타다의 복안이라고 하여, 에도 성 수비는 마츠다이라 타다테루 휘하에 오쿠다이라 이에마사奧平家昌, 모가미 이에치카最上家親, 토리이 타다마사鳥居忠政를 딸려 맡기기로 했다는 대답을 하고 에도로 돌아갔다.

이번의 그 결정과 도요토미 가문의 은혜를 입은 후쿠시마 마사노리, 쿠로다 나가마사, 카토 요시아키 등이 에도에 남을 것을 승낙했다는 뜻을 알리면서, 다시 히데타다의 출정을 청하러 마츠다이라 시게노부를 사자로 보냈다.

"아직 일러. 서두를 것 없다."

이번에도 이에야스는 그 청을 한마디로 거절하고 14일 하마마츠 성濱松城으로 들어갔다.

그때는 이미 큐슈 지방에 있는 천주교 신자들의 동태를 충분히 경계하도록 카라츠唐津의 테라사와 히로타카寺澤廣高와 나가사키의 부교

하세가와 후지히로長谷川藤廣에게 지시했다. 히코네彦根 성주 이이 나오카츠井伊直勝는 병중이어서 그 동생 나오타카直孝가 대신 후시미 수비대장으로서 군사를 거느리고 야마시로의 우지宇治를 방비하고 있다는 보고가 들어와 있었다.

이에야스의 명령이 떨어졌을 때 군사의 움직임은 급류에서 헤엄치는 은어처럼 민첩했다.

에치젠의 키타노쇼에 있던 마츠다이라 히데야스의 외아들 타다나오忠直 또한 벌써 요도바시모토淀橋本를 향해 진군 중이라고 했다.

"마치 기다리고 있었던 것처럼 신속하구나."

73세인 이에야스의 가마는 15일에는 요시다吉田, 16일에는 그가 태어난 고향인 오카자키에 닿았다.

도착해보니 아홉번째아들인 도쿠가와 요시토시德川義利(요시나오義直)는 이에야스의 도착을 기다리지 않고 이미 군사를 거느리고 나고야에서 출발했다고 했다.

'모두들 전쟁을 재미로 여기고 있다……'

입밖에는 내지 않았으나 이 또한 이에야스의 마음에 슬픈 그늘을 드리워주는 뜻밖의 일 중의 하나였다.

'히데요리도 타다나오나 요시토시처럼 전쟁을 재미로 여길까?'

6

이미 새로운 세대는 전쟁이 얼마나 비참한지를 잊어버렸다. 아니 잊어버렸다……고 하기보다 용감한 무용담만을 들었을 뿐 현실은 아무 것도 모르고 자랐다. 땅속에 남아 있는 저 처참한 부르짖음이나 절망과 굶주림, 피비린내는 듣지도 맡을 수도 없게 되고 말았다.

타다테루, 요시토시, 요리노부賴宣, 요리후사…… 아니 오사카 성의 히데요리도, 히데야스의 아들 타다나오도…… 모두 이에야스가 경험한 지옥을 전혀 모르는 자들이었다.

그저 용감하기만 한 이런 젊은이들을 두고 73세의 이에야스가 나서야 하다니……

이에야스는 때때로 우습다는 생각이 들었다. 인생 그 자체가 무엇이라 형언할 수 없는 익살로만 보여—

"웃을 수밖에 도리가 없지 않는가."

스스로 조롱하고 싶은 마음이기도 했다.

'내가…… 아무리 용맹한 전국인戰國人이란 맹수들과 맞서고도 절대로 꿇리지 않던 이 내가……'

이제 와서 새삼스럽게 그런 난세를 모르는 아이들을 상대로 싸워야 하다니, 이 얼마나 기구한 운명인가. 그렇다고 방심하여 이 소란을 크게 확대시킨다면 그야말로 수습할 길 없는 무간지옥無間地獄이 입을 벌리게 된다.

'사자는 토끼를 잡을 때조차 전력을 기울인다고 한다……'

이에야스는 17일 나고야에 도착하였고, 18일이 되어 에치젠의 키타노쇼에서 온 마츠다이라 타다나오가 카나자와 성金澤城에서 달려온 마에다 토시미츠前田利光(토시츠네利常)와 진군 속도를 겨루어 전자는 오미의 사카모토에, 후자는 오미의 카이즈海津에 도착했다는 보고를 받았다.

'전쟁을 달리기 시합인 줄 알고 있군.'

이에 타다나오에게는 야마시로의 니시노오카西岡에 있는 아즈마 사東寺에 진을 치게 하고, 토시미츠에게는 요도淀와 토바鳥羽에 진을 치고 우선 군사들을 쉬게 하라는 엄명을 내렸다.

19일에 기후, 20일에 오미의 카시와바라柏原에 이르렀을 때 또다시

전쟁을 달콤한 놀음으로 여기는 아이들 장난 같은 보고가 들어왔다. 히데요리의 밀명을 받은, 잠입술에 능한 떠돌이무사들이 쿄토에서 이타쿠라 카츠시게의 손에 체포되었다고 했다. 그들은 이에야스가 머지않아 니죠 성에 들어갈 것이라 예상하고, 니죠 성에 불을 질러 그 혼란을 틈타 이에야스를 저격할 계획으로 파견되어 있었다고.

이에야스는 쓴웃음을 짓지 않을 수 없었다. 지난 19일, 미노의 타카스高須 성주인 토쿠나가 마사시게德永昌重가 이에야스에게 보내는 히데요리의 서한이라는 것이 전해져 있었기 때문이다. 그 서한에는, 히데요리는 이에야스에게나 쇼군에게도 결코 다른 마음을 품고 있지 않다……고 씌어 있었다. 이에야스도 약간 마음이 움직여 ──

'토쿠나가 나가마사德永壽昌의 아들이라면, 중간에서 어떤 역할을 할 수 있을지도 모른다……'

이렇게 생각하기도 했다.

그런데 이러한 일이 이에야스가 안심하고 니죠 성에 들어오도록 하기 위한 그야말로 어린아이 같은 계략이었다……

'이것 참…… 전쟁과 장난을 구별하지 못하는 어처구니없는 세상이 되었구나……'

그뿐만이 아니었다.

이에야스가 21일 이시다 미츠나리의 옛 영지였던 사와야마를 거쳐서 22일 나가하라永原에 도착했을 때였다. 그날 쇼군 히데타다가 대군을 거느리고 에도를 떠났으며, 또한 사기 충천하여 나고야를 떠난 요시토시(요시나오)의 군사가 이미 쿄토에 도착했다는 두 가지 보고가 들어와 있었다.

"서두르지 마라. 서둘러서 군사들을 지치게 하지 마라."

이에야스는 즉시 쇼군에게 사자를 보냈다.

7

이에야스의 진군은 서두르는 듯 서두르지 않는 듯…… 그러나 결코 정체해 있지는 않았다. 그는 한 걸음 한 걸음 오사카와 그 거리가 좁혀짐에 따라 어른과 어린아이의 실력 차이를 세상에 뚜렷이 보여주는 포석布石을 하고 있었다.

이러한 상황이었기 때문에 쇼군 히데타다는 아직 서두르지 않아도 좋았다. 그런데 히데타다의 입장에서 볼 때는 그것이 무책임하고 또 불효하는 일이라고 생각되었던 모양이다.

쇼군 히데타다는 아버지의 허락을 직접 받기 전에 선봉장인 토도 타카토라에게—

"오고쇼의 지령은 아직 내리지 않았으나…… 우선 중도까지 나가기로 했소."

사후 보고의 형식을 취하고 진군했다.

'쇼군까지 이 모양이니 안타까운 노릇이야……'

가마를 탄 이에야스의 진군과 대군을 이끈 히데타다의 진군과는 세상이 느끼는 완급의 차이가 전혀 달랐다. 전자는 아직 '다시 생각할' 여지를 남기고 있는 데 반해 후자의 경우는 적의 내응자에게 무섭게 전사할 각오를 강요하게 된다.

과연 히데타다의 진군은 갖가지 반응을 나타냈다.

분고의 성주로 있던 타케나카 시게토시竹中重利는 히데타다가 출진한 사실을 안 뒤 자진하여 아키의 히로시마 성주 후쿠시마 마사노리의 아들 타다카츠에게 사자로 갔다. 아버지 마사노리가 에도에 있다 하지만, 아들 타다카츠가 즉시 군사를 이끌고 오사카 공격에 가담하지 않으면 히데타다의 의심을 받게 된다는 나름대로 현실적인 충고를 하기 위해서였다.

타케나카 시게토시가 출발한 바로 그 뒤를 잇기라도 하듯 코이데 요시히데가 찾아왔다. 요시히데는 히데요리의 사부였던 히데마사의 외아들이었다.

"실은 히데요리 님으로부터 이런 서한이 왔기 때문에 전해드리러 왔습니다."

부디 오사카 쪽에 가담해달라는 히데요리의 친필 서한이었다. 그 서한을 혼다 마사즈미가 이에야스에게 건넸다. 이에야스는 낯을 찌푸리고 외면했다.

"그래? 코이데까지도 히데요리를 등졌다는 말이구나……"

도요토미 가문에서 자란 코이데와 카타기리에게 배신을 당하고, 하필이면 떠돌이무사들을 끌어들여 전쟁을 하겠다고 하는 히데요리의 어리석은 생각을 이에야스는 이해할 수 없었다.

이때 이에야스의 미간을 찌푸리게 하는 보고가 날아들었다. 선봉을 맡은 토도 타카토라가 이에야스의 명령이라 칭하고 카타기리 카츠모토와 그 아들 타카토시에게 오사카 포위의 제1진을 명했을 때 —

"알겠습니다."

카타기리 부자는 인질을 보내고 즉시 이를 승낙했다고.

토도 타카토라는 이에야스의 의중을 깨닫고, 카타기리에게 선봉을 맡겨 성안의 화평파와 연락을 취하게 할 생각으로 그렇게 했을 터. 아무리 그렇다 해도 카타기리 부자가 그 명을 선뜻 받아들였다니 이 얼마나 서글픈 일인가……

한쪽은 가담할 만한 자가 속속 이탈해나가는 데 반해, 이에야스 쪽은 생각지도 않았던 자까지 상대를 불리하게 할 정보를 가지고 가담해오고 있었다.

'누군가 대등한 입장에서 화평을 제의해올 자가 있을 것으로 생각했는데……'

쇼군 히데타다 대군의 출발은 더욱 그런 기대를 어긋나게 만드는 결과가 되고 말았다.

이에야스도 더 이상 중도에서 머뭇거릴 수 없었다. 그는 10월 23일, 호수를 건너서 곧장 쿄토의 니죠 성에 들어갔다……

8

니죠 성에 들어간 이에야스는 다시 한 번 토카이도를 통해 올라오는 히데타다에게 사자를 보냈다.

"서두를 것 없다. 서둘러서 군사를 피로하게 만들면 쇼군이 출정한 의미가 없어진다. 부디 군사들을 잘 돌보면서 위풍당당하게……"

이는 세상을 떠난 타이코가 주로 쓰던 '압박 전략'이었다. 이에야스는 지금 그 수법으로 히데요리의 반성을 촉구하려는 것이 분명하다. 아니, 히데요리뿐만 아니라, 좋은 기회가 왔다고 모여든 오사카 쪽의 떠돌이무사들에게 ——

'승산이 전연 없다.'

이런 생각을 가지게 하여 그들의 사고방식을 바꾸려는 의도를 지녔다고 보아야 했다.

그러나 이미 시대는 달라졌다. 타케다 신겐이나 호죠 우지마사北條氏政, 코바야카와 타카카게小早川隆景, 우에스기 켄신上杉謙信 등과 같은 사람의 시대였다면, 이런 병력의 차이를 보고 내심은 어떻든지 절대로 전쟁은 시작하지 않았을 터.

지금 사람들은 애당초 '전쟁'이란 것을 모른다. 그 무서움도 실력의 비교도 알 리 없었다. 속속 니죠 성으로 들어오는 자들은 모두 이에야스가 크게 분노하여 오사카 토벌을 하려는 줄 속단하고 ——

"꼭 저에게 선봉을."

용감하게 요청할 뿐이었다.

먼저 카타기리 카츠모토와 그의 아들 타카토시가 찾아왔다. 다음에는 호소카와 타다오키가 얼굴을 보였다. 모두 오사카 성 사정을 이에야스에게 알려왔다. 그러나 실은 이에야스가 훨씬 더 깊고 애처롭게 그 사정을 잘 알고 있었다.

이튿날인 10월 24일에는 칙사로 부케텐소武家傳奏°인 곤노다이나곤權大納言 히로하시 카네카츠廣橋兼勝와 산죠니시 사네에다三條西實條가 니죠 성에 왔다.

73세 노장의 노고를 치하하는 정중한 칙서를 전달받았을 때 이에야스는 울고 싶은 마음이었다. 히데타다도 아직 이에야스의 흉중을 정확하게 이해하지 못하고 있었다. 이에야스는 싸우고 싶은 것이 아니라 정연한 질서 속에 도의의 말뚝을 단단히 박아놓고 싶을 뿐.

'아무도 그러한 내 마음을 알아주지 않는다……'

그렇다면 후세 사람들이 과연 자기를 어떻게 평가할 것인가.

'세 살 버릇이 여든까지……'

전쟁을 즐기는 이 73세의 늙은이는 말을 탈 수 없는 몸이 되어서까지 전쟁터에 나갈 수밖에 없었다는 말인가……?

칙사가 돌아가고 난 뒤 그야말로 야단법석이었다. 공경과 조정의 벼슬아치들이 이 기회에 노귀老鬼의 비위를 맞추어놓아야 한다고 거창하게 차려입고 꼬리를 물고 나타났다. 그들에게서는 5대 섭정 가문의 하나로 새로 등장한 '도요토미 가문'의 문벌을 이 기회에 깎아내려야 한다는 속셈을 분명히 읽을 수 있었다.

그런 의미에서 시대를 제대로 내다보지 못한 오사카 성은 그야말로 '사면초가四面楚歌'의 싸늘한 가을바람을 맞고 있었다.

이에 반해, 당당하게 토카이도를 통해 진군해오는 쇼군의 군사는 수

많은 하타모토 외에도 다테, 우에스기, 사타케 등 동북지방 다이묘들의 대군을 거느리고 있었다.

이에야스는 그날 에도 성의 보수에 막대한 비용을 바치고 잇따라 출진하게 된 아사노 나가아키라, 나베시마 카츠시게, 야마노우치 타다요시에게 각각 은 200관씩을 대여하고, 다시 호소카와 타다오키에게 모리 테루모토와 시마즈 이에히사의 군사가 영지에서 떠나기를 기다렸다가 역시 동쪽으로 향하라는 명령을 내렸다. 그야말로 일본이 총동원된 애처로운 대연습……

—— 29권에서 계속

《 주요 등장 인물 》

도쿠가와 이에야스德川家康

도요토미 가문을 지켜주기 위해 노력하지만, 끝내 오사카는 칸토와 일전을 결의하는 주전파가 세력을 잡게 된다. 일전이 불가피한 상황에서 오사카에 반성의 시간을 주기 위해 칠십이 넘은 노구를 이끌고 직접 전투에 출진한다.

마츠쿠라 시게마사松倉重正

관직명은 분고노카미. 오사카의 편을 들려는 유키무라를 설득하기 위해 사신으로 가지만, 끝내 거절당한다. 이후 유키무라가 오사카로 진출하지 못하도록 수비하지만 유키무라의 작전에 속아 놓치고 만다.

사나다 노부유키眞田信之

관직명은 이즈노카미. 유키무라의 형. 세키가하라 전투에서 동군에 가담하여, 그 공로로 아버지 마사유키와 동생 유키무라의 목숨을 보존하게 된다. 동생 유키무라가 끝내 오사카의 편을 들려 하자 마츠쿠라 시게마사를 보내 동생을 설득하게 한다.

사나다 유키무라眞田幸村

마사유키의 차남으로 세키가하라 전투에서는 서군에 가담하여 우에다 성에서 농성하며 도쿠가와 히데타다 군과 대치한다. 마사유키 사후에도 오사카에 대한 의義를 지키기 위해 오사카 성에 들어가 농성할 것을 결의한다.

야규 마타에몬 무네노리柳生又右衛門宗矩

쇼군의 무술사범으로, 병법의 전수자. 이에야스의 경호원이자 자문 역할을 한다. 만약 오사카 성과 일전을 벌이게 될 경우에 센히메와 히데요리, 그리고 요도 부인의 신변을 경호할 무사들을 구해달라는 이에야스의 부탁을 받고 친척인 오쿠하라 가문의 신쥬로 토요마사에게 목숨을 건 부탁을 한다.

오노 하루나가大野治長

요도 부인의 정부情夫로, 어머니는 요도 부인의 로죠인 오쿠라 부인이다. 오사카 성의 행정 부교인 카타기리 카츠모토를 몰아내고 실세로 군림한다. 원래는 주전파가 아니지만 와타나베 쿠라노스케의 말을 듣고 주전파로 돌아서서 요도 부인을 회유한다.

와타나베 쿠라노스케渡邊内藏助

오사카의 대표적인 주전론자主戰論者. 어머니는 요도 부인의 로죠인 쇼에이니. 일곱 장수의 한 사람으로 전쟁을 망설이는 요도 부인과 오노 하루나가를 설득하여 주전론자로 돌아서게 만든다.

요도淀 부인

아명은 챠챠히메. 히데요시 사후 오사카 성의 안주인으로, 이에야스를 선망과 질투의 시선으로 항상 바라본다. 대불개안 공양이 미뤄진 것이 단순히 종에 새겨진 명문 때문이라 믿고 이에야스에게 세 명의 여자 사신을 파견하여 해명하려 한다. 하지만 카타기리 카츠모토가 에도와 짜고 벌인 일이라는 오노 하루나가의 말에 넘어가 주전론자로 돌아선다.

카타기리 카츠모토片桐且元

관직명은 이치노카미. 오사카 성의 행정을 담당한 부교로, 도요토미 가의 안녕을 위해 끊임없이 힘쓴다. 대불개안 공양이 미뤄진 사실을 알고 놀라 이에야스에게 달려가지만, 이것이 오사카와의 전쟁을 막기 위한 이에야스의 방법이라는 것을 알고 요도 부인과 히데요리에게 영지 이전 등 세 가지 안 중에서 하나를 채택할 것을 권하려 한다. 하지만 이미 오사카 성에서는 이에야스의 꼭두각시에 불과한 배신자로 낙인 찍혀, 자신의 영지로 돌아가고 만다.

《 에도 용어 사전 》

군감軍監 | 군대를 감독하는 직책. =감군監軍.

군서치요群書治要 | 당나라 태종의 명으로 편찬한 정치의 요강을 발췌한 책.

난보쿠쵸南北朝 | 1336년 쿄토를 제압한 아시카가 타카우지足利尊氏가 코묘 천황을 옹립하여 무가 정권의 부흥을 선언하였는데, 한편 고다이고 천황은 요시노吉野로 도망가서 조정을 열어 난보쿠쵸의 내란이 시작되었다.

남만南蠻 | 무로마치室町 시대에서 에도江戶 시대에 이르기까지 해외 무역의 대상이 된 동남아시아나 그곳에 식민지를 가진 포르투갈·스페인을 일컫는 말. 또, 그 시대에 건너온 서양 문화(기술, 종교). 네덜란드를 홍모紅毛라고 한 데 대한 말.

닌쟈忍者 | 둔갑술을 쓰며 암살과 정탐을 하는 사람.

다다미疊 | 일본식 주택의 바닥에 까는 것으로, 짚으로 만든 판에 왕골이나 부들로 만든 돗자리를 붙인 것. 일반적으로 크기는 180×90cm이며, 일본에서는 지금도 방의 크기를 다다미의 장수로 나타내는 경우가 많다.

다이묘大名 | 넓은 영지와 많은 부하를 둔 무사의 우두머리.

대불개안大佛開眼 행사 | 불가에서 불상을 다 만들어 갈 때 베푸는 의식.

도보同朋 | 쇼군이나 다이묘를 섬기며 신변의 잡무나 예능상의 여러 가지 일을 맡아보는 사람.

도소진道祖神 | 도로의 악령을 막고 행인을 지켜준다는 신. 자연석이나 석상 등의 형태로 표현되며 마을의 경계나 고개 등에 세워져 있다.

로죠老女 | 쇼군이나 영주의 부인을 섬기는 시녀의 우두머리.

류타츠부시隆達節 | 에도 시대 초기의 유행가.

모쿠지키木食 | 곡기를 끊고 나무열매만 먹는 일.

바쿠후幕府 | 무신 정권 시대에 쇼군이 집무하던 곳, 또는 그 정권.

보타모치牡丹餠 | 속에 팥을 넣고 둥글게 빚은 떡.

부교奉行 | 행정, 재판, 사무 등을 담당하는 무사의 직명.

부케텐소武家傳奏 | 무사의 주청을 조정에 전하는 공경의 벼슬.

상황上皇 | 양위讓位한 천황天皇의 존칭.

세이간靑眼 | 칼끝을 상대편의 눈 높이로 겨누는 자세.

세이이타이쇼군征夷大將軍 | 무력과 정권을 장악한 바쿠후의 실권자. 쇼군의 정식 명칭.

소쇼宗匠 두건 | 다인茶人들이 쓰는 두건.

소하츠總髮 | 머리를 뒤로 빗어 넘겨 뒤통수에서 묶는 남자의 머리 모양. 에도 시대 의사,

유학자, 수도승 등의 머리 모양.

쇼군將軍 | 무력과 정권을 장악한 바쿠후의 실권자. 정식 명칭은 세이이타이쇼군.

쇼다이부諸大夫 | 친왕親王, 섭정攝政, 칸파쿠關白, 다이진大臣 등의 집에서 사무관을 지낸 4품, 5품 가문의 사람. 또는 5품의 무사.

쇼시다이所司代 | 에도 시대에 쿄토의 경비와 정무를 맡아보던 사람.

쇼쿠니혼기續日本紀 | 『니혼쇼키日本書紀』에 이어 편찬된 한문 편년체의 정사 기록물. 697년부터 792년까지의 일본 역사를 기록한 책.

싯세이執政 | 로쥬老中 또는 카로家老를 이르는 말.

아시가루足輕 | 평시에는 잡일에 종사하다가 전시에는 병졸이 되는 최하급 무사.

엔기시키延喜式 | 헤이안平安 시대의 율령律令 시행 세칙.

오고쇼大御所 | 은퇴한 쇼군이나 그의 거처.

온나가부키女歌舞伎 | 에도 시대에 여자가 중심이 되어 연기를 하던 가부키. 풍기상의 이유로 1629년에 폐지되었다.

와카和歌 | 일본의 고유 형식인 5음, 7음을 바탕으로 하여 만들어진 정형시. 5·7·5·7·7의 5구 31음으로 된 시.

우다이진右大臣 | 다이죠칸의 장관. 사다이진 다음의 직위.

이가伊夏 무리 | 이가 출신의 첩보 담당 무사들.

정관정요貞觀政要 | 당나라 태종이 군신들과 정치 문제에 대해 문답한 내용을 기록한 책.

조동종曹洞宗 | 선종禪宗의 한 파. 카마쿠라鎌倉 시대 초기의 중 도겐道元이 송宋나라 여정如淨에게서 법을 배워 일본에 전하였다.

지세이辭世 | 임종 때 지어 남기는 시가詩歌.

츠카이반使番 | 전시에는 전령, 순찰 등의 역할을 하고, 평상시에는 다이묘나 관원의 동정을 살펴 쇼군에게 보고하는 직책.

친왕親王 | 황족의 하나. 천황의 형제·황자皇子를 일컫는 말.

카게무샤影武者 | 적을 속이기 위해 대장으로 가장한 무사.

칸파쿠關白 | 천황을 보좌하여 정무를 담당하는 최고위의 대신.

코쇼小姓 | 주군을 측근에서 모시며 잡무를 맡아보는 무사.

코와카마이幸若舞 | 무사에 관한 노래를 부르며 부채로 장단을 맞추어 추는 춤.

코카甲賀 무리 | 게릴라 전법을 구사하는 코카 지방의 자치 공동체. 코가 무리라고도 함.

코타츠炬燵 | 일본의 실내 난방 장치의 하나. 나무 틀에 화로를 넣고 그 위에 이불, 포대기 등을 씌운 것. 이 속에 손, 무릎, 발을 넣고 몸을 녹인다.

킨키近畿 | 왕실을 중심으로 한 그 부근의 지역.

타이코太閤 | 본래 섭정攝政 또는 다죠다이진太政大臣의 경칭敬稱. 나중에는 칸파쿠의 직위를 그 자식에게 물려준 사람에 대한 높임말. 여기서는 히데요시를 가리킨다.

토코노마床の間 | 객실인 다다미방의 정면 상좌에 바닥을 한 층 높여 만들어놓은 곳. 벽에는 족자를 걸고, 한 층 높여 만든 바닥에는 도자기, 꽃병 등으로 장식한다.

하카마袴 | 일본옷의 겉에 입는 아래옷. 허리에서 발목까지 덮으며 넉넉하게 주름이 잡혀 있고, 바지처럼 가랑이진 것이 보통이나 스커트 모양의 것도 있다.

하타모토旗本 | (진중에서) 대장이 있는 본영. 또는 그곳을 지키는 무사.

헤이케비와平家琵琶 | 『헤이쿄쿠平曲』. 타이라平 가문의 흥망을 서술한 군담 소설 『헤이케 이야기平家物語』에 곡을 붙여 주로 비파를 반주로 하여 부르는 노래.

후다이譜代 | 대대로 같은 주군, 집안을 섬기는 일이나 또는 그 사람.

훈도分銅 | 비상시에 대비하여 황금으로 만든 저울추 모양의 것.

《 이에야스를 지지한 전략 집단 》

◈ 무사 집단

사카이 타다츠구酒井忠次 (1527~1596)
군사, 외교면에서 활약한 가신단의 필두.

사카키바라 야스마사原康政 (1548~1606)
냉정하고 기민하며 두뇌 회전이 빠른 무사.

혼다 타다카츠本多忠勝 (1548~1610)
56회의 전투 경력을 자랑하는 일본 제일의 용사.

사카이 타다츠구

이이 나오마사井伊直政 (1561~1602)
도요토미 군의 공포의 대상이 된 '붉은 귀신'의 통솔자.

오쿠보 타다요大久保忠世 (1532~1594)
강직한 성격을 가진 미카와 무사의 전형.

아마노 야스카게天野康景 (1537~1613)
융통성이 없는 완고한 성격의 무사.

사카키바라 야스마사

혼다 시게츠구本多重次 (1529~1596)
키요야스(이에야스의 조부), 히로타다, 이에야스
3대에 걸쳐 출사한 후다이 노신.

코리키 키요나가高力清長 (1530~1608)
전장에서의 무공보다도 행정 능력이 뛰어난 가신.

혼다 타다카츠

이이 나오마사

◈ 특수 집단

오쿠보 나가야스大久保長安(1545~1613)

광산, 토목, 토지 조사에 비범한 재능을 발휘.

토도 타카토라藤堂高虎(1556~1630)

축성술에 뛰어난 수완을 발휘한 도요토미의 옛 가신.

핫토리 한조服部半藏(1542~1596)

폭넓은 정보망을 가진 닌쟈의 우두머리.

마츠기 히사나오眞繼久直 · 야스츠나康綱(?~1598, ?~1624)

바쿠후와 조정의 연결 통로.

오쿠보 나가야스

토도 타카토라

◈ 경제 집단

챠야 시로지로茶屋四郎次郎 3대

3대에 걸쳐 이에야스를 모신 정상政商.

이마이 소쿤今井宗薰(1552~1627)

시대의 흐름을 읽는 데 남다른 재능을 보인
사카이의 호상豪商.

고토 쇼자부로 미츠츠구後藤庄郞光次(1571~1625)

이에야스의 지혜 주머니로 지금의 재무장관.

스미노쿠라 료이角倉了以(1554~1614)

슈인센 무역으로 활약하다 수로 개발에 착수.

챠야 시로지로

스미노쿠라 료이

◈ 두뇌 집단

혼다 마사즈미本多正純(1565~1637)

아버지 마사노부를 능가하는 이에야스 측근의 필두.

후지와라 세이카藤原惺窩(1561~1619)

하야시 라잔을 천거한 근세 유학의 시조.

하야시 라잔林羅山(1583~1657)

학문, 문교 정책의 수뇌부.

콘치인 스덴金地院崇傳(1569~1633)

외교, 사상 정책의 수뇌부.

난코보 텐카이南光坊天海(1536~1643)

과거의 이력을 알 수 없는 종교 정책의 수뇌부.

후지와라 세이카

하야시 라잔

콘치인 스덴

난코보 텐카이

《 에도 시대의 학문 》

● 에도 시대의 학문은 중세의 불교 중심에서 유교 중심으로 변화되었다. 특히 조선 왕조가 성리학 일변도로 심화되어갔는 데 비하여 일본에서는 에도 바쿠후가 조선 유학의 영향을 받아 주자학을 받아들였을 뿐만 아니라, 양명학, 혹은 일본 독자적인 유학 연구인 고학 등의 다양한 형태로 발전하였다. 그 외 에도 시대 중기부터 네덜란드를 연구하는 난학蘭學이 성립되었고, 바쿠후 말기에는 양학洋學으로 발전하였다.

1. 주요 학파

유학 儒學	공자의 가르침인 유교를 학문적으로 해명, 발전시킨 것.
주자학파 朱子學派	남송의 주희朱熹에 의해 완성된 유학의 일파. 일본에서는 봉건적 지배의 기초 이론이 되어 관학으로 군림한다.
양명학파 陽明學派	명의 왕양명王陽明이 창시한 유학의 일파. 사회 질서나 도덕을 고정 불변의 것으로 하는 주자학을 비판하고, 지행합일知行合一의 실천을 중시하였다.
고학파 古學派	공자, 맹자의 원전을 직접 배워 일본의 시대 상황에 맞는 도덕, 정치 이념을 세우는 것을 목표로 하였다.

하야시 라잔　　　아라이 하쿠세키　　　야마가 소코　　　다자이 슌다이

2. 유학자의 계통

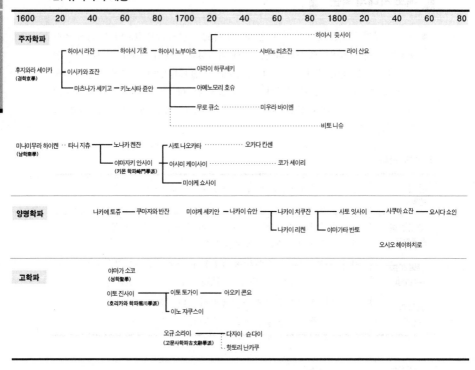

| 1600 | 20 | 40 | 60 | 80 | 1700 | 20 | 40 | 60 | 80 | 1800 | 20 | 40 | 60 | 80 |

주자학파

후지와라 세이카 (경학京學)
- 하야시 라잔 — 하야시 가호 — 하야시 노부아츠 ┬ ········· 하야시 쥰사이
  └ 시바노 리츠잔 — 라이 산요
- 이시카와 죠잔
- 마츠나가 세키고 — 키노시타 쥰안 ┬ 아라이 하쿠세키
  ├ 아메노모리 호슈
  ├ 무로 큐소 ········· 미우라 바이엔
  └ ········· 비토 니슈

미나미무라 하이켄 ·· 타니 지츄 (남학南學)
- 노나카 켄잔 ┬ 사토 나오카타 ········· 오카다 칸센
- 야마자키 안사이 ├ 아사미 케이사이 ········· 코가 세이리
  (키몬 학파崎門學派) └ 미야케 쇼사이

양명학파

나카에 토쥬 — 쿠마자와 반잔   미야케 세키안 — 나카이 슈안 ┬ 나카이 치쿠잔 ┬ 사토 잇사이 — 사쿠마 쇼잔 — 요시다 쇼인
  └ 나카이 리켄   └ 야마가타 반토

오시오 헤이하치로

고학파

야마가 소코 (성학聖學)

이토 진사이 ┬ 이토 토가이 — 아오키 콘요
(호리카와 학파堀川學派) └ 이노 쟈쿠스이

오규 소라이 ┬ 다자이 슌다이
(고문사학파古文辭學派) └ 핫토리 난카쿠

● 주요 학자의 활동 근거지

하야시 라잔	키노시타 쥰안
후지와라 세이카	쿠마자와 반잔
야마자키 안사이	이토 토가이
이토 진사이	

야마가 소코

나카에 토쥬

아이즈

이다

에도

코가와

쿄토

코치

타니 지츄
노나카 켄잔

다자이 슌다이

| 아라이 하쿠세키 |
| 오규 소라이 |
| 하야시 노부아츠 |
| 무로 큐소 |

3. 여러 학문의 발달

역사학 歷史學	하야시 라잔 · 가호 부자, 도쿠가와 미츠쿠니, 야마가 소코, 아라이 하쿠세키
본초학 本草學	동물, 식물, 광물 등의 약용에 대한 연구에서 박물학으로 발전. 카이바라 에키켄, 이노 쟈쿠스이
역학 曆學	태양과 달, 별의 운행을 관측하여 달력을 만드는 학문. 중국 역학을 배우고, 네덜란드 천문학의 유입과 함께 바쿠후의 천문학자를 중심으로 발달. 1년은 태양, 1월은 달의 운행을 기준으로 하는 태음태양력이 사용되었다. 야스이 산테츠
수학 數學	요시다 미츠요시, 세키 타카카즈
의학 醫學	나고야 겐이, 야마와키 토요
국문학 → 국학으로 발전	시모코베 쵸류, 토다 모스이, 케이츄, 키타무라 키긴

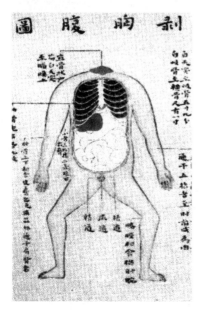

『조시臧志』
일본 최초의 인체 해부도(1754)

『야마토 본초大和本草』
본초학이 박물학으로 발전하는 선구가 된 책

『대일본사大日本史』
편찬 과정을 추이할 수 있는 원고본

『산가쿠算額』
수학가數學家가 문제를 만들어 신사에 봉납한 것

주요학자의 활동 근거지

시부카와 슌카이 이노 자쿠스이
하야시 라잔 야마와키 토요
요시다 미츠요시 나고야 겐이

야마가 소코

카이바라 에키켄

도쿠가와 미츠쿠니

하키타

오사카 코토
나라

에도 미토

케이츄

세키 타카카즈
하야시 가호
토다 모스이
아라이 하쿠세키

시모코베 쵸류

《 도쿠가와 이에야스 관련 연보(1613~1614) 》

◆──서력의 나이는 도쿠가와 이에야스의 나이

일본 연호		서력	주요 사건
케이쵸 慶長	18	1613 72세	10월 1일, 코즈케 이타하나의 사토미 타다요리를 처벌한다. 10월 17일, 이에야스가 슨푸를 출발하여 에도로 향한다. 10월 19일, 바쿠후는 시나노 후카시(마츠모토) 성주 이시카와 야스나가를 오쿠보 나가야스와 결탁한 죄로 처벌한다. 야스나가는 분고 사이키로 유배된다. 10월 24일, 이요 우와지마 성주 토미타 노부타카, 휴가 노베오카 성주 타카하시 모토타네가 처벌된다. 12월 3일, 이에야스는 슨푸로 돌아가기 위해 에도를 출발한다. 12월 6일, 이에야스는 사가미 나카하라에 도착한다. 바바 하치자에몬이 오다와라 성주 오쿠보 타다치카가 이심이 있음을 고한다. 이에야스는 나카하라에서 에도로 돌아온다. 12월 19일, 바쿠후는 거듭 천주교를 금지하고 천주교도를 추방한다. 이날, 사가미 오다와라 성주 오쿠보 타다치카를 쿄토로 파견한다. *이해, 러시아에 로마노프 왕조가 성립된다.
	19	1614 73세	정월 17일, 사가미 오다와라 성주 오쿠보 타다치카가 쿄토에 도착하여 천주교 사원을 부수고, 신부 등을 추방한다. 정월 19일, 바쿠후는 사가미 오다와라 성주 오쿠보 타다치카를 처벌하고, 그의 영지를 몰수한다. 이어서 2월 2일에 오미로 유배시킨다. 정월 26일, 바쿠후는 카가 카나자와 성주 마에다 토시미츠(토시츠네)의 옛 신하 타카야마 토하쿠(나가후사)

일본 연호	서력	주요 사건
케이쵸 慶長		및 나이토 죠안을 체포하여 히젠 나가사키로 보낸다. 정월 29일, 이에야스가 에도에서 슨푸로 돌아온다. 3월 8일, 칙사 부케텐소인 히로하시 카네카츠 등이 슨푸에 와서 이에야스의 손녀딸 카즈코(히데타다의 딸)의 입궐명령을 전한다. 3월 9일, 히데타다가 종1품 우다이진이 된다. 3월 15일, 바쿠후는 에치고 후쿠시마 성주 마츠다이라 타다테루를 타카다에 이전시키기 위해, 여러 다이묘에게 타다테루의 거성이 될 타카다 성 축성을 명한다. 3월 25일, 이에야스는 『코킨슈』를 전수받기 위해 레이제이 타메미츠를 슨푸로 초빙한다. 4월 16일, 히데요리는 야마시로 호코 사 대불전의 종을 주조한다. 카타기리 카츠모토가 이것을 감독한다. 7월 3일, 카타기리 카츠모토는 슨푸에 사신을 파견하여, 닌나지노미야 가쿠신호 친왕을 호코 사 대불 공양의 도사로 삼는 칙허를 받았다는 보고를 하고, 이에야스와 히데타다에게 대불전 상량식에 참례할 것을 요청한다. 7월 18일, 카타기리 카츠모토가 대불개안 공양을 8월 3일에, 법당 공양을 8월 18일에 행하고자 하는 뜻을 이에야스에게 보고한다. 이에야스는 이것을 허락한다. 7월 21일, 이에야스는 야마시로 호코 사의 종명鐘銘과 상량의 기일에 불길한 점이 있다며 진노한다. 7월 26일, 이에야스는 이타쿠라 시게마사를 쿄토에 파견하여 5대 종단의 고승들에게 조영의 가부를 비판하게 한다. 이어서 종명의 글귀가 불길함을 말하고 공양 행사의 연기를 명한다. 8월 3일, 카타기리 카츠모토가 호코 사 종명 등을 변명

일본 연호	서력	주요 사건
케이쵸 慶長		하기 위해 슨푸로 간다. 5일에 도착한다. 8월 5일, 오쿠라 부인, 쇼에이니, 니이 부인이 히데요리의 생모 요도 부인의 사자로 오사카를 출발하여 슨푸로 향한다. 10일에 도착한다. 8월 7일, 이에야스는 슨푸에 온 카타기리 카츠모토에게 혼다 마사즈미, 콘치인 스덴을 파견하여 호코 사의 종명, 상량문 서식에 대해 논의하게 하고, 또 오사카 쪽이 많은 떠돌이무사를 불러들여 포섭하고 있음을 힐문한다. 8월 10일, 오사카의 사자 오쿠라 부인 등이 슨푸에 들어가 이에야스를 배알한다. 8월 18일, 카타기리 카츠모토, 오쿠라 부인이 오사카로 돌아와 히데요리에게 이에야스의 뜻을 전한다. 카츠모토는 여기에 대해 세 가지 안을 진술하며 도쿠가와 가문과 화친을 유지할 것을 권한다. 히데요리와 요도 부인은 이것을 불쾌하게 여긴다. 8월 20일, 카타기리 카츠모토가 오사카 저택으로 돌아온다. 9월 7일, 바쿠후는 사이고쿠의 여러 다이묘에게 서약서를 제출하게 한다. 9월 24일, 이에야스는 타카야마 토하쿠, 나이토 죠안 등 천주교도 백여 명을 해외로 추방한다. 9월 27일, 오다 죠신(노부오)이 오사카 성을 나와, 야마시로 류안 사에 은거한다. 9월 28일, 히데요리의 신하 이시카와 사다마사가 오사카 성을 탈출하여, 카타기리 카츠모토의 셋츠 이바라키 성으로 들어간다. 10월 1일, 카타기리 카츠모토가 아우 사다타카 등 일

일본 연호	서력	주요 사건
케이쵸 慶長		족을 데리고 오사카 성을 나와 거성인 셋츠 이바라키 성으로 들어간다.
		같은 날, 쇼시다이인 이타쿠라 카츠시게가 오사카의 소요를 슨푸에 보고한다. 이에야스는 오사카 토벌을 결의하고 여러 다이묘에게 출진을 명령한다.
		10월 6일, 히데요리는 오사카 성을 수리하고, 떠돌이 무사를 모집하여 농성籠城을 준비한다. 쵸소카베 모리치카, 고토 모토츠구 등이 오사카 성으로 들어간다.
		10월 8일, 이에야스는 토도 타카토라를 선봉으로 하여 야마토에서 오사카로 진격하게 한다.이날, 타카토라는 슨푸를 출발한다.
		10월 9일, 이에야스는 히젠 카라츠 성주 테라사와 히로타카에게 명하여, 나가사키 부교 하세가와 후지히로와 함께 천주교도의 추방과 그 동향을 엄중히 경계하도록 지시한다.
		같은 날, 이에야스의 신하 혼다 마사즈미는 히고 히토요시 성주 사가라 나가츠네에게 서신을 보내 종군을 멈추고, 봉지를 지키라고 한다.
		10월 10일, 이에야스는 슨푸에 모인 여러 다이묘를 알현하고, 영지로 돌아가 군비를 정비하고 군령을 기다릴 것을 명한다.
		같은 날, 키이 쿠도야마의 사나다 유키무라가 오사카 성으로 들어간다.
		10월 11일, 이에야스는 히타치 미토 성주 도쿠가와 요리후사에게 슨푸 성을 맡기고, 몸소 군대를 이끌고 슨푸를 출발한다.
		10월 12일, 이에야스는 토토우미 카케가와에 도착한

일본 연호	서력	주요 사건
케이쵸 慶長		다. 오노 하루즈미, 카타기리 카츠모토의 사자가 오사카 성 내부의 상황을 보고한다. 쇼시다이 이타쿠라 카츠시게도 오사카의 정보를 알려온다. 10월 13일, 히데요리는 사츠마 카고시마 성주 시마즈 이에히사에게 서신을 보내 도와줄 것을 요청한다. 이날, 이에히사는 이 요청을 거절하고, 히데요리로부터 온 서신을 이에야스에게 제출한다. 10월 15일, 무츠 센다이 성주 다테 마사무네가 군대를 이끌고 거성을 출발하여, 시모츠케 코야마에 도착한다. 히데요리의 사자가 마사무네에게 조정을 의뢰한다. 마사무네는 이것을 히데타다에게 상세히 아뢴다. 10월 16일, 이에야스가 미카와 오카자키에 도착한다. 이날, 오와리 나고야 성주 요시토시(요시나오)가 군대를 이끌고 나고야를 출발한다. 같은 날, 히데타다는 오슈의 다이묘들이 결집하면 곧 에도를 출발하겠다는 뜻을 이에야스에게 청원한다. 이에야스는 그 뜻에 맡긴다. 10월 18일, 이에야스는 에치젠 키타노쇼 성주 마츠다이라 타다나오를 야마시로 니시노오카 아즈마 사에, 카가 카나자와 성주 마에다 토시미츠(토시츠네)를 요도, 토바에 주둔케 한다. 10월 19일, 이에야스는 츄고쿠, 사이고쿠 및 시코쿠의 여러 다이묘에게 군대를 이끌고 오사카에 집결할 것을 명한다. 10월 20일, 오사카 쪽에서 사람을 보내 니죠 성을 불지르고 이에야스를 저격하려 한다. 쇼시다이 이타쿠라 카츠시게가 이 사람을 붙잡아 이에야스에게 보고

일본 연호	서력	주요 사건
케이쵸 慶長		한다. 10월 22일, 히데타다가 마츠다이라 타다테루, 토리이 타다마사, 모가미 이에치카를 남겨 에도 성의 수비를 맡기고, 군대를 이끌고 에도를 출발한다. 10월 23일, 이에야스가 쿄토 니죠 성으로 들어간다. 10월 25일, 이에야스는 토도 타카토라, 카타기리 카츠모토에게 오사카 성 포위의 선봉을 명한다. 타카토라는 카와치 코우로 진격하고, 코야마에 진지를 세운다. 10월 27일, 이에야스는 히데타다에게 사자를 보내, 대군大軍이니 서행할 것을 명한다. 같은 날, 이즈미 사카이의 시민이 이에야스에게 은을 헌상한다. 이달, 바쿠후는 토카이, 토산 두 가도의 주요 지역에 검문소를 두고, 통행인을 검열한다. 이달, 쇼시다이 이타쿠라 카츠시게가 킨키의 여러 신사와 촌락에 금제를 내건다. 11월 4일, 셋츠 이바라키 성주 카타기리 카츠모토가 오사카 부근의 지도를 이에야스에게 제출한다. 11월 5일, 토도 타카토라, 마츠다이라 타다나오, 마에다 토시미츠(토시츠네) 등이 셋츠 아베노와 스미요시 사이에 진지를 구축한다. 11월 7일, 이요 마츠야마 성주 카토 요시아키의 적자 아키나리가 셋츠 칸자키가와를 건넌다. 이것을 기점으로 비젠 오카야마 성주 이케다 타다츠구가 칸자키가와를 건너 나카노시마의 적을 공격하고 오와다를 빼앗는다. 그곳의 다른 장수들도 나카노시마로 진격한다.

일본 연호	서력	주요 사건
케이쵸 慶長		11월 8일, 키타인의 난코보 텐카이가 상경하여 이에야스를 배알한다. 11월 9일, 이에야스는 여러 다이묘에게 명하여 군량선 및 상선을 이즈미 사카이로 운항하게 한다. 11월 11일, 히데타다가 쿄토 니죠 성으로 들어간다.

옮긴이 이길진李吉鎭

1934년 황해도 출생. 1958년 서울대학교 사회학과를 졸업하였다.
일본 문학 작품 및 일본 문화에 관련된 많은 책들을 유려한 우리말로 옮겼다.
주요 역서로는 가와바타 야스나리의 『설국』, 이마이 마사아키의 『카이젠』,
오에 겐자부로의 『사육』, 기쿠치 히데유키의 『요마록』,
야마오카 소하치의 『오다 노부나가』, 『사카모토 료마』 등이 있다.

| 부록의 자료 제공 및 감수는 고려대학교 일어일문학과 최관 교수님께서 해주셨습니다.

도쿠가와 이에야스 제28권

1판 1쇄 발행 2001년 7월 10일
2판 3쇄 발행 2023년 5월 1일

지은이 야마오카 소하치
옮긴이 이길진
펴낸이 임양묵
펴낸곳 솔출판사

주소 서울시 마포구 와우산로29가길 80(서교동)
전화 02-332-1526
팩스 02-332-1529
이메일 solbook@solbook.co.kr
홈페이지 www.solbook.co.kr
출판 등록 1990년 9월 15일 제10-420호

ISBN   979-11-86634-53-0   04830
ISBN   979-11-86634-22-6   (세트)

• 잘못된 책은 구입한 곳에서 바꿔드립니다.
• 책값은 뒤표지에 표시되어 있습니다.

『헤이케 이야기平家物語 병풍도』